贵族之家

[俄] 伊凡·谢尔盖耶维奇·屠格涅夫◎著

耿 雨◎译

中国民族文化出版社

北 京

图书在版编目（CIP）数据

贵族之家 /（俄罗斯）伊凡·谢尔盖耶维奇·屠格涅夫著；
耿雨译 . —— 北京：中国民族文化出版社有限公司，2024.3
ISBN 978-7-5122-1766-9

Ⅰ .①贵… Ⅱ .①伊…②耿… Ⅲ .①长篇小说 - 俄
罗斯 - 近代 Ⅳ .① I512.44

中国国家版本馆 CIP 数据核字（2023）第 174429 号

贵族之家
GUIZU ZHI JIA

作　　　者	［俄］伊凡·谢尔盖耶维奇·屠格涅夫◎著　　耿雨◎译	
责 任 编 辑	张　宇	
责 任 校 对	李文学	
出 版 者	中国民族文化出版社　地址：北京市东城区和平里北街 14 号	
	邮编：100013　　联系电话：010-84250639　64211754（传真）	
制　　　版	北京市大观音堂鑫鑫国际图书音像有限公司	
印　　　装	德富泰（唐山）印务有限公司	
开　　　本	889 mm × 1194 mm　32 开	
字　　　数	340 千字	
印　　　张	15.875	
版　　　次	2024 年 3 月第 1 版	
印　　　次	2024 年 3 月第 1 次印刷	
标 准 书 号	ISBN 978-7-5122-1766-9	
定　　　价	98.00 元	

目　录

贵族之家

前　夜

贵族之家

一

　　一个明媚的春天，几近黄昏，几片瑰丽的小云朵高高悬浮在清澈的天空，闲云无定，渐渐消失在蓝天的尽头。

　　在省城 O 市邻近郊外的街道上，一幢漂亮华丽的住宅敞开的窗前（这是发生在 1842 年的事）坐着两位妇人：一位 50 岁上下，另一位则已经是个老太太，看似 70 岁左右。年纪稍轻的一位妇人名叫玛丽亚·德梅特里耶芙娜·卡列金娜，她丈夫原本是一个省检察官，当时是个有名能干的人，为人机智、果敢、易怒而固执，在十年前就已经过世了。他受过比较好的教育，读过大学，但是，由于出身卑微，年轻时就知道必须努力为自己开拓前程和积攒钱财。玛丽亚·德梅特里耶芙娜嫁给他是出于爱情。他长相英俊，人也机灵；况且，只要他乐意，还会表现得非常讨人欢喜。

　　玛丽亚·德梅特里耶芙娜（娘家姓别斯托夫）幼时没有了父母，在莫斯科待过几年，就读于贵族女子中学，从莫斯科回来以后，就住在离 O 市 50 里远的自己家的田庄波克罗夫斯科耶村里，跟她的姑妈和哥哥住在一起。哥哥不久被派到彼得堡去做事，妹妹和姑妈由他供养，一直到他突然去世、中断前程为止，他待她们都很坏。玛丽亚·德梅特里耶芙娜虽然继承了波克罗夫斯科耶田庄，但没在那儿住多长时间，卡里金不久便征服了她的心，跟他结婚以后，他们用波克罗夫斯科耶田庄换取了另一处收益要大很多的田庄，但是地方不美丽，也没有宅子和花园，与此同时卡里金又在 O 市弄到一座房子，便和妻子在那儿定居下来。这幢房子有一个很大的花园，一边面朝市郊的田野。卡里金是个不愿意过乡村孤寂生活的人，便决定说："这样，也就不必往乡下跑了。"玛丽亚·德梅特里耶芙娜打心眼儿里感到惋惜，她舍不得美好的波克罗夫斯科耶那快活的小溪流，广阔的草地和绿油油的树林，不过她从来也不会违背丈夫，并一向敬佩他的智谋和阅历。而后 15 年的婚姻生活，当他留下一儿两女去世之后，玛丽亚·德梅特里耶芙娜对这幢房子和城市生活已然完全习惯，再也不想离开 O 市了。

玛丽亚·德梅特里耶芙娜年轻时就有金发美人的好名声，虽然已年届 50，但仍然楚楚动人，只是略显色衰，也稍显臃肿了一些。她这人与其说心好，不如说多愁善感，成年后仍然保持着一些贵族女学生特有的气质，她娇惯自己，动不动就发火，倘若生活上哪怕一些小小的习惯遭到破坏，也都要掉几滴眼泪，不过，当万事遂愿，也没人跟她顶撞的时候，她也是特别亲切可爱的。

她的家在这座城市里可称得上是最为舒适的一个。家业也很丰厚——主要不是靠继承，而是由她丈夫挣来的。一双女儿

4

跟她住在一起，儿子则在彼得堡一所最好的公立学校里读书。

跟玛丽亚·德梅特里耶芙娜一起坐在窗边的老太太，正是她那位姑妈，她父亲的妹妹，回首往事，她跟她一起在波克罗夫斯科耶度过了许多寂寥孤独的岁月。姑妈叫马尔法·季莫菲耶芙娜·别斯托娃。别人都说她古怪，一副犟脾气，对谁都面对面说实话，家境即使再拮据，招待客人也都好似拥有万贯财产似的。她不喜欢已故的卡里金，侄女刚一嫁给他，她就远远地躲开，回到自己的小村庄，在一家农户的那间没有烟囱的茅屋里生活了整整十年。

玛丽亚·德梅特里耶芙娜有点儿怕她。这位马尔法·季莫菲耶芙娜虽然已年届70，却仍是满头黑发，她双眼灵活，身材十分矮小，鼻子挺挺的，走起路来依然步履矫健，腰板笔直笔直的，说起话来快速又清晰，声音尖细而响亮。她总是戴一顶白色的包住头发的小帽子，穿件白色短上衣。

"你这是怎么啦？"她突然对玛丽亚·德梅特里耶芙娜说，"怎么在叹气，上帝呀。"

"没有什么，"另一个说，"多么迷人的云彩啊！"

"那么，你心里是不是想全得让它们飞走喽，是吗？"

玛丽亚·德梅特里耶芙娜什么也没说。

"怎么格杰昂诺夫斯基不来呢？"马尔法·季莫菲耶芙娜边说，边快速舞动着手中的几根毛线针（她在织一条宽大的毛线披肩），"他或许会和你一起叹气的，要不他也会乱扯些什么的。"

"您为什么说起别人来总是如此挑剔呀！谢尔盖·彼得洛

维奇可是一个很值得尊敬的不错的人呢。"

"哼，值得尊敬！"老姑妈没好气地念叨着她的话。

"他对我那去世的老伴儿是多么忠心！"玛丽亚·德梅特里耶芙娜接着说道，"一直到今天，一想起他还是总能动真感情。"

"那还不是理所应当的！是你丈夫牵着他的耳朵把他从污泥里给拉出来的。"

马尔法·季莫菲耶芙娜嘟囔着，手里的毛线针飞舞得更快了。

"外表看起来倒挺老实，"她又说道，"都白发苍苍了，一开口要不撒谎，要不造谣言，自己还是个五等文官呢！喏，事实嘛，只不过就是个牧师的儿子罢了！"

"谁会没出点儿差错呢，姑妈？他的确是有缺点，不错。谢尔盖·彼得洛维奇嘛，当然，他没受过教育，不懂法语，不过他，无论您怎么看，还是挺讨人喜欢的。"

"是啊，他老是拼命地舔你的小手儿。不会说法语，有什么了不起的！我自个儿的法国'洋话'也不怎么样。他倒不如什么话都不会说好了，也就不会撒谎骗人了。瞧，他来啦，真是凑巧，说曹操，曹操就到了，"马尔法·季莫菲耶芙娜朝街上看了一眼，接着说，"瞧他正大踏步昂首走着呢，你的'讨人喜欢'的人儿。真高的个子呀，可真像只鹭鸶！"玛丽亚·德梅特里耶芙娜梳理了一下鬓发。马尔法·季莫菲耶芙娜讥讽地望了她一眼。

"那是什么呀，似乎是根白头发嘛，上帝呀？你好好该教训教训你的帕拉什卡。她眼睛这是怎么看的呀？"

"哎呀姑妈呀，您怎么……"

玛丽亚·德梅特里耶芙娜不满地小声嘟囔着，手指边敲打着座椅的扶手。

"谢尔盖·彼得洛维奇·格杰昂诺夫斯基！"一个面孔红红的小仆人从门口跳着走进来，尖声说道。

二

　　从门外走进来个子很高的人，穿着整齐洁净的礼服，裤子稍稍有点儿短，戴着一副灰色麂皮手套，打着两条领带——上面一条是黑色的，下面一条是白色的。他身上无论从文雅端正的面容、梳得光滑整齐的两鬓，还是那双不会发出难听刺耳响声的平底皮靴，都显得彬彬有礼，绅士般万分得体。

　　他先向这家的女主人躬身行个礼，接着便向马尔法·季莫菲耶芙娜弯腰致意，然后从旁边摘掉手套，走到玛丽亚·德梅特里耶芙娜的一只手边，毕恭毕敬地在她那只白嫩的胖手上一连吻了两次，然后不急不躁地坐在扶手椅上，脸上带着微笑，轻轻揉搓着自己的指尖，说："莉莎维塔·米哈罗芙娜最近好吗？"

　　"很好，"玛丽亚·德梅特里耶芙娜回答说，"她现在正在花园里呢。"

　　"那么叶莲娜·米哈罗芙娜呢？"

　　"里诺奇卡也在花园里。您又有什么新鲜事要说吗？"

"哪会没有呢，哪能没有呢。"他慢慢地眨巴着两只眼睛，噘着嘴唇说。

"啊哈！……喏，请您听我慢慢说，真有大新闻，而且是特别惊人的新闻：拉夫列茨基·费奥道尔·伊万内奇回家来了。"

"费卡！"马尔法·季莫菲耶芙娜有些激动地高叫道，"算了吧，你不是撒谎吧，我的上帝？"

"绝没有撒谎，我都亲眼看到他了。"

"哼哼，这可不能算是真的证据吧。"

"长得可结实多了，"格杰昂诺夫斯基假装没听到马尔法·季莫菲耶芙娜的指责，继续说，"肩膀更宽阔了，精神焕发。"

"长壮了，"玛丽亚·德梅特里耶芙娜一字一顿慢吞吞地说，"依我看，他怎么可能壮实得起来呢？"

"就是呀，"格杰昂诺夫斯基也怀疑地说，"换作别人，处于他的处境上，恐怕连在人前出现都会认为很不好意思呢！"

"那是因为什么？"马尔法·季莫菲耶芙娜打断他，"这话怎么说？一个人回到了自己的故乡——请问，要不叫他藏到哪儿去？何况他又有什么过错呢！"

"夫人，请您允许我冒昧地说一句，做妻子的行为不检点，那么丈夫总是有过错的。"

"我的老天爷，您如此说，恐怕是因为你还没结婚。"

格杰昂诺夫斯基极为不自然地笑了一下。

"请让我好奇地问一句，"沉默了一会儿以后，他说，"这么漂亮的围巾您是给谁织的啊？"

马尔法·季莫菲耶芙娜很快地扫了他一眼。

"我是给那些个从来都不造谣不生事，不要小聪明，也不会撒谎的人织的。"她话中有刺地说道，"要是这世上果真有如此的人的话。费卡这个人我可是很了解，他唯一的过失就是把老婆惯坏了。他是自由恋爱结婚的，可是这些恋爱课本的婚姻根本就不可能有什么好果子。"老妇人歪着眼睛瞟了一眼玛丽亚·德梅特里耶芙娜，站起来，随后又补充上一句，"现在，我的老天爷，你爱说谁的坏话就说去吧，即便说我都行，我马上就走，不妨碍你的事了。"

"瞧瞧，她就是这样的人。"玛丽亚·德梅特里耶芙娜目送姑妈出去了之后，又说，"总是这样！"

"到了她这把年纪，能有什么办法呢！"格杰昂诺夫斯基说。

"瞧，她总喜欢说：'不要滑头，不要小聪明的人。'可现在又有谁不要滑头呢？世道就是如此嘛。我有个要好的朋友，一个特别受人尊敬的人，告诉您，官职还挺大呢，他就经常说：'现在就连母鸡走近谷粒，也都要耍花招——总是在想办法，想方设法从一旁绕过去。'可是您，我亲爱的女主人，您真像天使般，请把您尊贵而雪白的小手递给我，让我吻一吻以表示我的敬意。"

玛丽亚·德梅特里耶芙娜接着微微一笑，把五指张开的一只胖手伸向格杰昂诺夫斯基。他凑上嘴唇，吻了吻那只手，她把自己的安乐椅往他旁边挪了挪，微微弯下腰，小声问道："那么，您真的看到他了？他看起来没什么，身体健康，心情非常愉快？"

"很愉快，看起来没事儿。"格杰昂诺夫斯基小声回答。

"您有没有听说，他妻子现在在哪里？"

"最近她曾在巴黎待过，现在，听说好像到意大利去了呢。"

"这可真可怕，真的，——费卡的处境可真是太恐怖了，我无法想象，他怎么承受得了。没错，人人都会遭受不幸，可是，太不幸了，他的不幸可是弄得整个欧洲都知道了。"

格杰昂诺夫斯基点点头叹了口气。

"是啊，是啊。听说，她认识了一些演员和钢琴家，按照他们的说法，那可就是跟老虎和野兽做朋友。一点儿也不知廉耻了……"

"真是非常，非常遗憾。"玛丽亚·德梅特里耶芙娜说，"谢尔盖·彼得洛维奇，您要明白，论到亲戚关系，他还是我的一个远房表亲呢。"

"那还用得着说，那还用得着说。凡是和您家有关系的事，我怎么能不知道，当然早就知道了。"

"您认为，他会来我们家吗，依您看？"

"想必一定会来的，不过据说他打算回到自己村子里去。"

玛丽亚·德梅特里耶芙娜抬起头望着天空。"唉，谢尔盖·彼得洛维奇，一说起这些事情来，我总是想，我们女人呢，行为举止确实应该谨慎检点才是！"

"女人和女人是不一样的，玛丽亚·德梅特里耶芙娜，可悲的是，有这么一些女人们，她们性情暴躁反复无常……嗯，这与年龄也有很大关系，再加上，也没让她们从小就懂得做人的规矩（谢尔盖·彼得洛维奇从他的衣袋里拿出一块蓝色方格

11

小手帕，开始把它打开）。自然啦，有时的确是有这样的一些女人（谢尔盖·彼得洛维奇用手帕的一角轮流擦拭着自己的两只眼睛）。可是，一般而言，如果真要评判是非，换句话说——这城里的灰尘可真够大。"他就结束了自己的话。

"妈妈，妈妈，"一个长得挺极漂亮、约莫有十一二岁的小姑娘跑进来，边跑边喊道，"伏拉季米尔·尼库拉伊奇骑马到我们家里来了！"

玛丽亚·德梅特里耶芙娜站起来，谢尔盖·彼得洛维奇也站立起来，向她鞠了个躬。"叶莲娜·米哈罗芙娜，向您致意。"

说完，出于礼貌，他走到墙角落里，使劲儿捂住自己端正而高挺的长鼻子，擤起鼻涕来。

"他的那匹马可真好啊！"小姑娘继续说，"刚才他在篱笆门旁跟我还有莉莎说，他想要骑马到台阶前面来。"

随着嘚嘚的马蹄声，大街上来了一位体态匀称、跨一匹枣红马的骑士，并在敞着的窗口前停下来。

三

"您可好哇，玛丽亚·德梅特里耶芙娜！"骑手声音响亮而充满愉快地喊着，"您喜欢我的这匹新买来的马吗？"

玛丽亚·德梅特里耶芙娜悄声走到窗子前。"您好，伏拉季米尔！啊，可真是一匹好马呀！您是从谁那儿买回来的？"

"是从马匹采购员那里……他可是要了大价钱，真是个强盗。"

"它叫什么名字呢？"

"奥兰多……可是这名字很蠢；我想要给它改一个……瞧，它多么不安分呀！"红马打着响鼻，前后四只蹄子不停地踢腾着，往外喷着白沫的长嘴左右一直晃动。

"里诺奇卡，过来摸摸它，不要害怕……"

小姑娘从窗口把手伸出来，可是奥兰多突然竖立起来，向一边冲去。骑马的人并不惊慌，他使劲用小腿把马夹紧，在它脖子上抽一鞭子，并不顾它的反抗，便又让它停在窗口下。

"天啊！天啊！"玛丽亚·德梅特里耶芙娜嘴里不停地

喊道。

"里诺奇卡，您快来摸摸它呀，"骑马的人又说，"我绝不会再让它撒野的。"

于是小姑娘又一次伸出手去，胆怯地摸了摸奥兰多颤抖的鼻孔，马儿不停地抖动它的头，咀嚼着口铁。

"太好啦！"玛丽亚·德梅特里耶芙娜高兴地喊了一声，"现在您可以下马，到我们家来吧。"

骑手灵活地掉转马头，用马刺一夹，便策马迈开小碎步沿街跑去，骑在马上进了庭院。

过了一小会儿，他便跑进屋里来，手里不停地挥耍着马鞭，从前堂走到客厅。这时在另一间屋子门口，出现了一位体态修长、亭亭玉立、有着一头乌黑秀发的 19 岁姑娘——玛丽亚·德梅特里耶芙娜的大女儿——莉莎。

四

　　刚才介绍的这位年轻人，名字叫作伏拉季米尔·尼库拉伊奇·潘申。

　　他是在彼得堡当差，是内务部负责执行特殊任务的一名官员。他来 O 市是执行一个临时任务，受省长宗年别尔格将军亲自指挥，而碰巧这位省长又是他的一位远房亲戚。

　　潘申的父亲是一个退役的骑兵上尉，又是个有名的赌徒。这个人长着一双迷人的漂亮的眼睛，面容疲倦，嘴角总是神经质地抽搐着，他一辈子都在显贵之中混，常常光顾京城里的两个英国俱乐部，他被大家公认是个十分精明、不太可靠、却又亲切可爱的家伙。即使他十分精明，他却经常处于赤贫边缘，只给自己的独生子留下一份已经衰败的、不大的家业。然而他按照自己认为正确的方式非常关心儿子的教育：伏拉季米尔·尼库拉伊奇法语说得相当漂亮，英语也说得不赖，德语却说得非常差劲。不过这也是理所当然的：那时上流社会的人们都耻于将德语说得很流利，当然在某些特殊场合，大多数是在半开玩笑、打趣时，说几个德语词儿，也是可以的。

伏拉季米尔·尼库拉伊奇从 15 岁起就已经学会毫不扭捏地进出随便什么人家的客厅，并能愉快地与人交际周旋，当然更会在适当的时候起身辞别。

潘申的父亲替儿子攀上了很多有用的关系，哪怕在两圈牌之间洗牌，或者是手气很好，大获全胜之时，他都不会放过任何机会，总会插上几句，对所有爱玩牌的显贵说起自己的“沃洛季卡”。

说到伏拉季米尔·尼库拉伊奇自己，自他还在大学里读书，并不曾以一名大学毕业生的身份离开大学时，就早已结交了一批贵族出身的青年人，并且开始进出一些豪门显贵的家庭。每个地方都乐意接待他：他长得仪表堂堂，毫不拘束，风趣健谈，身体强壮，不管做什么，都能游刃有余，需要讲礼貌的场所，他就彬彬有礼，在无礼的场合，他就肆无忌惮，是一个出色的同伴。一个朝夕渴望的领域已经展现在他面前。潘申不久就学会了上流社会那套八面玲珑为人处世的秘诀，对这套准则他能真心实意充满敬意，也会以半讥半讽的傲慢态度胡诌瞎扯，而且装作把所有重要的事情都看成是无稽之谈。他舞艺高超，衣着打扮完全是一副英国绅士派头。在很短的时间内，他就被公认为全彼得堡最为可爱、最最精明的年轻人之一了。潘申的确很精明，并不逊于他的父亲；不过同时他也很有才干。他什么都在行：唱歌很动听，画画一挥而就，会作诗，舞台戏也演得挺不错。他不过才 28 岁，就已成为一个宫廷低级侍从官，一个非常不赖的官职。潘申对自己，对自己所具有的聪明才干，对自己的远见卓识，都确信不疑。他大胆、愉悦地全力以赴，勇往直前，他生活得一帆风顺。无论是年老还是年纪轻的，任何人都喜欢他，对此他也已习以为常；而且他自以为了解别人，特别是非常了解女人：了解她们共通的弱点。而作为一个对艺术不是全不在行的人，他认为自己既富有激情，也有点儿容易陶醉其中，易于兴奋，所以他容许自己有种种越轨的行为：寻欢作乐，结识一些非上流社会的人，并且一般说来，是行为不知检点，非常随便的人；然而内心里他却十分冷酷无情，阴险狡诈，即使在最放纵狂饮的时候，他那机灵的深棕色眼睛也总是在窥探和观察，这个肆无忌惮、无拘无束的青年人绝不会完全忘乎所以，心醉神往。或者说，值得称赞的是，他从不炫耀自己的胜利。他来到O市以后，马上就成了玛丽亚·德梅特里耶芙娜家的贵宾，并且迅速地完全适应了这个环境。

玛丽亚·德梅特里耶芙娜尤为喜欢他。

潘申热切地对屋里任何一个人微微点头致意，与玛丽亚·德梅特里耶芙娜和莉莎维塔·米哈罗芙娜轻轻握了握手，微微拍了拍格杰昂诺夫斯基的肩头，接着抬起脚尖转过身来，双手捧住里诺奇卡的头，吻了吻她的额头。

"骑这么一匹凶悍的马，您不会觉得害怕吗？"玛丽亚·德梅特里耶芙娜问他。

"哪儿能呢，它可是驯服得很。不过我要跟您说，我害怕的是什么：我很害怕和谢尔盖·彼得洛维奇玩朴烈费兰斯，昨天在别列尼岑家他大获全胜，而我却输了个底朝天。"

格杰昂诺夫斯基逢迎地尖声笑起来：他正在巴结这位从彼

得堡来的年轻而又杰出的官员和省长的亲戚。他在与玛丽亚·德梅特里耶芙娜说话的时候，常常会提到潘申先生出众的才华。不应该吗，他觉得，怎么可以不夸奖他呢？在所有上层社会的圈子里，这位年轻人非常有名，工作相当出色，并且丝毫不骄傲自大。其实，甚至是在彼得堡，所有的人也都觉得潘申是个干练精明的官员：他干起工作来特别勤快，谈论起工作却非常随便，正如一个上流社会的人所当具备的那样，并不觉得自己的工作有特殊重要意义，不过他却是个真真正正的"实干家"。

上级官员们都喜欢有如此的下属，他也毫不怀疑，只要他乐意，将来一定会爬上部长的位子。

"您说我大获全胜，"格杰昂诺夫斯基接上说，"可上周是谁赢走了我的12卢布？另外还有……"

"坏蛋，坏蛋。"潘申用一种略带亲昵却又带点儿轻蔑的、很随便的语调打断了他的话，便不再去理会他，他来到了莉莎面前。"在这里我没有找到《欧伯隆》的序曲，"他对她说，"我想别列尼岑娜只不过是说大话，还说，任何的古典乐曲，她那里全有。事实上，除了波尔卡和圆舞曲之外，她那里似乎什么都没有，不过我已经写信到莫斯科去，一周后您就会拥有那这部序曲了。顺便说一下，"他继续说，"昨天我创作了一个新的抒情歌曲，歌词也是我写的。您喜欢让我唱给您听听看吗？我不知道效果会怎么样。别列尼岑娜觉得它很好听，不过她的话对我来说毫无意义，我想要知道您的意见。可是，我想，还是下次再唱吧。"

"为什么要等到以后呢？"玛丽亚·德梅特里耶芙娜打断

他说，"干吗不现在就唱呢？"

"遵命，"潘申轻声说，脸上突然流露出一种愉悦、略带谄媚的笑容，而这笑容又似乎同样突然间消失不见了。说完，他用膝盖将椅子往前推了一下，便坐在钢琴前面，弹了几个和音，圆润清晰地唱起了这首抒情歌曲：

> 皓月高悬于大地上空，
> 在黯淡的云层间飘移，穿梭。
> 可迷人的月辉却从高空散射，
> 令大海波澜起伏，波涛汹涌。
> 我心灵的海洋呀，认定你
> 就是我的皓月，
> 无论是在它欢乐时，还是当它悲痛时，
> 只有你才能驱使它，令它起伏波动。
> 我的内心充满了爱的烦恼和忧愁，
> 这忧愁来自默默无悔的追求。
> 我内心苦不堪言……
> 而你却似那明月，不曾感到意乱心慌。

第二段歌词潘申唱得陶醉其中，富有感情，非常有力，在疾风骤雨般的伴奏中似乎听见了汹涌澎湃的海浪声。唱出"我内心苦不堪言……"之后，他轻轻吐了口气，低垂着眼睛，压低了声音。

等他全部唱完了，莉莎赞赏歌曲的曲调，玛丽亚·德梅特里耶芙娜说："美妙极了。"格杰昂诺夫斯基甚至大声喊道："简直太动人了！不管是诗，还是和音，都那么动人心弦！……"里诺奇卡怀着孩子特有的崇敬心看着唱歌的人。

总之，在座所有的人都非常喜欢这个青年业余作曲家的原创作品，而客厅门口，前厅里站立着一位刚刚走进来、年纪已经很大的老人，从他低垂着头的表情和略微耸肩的动作，不难看出，潘申的抒情歌曲可能讨别人喜欢，却并不能让他感到愉快。这位老人稍稍等了一会儿，拿一块厚厚的手帕拂去他靴子上落满的灰尘，忽然紧皱双眉，抑郁地紧闭嘴唇，弯下那本来就有些佝偻的背，慢慢进到客厅里。

"啊哈！赫里思托福尔·费多里奇，您好啊！"潘申最先大声说道，而且马上从椅子上站起来。

"我没想到您竟然也在这儿，——当着您老人家的面，我是无论怎么都不敢唱我写的抒情歌曲的。我可知道，您并不喜爱轻音乐。"

"我没有听到。"走进来的那个老人用发音非常差劲的俄语说。

他说完，朝众人点头致意，很尴尬地站在了客厅中间。

"麦歇烈姆，"玛丽亚·德梅特里耶芙娜说，"您是过来给莉莎小姐上音乐课的，对吧？"

"噢，不，我不是给莉莎维塔·米哈罗芙娜，而是给叶莲娜·米哈罗芙娜上课的。"

"啊哈！嗯，那么好呀，——真是太好了。里诺奇卡，你和烈姆先生先到楼上去吧。"

20

老人原本已经跟着小姑娘往楼上走了，可是潘申却叫住了他。"上完课之后请您先别走，赫里思托福尔·费多里奇，"他对老人说，"我想要和莉莎维塔·米哈罗芙娜四手联弹，共同演奏贝多芬伟大的奏鸣曲。"

老人万分不满地不知道小声念叨了些什么，而潘申则接着用发音不太正确的德语说："莉莎维塔·米哈罗芙娜将您献给她的宗教赞歌拿给我看了，那可是一部很美妙的乐曲！请您不要觉得我不会欣赏或不喜欢严肃音乐，正好相反：我认为严肃音乐有时是略显枯燥些，但是却非常有用的。"

老人面红耳赤，歪着眼睛瞟了莉莎一眼，就羞恼地匆匆走出客厅。

玛丽亚·德梅特里耶芙娜恳请潘申重新演唱一遍那首他自己创作的抒情歌曲，但是他声称，不想有辱那位很有才华的德国人的倾听，并建议和莉莎来联合演奏贝多芬的奏鸣曲。因此玛丽亚·德梅特里耶芙娜叹了口气，提议由格杰昂诺夫斯基陪她一起去花园里走一走。

"我还在想，"她说，"跟您继续谈谈我们那可怜的费卡，我想听听您的意见。"格杰昂诺夫斯基咧开嘴笑笑，向她鞠了一个躬，只用两个手指捏起帽子和整整齐齐摆放在一边帽檐上的手套，便跟玛丽亚·德梅特里耶芙娜出去了。屋里只剩下潘申和莉莎两个人：她便拿出奏鸣曲的谱子，打开来；两人便默默地坐在钢琴前。楼上传来里诺奇卡还没有把握的小手指弹奏音阶练习时的微弱声音。

五

赫里斯托弗·特阿道尔·戈雷里布·雷莫 1786 年出生于撒克逊公国赫姆尼兹城的一个贫苦乐师家庭。父亲吹奏圆号,母亲弹奏竖琴,他 5 岁时就已经学习了三种不同的乐器。8 岁时他成了孤儿,自从 10 岁起,就开始依靠自己的音乐技艺为自己换得面包了。他长年过着流浪生活,四处去为人演奏——酒店里、市场上、农民的婚宴上、舞会上,最终可算进入了一支管弦乐队,并步步高升,成为乐队的指挥。虽然他的演奏水平相当差,不过乐理根基相当深。

在 1828 年时他移居俄国,那是一位地主大老爷写信把他请来的,这位大老爷对音乐并无好感,却供养着一支乐队,以表炫耀。雷莫在他家度过了 7 年,担任乐队管事,最终两手空空离去:地主大老爷荡尽了家产,原来打算给他一张期票的,但最后却连这个也不肯给了。总之,一分钱也没有给他。

人家劝他说不如回国去,但是他不愿意如同叫花子似的离开俄国——这个所有演员们的聚宝盆,而回到自己的祖国去,他便决定留下来，以考验一下自己的命运。这个可怜的德国人把自己的命运考验了整整20年：他在各式各样的老爷们家里干过，在莫斯科和许多省城里待过，忍受过酸甜苦辣，饱尝了贫穷的难受滋味，如同一条冰上的鱼儿徒劳挣扎着。不过在经受所有上述苦难的时候，他自始至终都没有放弃重返故里的愿望：而这种愿望则正是他唯一的精神支柱。

可是命运似乎无意用如此一个最后的也是最初的最简单的幸福来宽慰他。他年过半百，无用武之地，贫病交加，未老先衰，流落到了O城，便留下不走了，他已经完全失去所有，离开这个他所憎恶和伤心欲绝的俄国的希望，只能靠一点儿功课来勉强支撑他寒酸而且卑微的生活。

雷莫的外表对他来说几乎是毫无裨益，他身材矮小，含胸驼背，肩胛前倾，肚皮凸出，两只脚又大又扁，红扑扑的手背上暴跳着青筋，手指硬而不屈，骨节肿大，指甲是压抑的灰蓝色。他脸上爬满皱纹，两颊深陷，颧骨突出，嘴唇紧闭着，却又一直不断地在嚅动和咀嚼，所有这一切，加上他惯常的沉默寡言，给人一种几乎是凶恶的感觉。灰白的头发一绺绺贴在他不高的额头上，一双小之又小、凝滞不动的鹰一样的眼睛隐隐地散发着幽光，似乎是被水泼灭的煤炭。他步履维艰，每迈出一步，那转动不灵的躯体便会跟着左右地不停摇晃。他的某些动作很像是一只被关在笼中的笨拙的猫头鹰，当猫头鹰发现有人在注视着它，而它的那双硕大的、黄色的、恐惧而倦怠的眼睛眨巴着却又视而不见冷漠淡然时，就是这副模样。经年累月的无情悲哀在这个可怜可悲的乐师身上留下了它不可磨灭的烙印，使他那本来就很不美观的外表更加遭受到扭曲和摧残。可是即便如此，一个不仅仅只停留在关注某些粗浅印象上的人，一定会在这个已经被毁掉一半的活人身上发现某些善良纯朴、诚实的，某些非同寻常的东西。

巴赫和亨德尔的忠实崇拜者，精通自己所有的技艺，天赐生动的丰富想象力和唯独德意志民族才具备的大胆而富于创新的思想，那么雷莫必有一日——谁会预料呢？——或许也能够跻身于他的祖国那些非常伟大的音乐家们之列的，假如他所遭遇的是另一种命运的话，遗憾的是他生来没有一颗福星为他高照指路！当时他也曾写下许多作品，他却无缘看见自己任何一部作品印刷出版；他不精通于处理事务，所以也不会趋炎附势，灵活周旋。

有一次（那是很久很久以前），他的一个崇拜者兼朋友，同样是个德国人，并且也非常贫穷，掏钱印了他的两部奏鸣曲。然而就是这两部奏鸣曲也全都被堆在乐谱商店的阴暗地下室里，它们悄无声息不着痕迹地消逝了，似乎是被谁在一个夜晚悄悄抛进了河水里。最终雷莫对所有一切都灰心绝望了，而且年岁也不饶人：他逐渐变得僵硬了、迟钝了、麻木了，麻木得如同他的手指头一样。

他只身一人，和一个他从养老院里领出来的老厨娘（他从来没有结过婚）住在 O 市，在一座离卡里金家不大远的矮小房子里。他每天到处走走，读读《圣经》，读新教派的圣歌集，并且还读施莱格尔的莎士比亚译本。他已经长久没有创作过曲子了，不过，显然莉莎这个他最为优秀杰出的弟子却有本事打动他的心激发他进行创作：他专门为她写了一首颂歌，就是前面潘申提过的那一首。

他从圣歌集子里挪用这首颂歌的歌词，当然其中有几行诗是他创作。乐曲分为两个合唱部分——幸运者的合唱和不幸者的合唱，最终合二为一，共同颂唱道："仁慈的主啊，请饶恕我们这些身有罪过的人吧，让我们摒除所有邪念和世俗的强烈欲望。"

在卷谱扉页上，还极为工整，甚至是刻意描绘地写着："惟义人为善。宗教颂歌。谨献给莉莎维塔·卡列金娜小姐，我最亲爱而且优秀的弟子，师赫·特·戈·雷莫作。""惟义人为善"和"莉莎维塔·卡列金娜"这几个字的周边还围绕着闪闪的光圈。下面又写道："谨为您一人而作。"因此雷莫才会脸涨红并且斜眼瞟莉莎，潘申当着他的面提起他专门为她写的颂歌时，他是极度伤心的。

六

潘申激昂而响亮地弹起了奏鸣曲的前面几个和音（他弹低音部），而莉莎却并没有开始弹奏她的音部。他停下来不解地看看她。莉莎的眼睛正严厉地直视着他，明显表露出不满来，她唇上没有一点儿笑意，整个的面色也是非常严厉的，甚至是近乎忧愁的。

"您这是怎么啦？"

"您怎么能不遵守诺言？"她说，"我答应给您看赫里思托福尔·费多里奇献给我的颂歌是有附带条件的，要求您不对他提起这件事。"

"真是对不起，莉莎维塔·米哈罗芙娜——不由自主地话到嘴边，便顺口说出来了。"

"您伤了他的心，也伤了我的。现在他连我也不会相信了。"

"这可叫我怎么办好呢，莉莎维塔·米哈罗芙娜！自从很小的时候起，我就见不得任何德国人，就想要捉弄他一下而已。"

"您都在说些什么呀，伏拉季米尔·尼库拉伊奇！这个德国人，是个非常可怜的，孤零零的，受人欺负的老人——您难道就一点儿都不可怜他？甚至您还想要捉弄他这样一个可怜的老人？"潘申感到尴尬和难为情了。

"您说得没错，莉莎维塔·米哈罗芙娜，"他说，"错就错在——我这人做事欠考虑。不，请您不要反驳我，我非常了解我自己。这个欠缺考虑的坏处实在让我吃过不少苦头。就因为这个别人都说我非常自私自利。"

潘申不再说话了。不管谈话从何处开始，他最后往往都是谈到他的身上，这全部在他嘴里都显得那么亲切、温柔、诚恳，仿佛不能也不应该不是如此的。"就比如说在你们家中吧，"他接着往下说，"您母亲，当然啦，对待我非常之好——她是那么的善良；至于您嘛……然而，我不知道您对我的看法是怎样；可是您的那位姑奶呀，她就是总看不惯我。我，或许是，也可能用什么欠缺考虑的蠢话而得罪了她老人家。她不喜欢我，不对吗？"

"的确，"莉莎稍微停了停才继续说，"她的确是不太喜欢您。"

潘申的手指在键盘上飞快地扫过，唇边闪过一丝几乎不易被察觉的微笑。"喏，那么您呢小姐？"他说，"您是不是也觉得我是个自私自利的不讨人喜欢的人？"

"我还并不十分了解您，"莉莎不赞同地回答，"然而我并不认为您是个自私自利的人；我，恰恰相反，是应该由衷感谢您的……"

"我明白，我知道您想要说什么。"潘申打断她的话，又用手指在键盘上一扫。

"是为了我给您带来的那些乐谱、那些书，是为了那些我在您的纪念册上装点的蹩脚的图画，凡此种种。虽然做了所有这些事，可我照样还是个自私自利的人呀。我大胆假设，如果您不认为我这人讨厌，也不觉得我是个坏人，可是您无论如何还是认为，我这个人——这话是怎么说来着？——为了说一句漂亮话，即使把父亲、朋友都搭上也是在所不惜的。"

"您这人是心不在焉，过于健忘，似乎所有交际场上的关于交际的人们全都是这样，"莉莎说，"就这些仅此而已。"

潘申微微皱了皱眉头。

"请您听我说，"他说，"咱们不要再谈论我了，来共同弹咱们的奏鸣曲吧。我只想要求您一点，"他一边说，一面用手把架上乐谱的书页打开展平，"不管您怎样想我都行，甚至把我叫作一个自私自利者也行——就如此吧！可是请您别再把我叫作交际场上的人：这个称呼我可承受不了……我也算是个艺术家，虽然不太高明，至于这一点嘛，正由于我是个不高明的艺术家——所以我马上就来给您证明一下。现在开始吧。"

"那好吧，开始吧！"莉莎说。

第一个柔板弹得挺不错，即便潘申中间弹错了不止一次。他写的和记熟的东西他会弹得不错，不过看谱子就总是弹得不好。所以奏鸣曲的第二部分——相当快的乐章——简直就太不像样：在第二十节上潘申已经足足落后了两节，他再也无法弹下去了，便笑着推开椅子。"噢不行！"他喊了一声，"我今天不能弹！幸亏雷莫先生没有听见我们弹，要不然他会昏死过

28

去的。"

莉莎也立起身来，合上了钢琴盖，转过身面对着潘申。"那么接下来我们做点什么呢？"她问道。

"从这个问题就能反映出您这个人来！您无论怎样也不愿意空着手坐上一小会儿。或者，要是您高兴的话，咱们来画画儿吧——趁天还没完全黑。或许，另一位缪斯，我是说绘画女神——她叫什么名字来着？我忘记啦——会对我更加宽厚一点。您的纪念册在哪儿呢？我记得，我有一幅风景还没有画完呢。"

莉莎走到另一间屋里去拿纪念册，潘申独自一个人留在客厅，他从上衣袋里拿出一条细麻纱手绢来，仔细地擦着自己的手指甲，又斜着眼睛欣赏他自己的两只手。他的两只手是特别漂亮而且白净的，左手大拇指上戴着一只螺旋状的金指环。

莉莎回来后，潘申坐到窗前，打开纪念册。

'啊哈！"他喊了一声，"我看出来了，您是临摹我的风景画呀——临得可真美呀。非常棒！可是这里——请把铅笔给我，阴影还是不够浓，您瞧。"潘申大笔一挥，在上面添了几根粗粗长长的线条。他总是画同一幅风景：前景是几棵枝叶蓬乱的大树，背景是田野和远处的地平线上参差连绵的群山。莉莎越过他的肩头看他如何作画。

"在绘画，还有一般说来在生活中，"潘申把脑袋时而往右歪歪，时而往左斜斜，说道："轻松和大胆这是最重要的事。"

正在这时雷莫走进屋来，干巴巴鞠了一个躬，便想转身离去，不过潘申丢下纪念册和铅笔，走过去拦住了他的去路。"您这是要去哪儿呀，我亲爱的赫里思托福尔·费多里奇？您难道不留下来喝茶吗？"

"我想要回家去了，"雷莫声音极为忧郁地说，"有点头痛。"

"哎，别说那么多废话，别走啦。咱俩来讨论一下莎士比亚。"

"我头痛。"老人再重复一遍。

"刚才您不在的时候，我和莉莎弹了贝多芬的奏鸣曲，"潘申接着说下去，并亲切地搂着老人的腰，爽朗地笑着，"——可是我却无论如何也弹不好。您想想看吧，我甚至连两个相连接的音符都弹奏不出来。"

"您最好还是老老实实去唱唱您自己的罗曼斯吧。"

雷莫回敬了潘申一句，便推开他的手，转身走开了。

莉莎也跟着他跑出去。她跑到门廊时追上了他。

"赫里思托福尔·费多里奇，请您听我说，"她踏着院子里矮矮柔柔的绿草把他送到门口，并用德语对他说，"我确实对不起您——请您原谅我。"

雷莫什么也没有说。

"我把您写给我的颂歌拿给伏拉季米尔·尼库拉伊奇看，我原来是相信，他一定会鉴赏的，而且他的确也非常喜欢。"

雷莫停下脚步。

"没有关系，"他用俄语说道，接着便又用他的本国话补充道，"不过他其实是什么都不懂的，您为什么看不清这一点呢？他只是半瓶子醋，仅此而已！"

"您这样对他是不公平的，"莉莎不赞同地说，"他其实什么也都懂，也几乎什么事都能做。"

"是呀，不过全都是些冒牌货、便宜货，粗制滥造的玩意儿。别人喜欢这种玩意儿，喜欢这种人，他自己也就跟着心满意足了——那好吧，我并没有生气。那支颂歌，还有我——我们全部都是些老傻瓜，我只是觉得有些不好意思，然而这也没关系。"

"请您原谅我吧，赫里思托福尔·费多里奇。"莉莎接着说。

"没关系，真的没关系，"他再次用俄语重复着说，"您可真是个好心肠的姑娘……看，有人来找你啦，再见吧。您确是个心肠非常好的姑娘。"雷莫匆匆地向门口走去，看见一位他并不认识的先生正走进门来，来人穿一件灰色的外套，头戴一顶宽边草帽。

雷莫对着这个人彬彬有礼地鞠一躬（在O市他对任何一张陌生的面孔鞠躬，却在街上碰见任何一个熟人时转身就走，这已是他给自己立下的规矩），从他身旁经过，隐没在篱墙后面。陌生人非常不解地从背后看了看他，再看一看莉莎，便径直向她走来。

七

"您可能已经认不出我来了吧，"他摘下头上的帽子，有点犹豫地说，"但是我还是认出了您，尽管从我最后一次见您，到现在已经过去八年时间了，而那时候您还只不过是个孩子。我是拉夫列茨基，您母亲可在家？我能见见她吗？"

"妈妈一定会特别高兴，"莉莎说，"她好像已经听说您回来了。"

"您似乎是叫莉莎维塔，是吗？"

拉夫列茨基不太确定地说，边走上了台阶。

"是的，没错。"

"我可清清楚楚地记得您，那时候您的面容就已经叫人一见难忘了，那时候我还经常给您带糖果来的。"

莉莎不由得脸红了，心想：他这人可真奇怪啊！拉夫列茨基在前厅里站住，稍微停了一小会儿。莉莎进到客厅里，从里面传来潘申大声说话和哈哈大笑的声响，他正在把城里流传着的什么流言蜚语，说给已经从花园走回客厅的玛丽亚·德梅特里耶芙娜和格杰昂诺夫斯基听，并且因为他所说的那些事情而高声哈哈大笑。

一听见拉夫列茨基的名字，玛丽亚·德梅特里耶芙娜不由得大吃一惊，竟有些慌乱起身，脸色苍白，急忙走上前去迎接他。

"您好，您好啊，我亲爱的表弟，"她用拖得长长的、甚至几乎是感伤的声音非常激动地说，"看到您我可真是高兴啊！"

"噢，您好，我亲爱的表姐，"拉夫列茨基说，并亲热殷勤地握了握她伸过来的手，"上帝保佑，您过得可好啊？"

"请坐，快请坐，我最亲爱的拉夫列茨基。哎呀，我可真高兴啊！请允许我先来介绍您认识我的女儿们，莉莎……"

"我早已经向莉莎维塔·米哈罗芙娜做完自我介绍了，"

拉夫列茨基插话道。"迈歇潘森……谢尔盖·彼得洛维奇·格杰昂诺夫斯基……您快请坐啊！我瞧着您，真是，甚至不敢相信自己的眼睛。您的身体如何啊？"

"正如您所看到的：我发胖了。而您，我的表姐，——假如我的赞美不会带给您什么不吉里的话，——这八年来好像您也没变瘦啊。"

"请想想看吧，我们有多长时间没有见过面了，"玛丽亚·德梅特里耶芙娜陷入梦幻似的低声喃喃说，"您这是打哪里来？您把……留在什么地方……或者说，我想要说的是，"她立刻改口说，"我只是想说，您是要在这儿长期居住下来吗？"

"我刚从柏林回来，"拉夫列茨基回答她，"明天就要回乡下去，——或许，说不定要长住下来呢。"

"您肯定是要住在拉夫里尼了？"

"不，我不想住在拉夫里尼；可是离这儿大约25俄里，我还有一个小村子，我就是想要住到那儿去。"

"您说的就是格勒菲拉·彼特洛芙娜给您留下的那个小村子吧？"

"是的，就是那个。"

"算了吧，拉夫列茨基！在拉夫里尼您可是有一幢非常漂亮的房子啊！"

拉夫列茨基不禁微微皱了皱眉头。"是啊……可是在那个小村子里我有一套厢房，而我暂时别的什么都不需要。那个地方——如今对我而言最合适不过了。"

玛丽亚·德梅特里耶芙娜又窘困得手足无措了，她甚至坐直了身子，将双手摊开。

潘申见状赶紧过来给她帮忙，跟拉夫列茨基热切地交谈起来。

玛丽亚·德梅特里耶芙娜的心情慢慢平静下来，身子往后靠在安乐椅的背上，中间时而插上一两句话，不过却不时那样怜悯地看看自己的客人，那样饱含意味地唉声叹气，经常充满忧郁地频繁摇头皱眉，以致客人终于忍受不了，便非常生硬地问她："是不是哪里不舒服？"

"噢，谢天谢地，"玛丽亚·德梅特里耶芙娜回答道，"我没事，怎么啦？"

"没什么，我只是觉得，您好像不大舒服。"

玛丽亚·德梅特里耶芙娜马上装出一副表情庄重又似乎有

点儿受了委屈的模样。

"既然这样，"她想，"于我而言，反正都一样，看起来，我的上帝，你倒像是满不在乎呢。换作是别人，一定会痛不欲生，你反倒长胖了。"玛丽亚·德梅特里耶芙娜内心暗自思忖时，可不必讲什么礼貌，而说出声来的，就会装作比较文雅一些了。

不过拉夫列茨基的确不像一个饱受命运捉弄的牺牲者，他那张典型的俄罗斯人的脸，双颊红润润的，白皙的额头宽阔饱满，鼻子稍微有些粗大，嘴唇宽阔而庄正，让人想到像草原上的人那样的健康、强壮，似乎有永远不会衰竭的力气和能量。

他身材很好，匀称而协调，一头浅色的头发跟青年人似的卷曲着，然而在他那双稍有点儿呆板且向外突出的淡蓝色眼眸里，能够看出不知是沉思、抑或是疲倦的神情，并且他说话时的声音也让人觉得太过于平静了。

潘申则接着没话找话，希望谈话不至于中断。他将话题转移到了制糖业能够带来的益处上，不久前他刚看过几本有关这些问题的法文小册子，因而不慌不忙且略带谦逊地转述小册子里的内容，可是却连一个字都没提到过那两个小册子。

"啊哟，这不是我的费卡嘛！"突然从隔壁房间里微开着的门后传出了马尔法·季莫菲耶芙娜的声音。

"果然是费卡，一点儿也没错！"边说着，老太婆急忙快速走进客厅。拉夫列茨基甚至都还没时间从椅子上站立起来，她早已一把将他抱住。

"让我瞧瞧，快让我看看哪，"她说，边说着边站得离他的脸稍远一点，"嗳！你看多可爱呀，虽然有些老了，不过模样儿可丝毫也没变丑，真的。唉，你干吗吻我的手啊，——呵呵你就亲亲我吧，要是我这张皱巴巴的老脸不至于让你觉得厌恶的话。你可能都没问起过我吧？没有问过，姑妈还依然活着吗？不是吗，你出生时还是我接生的呢，你可真是个淘气鬼呀！唉，反正一样，你怎么会想起我来呀！不过你终于回来了，我的好孩子。那么，我亲爱的，"接着她面向玛丽亚·德梅特里耶芙娜说，"你招待他什么吃的了呀？"

"我什么也不吃。"拉夫列茨基急忙说。

"那么，无论如何也要喝杯茶吧，我的上帝。我的天哪！一个亲人不知是从什么地方回来了，却连杯茶都不给他喝。莉莎，你马上去张罗一下，可要快点儿。我可记得，小时候他嘴很馋呢，就是现在，应该也还很爱吃东西吧。"

"您好啊，马尔法·季莫菲耶芙娜。"潘申从旁边走近心情正兴奋的老太婆，并深深鞠了个躬。

"请原谅我，我可爱的先生，"马尔法·季莫菲耶芙娜回答道，"由于太高兴，所以我没看见您。你长得越来越像你亲爱的母亲了，"她又转过身对拉夫列茨基继续说，"只是你的鼻子还是像父亲。哦——你到我们这里来，是要住很长时间吗？"

"我明天就得走，亲爱的表姑。"

"走？你要去哪儿？"

"我回自己家去，到瓦西里耶夫村。"

"明天就走？"

"是的，明天。"

"那好吧，既然你说明天，那就明天吧。噢，上帝保佑，——你自己是最清楚你要做什么的。只不过别忘了，一定要来告别啊。"老妇人疼爱地轻轻拍拍他的脸颊，"我可真没料到还能再见到你，倒不是说我想早死，——噢不，我或许还能再活十年：我们别斯托夫家的人，全部都长寿，你那已经去世的祖父就经常说，我们都长得很壮实。唉，可是老天晓得你还会在国外流浪多长时间。啊，不过你真是好样的，好样的。看样子，你可能仍然能用一只手就提起十普特东西吧？你早过世的父亲，对不起，虽然说他是个极其荒唐的人，不过他给你请了个瑞士人做教师，却是很正确。你和他斗拳那种事，还有印象吗？这应该叫体操吧，是吗？不过，我怎么这么絮絮叨叨一直说个不停啊，只不过这妨碍潘申先生（她一直都没好好地称呼过他潘申）的事，和他无法大发议论。可是，我们最好还是去喝茶吧，走，我们到凉台上去。我们这里的鲜奶油棒极了，才不像你们伦敦和巴黎的那些冒牌玩意儿。我们走吧，快走吧，那么你呢，费卡，请把你的手伸给我。噢！看看你的胳膊有多粗啊！有你扶着，我就不必担心会跌倒了。"

大家便全都站起来，往凉台上走去了，只有格杰昂诺夫斯基例外，他趁别人不注意悄悄地走了。

当拉夫列茨基和家里的女主人、潘申以及马尔法·季莫菲耶芙娜谈话的时候，他就一直静静地坐在角落里，非常注意地眨巴着眼睛，怀着孩子般的好奇心，噘着嘴唇听着，而现在已经急不可耐地急于到全城去散布关于这位新来的客人的流言蜚语。

就在当天晚上大约 11 点钟，卡里金家里发生了一件事：在楼下客厅的门口，伏拉季米尔·尼库拉伊奇在与莉莎告辞的时候，趁机紧紧握住她的手，并对她说："您是知道的，是谁把我吸引到这里来的。您心里明白，我为什么总是喜欢来你们家。既然所有一切都这样明显，那么还用得着我再说什么吗？"

莉莎什么也没有说，也没有朝他微笑，而只是微微扬起眉毛，涨红了脸，看着地上，不过她并没有将自己的手抽回来。而在楼上，在马尔法·季莫菲耶芙娜的房间里，在早已褪色的古老庄严神像前挂着的油灯下面，拉夫列茨基安静地坐在一把扶手椅里，胳膊肘支在膝盖上，用两只手托着自己的脸，而老妇人则站在他面前，不时默默地抚摩着他的柔软弯曲的头发。

与女主人告别之后，他就在老妇人这里坐了一个多小时。但他几乎什么话也没对自己这位好心肠的老表姑说，而她也没有啰嗦地问长问短……而且有什么好说，又有什么好问的呢？就是不说，她也全都明白；就是不问，对他心里的所有痛苦，她也是满怀同情和关切的。

八

　　菲托尔·伊凡尼奇·拉夫列茨基（我们必须请读者允许，
暂时把前面的叙述打断一下），出身自一个古老的贵族世家。
拉夫列茨基家族的先祖从普鲁士迁徙到失明者瓦西里二世的公
国，并在别热茨基高地获得两百切特维尔基的封地。他后裔中
的许多人担任过多种官职，在边远辖区的王公显贵手下当差，
但是其中没有任何一个升到御前大臣以上的官职，也没弄到可
观的财产。

　　在拉夫列茨基家族里最富裕、最显赫的就要数菲托尔·伊
凡尼奇的曾祖父安德雷了，那是一个凶残、粗暴、极为聪明，
而又相当狡猾的人。直到今天还有人在谈论关于他的蛮横、暴
戾、疯狂的慷慨和无尽的贪婪的故事。他身材高大肥胖，面色
黝黑，不长胡须，说话含混，好像总是没睡醒似的；但是他声
音越低，他身边所有的人却抖得越是厉害。

　　他找的妻子也是和他相匹配的。她眼暴睛突，鼻似鹰钩，
脸圆而黄，有茨冈人血统，脾气暴躁，爱记仇，任何事都不会

让她丈夫一步，弄得他几乎每次都要向她跪地求饶，但她虽跟他磕磕碰碰一辈子，却没他长寿。

安德雷的儿子彼得·菲托尔的祖父，一点也不像他父亲：他是常居草原的一个普普通通的地主，性格非常古怪，喜欢大叫大嚷，做事慢慢腾腾，粗鲁，但不凶残，待客非常慷慨，还喜欢养狗。他30岁时从父亲那里继承了两千个上等农奴，但他很快就把他们全部释放了，部分田产也卖掉了，家里的奴仆也全都被他惯坏了。那些认识和不认识的小人就像蟑螂一样，从四面八方爬到他宽敞舒服虽不大整洁却可以获利的堂皇府邸来。这帮人见什么吃什么，大吃特吃、酒足饭饱之后，拿走全部能拿的东西，嘴里则大肆称颂和赞美着他们亲爱的主人；而主人呢，他情绪不佳时，也会把这些客人们称之为寄生虫、下流胚，但是如果没有这些人他又会觉得寂寞无趣。

彼得·安得烈依奇的妻子是一个性情温和贤淑的女人，是他遵从父亲的意愿和命令从邻近的一个家族娶来的，名叫安娜·巴芙罗夫娜。她不干预他的任何事，高高兴兴地招待客人，自己也非常乐意出门做客，虽然不得不在头上扑粉，用她的话说，"简直就是要她的命。"她在年老后说："在你头上包上一块毛毡，头发全部拢到头顶上，再抹上油，扑上粉，最后扎上几根大铁针——过后洗都洗不掉，不过出门做客不扑粉又不行呀，人家要不高兴的呀，真受罪！"她喜欢搭快车兜风，一旦打起牌来可以从早坐到晚，每当丈夫来到牌桌边，她就把她赢来的几枚小钱小心地用手捂起来。而自己所有的陪嫁和所有的钱财则全都毫无保留地交给他掌管。

她为他生下了两个孩子：儿子伊凡——即是菲托尔的父亲，还有女儿格勒菲拉。伊凡并非在他家而是在有钱的老姨妈库本斯卡娅公爵小姐家里长大的：她指定他作为她的合法继承人（没有这一条父亲是绝不会放他去的）。她将他打扮得跟个洋娃娃似的，替他请来各式各样的教师，甚至还请来一位外国家庭教师，法国人。已经退职的修道院长，让·雅克·卢梭的学生。这是一个机智灵敏、善于钻营拍马屁耍滑头的人——照她的说法，是所有法国移民中的最好的一个，结果是——她眼看70岁时嫁给了这位"精华"，并把自己的所有财产转到他的名下，并在不久之后，抹上胭脂水粉，擦上法国的香水，在成群的小黑奴、细腿巴儿狗和唧唧喳喳鹦鹉的围绕下，被抛弃在一张路易十五时期的歪歪扭扭的丝绒小沙发上等死，手里还抱着一只伯第多制作的珐琅鼻烟壶——是的，她在等死，因为她被丈夫抛弃了：这位暗藏心计的古尔登先生觉得，还是带上她的钱财走得远远的，赶紧回巴黎为上计。

当这个晴天霹雳似的打击——我们是说公爵夫人的婚姻，而不是她的死，降临到可怜的伊凡头上时，他才只不过20岁。他一下子从一个富有的继承人变为一个卑微的寄食者，他再也不愿留在姨妈家里。在彼得堡，他在其中成长的社会从此对他紧紧地关上了大门。去干个低级的小差事吧，不仅非常艰苦，而且还不体面，他感到厌烦（所有这些都发生在亚历山大皇帝在位初期），最终他不得不回到乡下去投奔他的父亲。

他认为老家肮脏、贫困而破落；大草原生活的荒凉寂冷和满屋的烟尘异味处处让他感到屈辱，寂寞孤独又让他心神不宁；

而且家里所有成员，除了母亲，都对他没有好感。

父亲不能容忍他京城的生活习惯，他的整洁的礼服、他衬衫上翘起的硬领、他的书籍、他的笛子、他的洁癖，当然对他这种洁癖，做父亲的反感是不无道理的。父亲经常抱怨，对儿子嘟嘟囔囔。

"家里的什么他都看不上眼，"父亲总是说，"一到饭桌前就挑剔，吃不下去。别人身上的气味，屋里空气闷，他都受不了，看见别人喝醉酒，他也感觉很难受，你也不敢当着他的面打架，他又不愿意去当差，瞧瞧那身子骨多软，哎呀这个娘娘腔的男人！这一切都是因为，脑袋里只装着个伏尔泰。"老头子特别不喜欢伏尔泰，还有"暴徒"狄德罗，尽管他们写的书他一个字也不曾读过：他跟读书是没有缘分的。彼得·安得烈依奇并没有搞错：没错，他儿子脑袋里装着的又是狄德罗，又是伏尔泰，甚至还不止这几个呢——卢梭，雷那尔，还有爱尔维修，还有许许多多跟他们类似的其他作家，全都装在他的脑袋里——不过也仅仅是装在脑袋里而已。

伊凡·彼得洛维奇的那位法国老师是退职的修道院长和百科全书派的学问家，"很称职"地把18世纪所有的作家全都装进他弟子的脑袋里，而他也确实都装满了这些东西，把脑袋装得满满的，却并不能融入他的血液中、渗进他的灵魂里，也没有表现为一种坚定执着的信念……不过话说回来，要求一个50年前的年轻人拥有信念，这是否可能呢？因为直到今天我们也还没有发展到这种程度。

伊凡·彼得洛维奇同样令他父亲家的客人们感到局促不安

和难堪。他厌烦他们，他们也畏惧他，而他跟那位年长他12岁的姐姐格勒菲拉更是格格不入。

这位格勒菲拉是个怪物：她奇丑、驼背、干瘦，一双大而凶光闪烁的眼睛，两片又紧又薄的嘴唇，她的面容、声音、愚笨而又急速的动作，都让人想起她的茨冈人祖母，安德雷的妻子。她固执而贪婪，让她出嫁的话她连听也不愿意听。伊凡·彼得洛维奇的回归很不合她的心意：当库本斯卡娅公爵小姐养育他时，她曾指望至少能从父亲那里得到田产的一半，即使在吝啬这一点上她也跟她祖母一个样。除这些之外，格勒菲拉还非常嫉妒她的弟弟：他看起来那么有教养，法语讲得那么好听，还是一口的巴黎腔调，而她却几乎连"崩裤儿"和"括蛮屋泡台屋……"都不会说。其实她的父母亲也是丝毫不懂法语的，不过这并不能让她心里好受些。

伊凡·彼得洛维奇不知道如何排遣他的烦闷忧愁和苦恼，他在乡下还没住上一年，却感觉好像是过了十载春秋。只有在跟自己的母亲在一起时，他才能感到一丝丝轻松，他会一连几个小时静坐在她低矮的小屋里，倾听这位善良质朴女人简单而无趣的闲聊，与此同时还饱尝着果酱蜜饯。

凑巧在安娜·巴芙罗夫娜的使女中有一个非常漂亮的姑娘，有一对清澈温存的小眼睛，面孔也很秀气，她的名字叫作玛拉尼娅，是一个聪慧贤淑的姑娘。从第一眼开始她就被伊凡·彼得洛维奇看中了，于是他深深爱上了她。爱她那畏惧胆怯的步态，略带羞涩的回答，轻柔舒心的话音和文静恬适的笑容。他觉得她一天比一天可爱了。而她也同样以自己心灵的全部力量眷恋着伊凡·彼得洛维奇，也只有俄罗斯姑娘才会这样的缠绵深情——终于她委身于他了。

在乡下地主家的堂皇宅子里，没有什么秘密能保持得长久：很快人人都知道了少爷跟玛拉尼娅的关系，最后这件事也传到彼得·安得烈依奇的耳朵里，换个时候，或许，他不会去留意这种小事；然而他对儿子成见已深，非常渴望能有机会把这个彼得堡来的聪明和漂亮的家伙大肆羞辱一番。于是掀起了一场喧哗、叫嚷和吵闹的暴风骤雨：玛拉尼娅被关进储藏室；伊凡·彼得洛维奇则被叫去见他的父亲大人。安娜·巴芙罗夫娜也闻讯而来，她想方设法让丈夫消消气，但是彼得·安得烈依奇却什么话都听不进去，他像老鹰抓小鸡一样凶猛地向儿子扑去，骂他不道德，不尊重信仰，骂他是伪君子；并趁机把自己对库本斯卡娅公爵小姐的全部积怨通通发泄到儿子身上，把他骂得狗血喷头。

最初伊凡·彼得洛维奇努力克制着，忍受着，默不作声，然而当他意识到父亲想要用一种侮辱性的惩罚来威胁他时，他终于忍不住了。"暴徒狄德罗该出场了，"他这样想着，"那我就让他来尽情表演一番，等着瞧，我要让你们都大吃一惊。"于是，伊凡·彼得洛维奇用一种安静平稳的声音，虽然现在他全身上下都在不停地抖动，向他的父亲大声宣布说，他大可不必辱骂他不讲道德；说自己虽然无意为别人眼中的过错辩解，但是却准备有所补救，况且，他感到自己是超越一切偏见之上的。因此，他更是乐意如此解决，就是说，他打算娶玛拉尼娅为妻。

这番话说出来，伊凡·彼得洛维奇无疑达到了目的：他把彼得·安得烈依奇吓得眼珠子都突出来了，霎时目瞪口呆。但是这位父亲很快就清醒过来，他身着松鼠皮袄，光脚蹬一双短筒皮靴，以这副姿态，挥舞着攥紧拳头向伊凡·彼得洛维奇冲过来，而这位儿子今天也似乎是专门有所准备，身穿一件崭新的蓝色英国常礼服，脚穿饰着璎珞的靴子，时髦的驼鹿皮裤子紧裹住两条细长的腿。

安娜·巴芙罗夫娜死命地喊叫着，两手痛苦地捂住脸，而她的儿子已经穿过厅堂，迅速跳进院子里，大步冲过菜园、花圃，从花圃又直接奔上了大道，头也不回地跑掉了，直到跑到他再也听不见身后恼羞成怒的父亲沉重的脚步声和他时断时续的费力的咆哮声……"站住，你这个大骗子！"他喊叫着，"你站住！我要诅咒你！"伊凡·彼得洛维奇逃到附近一家独院小地主房里，彼得·安得烈依奇筋疲力尽、大汗淋漓地回到家中，不等缓过气来，就宣布取消他给予儿子的祝福和继承权，命人把他的混账书籍全部烧毁，而丫头玛拉尼娅则要马上被遣送到一处很远的庄子去。几个善良的人找到了伊凡·彼得洛维奇，并把这些都转告了他。他感到受了莫大的侮辱和满心的愤怒，发誓要报复他的父亲。当天夜里，他劫住遣送玛拉尼娅的农家马车，将她抢了回来，带她快马连夜逃奔到最近的一个市镇，就和她结婚了。一位整天醉酒而却极为心善的退职海员，是他的邻居，这位邻居拿钱供给他。这人，正如他说的，对任何高尚事件是全都热心支持的。

结婚第二天，伊凡·彼得洛维奇就给彼得·安得烈依奇写了一封用词尖刻、冷漠而又充满礼貌的信，便到他表兄德梅特里·帕斯托夫和表姐马尔法·季莫菲耶芙娜所居住的庄园去，他的这位表姐读者已经在前面认识了。他把整个事情都告诉了他们，说他计划去彼得堡找一份差事，哀求他们哪怕暂时给他的妻子一个安稳的容身之处。当说到"妻子"两个字时，他伤心地哭出声来，这时，他再也顾不得自己京城的教养和哲学，倒像个地道的俄国乞丐似的，卑微恭敬地俯身在自己亲戚的脚前，甚至还给他们磕了一个响头。别斯托夫一家人是慈悲而善良的，便满心愿意爽快地答应了他的请求。他在他们那里住了两三个星期，暗暗期望着父亲的回信，然而总不见有回信——也不可能有。

彼得·安得烈依奇一听说儿子结婚的消息，便卧床不起了，从此他不准任何人在他面前再说起伊凡·彼得洛维奇这个名字。只有做母亲的，瞒着丈夫，悄悄地从教堂的监督司祭那里借来了五百个卢布给他们捎过去，还为他妻子带去一尊小神像。她不敢给他们写信，只能让她派去的那个一天能走 60 里路的干瘦的农夫给伊凡·彼得洛维奇捎话说，让他不必太难过，说上帝慈爱怜惜，所有的一切都会有很好的安排的，父亲有一天也会将怒气化为宽恕的。并且，看来上帝是非常乐意这样的，她也就给玛拉尼娅·谢尔盖耶芙娜送去了母亲的祝福。那位干瘦的农夫原本是新娘受洗时的教父，在得了一个卢布的赏钱后，他要求见一见新主妇，并在吻过她的手后，就回家了。

伊凡·彼得洛维奇怀着轻松愉悦的心情去彼得堡了。他将面临的是一种全然未知难以预料的命运：或许贫困马上要威胁到他，但是他终于摆脱了他所厌恶的乡村生活，而最主要的是，他并没有辜负自己的圣师们，果真把卢梭、狄德罗"付诸实践"，并且用结果加以证明了。他心中激荡着履行义务的使命感，胜利感和自豪感，而跟妻子的别离倒也让他不怎么害怕，一旦要他必须和妻子一直厮守下去，他或许不久就会不知怎么办才好的。这件事已经结束，应该开始去干点别的什么事了。

在彼得堡，完全出乎他意料，他竟然交上了好运：库本斯卡娅公爵小姐——麦歇古尔登虽然有时间把她无情地抛弃，不过她却还没有来得及死掉——为了能多少弥补一下自己在外甥身上的过失，便把他介绍给自己全部的朋友，而且给了他5000卢布——这几乎是她最后所有的钱财，还送给他一只列皮科夫制作的挂表，上面刻了一圈爱神围绕着的他名字简写的花字组合。不出三个月，他便在俄国驻伦敦使馆里谋到一个职位，于是乘上随即开出的第一艘英国帆船漂洋过海去了（在当时你们甚至还不知轮船是什么）。

几个月之后，他收到了别斯托夫的来信。这位善良仁慈的地主祝贺伊凡·彼得洛维奇喜得爱子，孩子是1807年8月20日在帕克罗夫斯科耶庄子出生的，为了纪念殉道的先圣菲奥托尔·斯特拉季拉特，给他起名叫作菲托尔。因为身体极其的衰弱，玛拉尼娅·谢尔盖耶芙娜只是附笔写了几行字而已，不过这寥寥几行足以让伊凡·彼得洛维奇吃了一惊：他还不知道马尔法·季莫菲耶芙娜已经教会他的妻子读书写字了。

然而，伊凡·彼得洛维奇并没有长久地沉溺于亲情的甜蜜和心情激动之中：他正在向当时名气大振的一个芙琳或者拉伊丝（那时还流行着古典风雅的名字）大献殷勤呢。当时《吉尔西特和约》刚刚签订，所有的人都忙于庆祝作乐，大家全都被卷入一股疯狂的快乐旋风之中，他的脑袋也被一位活泼美人儿的一双黝黑明亮的眼睛搅得发晕了。他的财产不多，但是他赌运亨通，且广为交友，凡是寻欢作乐之事，他总是有份，一句话，他是一帆风顺，意气风发的。

九

老拉夫列茨基一直都不愿宽恕他儿子出逃结婚的事,如果半年之内,伊凡·彼得洛维奇回来乖乖向他低头认罪,并跪倒在他的脚下,他或许会先狠狠地辱骂他一番,拿手杖敲他几下,吓唬吓唬他,最终饶恕他。不过伊凡·彼得洛维奇前往国外,似乎看来毫不在乎。

"闭嘴!不许提!"每当妻子一开口,试图说服他宽恕儿子,彼得·安得烈依奇都对她严肃重申,"他,这个小崽子,我没狠心诅咒他,他就得一辈子为我向上帝祈福呢。如果先父在世,一定会亲手宰了他,宰了这个下流胚子,而且那样才算是做对了。"听到如此可怕的话,安娜·巴芙罗夫娜只能偷偷地在胸前画十字。

至于伊凡·彼得洛维奇的妻子,起初,有关她的情况,彼得·安得烈依奇连听甚至都不愿听,别斯托夫写信来提及他的儿媳,他甚至命令给别斯托夫回信说,他从来不知道自己有什么儿媳,还说法律禁止收留出逃的女奴,对于这件事,他觉得自己有必要提醒他。不过后来得知儿媳生了孙子，他就心软了，吩咐暗中去打听产妇的健康情况，还给她捎了不多的钱去，可是也装作好像并非他给的。

费卡还不满一周岁时，安娜·巴芙罗夫娜就身患不治之症。她临终时，早已经不能起床了，毫无光彩的眼睛里饱含着胆怯的泪水，当着忏悔神父的面，对丈夫恳求，她希望看看儿媳，和她告别，还想要祝福孙子。心情异常悲痛的老人安慰了她，马上派他自己乘坐的那辆轻便马车赶去接儿媳，并且第一次称呼她为玛拉尼娅·谢尔盖耶芙娜。她带着儿子跟马尔法·季莫菲耶芙娜一起坐车回来了，马尔法·季莫菲耶芙娜怎样都不忍心让她一个人来，不愿让她受到欺侮。被吓得半死的玛拉尼娅·谢尔盖耶芙娜走进了彼得·安得烈依奇的书房，保姆怀里抱着费卡跟在她的后面。彼得·安得烈依奇一声不吭地朝她看了一眼。她慢慢走到他的一只手跟前，吓得发抖的嘴唇勉强费力地嗫起来，没有声响地轻轻吻了吻他的手。

"行啦，突然冒出来的少奶奶，"他最终犹豫勉强地说，"你好，我们现在就到太太那里去吧。"

他站起身来，弯身看看费卡，孩子甜甜一笑，朝他伸出自己两只苍白柔软的小手。老人的心这下彻底融化了。也许这就是亲人之间的天性，是任何东西都阻挡不了的。血浓于水的感情，特别是在这样一个天真无邪的孩子面前，又有什么化不开的呢！"唉！"他小声说，"没人疼爱的可怜孩子！你算替你爸爸来求情了，我怎么能忍心丢下你不管呐，我可爱的孩子。"

玛拉尼娅·谢尔盖耶芙娜刚一走进安娜·巴芙罗夫娜的卧

室，就立刻在门边给她跪下了。安娜·巴芙罗夫娜抬手让她到床边来，拥抱了她，给予她的儿媳祝福；然后，转过她那被重病折磨得万分憔悴的脸，朝着她丈夫，似乎想要说什么……

"我明白，也知道你想求我做什么，"彼得·安得烈依奇小声说，"别难过了，我会让她留在我们这儿，就算是为了她，我也会宽恕万尼卡的。"

安娜·巴芙罗夫娜费力地抽住丈夫的一只手，努力地把嘴唇凑到这只手上。就在当天晚上，她便辞世了。

彼得·安得烈依奇践行了自己对妻子的诺言。他写信通知儿子，为了他可怜的母亲的临终遗愿，也为了费奥道尔这个可爱的小家伙，他决定恢复自己对儿子的祝福，并把玛拉尼娅·谢尔盖耶芙娜母子留在了自己家里。他安排给她底层和二楼中间的两间阁楼，并把她正式介绍给最为尊贵的客人们，而且独眼旅长斯库里欣夫妇，派遣了两个使女和一个小厮以供她使唤。马尔法·季莫菲耶芙娜跟她辞别了，马尔法·季莫菲耶芙娜憎恶格勒菲拉，一天之内就和她吵了三次架。

刚开始，这个可怜的儿媳觉得痛苦不安，并且非常尴尬。然而后来她慢慢对什么都忍受习惯了，与公公之间也相处得不错。他也好像已经习惯有这样一个儿媳，甚至开始喜欢她了，虽然他几乎从来不跟她讲话，就算在他向她表达最慈祥的父爱时，都会流露出不自觉的轻视。

最能让玛拉尼娅·谢尔盖耶芙娜受委屈的是她的大姑子，格勒菲拉在母亲还活着的时候，就慢慢地把家里的所有大权都揽在自己手中了：从她父亲开始，所有人都要听她的；没有她的许可，甚至连一块糖也别想拿到；而她宁愿去死，也不愿和另外一个主妇分享当家的权力，——而且这是个怎样的主妇啊！弟弟的婚事彻底激怒了她，她比彼得·安得烈依奇更生气：她要好好教训教训这个飞上枝头、一夜之间变成了贵族的女人，因此，从一开始，玛拉尼娅·谢尔盖耶芙娜就成了她的奴隶。而她，这个对人毕恭毕敬、常常感到惶恐不安、日夜担心、身体虚弱的女人，怎么能斗得过蛮横粗鲁、目空一切的格勒菲拉呢？没有一天格勒菲拉不提醒她要牢牢记住自己以前的地位，同样也没有哪一天不称赞她还没有忘乎所以。

无论这些提醒和称赞是多么让人难堪，玛拉尼娅·谢尔盖耶芙娜都会心甘情愿地默默忍受……可是她夺走了费卡：这可让她悲痛欲绝无法忍受了。声称她不会教育儿子，几乎不允许她接近他，格勒菲拉亲自担负起了教育孩子的责任，孩子彻底落入了她的掌握之中。由于极度悲伤，玛拉尼娅·谢尔盖耶芙娜开始在她写的一封封信里多次恳请伊凡·彼得洛维奇，希望他早日回来；彼得·安得烈依奇也非常想看看自己的儿子。然而伊凡·彼得洛维奇只是仅限于回信敷衍敷衍而已，为了妻子儿子，为了家里寄给他的钱，为了感激父亲，回复说不久就回来，——可一直不回来，1812年的战争最终把他从国外召唤回家了。

六年之久的分别之后，父子再次见面，愉快地相互拥抱，甚至连一句话也没提到以前的争执。当时完全顾不了那些：全俄国都在奋起抗敌，父子两人都觉得，俄国的血液在他们的血管里热烈奔腾。彼得·安得烈依奇自己出资为整整一团民兵购买了军服。不过战争结束，危险过去了，伊凡·彼得洛维奇又感到百般无聊了，于是又被吸引到远处，回到他住习惯了的、觉得如鱼得水春风得意的那个世界里去了。

玛拉尼娅·谢尔盖耶芙娜没能挽留住他，对于他来说，她显得太无足轻重了。她的希望也没能实现，连她丈夫也觉得，委托格勒菲拉来教育费卡，要适合得多。伊凡·彼得洛维奇善良胆怯而可怜的妻子经受不住这样的无情打击，经受不了第二次别离，她毫无怨言地，在几天时间之内就与世长辞了。在她的一生中，对什么都不会奋起反抗，同样地对疾病她也没有进行任何斗争。她已经说不出话，死亡的阴影已经笼罩了她的脸庞，然而她的脸上依然流露出默默忍受、茫然无措和一贯温和恭顺的谦卑神情；她也带着一样默默无声的温顺神情看着格勒菲拉，并且如安娜·巴芙罗夫娜在弥留之际吻了吻彼得·安得烈依奇的手般，她把自己的嘴唇凑上去贴在格勒菲拉的手上，将自己的独生子托付于她——格勒菲拉了。一个温顺善良的人就如此结束了自己在尘世上默默无闻的一生，天知道她是为什么被人从故土上无情地夺走，就像一棵被连根拔起、任凭烈日曝晒的小树，又被残忍抛弃了。这个平淡无奇而又善良纯真的生命枯萎了，无影无踪地消失了，没有任何人为她感到悲哀。唯一对玛拉尼娅·谢尔盖耶芙娜的死觉得惋惜的是她的两个使女，另外还有彼得·安得烈依奇。老人感到非常需要有这么一个默默无语的人。

"决别了，我温顺可怜的儿媳妇！"在教堂中，他最后一次向她行礼时，嘴里喃喃地说。他情不自禁泪流满面，向她的坟头上撒了一把土。

老人自己也并没有比她多活多久，只是多活了不到五年而已。他领着格勒菲拉和小孙子移居到了莫斯科，1819 年冬于莫斯科安详辞世，临终前留下遗言，叫人把他安葬在安娜·巴芙罗夫娜和"玛拉莎"旁边。

当时伊凡·彼得洛维奇正在巴黎无忧无虑享乐，1815 年之后不长时间他就退职了。接到父亲的死讯以后，他便决定回到俄国去。他要考虑分享财产，还有费卡的事，据格勒菲拉写信说，他都已经 12 岁了，到了不得不认真关心他的教育的年龄了。

十

　　伊凡·彼得洛维奇如同一个真正的英国人似的回到俄国来。他头发剪得非常短，浆过而翘起的硬领遮住耳朵，灰黄色的长襟礼服，身着带有多层的小衬领，脸上带着酸溜溜的表情，说起话来生硬麻木而冷漠，声音好像从牙缝里挤出来，突然地瓮声瓮气地"哈哈"两声，却从不见脸上有笑容，除了政治和经济以外的话题一律不谈，酷爱血迹未干的牛排和波尔多黑葡萄酒——他一身都是大不列颠的气味，似乎浑身上下都渗透了那个国家的精神。

　　然而真正让人奇怪的是，伊凡·彼得洛维奇蜕变成了一个英国人，却与此同时竟也成为一个爱国者至少他自己称他是一个爱国者，即便他对俄国所知甚少，甚至没有一丁点儿俄国的生活习俗，连俄国话也说得怪腔怪调：平常说话时他说的俄国话都结结巴巴，没精打采，满口的法式语句；不过一说到紧要话题，伊凡·彼得洛维奇嘴里便会马上冒出类似如下的言辞，"展现自身热情的新经验"，"此事与事物的本质根本不相符"，等等。

伊凡·彼得洛维奇带回来几份关于政府结构及其改进策略的计划手稿，他对自己所见所闻的任何不满不完善的制度尤其令他大为恼怒。和姐姐刚见面，第一句话就是向她宣布，他计划实行几项根本性的改革措施，以后家中事事都将按他的新制度进行。格勒菲拉·彼特洛芙娜对伊凡·彼得洛维奇的话一句也不回答，只是狠狠咬一咬牙齿，心想："那我去哪儿？"不过随弟弟和侄儿刚回到乡下，她马上放下心来。家里确实发生了一些"根本性"改变：寄生者和懒惰虫很快被驱逐出门。遭殃的是两个老太婆，一个瞎子，另一个是瘫子，还有一个是年老体衰的"奥恰科夫时代"的少校，这人的确是出名的贪吃，他们从来只拿黑面包和扁豆喂他。同时伊凡·彼得洛维奇还发布一个命令，之前的客人一概不接待。取而代之的是一个远处的邻居，一个长着淡黄色头发的体弱多病的男爵，这个人虽极有教养，却也极为愚蠢。他摆上了从莫斯科运过来的新式家具，用上了痰盂、铃铛、脸盆架，早餐的吃法也一改旧貌：外国酒取代了伏特加和果子酒；用人们都换上新式的统一制服；家族纹章以外，另外添上一句题词。

而事实上格勒菲拉的权力一点儿也没减少：买进付出，所有的一切都还是她说了算。从国外带回家的那个阿尔萨斯贴身仆人也曾尝试和她较量一下，最后却不自量力地丢了饭碗，虽然老爷还在庇护他。至于说到农务的经营和产业的管理（格勒菲拉·彼特洛芙娜这些事也要插手），即使伊凡·彼得洛维奇再三宣称：要在这一团乱麻中注入新的生命力——但一切却仍然未变，只不过有的地方农民的租金增加了，劳役也比以前重很多，还有就是，庄稼人不被允许直接和伊凡·彼得洛维奇讲话，这位自封的爱国者对自己的同胞是极为蔑视的。伊凡·彼得洛维奇的改革制度只有在费卡身上才实现充分的运用：他所受的教育的的确确发生了"根本性的变革"，这件事完全直接由父亲来掌管。

十一

　　伊凡·彼得洛维奇从国外回家之前，就如前面说过的，费卡完全处在格勒菲拉·彼特洛芙娜的全权管教之下。母亲去世时，他还不到八岁；他不能天天都见到母亲，但却极其强烈地热爱着她：对母亲的所有记忆，她那温柔恬静、苍白柔弱的脸，她那忧郁的爱的目光和胆怯的充满母性的爱抚，都永远铭记在他的心底。可是他模模糊糊感受到她在家里的地位；他觉察到，在他和母亲之间有一道她不敢、也不可能摧毁的城墙。

　　他对父亲很认生，伊凡·彼得洛维奇从来没有爱抚过他；祖父时而抚摩一下他的小脑袋，也允许他吻自己的手，不过总是管他叫怪物，觉得他是个小傻瓜。

　　玛拉尼娅·谢尔盖耶芙娜去世后，姑妈就将他完全掌控在自己手中了。费卡害怕她，怕她那双明亮闪烁的、锐里如刀锋的眼睛，害怕她那刺耳的尖细声音，在她面前他不敢顶嘴，有时候，在坐着的椅子上刚动了下，她就已经恶狠狠地压低嗓音说："想上哪里去？乖乖地坐好。"只有每逢星期天，做完日祷之后，才允许他玩耍也就是给他一本厚得像砖似的书，一本神秘的书，一个名叫马克西莫维奇—阿姆博季克的人的作品，书的名字叫《象征与标志》。这本书里有大约一千幅莫名其妙的乱七八糟图画，附有用五种文字作的一样莫名其妙的说明。丰满、赤身裸体的丘比特是这些图画中的重要角色。其中的一幅画，题名是《番红花与彩虹》，有关的说明是："这个作用更大"；另外一幅画着"嘴里叼着一朵紫罗兰、正在空中飞翔的一只鹭鸶"，正对着它的说明标题是《这些你全都知道》。"丘比特和一头正在舔小熊的大熊"，标题是《慢慢地》。

费卡非常仔细地观看这些图画，画中极为细致的细节他都非常熟悉了。可有几幅画——总是那几幅，让他陷入沉思，激发他的无尽想象力，他不知道还有别的娱乐。

当到了应该教他学语言和音乐的时候，格勒菲拉·彼特洛芙娜用很少的钱为他请来一个老处女：一个长着一双兔子般眼睛的瑞典女人，她勉强能够讲几句法语和德语，勉强会弹弹钢琴，不过，腌黄瓜倒是腌得挺不赖。费卡和这位女教师、姑妈，还有一个叫瓦西里耶芙娜的老使女一起度过了整整四年的时光。有时他拿着他那本《象征与标志》坐到角落里坐着……低矮的屋里飘着一股天竺葵花香，燃着一小支脂油蜡烛，烛光有些暗淡，一只蟋蟀单调而无聊地吱吱叫着，似乎是感觉到寂寞，小挂钟在墙上滴答滴答地不停奔跑着，一只老鼠在墙纸后面不知偷偷地抓咬着什么，而三个老处女犹如罗马神话中的命运三女神似的，默默地机械地移动着织针，在昏暗的烛光中，她们的手影时而在奔跑歌唱，时而在古怪地颤动低颂，一些稀奇古怪和模糊不清的想法也在孩子的头脑里剧烈翻腾着。

谁都不会把费卡叫作可爱的孩子：他面色苍白异常，而且长得很胖，体形很不匀称，动作笨拙可笑，——拿格勒菲拉·彼特洛芙娜的话来说，是个天生的庄稼汉。如果经常让他到户外去走走，他那苍白异常的脸色也许不久就会改变了。尽管时常偷懒，他学习倒还挺好。他几乎从来不哭，不过有时却固执得要命，他一旦固执起来，可是谁也对付不了他的。对他身边的人，费卡没有一个喜欢的……从小就没有爱过的这颗心可真是不幸啊！

伊凡·彼得洛维奇看到的就是这样的一个孩子，因此他丝毫不浪费时间，立即着手对他实施自己的那套"根本性改革"方法。"我首先想要把他造就成一个真正的人，"他对格勒菲拉·彼特洛芙娜说，"不仅仅是一个人而已，并且是一个斯巴达人。"

为实现自己的宏伟意图，伊凡·彼得洛维奇先让儿穿上了苏格兰式的衣服；12岁的孩子便开始光着小腿，在那顶本来戴着挺合适挺可爱的便帽上面插了一根公鸡毛；一个精通体操的瑞士人代替了那个兔子眼的瑞典女人；作为一种根本不值得男人学习的东西，音乐课被永远取消了；遵从卢梭的建议，自然科学、国际法、数学、细木工手艺，还有为了保持骑士伟大感情所必需的纹章学，——这些才是一个未来的"人"务必学习的知识；凌晨四点钟准时把他叫醒，立刻用冷水给他冲洗，随后让他握住一头儿拴在一根高高的木杆上的绳子，围绕着木杆用力奔跑；他一天食一餐，吃一道菜，骑一回马，射一次箭；

还要以父亲为榜样，锻炼坚强不屈的意志，天天晚上还要在一本特别准备的本子上写下一天的总结和自己的切身感悟。伊凡·彼得洛维奇则常常用法语写一些教育他的话，在这些训诫里称他为 monfils（孟菲尔斯），并且用 vous（你）来称呼他。讲俄语的时候费卡称呼父亲为"你"，不过有父亲在场时，他却从不敢坐下。

这套"改革方法"把孩子弄得莫名其妙，使得他晕头转向，似乎给他头上箍了一道紧紧地铁箍；不过全新的生活方式对他的健康却大有裨益：起初他得了一场热病，但很快就恢复健康，长成了一个强壮结实的小伙子。父亲为此感到自豪，而且用自己独有的奇怪的语言称他为：自然之子，我的杰作。费卡刚满16岁，伊凡·彼得洛维奇就觉得，及时向他灌输蔑视女性的思想，是自己义不容辞的责任。因此，这个可怜年轻的斯巴达人，在心里还感到稍稍羞怯，嘴上刚刚长出淡淡的茸毛，正身强力壮、精力充沛的时候，却已经不得不竭力要表现出对女性漠不关心、淡然和粗暴的态度了。

时光飞逝，丝毫不停留。伊凡·彼得洛维奇一年中有大部分时间都在拉夫里尼住（这是他的主要世袭领地），每到冬天却要单独一个人去莫斯科，住到有饭厅的旅馆里，不时去俱乐部，在别人家的客厅里夸夸其谈，对自己的那些崭新计划大加渲染，言谈举止比什么时候都更似一个英国的忠心崇拜者、满腹牢骚和高瞻远瞩的人。

然而1825年来临，与此同时带来了很多厄运。伊凡·彼得洛维奇一些亲近的熟人和朋友都面临着严峻考验。伊凡·彼得洛维奇连忙逃回乡下，躲在家中，足不出户。又一年过去了，伊凡·彼得洛维奇无端变得虚弱起来，全身无力，精神萎靡，健康状况大不如前。这位自由思想家竟开始自觉去教堂，开始做祷告了；这位已经西化了的人竟开始洗起蒸汽浴来，下午两点吃中午饭，晚上九点准时睡觉，没事听着老管家絮絮叨叨的无边闲扯进入梦乡；这位自称为有治国大才的人竟把自己的所有计划、往来信件，统统付诸一炬；他在省长大人面前吓得哆哆嗦嗦，对县警察局竭尽逢迎之能事；这个意志无比坚强的人竟会抱怨诉苦，甚至擦眼抹泪。

格勒菲拉·彼特洛芙娜又重新掌握了家中的全部权力。管家、村长、普通农人又开始从后门进进出出，不得不去晋见这个"老泼妇"了——仆人们暗地里给她取了这么一个绰号。

伊凡·彼得洛维奇身上发生的巨大变化使他儿子感到非常惊讶。他已经年满 19 岁，开始懂得独立思考，开始试图摆脱父亲强加给他的种种束缚。之前他就已经觉得父亲根本言行不一，发现父亲那些空洞的自由主义理论与他冷酷、卑劣的专横强制行为无法协调，不过他没料想到会有如此强烈的剧变。一个深深隐藏的根深蒂固的利己主义者突然之间原形毕露了。年轻的拉夫列茨基打定主意要到莫斯科去，准备去上大学，而这时一个出乎意料新的灾难突然降落到了伊凡·彼得洛维奇头上：他双目失明了，并且是在一天之内无可救药地瞎了双眼。

他不信任俄国的医术，着手奔走张罗，谋求获得批准出国，但他遭受了拒绝。因此，他跟着儿子，在俄国整整奔波了三年，不断找一个又一个医生，马不停蹄地从一个城市到另一个城市，因为他意志薄弱，性情暴躁，使得医生、儿子和仆人都陷于无可奈何的绝望之中。他变成了一个十足的废物，一个爱哭而又任性的坏孩子。

回到拉夫里尼，痛苦的日子便开始了，每有人都受尽了他的折磨。也只是在吃饭的时候，伊凡·彼得洛维奇才会安静一会儿，他从没有像现在这么贪吃，也从来没有吃得这么多过；至于其他时间，他既不让他自己也不让任何人获得安宁。他不断祈祷，埋怨命运，高声骂他自己，骂政治经济和他自己的那套全新改革方法，骂他曾经炫耀和夸大的一切，辱骂他以前曾经让儿子视为神明的一切。他经常说，自己什么也不相信，却又去诚心祈祷起来。他受不住哪怕一刹那的孤独，要求家里的人不分昼夜始终坐在他的安乐椅旁，为他讲故事，不至于使他感到孤单，却又不停高叫："你们都在说谎——真是胡说八道！"无礼地打断别人正在讲的故事。

尤为受罪的要数格勒菲拉·彼特洛芙娜，没有她，他根本不行，因为她总是努力完全满足病人一切刁钻古怪的奇怪愿望，然而有时她不敢马上回复他，以防自己的声音会显露出她极为气愤的心情。就这样他又勉强活了两年，五月初，在抬他到阳台上去晒太阳的时候，他在阳台上去世了。

"格拉莎，格拉莎！要肉汤，我要肉汤，你这个老傻……"他用已经僵硬的舌头模糊不清地说，还没能说完最后一个字，就永远地归于沉默了。格勒菲拉·彼特洛芙娜刚从管家手里夺过一碗他要的肉汤，就站住了，她看了看弟弟的脸，默默地从肩到腰画了个十字，然后一声不响地走开了；正在那里的儿子也什么都没说，只是倚着阳台上的栏杆，久久地望着花园，花园里香气袭人，大片葱翠，在春日金色而富有朝气的阳光下闪闪烁烁。他现在已经 23 岁，这 23 年毫无知觉就溜过去了，过得那么快，而且那么可怕！……生活已经慢慢展现在他的眼前。

十二

　　年轻的拉夫列茨基安葬了去世的父亲，将经营产业和监督几个管家人员的众多事宜仍然交付给那位丝毫未变的格勒菲拉·彼特洛芙娜，便毅然动身去往莫斯科，一种朦胧却极为强烈的感情将他往那个地方吸引。他认识到自己之前所受教育的严重缺陷，立志要竭尽全力地弥补损失。近五年的时间里他读了很多书，也见识过一些世面；头脑里酝酿着许多蓬勃的思想；他在某些方面的知识甚至可以受到任何一位大学教授的仰慕，不过，与此同时，很多中学生都早已耳熟能详的知识他却一无所知。

　　拉夫列茨基心里非常明白，他并非没有困难，他暗地里觉得自己是一个怪人。那位英国追求狂跟自己的不幸的儿子开了个不小的玩笑，他那种随心所欲的莫名其妙的教育方法带来了不幸的后果。多年来他身不由己地对父亲事事依顺，而当他终于认清父亲究竟是怎么回事的时候，却是木已成舟不可更改，许多习惯在他的身上早已根深蒂固，极难改正。他不善交际：

23岁的年纪，羞怯的心中满怀对爱情难以压抑的渴望，却不敢对哪一个女人正眼看一眼。凭他清醒健全（虽说略显愚钝）的头脑，凭他倾向于顽强、自省却带有惰性的个性，他早就该置身于生活的滚滚旋涡之中了，但是他却被人为地与世隔绝……现在那充满魔法的圈子虽然已经破除，而他却依然如故，故步自封，自我压缩，自我限制。像他这样的年纪穿一身学生制服确实有点可笑，然而他不畏惧嘲笑：他所受到的斯巴达式教育在他身上养成一种蔑视他人议论的特性，这一点至少有了点用处——因此他就把学生制服穿在身上，而且毫无窘态和尴尬。他读的是数理系。他身体健壮，面色红润，胡须初生，沉默少言，给同学们留下一种奇特的神秘印象。他们绝对料想不到，这位每天准时乘一部宽大农村双驾雪橇车前来上课的看似严肃的成年男子，内心深处却甚至像是一个幼儿。

他们认为他是个难以理解中规中矩的人，他们不需要他这个朋友，不向他传送友谊，而他也尽量避开他们。大学两年时间里，他仅仅接触过一个大学生，他请这个学生替他补习拉丁文。这位大学生名叫米哈烈维奇，他为人热情奔放，能写几首诗，对拉夫列茨基也是真心地喜欢，而完全出于偶然，他后来成为拉夫列茨基命运发生重大转折的罪人。

有一天，在剧院里（摩恰洛夫，名噪一时，拉夫列茨基每场必看），他在二楼包厢看到一个姑娘——尽管没有哪一个女人从他神情阴霾的身旁走过时，不让他心生荡漾浮想联翩，但他的心跳得从未像今天这样强烈过。

姑娘两支手臂扶在包厢座位的丝绒扶手上，安静地坐着，她黑黑的、圆圆的、漂亮的脸蛋上每一根线条都散发着灵敏而极具生命力的青春荡漾的光辉，细细弯弯的眉毛下一双漂亮而充满灵气的眼睛欣赏得那么专注而又柔和，极富表情的唇边匆匆闪过一丝微微笑意，还有那头、那手、那头颈的优美姿态，所有这些无不折射出一种优雅的聪慧，她的衣着打扮也充满魅力。

在她身边坐着一位约莫四十五六岁的面孔泛黄长满皱纹的女人，袒胸露背，戴顶乌黑直筒高女帽，紧张焦虑、目光呆滞迟缓的脸上带着不露牙齿的微笑。包厢里面隐隐还能看见一位上了年纪的男人，身穿一身宽大的常礼服，打得高高的领结，显得架势十足，同时也愚蠢十足，一对发光的小眼睛里还带着某种谄媚似的不信任，唇上和颌下的胡须都染过颜色，毫不突出的宽额头，无精打采的消瘦脸颊，从种种特点来判断，他准是个退役的将军。

拉夫列茨基目不转睛直勾勾地看着这位让他失魂落魄的姑娘，突然包厢门开了，走进去的是米哈烈维奇。这是拉夫列茨基在整个莫斯科唯一个的朋友，他的出现，并且竟出现在这个唯一让拉夫列茨基心驰神往的姑娘的身边，拉夫列茨基觉得这是意义非同寻常而且令他莫名兴奋的。他接着观察那个包厢，发现里面所有的人都和米哈烈维奇似老朋友一般。

拉夫列茨基不再关注台上的演出了，摩恰洛夫这晚虽是"精神焕发"，却也不能让拉夫列茨基留下像平时那样的美好印象。当演出进行到某个扣人心弦之处，拉夫列茨基不由自主朝自己的美人儿望了一眼：她身子前倾，两颊通红，她的眼睛本来是紧紧地盯着舞台，然而，或许是他执着坚定的目光发生了效应，这时竟慢慢转过来，停留在他身上……这两只迷人的眼睛整夜都隐约地对他闪现动人光彩。

最终，人工筑起的堤防彻底坍塌了：他又是战栗，又是发烧，第二天便迫不及待地去找米哈烈维奇。他从米哈烈维奇嘴里知道，美人儿名字叫瓦尔瓦拉·巴夫罗芙娜·科罗宾娜，跟她同坐一个包厢的老头、老太太是她的父母，而他，米哈烈维奇，跟她家早在一年前就熟识了，是他在莫斯科郊区伯爵家做"补课教师"时候认识的。这位热情洋溢的年轻人谈起瓦尔瓦拉·巴夫罗芙娜来，真是赞赏不绝。

"这个呀，我的老兄，"他以自己特有的急促唱歌似的大嗓音说，"这个姑娘呀——可真是个天生尤物，天才，一个名副其实的表演家，并且还非常善良纯洁。"他从拉夫列茨基不断地追问中发觉，瓦尔瓦拉·巴夫罗芙娜给拉夫列茨基留下极为深刻而美好的印象，他便主动提出，由他介绍跟她认识，还说自己在他们家里像自家人一样，还说将军这人一点儿都不傲慢，而那个母亲则蠢得什么事也不懂。拉夫列茨基涨红了脸，喃喃地说了句别人听不清的话，就迅速跑开了。他跟自己内心的胆怯整整斗争了五天，到第六天，这个年轻的斯巴达人穿了一身崭新的制服，任由米哈烈维奇的摆布，而米哈烈维奇作为自家人，仅仅把头发梳了梳便带他出发去科罗宾娜家了。

十三

　　瓦尔瓦拉·巴芙罗夫娜的父亲，退役的少将帕韦尔·彼得洛维奇·科罗宾，毕生都在彼得堡服役，年轻时舞技超群，是个有名的跳舞高手，还是个精通专业的军人，因为家境卑微贫寒，只能够在两三个不出色的将军手下担任副职，并和其中一个的女儿结了婚，获得了大概两万五千卢布的嫁妆。对于操练和检阅的任何深奥道理，他都研究得相当精辟透彻，恪尽职守，当苦差干了 20 年之后，最终获得将军头衔，成为团长。这个时候他本来应该休息一下，毫不急迫地巩固自己的位置，用来谋求物质上的益处。他原本也打算那样做，只可惜做得不够谨慎：他发明了一种用公家的钱用于资金周转的新式方法，——这个方法倒是特别高明，不过他在不该吝啬时舍不得花钱，被人告发了他，最后出了一件极不光彩的事情，制造出了一件丑闻来。将军好容易才算了结了这件事情，可是他的前途已经断送掉了，人们都劝说他退休。他在彼得堡又闲待了大约两年时间，祈盼能交上好运，搞到个体面优越的文官职位。然而这样的职位一直没有降临到他的头上来，女儿从贵族女子中学出毕业了，支出一天比一天加重……他不得不做出决定搬到莫斯科来，以节约支出，他在老马厩街租了一间矮小的房子，屋顶上有一个很大的家族纹章，便这样在莫斯科过起了一个退役将军的生活，一年消费两千七百五十卢布。

莫斯科是个热情好客而且慷慨大方的城市，很乐意接待往来客人，至于将军们，那就更别提了。帕韦尔·彼得洛维奇那虽笨重胖大、但没有失掉军人风范的身影，不久就开始出入莫斯科那些最好的客厅里。他那光溜溜的后脑勺，几撮上过色的头发，还有黑得发光的领带上那根布满油污的安娜勋章绶带，也逐渐被跳舞时备感无聊、脸色泛白、抑郁地围在牌桌旁边的那些青年人所熟知了。

在交际场所，帕韦尔·彼得洛维奇很善于被别人重视。他说话很少，可依照他的老习惯，开口说话时总带着点鼻音，——自然，并非和官衔较贵显的人说话。他玩牌时小心谨慎，在自己家里吃饭时别有节制，而作客时吃起来却比得过六个人。至于他的妻子，好像没有什么值得一提的：她名叫卡莉奥帕·卡尔洛芙娜，她的左眼时常流泪，由此卡莉奥帕·卡尔洛芙娜（并且她还是德国人出身）自以为是一个情感丰富的女人。她老是常常害怕什么，似乎总是没有吃饱，总是身着瘦小的天鹅绒连衣裙，头戴一顶直筒高女帽，手腕上戴一副已经没有丝毫光泽的空心手镯。帕韦尔·彼得洛维奇和卡莉奥帕·卡尔洛芙娜的独生女儿于某贵族女子中学毕业时，刚年满17岁，她在就读的那所中学里即使不是大家公认的第一大美人儿，或许也应该算作第一位聪明姑娘和最杰出的音乐家了，从学校毕业时她还获得过一枚花字奖章呢。拉夫列茨基第一次见到她的时候，她还不满 19 岁。

十四

　　当米哈烈维奇将这位斯巴达人带入科罗宾家那个非常不整洁的客厅中，并将他介绍给主人夫妇认识时，他感觉自己的两条腿都瘫软了。不过让他手足无措的怯懦感马上就消失了：将军和一切俄国人一样天性善良，再加上那种大凡名声显赫的人都所具有的大肆地殷勤，便更是热情和气接人待客。将军夫人不知为什么不久就隐退了，至于说到瓦尔瓦拉·巴夫罗芙娜嘛，自然，她是如此的从容、大方、贤淑、温雅，令任何一个人在她面前霎时感觉如同在自己家里似的；此外，她整个儿令人着迷的身体，她带笑的眼睛，她稍稍下斜、看起来极为天真的肩头，她微带玫瑰色的胳臂，她看起来慵倦而轻盈的步态，她说话时的语调，那慢吞吞、甜腻腻的声音——她身上所有的一切都折射出一股丝丝幽香般令人无法捉摸的特意诱人的魅力，一种温和恭顺的，有时还是羞怯难耐的柔美情意，一种无法用言语描述，却令人兴奋的，激昂的东西——自然，并非激发你的胆小怯懦。

拉夫列茨基说到剧院，谈到昨天的演出，她自己也谈论起摩恰洛夫来，不仅仅是几句赞赏而已，而是针对他的表演发表了几处中肯的、女人特有的敏锐的评论。米哈烈维奇谈起音乐来，她毫不拘谨地在钢琴前坐下，轻松潇洒地弹奏了几支当时刚刚流行起来的肖邦的玛祖卡舞曲。

　　到用餐时间，拉夫列茨基提出要告辞，不过主人盛情留住他。将军拿出上等的拉菲特葡萄酒款待他，那是将军的侍仆搭出租马车跑到德普尔酒店去弄来的。拉夫列茨基直至深夜才回家，他一个人长久地呆坐着，用手捂住眼睛，也不脱衣服，陷入茫然的迷惑里。他似乎认为，他直到此时才算清楚人活在这世上是为了什么。他全部的理想、打算计划，全部这些乱七八糟一文不值的东西马上灰飞烟灭了，他的心灵都融化汇合成为一种情感，一种企求，他企求幸福，企求获得，企求爱情，甜蜜柔美的女性的爱情。

　　自这天起他就常常出入科罗宾家。半年之后他对瓦尔瓦拉·巴夫罗芙娜表明了心意，进而向她求婚。他的求婚被答应了，将军很早之前，也许就在拉夫列茨基第一次来访的前天，就问过米哈烈维奇：拉夫列茨基拥有多少个农奴；甚至连瓦尔瓦拉·巴夫罗芙娜，她在这位可爱的年轻人求爱的整个期间，就连在他表明情意的那一刻，都保持着她自己内心惯有的清楚和平静，她内心特别清楚地知道，他的未婚夫是个非常有钱的人；而卡里奥帕·卡尔洛芙娜就想 "Meine tochter macht eine schone Partie" ——于是去给她自己重新买了一顶崭新的高筒帽子。

十五

　　如此，他的求婚被许可了，不过还有几个前提条件。首先，拉夫列茨基需要立刻退学；有哪个姑娘愿意嫁给一个在读的大学生，再说这样的想法有多奇怪呀——一个地主，非常有钱，已经26岁了，却还跟个小学生一样每天去学校上课听讲。第二，包括置办嫁妆，就连挑选新郎送新娘的礼物，所有这些操劳均由瓦尔瓦拉·巴夫罗芙娜亲自来承担。她的想法非常符合现实，品位特别高雅，又那么爱舒适，更善于让自己获得舒适。

　　刚结婚，拉夫列茨基就带上自己的妻子乘坐那辆由她自己选购的舒适的马车去拉夫里尼，此时，瓦尔瓦拉·巴夫罗芙娜的这种精通让自己享受舒适的本事，尤其令他叹为观止。瓦尔瓦拉·巴夫罗芙娜将他身边所有的一切考虑得、估计得、预想得规划得多么周到啊！从一个个舒服安逸的角落里涌出来许多那么令人喜欢的旅行用品呀，那些梳妆盒，咖啡壶多么让人赞叹，每天清早瓦尔瓦拉·巴夫罗芙娜亲手煮咖啡的样子多么的可爱啊！可是拉夫列茨基当时可顾不及观赏这些：他怡然自得，陶醉在幸福中；他如同孩子般沉溺于幸福之中……这个年轻的"阿尔喀德斯"也的确天真得如同一个孩子，怪不得他年轻美丽的妻子全身都散发出无法抗拒的魅力；怪不得她会应允说，他将从各种从未曾体会过的享乐中体味到无法比拟的神奇的美妙；她所隐而未发的潜力甚至比她所应允的还要多许多呢！

他们来到拉夫里尼时正值盛夏，她发现这个家既脏又昏暗，那些仆人们也是滑稽而可笑、年老且不中用的，不过她觉得甚至连对丈夫暗示这一点都毫无必要。如果她计划在拉夫里尼长久定居的话，她将会把这个家里的全部都改造一新，自然是从房子先开始。可是她脑子里却片刻都不曾想到过要长住在这个偏僻荒凉的草原里。她现在住在这所房子里，就如同旅行途中住在帐篷里，温顺柔和地容忍着所有一切的不便，所有上述种种，她都付之一笑。马尔法·季莫菲耶芙娜过来看望她亲自带大的孩子；瓦尔瓦拉·巴夫罗芙娜非常喜欢这个人，然而瓦尔瓦拉·巴夫罗芙娜则非常不讨她欢心。新女主人跟格勒菲拉·彼特洛芙娜也很难融洽地相处，她原本是可以不用去理睬这个老太太的，不过科罗宾老头儿似乎想要插手女婿家的事务：他这样说，给如此亲近的自己人管理家业，对于一位将军来说，并不是什么丢人的事。事实上不如这样说：帕维尔·彼德洛维奇即使是给跟他毫无关系的人管理产业，他也绝不会认为那是有失身份的。

瓦尔瓦拉·巴夫罗芙娜进攻得尤为巧妙。她一点儿也不动声色，外表看来是全身心沉醉于甜蜜蜜月的幸福之中、淡然安稳的乡村生活中、美妙音乐和书籍中，然而与此同时，她却慢慢地将格勒菲拉逼向绝路。

甚至于，有一天清晨，那位老太太如同发疯般跑进拉夫列茨基的书房，将一串钥匙甩在桌子上，宣称说，她没有办法再继续管理这份家业了，再也不愿意在这个村子里住下去。拉夫列茨基早已经明白事情应该怎么处理，便当即同意她离开这里。对于这一点格勒菲拉·彼特洛芙娜可真是始料不及。"好呀，"她说，一双眼睛都陷于黯淡，"我算明白啦，原来在这儿我就是个多余的无用人啦！我清楚是谁从这儿撵走我的，从我的老窝儿里把我端走的。不过你可要记牢我的话，我的侄儿呀：就连你将来也不会有个地方造窝的，你是要一辈子流浪四方的。这就是我留给你的话。"她当即便搬回自己的那个小庄子里去了，一个周之后，科罗宾将军亲自驾到，他的目光和行为举止间全都带着无法掩饰的愉快的忧愁神情，着手接管了所有的家当。

九月期间，瓦尔瓦拉·巴夫罗芙娜将她的丈夫带到彼得堡。她们在彼得堡度过了两个冬天（夏天时他们搬到皇村去），居住的是一套华丽漂亮的、阳光充足的、家当摆放十分高雅的公寓；他们结识了很多中等甚至上等社会圈子的朋友，常常出门做客，要么就是在家接待，举行了很多次极为诱人的音乐晚会和跳舞晚会。瓦尔瓦拉·巴夫罗芙娜引诱得那些上等客人们如飞蛾扑火似的纷纷向他们家涌来。

菲托尔·伊凡尼奇并不十分喜欢这种放浪不羁的生活。妻子劝说他担任公职，他却因为对父亲当年的事记忆犹新，而且出于自己的想法，无心从政，不过为了讨瓦尔瓦拉·巴夫罗芙娜的喜欢，就决定留在彼得堡长住不走了。可是很快他便感悟出，任何人都不会来妨碍他独自清静，他拥有如此一间在整个彼得堡最为安静舒适的书房，也不是毫无缘由的，他体贴周到的妻子似乎还非常高兴乐意让他去独自清静——这样，从此事事如自己所愿。他重新又专心于他觉得还没有完成的学业，重新又开始埋头读书，并且进而学起英语来。他那魁梧的、宽广肩膀的身躯，整天伏案苦读，那张丰满红润、毛发参差的脸，半埋在一页页厚厚的字典或是笔记本里，那种样子看起来非常古怪。他每天一个上午都在学习，然后享用一顿精美可口的午餐（瓦尔瓦拉·巴夫罗芙娜作为一名主妇绝对是无可挑剔的），到了晚上他则加入到那个令人着迷的、充满芳香的、灯火辉煌的，全是年轻人快活面容的放浪世界里——而这个世界的唯一中心就是那位勤勉热情的女主人，他的妻子。

她为他生了一个儿子，这让他异常高兴，不过那可怜的孩子并没存活很长时间，他在春天时夭折了。到了夏天，拉夫列茨基听从医生的建议带着自己的妻子到国外温泉疗养胜地去。经历过如此不幸的事，她必须得散一散心，而且温暖宜人的气候对于她的健康也有莫大帮助。整个夏天和秋天他们都在德国和瑞士度过，到了冬天便理所当然要去巴黎。

在巴黎，瓦尔瓦拉·巴夫罗芙娜如同一朵鲜美诱人的玫瑰花儿一般勃然怒放，正如在彼得堡那样，迅速而灵巧地为他们营造了一个优雅小窝。她寻找到一处极其可爱的住所，坐落于巴黎一条幽静而又时髦的街道上；她替丈夫缝制了一件他从来都没有穿过的睡袍；雇用了一个特别漂亮的女仆人，一个技艺超群的厨师，还有一个机敏的男仆；买来惹人喜欢的马车，精致至极的钢琴。不到一周，她便已经身披肩巾、手撑阳伞、戴上手套，招摇过市，与那些纯血统的土生土长的巴黎女郎相比也丝毫不逊色了。她迅速又弄到一帮朋友。刚开始来找她的全都是俄国人，之后则出现了那些极为殷勤、彬彬有礼的黄金单身汉，这些人全都风度翩翩，甚至连姓名也听起来是铿锵悦耳的；他们任何一个人都口若悬河，异常健谈，鞠躬施礼，皆潇潇洒洒，眼睛随时都会愉快地眯起来；每人都皓齿红唇——尤为擅长于微微发笑！他们每个人又将自己的朋友带来，因而瓦尔拉·巴罗芙娜便马上成为这一带无人不知无人不晓的人物。

那时候（事情发生在 1836 年）小品作家和专栏编辑之类还没来得及广为流行，似现在这样四处乱撞，似被挖了窝的蚂蚁般；不过当时在瓦尔瓦拉·巴夫罗芙娜的沙龙里也已经出现了一位相极貌其丑陋，声名狼藉的先生，他恬不知耻，肮脏下流，与任何一个绝斗专家和社会渣滓相比毫不逊色。

瓦尔瓦拉·巴夫罗芙娜原本并不非常喜欢这位先生，不过她仍然殷勤地接待他，由于他在各式各样的小报上经常发表文章，并不断地经常性地提到她的名字，有时称她为 m-me de L……tzki，有时又称呼她为 m-me de, cette grande dame russe si distinguee, qui demeure rue de P……这个先生对全世界，或者说，对那几百几千个与瓦尔瓦拉·巴夫罗芙娜素昧平生的报纸订户们宣扬，称赞这位太太是确实的一个实实在在、地地道道的高贵的法国女士——在法国人那里没有比这个更高的赞赏了——她既非常可爱，又特别亲切，她是一位那么异常优秀的

78

音乐家，她跳华尔兹舞时是多么美妙动人（瓦尔瓦拉·巴夫罗芙娜华尔兹舞确实跳得很好，她能把任何一个在场者的心都吸引到她轻盈飞旋的裙子边上）……总之一句话，可以令她名扬天下，无论如何，都是件非常令人高兴的事情。玛尔女士那个时候已经退隐舞台，然而拉舍尔女士却尚未登场；不过瓦尔瓦拉·巴夫罗芙娜仍然常去剧场，丝毫不懈怠。

意大利的音乐让她狂热，奥德理的遗风令她哈哈大笑，她坐在法兰西喜剧院里不失体面地打着哈欠，多尔瓦尔夫人在她的一部超浪漫主义的闹剧中的表演则会令她痛哭出声来；更为重要的是，李斯特也曾在她家的客厅里演奏过几次，他的态度是如此亲切可爱，那样大方得体——简直美极啦！冬天于是就在如此的愉悦感受中悄然度过，春天即将来临时，瓦尔瓦拉·巴夫罗芙娜甚至被引见而进入宫廷。

至于菲托尔·伊凡尼奇，他倒也不曾觉得寂寞，只不过偶尔觉得这日子过得双肩沉重。一说沉重，其实是指灵魂空虚而无聊。他看看报纸，去大学听听课，留心关注议会的辩论，并着手翻译一位知名学者有关水里灌溉的著作。"我并没有浪费时间，"他心想，"全部这些均是非常有益的事；不过明年冬天之前则务必要回俄国去开拓我自己的事业了。"很难说他自己本身是否明白他所谓的事业究竟是指什么，况且天知道在冬天之前他是否能回到俄国去；现在他正要和妻子一起到巴登去……然而一件意想不到的事故破坏了他的全部计划。

十六

　　在我们前面已经为大家讲述过的那天第二天清晨大约八点钟，拉夫列茨基迈上卡里金家门前的台阶。头戴帽子还戴着手套的莉莎正好走出来，抬头看到了他。"您这是要去哪儿？"他有礼貌地问她。

　　"我要去做日祷。今天可是星期日。"

　　"也就是说您经常去做日祷？"

　　莉莎一语不发，非常吃惊地望了他一眼。"请您原谅，"拉夫列茨基接着说，"我……事实上我想说的不是这个，我是专程来向你们告辞的，再过一个小时，我就要回到乡下去了。"

　　"那离这儿很近，不是吗？"莉莎问道。

　　"大约 25 俄里。"

　　此时，里诺奇卡由一个使女陪同着走到了门口。

　　"请您记住，可千万别忘了我们。"莉莎小声说，边走下台阶。

　　"请您也别忘记我。啊，还有，请您听我说，"他又补充一句，"您到教堂的时候请一同也为我祷告祷告。"

莉莎听完站住了，并向他转过身来。

"好的，"她直直地瞅着他的脸，说，"我一定为您祷告。我们出发吧，里诺奇卡。"

在客厅里，拉夫列茨基只见到玛丽亚·德梅特里耶芙娜一个人。从她身上飘散出一阵花露水和薄荷的清香。

拿她的话来说，她头痛愈烈，整夜都不能安宁。她以惯常那种没精打采的懒洋洋的客气态度接待他，慢慢地话便多起来了。"难道不是吗，"她问他，"伏拉季米尔·尼库拉伊奇可是个非常讨人喜欢的年轻小伙子啊！"

"您说的是哪个伏拉季米尔·尼库拉伊奇？"

"我说的是潘申啦，就是昨天在这儿的那个年轻人。他非常喜欢您，喜欢极了。我要悄悄地告诉您，他被我亲爱的莉莎简直迷得神魂颠倒了。可那又能怎么样呢，他出生于名门望族，事业很优秀，人也机灵，嗯，是个侍从官员，假如上帝的意愿是如此的话……那么就我这方面而言，作为一个母亲，也将会特别高兴。责任自然非常重大，当然啊，孩子们的幸福完全取决于父母，不对吗，可话又说回来，到现在为止，好也罢，坏也罢，不管什么事，全部都是由我一个人承担着，完完全全是我自个儿：又得教育孩子，又得教导他们，这些全都要靠我……这不，刚才我还在写信给鲍柳斯太太，要专门从她那儿请一位家庭教师过来……"

玛丽亚·德梅特里耶芙娜马上开始详细地谈论起她要操心的各种事情，她的各样难处，她那身为母亲的复杂心情。拉夫列茨基默默地安静地听她说着，一边随意把玩着手里的帽子。他那淡然、忧郁的目光让这个说个不停地女主人感到窘迫而尴尬了。

"您认为莉莎怎么样？"她问。

"莉莎维塔·米哈罗芙娜可真是一个特别好的姑娘。"拉夫列茨基回答，说完便站起来，行礼鞠躬辞别，走到马尔法·季莫菲耶芙娜的屋里去了。

玛丽亚·德梅特里耶芙娜不高兴地看了看他的身影，心里想："真是愚笨！唔，今天我总算明白他妻子为什么不能对他忠诚了。"

马尔法·季莫菲耶芙娜正在自己屋里坐着，她的那些侍从们全围绕着她。侍从是由五个差不多一样贴心的成员构成的：一只受过专门训练的、大嗓子红腹灰雀，她之所以喜爱它，就是因为它在已经不再不停地啼叫，也不会再随意玩水了；一条胆子非常小、特别驯服、名叫罗斯卡的小狗；一只脾性暴躁、起名叫"水手"的小猫；一个名为舒罗奇卡的九岁的小女孩儿，她皮肤黝黑，生性活泼好动，长着一双灵活的大眼睛，一个尖尖的小巧的鼻子；还有一个55岁的老太太，头上戴一顶白色的包发帽，黑色的连衫裙上套一件瘦小不合身的咖啡色开胸短外套，她名叫娜斯塔西娅·卡尔波芙娜·奥加尔科娃。

舒罗奇卡是个生于小市民阶层的可怜的孤儿，马尔法·季莫菲耶芙娜收养她完全是出于怜悯善良，也就跟收养罗斯卡似的：小狗和小姑娘都是她从街上带回来的。小狗和小姑娘都既瘦又饿，也都让萧萧秋雨淋得全身湿透。罗斯卡的处境是没有一个人管它，舒罗奇卡的叔叔是个经常喝得烂醉如泥的修鞋匠，自己也常常吃不饱，不仅不肯抚养侄女，甚至用鞋楦敲她的小脑袋，他甚至很高兴把自己的侄女让给马尔法·季莫菲耶芙娜。娜斯塔西娅·卡尔波芙娜呢，是马尔法·季莫菲耶芙娜去朝圣时，在修道院里相识的。在教堂里，她自己主动走到她面前去（马尔法·季莫菲耶芙娜之所以喜欢她，拿她的话来说，是因为娜斯塔西娅·卡尔波芙娜做祷告时可'真有味儿'），于是自己便先跟她聊起天来，并请她到自己住的地方去喝茶。从那天开始，她便和她不分离了。娜斯塔西娅·卡尔波芙娜是个性情特别快乐、非常温和善良的女人，老寡妇，无儿无女，出身贫寒衰败的贵族家庭；她的头圆圆的，头发已经变得花白，长着一双柔软、白嫩的手，大大的脸盘儿，线条柔美，显得特别善良，鼻子翘着，看上去有点儿令人发笑；她非常尊敬马尔法·季莫菲耶芙娜，当然后者也非常喜欢她，只是有时会为她那颗温情脉脉的心稍稍开几句玩笑：她对每一个年轻人都非常喜欢，而且竟像个小姑娘似的，听到最普通的、一点恶意也没有的玩笑话，也会情不自禁地涨红脸。她的所有财产只是1200卢布纸币而已，她靠马尔法·季莫菲耶芙娜继续生活，可和她是完全平等的关系：马尔法·季莫菲耶芙娜可忍受不了别人对她卑躬屈膝。

"啊哈！费卡！"她一看见拉夫列茨基，便说："昨天晚上你没瞧见我这一大家子，现在好好过来欣赏一下吧。我们全部都聚集在这儿，要开始喝茶了，这是我们这里的第二次节日茶会了。你可以坐下跟大家都亲热亲热，不过舒罗奇卡不会让你跟她亲热，因为猫会挠伤你。

"你准备今天就出发吗？"

"是的，今天。"拉夫列茨基坐在一把很低的小椅子上。

"我刚才已经和玛丽亚·德梅特里耶芙娜辞过行了。莉莎维塔·米哈罗芙娜我也已经见过了。"

"你就叫她莉莎行了，我的老天爷，对于你而言，她可算不上什么米哈罗芙娜。你就乖乖地老老实实坐着吧，不然，就会把舒罗奇卡的小椅子给坐坏了。"

"她是要去做日祷的，"拉夫列茨基继续说，"请问她是个非常虔诚的教徒吗？"

"是啊，亲爱的费卡，她可虔诚得很。比我和你还要虔诚呢，费卡。"

"难道您不够虔诚？"娜斯塔西娅·卡尔波芙娜小声说，"虽然今天晨祷您没有去，不过晚祷我料定您一定会去的。"

"可是，算了吧，——您去吧。我变懒了，我亲爱的大姐，"马尔法·季莫菲耶芙娜反驳说，"我太喜欢喝茶，只顾忙着喝茶了。"

她称呼娜斯塔西娅·卡尔波芙娜为"你"，虽然说跟她是平等关系——她真不愧是别斯托夫家的人。伊凡·瓦西里耶维奇·格罗兹内追荐亡魂的著名册子上就有三个别斯托夫家族的人，这件事马尔法·季莫菲耶芙娜是清楚的。

"麻烦您告诉我，"拉夫列茨基又接着说，"玛丽亚·德梅特里耶芙娜刚刚对我说起那个……他叫什么来着？……对了，是潘申。这个先生是怎么样的人？"

"真是个有名的长舌妇，请上帝宽恕我！"马尔法·季莫菲耶芙娜抱怨说，"想必是悄悄地告诉你，说，瞧，她遇见了一个多优秀的人向她女儿求婚。跟她那位牧师的儿子嘀咕也就算了，可是，不，现在看来，光跟他嘀咕还嫌不够。要知道，这事还连个谱儿都没有呢，不过这可真是感谢上帝！但她早已经在胡扯了。"

　　"为什么要感谢上帝？"拉夫列茨基问道。

　　"由于我非常不喜欢这个长得漂亮的小伙子，况且这又不是什么值得高兴的事呢？"

　　"您讨厌他吗？"

　　"对啊，并非任何人都会被他给迷住的。这不，娜斯塔西娅·卡尔波芙娜已经喜欢上他了，对他而言，这就足够了。"

　　这个可怜的老寡妇整个儿人都陷入慌乱了。

　　"您这是说的什么话，马尔法·季莫菲耶芙娜，难道您就不怕上帝谴责吗？"她提高嗓门说，转眼间羞得满脸通红，甚至连脖子根都涨红了。

　　"难道不是吗，那个大骗子，他清楚，"马尔法·季莫菲耶芙娜打断她，"他清楚用什么方法来迷惑她，还送给她一个精致的鼻烟壶。费卡，你请她拿那个鼻烟给你闻闻看。你会看到，那个鼻烟壶可真是非常可爱：盖子上甚至还画着个潇洒的骑马的骠骑兵呢。我说你呀，我的大姐，你最好还是不要反驳了。"

　　娜斯塔西娅·卡尔波芙娜只是摇摇手，便不再理会她了。

　　"嗯，那么请问莉莎呢，"拉夫列茨基问，"她对他有什么好感吗？"

"她好像有点儿喜欢他，可是，上帝知道她！别人的内心，你要想知道，正如那不透光的浓密树林，而女孩儿的心那就更用不着说了。喏，就以舒罗奇卡的心为例——你倒尝试看去知道它吧！自从你来了之后，她为什么就躲起来，却又不出去呢？"

舒罗奇卡暗暗想强忍住笑，可仍然控制不住扑哧嗤一声就笑出来了，便跑出去，而拉夫列茨基也跟着从座位上站起来。"您说得没错，"他一字一句地小声说，"少女的心思是别人猜不透的。"

他行礼告别。"那么？我们能不久就再次见到你吗？"马尔法·季莫菲耶芙娜问他。

"看具体情况吧，表姑，我住的地离这儿并不远，您说不是吗？"

"说的是啊，你是要去瓦西里耶夫村住下，对吗。你不愿意在拉夫里尼住——嗯，当然，这都是你的事。不过你还是要去拉夫里尼一趟，要向你母亲的坟墓行礼，顺便也对你奶奶的坟墓行个礼告辞。你在那里，在国外，学到了很多的学问，变得聪明机灵了，可是谁会知道呢，或许她们就算在坟墓里也能感受到，你回来看看她们了。别忘了啊，费卡，还要做做法事，以追荐格勒菲拉·彼特洛芙娜，喏，我给你一个卢布。拿着，赶快拿着，这是我要求做法事追荐她的。她在世的时候，我不是很喜欢她，她的确是个个性要强的姑娘，这没什么可以说的。而且她也是个机灵人，从没让你受过委屈。现在请求上帝保佑，你马上走吧，否则我就会让你感到厌烦了。"

于是马尔法·季莫菲耶芙娜和自己的表侄拥抱了一下。

"莉莎是不会嫁给潘申的，你放心，像他那样的丈夫配不上她。"

"事实上我丝毫不担心，"拉夫列茨基回答，说完便离开了。

十七

　　四个小时后他启程回家。他的四轮旅行马车在田野松软的土路上快速前进。已经持续干旱了两周，空中笼罩着一层牛奶般的薄薄雾气，遮盖了远处的丛林，这雾气含有一般焦烘的味道。很多朵边缘淡淡散开的暗灰的小云在淡蓝色的空中漂移，风非常大，一阵阵持续地干呼呼地吹来，但并不能驱赶炎炎暑热。

　　拉夫列茨基将头枕在停垫上，两只手臂交叉放在胸前，眼睛看着一片片田地像扇子一样打开，匆匆扫过，一株株爆竹柳慢慢闪去，愚笨的黑乌鸦和白嘴鸦目光呆滞的斜眼疑惑地看着呼啸而过的马车，长长的地埂上处处生长着山艾、苦蒿和野菊。他看着这片幽幽草原中的清新宜人、土壤肥沃的土地，这片葱翠绿荫，这些蜿蜒曲折的山冈和满是低矮橡树丛的连绵峡谷，灰蒙蒙的小村落，零星的白桦树，这一幅他离别已久的俄国田野风景让他心中百感交集，甜蜜而又似忧郁，也让他胸部感到一种快要窒息的愉快。

他慢慢陷入遐想，他的思绪恰似天边漂移的云朵，朦胧神秘。他回想起自己的童年，想起去世的母亲，想起她临终时，别人把他抱到她面前，她把他的头贴在自己胸口上，正要用尽所有力气地对他哭诉，可是她看了格勒菲拉·彼特洛芙娜一眼——便一声不响。他想起父亲，以前是精神焕发，目空一切，说起话来声如洪钟，后来是双目失明，哭哭闹闹，花白的胡子又脏又乱。他记起，有一次，父亲用餐时多喝了杯酒，将肉汤洒到了自己的餐巾上，突然放声哈哈大笑，眨着两只什么也看不着的眼睛，面红耳赤地开始讲起自己当年一桩桩的得意事。回想起瓦尔瓦拉·巴夫罗芙娜——他不由自主地眯起了眼睛，就如人们忽然间觉得身体疼痛似地眯起了眼睛，再把头用力地一晃。

最后他的思绪停在莉莎身上。"瞧瞧，"他想着，"这个刚刚步入人生轨道的新人儿。多好的女孩啊，她未来会是怎样的呢？她可真美。一张白皙的鲜活的脸，眼睛和嘴唇都看起来很严肃，她的目光是真诚的，执着的，天真的。可遗憾的是，她，似乎是，多少有些容易激动。那漂亮窈窕的身材，走起路来显得非常轻盈，说话声音也非常安稳恬静。我尤其喜欢看她忽然不动，认真倾听你说话的模样，不带笑容，接着就思索起来，然后把头发往脑后一甩。确实，我也觉得潘申真的配不上她。可是他哪里不好呢？再说我又何必过于多虑呢？人人都要走自己的路，她也得去走她自己的。我最好还是眯一会儿。"

因此，拉夫列茨基闭上了眼睛。他即使睡不着，也迷糊着打盹，行者都这样。以前日子的各种影像依然缓慢在心头浮动，升腾，和心中别的一些想象复杂地交织在一起。上帝才知道因为什么，拉夫列茨基竟然回想起了罗伯特·皮尔……记起了法国历史……他想象着，如果他是一名将军，他将如何在战场上获胜；他甚至好像听见耳边呼啸的射击声和呐喊声……他的头一下子滑到一边，于是他睁开眼睛……还是那田野，还是那种草原美好景色；拉边套的马蹄子上已被磨光的蹄铁在滚滚灰尘中轮番闪着亮光；马车夫两侧腋下镶着红条的黄衬衫迎风鼓的高高的……

"我可真是好样儿的啊，又回到了故乡。"他脑海里这么一闪，便喊道："再跑快点儿！"——然后把外套重新往身上一裹，更紧地靠在后垫上。马车一震，拉夫列茨基挺了挺身子，睁大眼睛。他前面的山坡上逐层显现出一个小小的村庄，稍稍往右偏一点，就能看到一座不太算破烂的地主家的房子，百叶窗都关闭着，屋顶歪歪斜斜的；宽敞的院子里，一直到大门跟前，都长满了绿幽幽的密密的荨麻，远远看起来像大麻一样；院子里有一座橡木制的，很结实的谷仓。这就是瓦西列夫斯科耶。

车夫把马车转过头，赶到大门口，停下了马。拉夫列茨基的侍者从专座上站起身来，好像要跳下去，他"嘿"地一声喊，便听见一阵干涩、低哑的狗叫声，可是却连一只狗也看不见。仆人又一次想要往下跳，又喊一声"嘿"，又是一阵衰老低沉的狗叫声，过了一小会儿，院子里，不晓得从哪里跑出一个穿南京粗布长袍的、须发雪白的人来。他拿手挡住太阳光，向马车一看，忽然两手往大腿上使劲一拍，先是在原地乱转了一会儿，接着就直跑过去开门了。

马车驶进院内，轮子轧过荨麻吱啦吱啦地叫，在阶前停住了。白头发的老人看起来行动还很敏捷，他已经站在最矮的一个阶梯上，两条挺不直的腿离得开开地站着，慌手慌脚地把皮马套往上一拽，以便让四轮马车的前部先脱下来，又扶老爷下车，吻了吻他的手。"你好，你好呀，我的兄弟，"拉夫列茨基说，"你，似乎是，叫安东吧？你还好好地活着？"

老人默默地弯腰鞠一个躬，便小跑去拿钥匙。他跑去的时候，车夫动也不动地坐着，斜着身子盯着那扇锁着的门。拉夫列茨基的侍从一跳下车，便摆了一副非常优美的姿态地站在那里，将一只手放在御座上。老人拿来钥匙，丝毫没必要地像蛇一样扭动着身体，两只胳膊高高抬起来，打开了锁，退到一旁，再默默地深鞠一个躬。

"我到底回到家啦，我到底是回来啦。"——拉夫列茨基边想着，边走进不大的前厅，而这时百叶窗一叶接一叶吱吱咯咯地打开了，太阳耀眼的光亮透进了空荡荡的房间里。

十八

　　拉夫列茨基来到的这间不大的宅子，正是两年前格勒菲拉·彼特洛芙娜过世的地方。这座宅子是上世纪时用非常结实的材料搭建的，从外表上看，它似乎已经非常破旧，可事实上它还能至少保持 50 年，或者更长时间。

　　拉夫列茨基到每个房间里转了转，看了看，并吩咐侍仆把所有的窗户全部打开，这样可大大惊起了那些静静地停在门楣下、背上落满厚厚的白色灰尘、早已衰老、动作非常不灵敏的苍蝇。自从格勒菲拉·彼特洛芙娜过世后，这些窗户再也没有打开过。

　　屋里的一切都保持原样：客厅里摆放着几张早已磨坏和压坏了的白色细腿小沙发，上面罩着发亮的银灰色花缎，叫人清晰地记起叶卡捷琳娜时代。里面还摆放着一把女主人特别喜爱的安乐椅，椅背很高而且直，即使是在她年老的时候，也没在这把安乐椅上坐过。正面墙上悬挂着一幅费奥道尔的曾祖父安德雷·拉夫列茨基的古老画像，从早已变黑、某些地方已经裂开的底色上，勉强才能费力分辨出他那张阴郁而极易发怒的脸，两只凶狠的小眼睛往下耷拉着、浮肿似的眼皮底下阴阴郁郁地向前张望着，看起来显得沉重、长满皱纹的额头上面，如刷子般耸立着一头没有扑过粉的黑头发。画像的一角，垂挂着一个满是灰尘的、蜡菊编成的花圈。

"那是格勒菲拉·彼特洛芙娜亲手编的"。安东禀报说。卧室里有一张特别窄小的床，床上悬挂着用以前那些年代特别结实的花条布做成的帐子。床上，一堆已经褪色的旧枕头高高地堆在一起，还摆着一床绗过的薄被，床头挂有一幅引导圣母步入神殿的圣像，那个可怜的老处女孤零零地独自一人，被所有人遗忘，临终前只能把自己慢慢变冷变僵的嘴唇最后一次紧贴在这幅圣像上。窗前摆放着镶嵌有铜片的木质梳妆台，上面镶着的小镜子已经斜了，镜框上的镀金也已经变黑。卧室旁边是一间供奉圣像的小屋，徒有四壁，一个墙角里有一尊笨重的神龛；地面上铺着一条已经磨旧、被滴上许多蜡烛油的小地毯；格勒菲拉·彼特洛芙娜就是在这样一块小地毯上跪拜祷告的。

安东带着拉夫列茨基的仆人一起去开马厩和车棚了。一个年纪和他差不多的老太婆出来代他伺候主人，老太婆包着齐眉的头巾，头不住地摇晃，眼睛也显得黯然无神，却显现出忠心、诚实、唯命是从、细心侍候主人的古老习惯，而与此同时——又流露出某种含有尊敬的无奈同情。她走到拉夫列茨基跟前，吻过他的手，便退到门边，听候主人吩咐。他压根儿想不起她的名字，甚至不记得，是否曾经在某个时候见过她。

原来她叫阿普拉克谢娅，大概 40 多年前，格勒菲拉·彼特洛芙娜把她从主人家里赶出去，派她专门去饲养家禽，不过她几乎不说话，看起来好像已经老糊涂了，看上去是一副苦命奴婢相。除了这两位老人，加上三个穿着长衬衫、肚子很大的孩子——安东的曾孙，主人家里还住着一个免除赋役杂税的缺一条胳膊的农民，他说话含混不清，听起来像黑琴鸡鸣叫似的，一点儿事情也不能做。比他多少有一点用的是一条不停汪汪狂叫着欢迎拉夫列茨基回归家乡的老狗：遵从格勒菲拉·彼特洛芙娜的命令，买来一条又粗又重的很结实的铁链，把它拴了起来，它已经被锁了将近十年，非常费力才能挪动一下，用尽力气才能拖动那条沉重的铁锁链。

拉夫列茨基细致地看过了屋里的情形，然后来到花园，对花园他觉得非常满意。花园里长满了高高密密的野草、牛蒡、醋栗和悬钩子。不过园里有很多大片的树荫，长着很多老椴树，椴树树干粗壮，枝丫千奇百怪，令人感到吃惊。这些树种得过密，而且好长时间都没有修剪整理过了，最后一次修剪也不知道是什么时候的事——或许是一百年前吧。花园最里头有一个清澈见底的小池塘，周围长满带点儿红的、高高的芦苇。人类生活的痕迹消逝得太迅速了：格勒菲拉·彼特洛芙娜的花园虽然还没完全荒芜，但是好像已进入幽静的梦乡，凡是没有被人类惊动、烦扰的地方，地表上的一切都和这里相同，万籁俱寂，慵懒欲睡。

费奥道尔·伊万内奇也在村子里转了转。农妇们用一只手托着腮帮，从自家农房门口看着他，农夫们大老远就向他鞠躬行礼，孩子们则全跑到一旁去，狗在汪汪叫，却叫得并不带劲。

最后，他饿了，想吃饭了，可是他要等着的仆人和厨师估计最早也要到傍晚才能来。

从拉夫里尼运来的行李包裹品还没到，——只能找安东了。安东马上忙着张罗起来：他杀了一只老母鸡，拔光毛；阿普克拉谢娅在把鸡放进锅里之前，像洗衣服一样，把它又是擦，又是搓，摆布了好久；鸡终于煮好了，安东摆放好饭桌，铺上干净桌布，收拾完毕，在餐具前放了一个已经变黑的三脚镀金盐瓶，和一个塞着圆形玻璃塞子、带棱的细颈玻璃酒瓶；最后用歌唱似的声调禀报拉夫列茨基：饭菜都准备好了，——然后右手握拳，并用餐巾把它包起来，站在主人的椅子后面，从他身上飘散出一股柏树一样浓烈、古老的陈旧气味。

拉夫列茨基尝了尝汤，然后开始吃鸡，鸡皮上是一层非常大的疙瘩，每条鸡腿上各有一条老筋，鸡肉则有一股木头和碱水味。吃完饭，拉夫列茨基说，他倒是想要喝杯茶，假如……"我这就给您送来"，老人打断他说，——而且实现了自己的承诺，翻找出一小撮裹在一小块红纸里的茶叶，找出一个虽然很小、可是火力旺盛、动表不小的茶炊，还找到了不大几块表面似乎已经融化过的砂糖。拉夫列茨基用一个很大的茶碗喝了茶！在童年时他就记住了这个大茶碗：上面画着些纸牌，以前只有客人们用它来喝茶，——现在他也像客人似的用它来品茶了。

傍晚，仆人们都到齐了。拉夫列茨基不愿睡在他姑母的床上，便吩咐仆人们给他在餐厅里重新铺一张床。熄灭掉蜡烛，他长久审视自己的周围，陷入并不愉快的思绪中。他体会到任何一个第一次在很久没有人居住的房间过夜的人都会产生的感觉，他似乎觉得，从四周侵袭了他的黑暗对这个新成员来说还不太习惯，对房间里的墙壁甚至也感到迷惑茫然。最后他无奈地叹了口气，拉过被子盖到身上，一会儿便睡着了。

安东睡得最晚，他一直和阿普拉克谢娅低声耳语了好长时间，轻轻地叹气，还在胸前画了两次十字。他们俩都没预料到，主人竟会选择住到他们瓦西里耶夫村来。因为，他在周围就有一片很好的领地和管理得很好的庄园。他们更没猜想到，那座庄园让拉夫列茨基尤其讨厌，它会唤起他心中非常不愉快的回忆。小声耳语够了之后，安东拿起一根木棍，敲了敲挂在粮仓前、很久没有敲响过的打更板，马上就蜷曲着身子倒在院子里睡着了，白发苍苍的头上什么都没有盖。五月的夜静悄悄的、温暖、舒服，——老人睡得很香甜。

十九

　　第二天拉夫列茨基起得非常早，跟村长闲聊一会儿，到打谷场坐一会儿，吩咐把看院子的狗的粗重的铁链子摘掉，这狗摘掉链子只是叫了几声，甚至连一步都没离开它的窝。回到屋里，他陷入一种内心静如止水、毫无知觉的状态中，这种状态持续了一整天。

　　"我就这样慢慢沉到河底了。"他不止一次地对自己说。坐在窗下，纹丝不动，好像在倾听他身边这种安静的日子在如何溜走，倾听这寂静的穷乡僻壤里偶尔发出的动静。听，荨麻丛里有知了在用细细的、低低的嗓音唱歌；蚊虫则仿佛嗡嗡的在跟它应和。听，它停下不唱了，而蚊虫却还在继续哼哼着。在无数苍蝇的讨人嫌厌的如泣如诉的齐声嗡鸣中，响起一只硕大雄蜂的鸣叫声，它不时地用自己的头撞天花板；大街上有一只公鸡啼叫起来，沙哑地嗓音拖长着最后一个音符；一辆农家马车吱呀地路过，村子里一家人的大门吱嘎一声打开了。

　　"干吗？"突然响起一个女人的大嗓门。"噢，是你呀，我亲爱的小乖乖。"安东正在跟他怀里抱着的一个两岁的小女孩说话。"拿克瓦斯来。"那个女人的声音又一次响起,忽然间又像死一般安静,一点儿声响也没有,一点儿动静也没有。风儿也吹不动树上的叶子,小燕子默不作声一只接一只擦着地面迅速掠过,它们无声的滑翔在人们心头引发出一阵莫名的哀愁。"我就这样慢慢沉到河底了,"拉夫列茨基又这样想着,"这儿的日子无论什么时候都是悄无声息、毫不紧张的,"他想着,"一旦进入这个圈子里你就只有乖乖地屈服:在这里任何事情也不能让你激动,也没什么让你不安的;在这儿,要踏踏实实地去为自己开辟一条小路,正如农夫用犁头犁出一道犁沟一样,唯有如此才能成功。"

这周围存在着一股怎样巨大的力量啊,这种毫无作为的沉寂中蕴藏着怎样一种蓬勃健全的生命呀!瞧这里,窗户底下,一株枝叶繁茂的牛蒡从密密的杂草中挤出头来,在它上面,一株当归伸长了它富含饱满汁液的细茎,那种名叫圣母泪的小草则在更高处伸展开它蔷薇色的卷须。而那边,远处,田野上,黑麦正发亮,燕麦已经抽穗,每棵树上的片片叶子,每根茎上的株株小草都在尽情地延伸、生长、开拓、发展。

"而我却在跟女孩子谈情说爱虚度我最美好的青春年华,"拉夫列茨基继续想着,"但愿这儿的寂寞安静的生活能让我清醒过来,希望它能令我心静,能让我做好足够的准备,可以井井有条地干些事业。"因此,他又开始无所期待地安心倾听着寂静,同时又好像一直在期待着什么似的:寂静从四面八方悄悄地包围着他,太阳从安静的天空中悄无声息地滑过,云彩在天空轻轻地飘浮，好像它们知道自己将飘向何处，又是为了什么而飘。

　　与此同时，在地球的其他角角落落，生活继续在沸腾，匆匆而过，哗然有声。而这里，同是这个地球的生活，却悄无声息地默默逝去，恰似流水在沼泽地里的野草上淌过。直到黄昏，拉夫列茨基都不曾丢开他对这种悄然而逝、一去不复返的生活的遐思冥想，对往事的哀伤悲痛之情在他心灵深处竟如春雪般消融无踪了，真是咄咄怪事！对家乡的依恋之情在他心头从来不曾像现在如此深沉、如此强烈过。

二十

　　用了两周的时间，拉夫列茨基整修好了格勒菲拉·彼特洛芙娜的整所住宅，院子、花园也整理得干干净净。从拉夫里尼运来了他所喜欢的舒适的家具，从城里运来了葡萄酒、书籍、杂志，马厩里饲养了马匹。总之，费奥道尔·伊万内奇置办齐全了他所必需的所有东西，开始过起说不好是地主式的还是隐士般的生活。

　　他的生活过得简单而单调。虽然见不到别的任何人，可他并不感到寂寞，他勤劳悉心地经营管理着自己的产业，骑马巡查周边地区，读书。不过他是不经常看书的，相比较而言他更乐意听安东老头儿讲故事。一般是拉夫列茨基嘴里衔着烟斗，面前摆放着一杯凉茶，坐在窗前；安东倒背着手站在门口，开始不紧不慢地讲起很久以前，传闻里古时候的故事来，那个时候燕麦和黑麦可不是用斗量着卖，而是装在大麻袋里，三两个戈比就可以买一大麻袋，那时候四周绵延，就连城郊，都是连绵没有尽头、阻断交通的森林和没被人类破坏过的茫茫草原。

"可现在，"已经80多岁的老人迭声抱怨说，"全部砍伐光了，开垦尽了，甚至连赶车都没有可走的了。"安东还讲了很多有关自己的女主人格勒菲拉·彼特洛芙娜的故事：说她多么明察事理，多么勤俭节约。说是有这么一位先生一位年轻的邻居，为了赢得她的好感，经常坐着马车来看望她，为了他，她甚至戴上了那顶饰有紫红色带子，只有在节日里才戴的包发帽，穿上了那件黄色里凡廷绸的连衣裙。但是后来有一次，那位先生向她提了一个不上台面的问题："我亲爱的女主人，您想必有很大一笔财产吧？"因为，这个她勃然大怒，吩咐以后不许他再到家里来，当时她还命令说，等她过世以后，全部的家当，就算是一条破布头，也全要留给费奥道尔·伊万内奇。

　　的确是这样，拉夫列茨基发现，姑母的所有家当都一件不少，就连那顶带有紫红色带子、节日里才戴的包发帽和那件黄色里凡廷绸的连衣裙也完好无缺。而那些拉夫列茨基期望找到的古老文献和有趣的文册，却一本都没发现，除了一本破烂泛黄的小册子，他的祖父彼得·安得烈依奇在上面写了些东西——有一处写下的是："圣彼得堡举城沸腾，欢庆亚历山大·亚历山德罗维奇·普罗佐罗夫斯基公爵大人和土耳其帝国缔结盟约"；另一个地方记着一个治疗胸痛的药方，旁边附注是："是为众生之源三位一体教堂大神甫费奥道尔·阿夫克先季耶维奇赠予将军夫人普拉斯科维娅·费多罗芙娜·萨尔特科娃的治疗良方"；还有一处写着如下风格的一则政治新闻："不知因何缘由，有关法国虎之谈论业已销声匿迹"，紧接着这一条，写着："《莫斯科新闻》载，米哈伊尔·彼得洛维奇·科雷切夫中校先生不幸辞世。此人是否为彼得·瓦西里耶维奇·科雷切夫之子？"拉夫列茨基还找到了几册旧历书、圆梦书，还有阿姆博季克先生的那本非常晦涩难懂的著作，早已遗忘、却又万分熟悉的《意象和标识》唤起了他心中很多记忆。

在格勒菲拉·彼特洛芙娜梳妆台的抽屉里，拉夫列茨基看见了一个不大的纸包，纸包用黑色细带子绑着，还用黑色火漆密封好，塞在抽屉的最里面一角。纸包里，面对面地存放着两幅肖像画，一幅画的是他父亲年轻时候的色粉肖像画，柔软而蓬松的鬈发披散在宽阔的前额上，一双细长而好看的眼睛，神情看起来懒洋洋的，嘴半合着；另一幅肖像几乎已经被擦掉，画面上是一个面色略显苍白的妇女，身着白色连衫裙，手里还拿着一朵白玫瑰，——这是他母亲的画像。而格勒菲拉·彼特洛芙娜从来不准许别人给她画像。

"费奥道尔·伊万内奇老爷，"安东对拉夫列茨基说，"那时候，我虽然没住在老爷的府里，但是您曾祖父，安德雷·阿凡纳西耶维奇，我却是清楚地记得的，那还用得着说吗：他老人家去世那年，我都有18岁了。有一次我在花园里碰见了他，吓得我两条腿直发抖，不过他老人家倒是没说什么，仅仅问了声我的名字，吩咐我到他的房间里去取一块手帕。他老人家嘛，那是不必说啦——谁也没有权力管他。还有，我要让您知道，您曾祖父拥有一非常神奇的护身符，这护身符是阿丰山上一位有名的修士赠给他老人家的。这位修士还跟他老人家说：'老爷，为了报答您的热情好客，我将这个送给你，只要你佩戴着它，——那就什么也用不着怕了。'喏，您说不是吗，老爷，人们都明白，那是什么时代呀：那时候老太爷想做什么就能做什么。就算那些贵族老爷们当中若是有人想顶撞他老人家，他老人家也仅仅是瞥他一眼，说：'你这个没用的家伙'，这可是老太爷最爱说的一句话。您那边已经辞世的曾祖父那时就住在一幢小木头房子里，可是他身后留下的遗产，银子啊，各种各样的家当啦，每个地下室全部装得满满的。他老人家是位会当家的好主人。对啦，您曾经赞赏过的那个小玻璃酒瓶，便是他老人家留下的。老太爷用它来喝伏特加。可是您的祖父，彼得·安得烈依奇，倒是为自己修建了一座挺华丽、挺气派的石头房子，但他没有积攒下财产。他老人家无论做什么，全都白费力气。他老人家的日子过得可比不了他父亲，也没给自己创造什么快乐，——财产倒是几乎全挥霍完了，一样纪念品也没留下，就连把银调羹他老人家都没有留下来，幸亏有格勒菲拉·彼特洛芙娜，由于她悉心经管，才保存下现在这份不大的家业。"

"不过好像，"拉夫列茨基打断了他，"听说人们叫她老泼妇，这是真的吗？"

"但是，要清楚是哪些人这样叫啊！"安东不高兴地反驳说。

"老爷，"有一次老人终于下定决心问道，"那么，我们的女主人，她现在在哪儿？"

"我跟妻子已经恩断义绝了，"拉夫列茨基勉强回答说，"请你以后不要再问起她。"

"是。"老人忧伤地回答。

三周以后，拉夫列茨基骑马到 O 市去，去卡里金家，并在他们家留宿了一个晚上。烈姆也在他们家里，拉夫列茨基非常喜欢他。虽然因为父亲的原因，他不会弹奏任何乐器，但他十分喜爱音乐，酷爱严肃音乐、古典音乐。

　　那天晚上潘申没在卡里金家。省长派他到城外某个地方公干去了。莉莎一个人独奏，琴声非常清晰。烈姆变得活泼起来，兴致高昂起来，他用一块纸卷成小筒，拿来当指挥棒。玛丽亚·德梅特里耶芙娜起初看着他发笑，后来便去休息了，用她的话来说贝多芬的音乐让她的神经太过激动。

　　午夜，拉夫列茨基送烈姆回他的住所，并在他那里一直坐到凌晨三点。烈姆说了很多话，他那佝偻着的背挺直了，眼睛瞪得很大，炯炯有神，就连额头上边的头发也似乎有点儿翘起来了。已经有好长时间没有谁关心过他了，看来，拉夫列茨基对他挺有兴趣，关怀而又十分留心地询问有关他的生活情况。这让老人大为感动，最后他将的音乐作品拿出来给客人欣赏、弹奏，甚至用他那并不动听的嗓音演唱了他作品中的某些篇章，还演唱了他为席勒的抒情叙事诗《菲里多林》专门谱写的所有歌曲。拉夫列茨基热烈称赞他的音乐作品，并硬要让他又一次演唱了其中的某几个片断，临行时还邀请他到自己家里去小住几天。烈姆把他一直送到了大街上，马上就答应同去了，还使劲握了握他的手。可是当东方天空刚刚露出一丝霞光，只剩下他独自一人站在新鲜而潮湿的清晨微薄的空气中的时候，他环视四周，慢慢眯起眼睛，整个身子都蜷缩起来，却好像觉得自己是个有什么过错的人，便慢慢地失落地走回自己的小屋去了。

"我精神不正常了，他喃喃地低声说着，躺到自己那张硬邦邦的低矮的小床上。几天后，拉夫列茨基乘坐着四轮马车顺道来接他的时候，他试图推托有病，可是费奥道尔·伊万内奇自己硬走进他屋里来，说服他。说实话，拉夫列茨基是专门为了烈姆才吩咐把一架钢琴特地从城里运到乡下的家里，这一点对于说服烈姆所起的作用最大。他们两人一起来到卡里金家，并在他们家共同度过了一个晚上，不过这次已经不像上回那样愉快融合了。潘申那晚也在那里，说了很多他出差时见到的情况，并非常滑稽可笑地为大家模仿和表演他所见到的那些地主们的举止行为。拉夫列茨基在笑，而烈姆却一直没有从他待着的那个边缘角落里走出来过，他一语不发，毫无声响，像只蜘蛛样偶尔稍微动弹一下，目光阴郁、呆滞，只是当拉夫列茨基站起身告辞的时候，他才又重新活跃起来。就连坐在马车里的时候，这位老人也依然有些过于拘礼，他只是缩在一个角落里。但是温暖湿润的空气、轻柔舒适的微风、淡淡的树荫、野花野草和白桦嫩芽的清幽香味，没有月亮的星空洒下安静和谐的光辉，还有那协调好听的马蹄声和马打响鼻的声音——乡间道路、春色和星空夜晚的所有魅力都深深渗透到这个可怜的德国老人的内心里，于是他先跟拉夫列茨基聊起天来。

二十一

　　他开始谈论起音乐，说起他的学生莉莎。当他说起莉莎时，似乎话说得稍微有一些慢。拉夫列茨基把两人的谈话话题引到他的作品上，并且半开玩笑半认真地向他提出建议，说自己计划写一部歌剧并请他来配曲。"哼哼，歌剧！"雷莫颇不以为然地说，"不行，这我可不合适：我已经失去那份鲜活的力量，失去那种变幻无穷的丰富想象力了，要谱写歌剧曲子非得有如此的想象才行；我现在已经没有这份力气啦……但是我若是还能做点什么的话，或许会更乐意作些浪漫曲；当然啦，我还希望能碰见好的歌词……"

　　他没有继续说下去，动也不动地坐着，抬头望着星空。"譬如说，"他终于又继续说话了，"类似这种歌词：你们啊，星星，噢，你们，纯洁美丽的星星……"

　　拉夫列茨基把脸微微向他转过去，认真注视着他。"你们啊，星星，纯洁美丽的星星，"雷莫又低声重复一遍，"你们用同样的眼光观望着天底下所有善良的和有罪的人……而唯有心灵无邪灵台空明的人或者类似如此的句子……才能读懂你们，啊！不，能真心爱你们。不过我不是诗人，我算是什么呀！我说的就是类似的这种句子，崇高浪漫的句子。"

雷莫把帽子往后推到后脑勺上，在明亮温柔，夜晚那幽幽的微光下，他的脸看起来更苍白、更年轻了。

"而你们也，"他接着说，但声音慢慢低沉下去，"你们也知道，谁在真心的爱，谁知道如何去爱，因为你们，纯洁的你们，只有你们才能慰藉……啊不，这全不对头！我的确不是个诗人，"他说着，"但就是好比这样的句子……"

"我真是觉得非常遗憾，可是我也不是个诗人。"拉夫列茨基对他说。

"唉，全是虚无漂渺的幻想啊！"雷莫颇有些不以为然地说，便蜷缩到了马车的一角。

他眯上眼睛，好像想要睡觉。过了一小会儿……拉夫列茨基侧耳仔细倾听……"星星啊，纯洁的星星，伟大的爱情。"老人低声喃喃地说。

"爱情。"拉夫列茨基在心里默默地重复着这两个字，陷入沉思中，由此他感到心头有些沉重。这是他心中埋得最深的一份情感，对他来说，这已经把他整个人的心思都掏空了。但他情愿溺陷其中，他像是上了瘾，欲罢不能。忐忑但又诚惶诚恐地祈求。

"您为菲里多林谱的曲真美妙，赫里思托福尔·费多里奇，"他大声地说道，"您是怎样认为的，这位菲里多林，在伯爵带着他去见妻子之后会怎样？他很快就会变成她的情人了吧，是吗？"

"这是您的想法，"雷莫不赞同地说，"不过可能是吧，因为经验……"他一下子不说了，很窘迫地掉转过头去。

拉夫列茨基勉强地一笑，便也掉过头去，朝大路上张望。

星光逐渐暗淡下来了，东方天色微泛出鱼肚白，此时马车来到瓦西列夫斯科耶村那幢农村小屋的台阶前。拉夫列茨基把客人带进为他提前好准备的房间里，便回到自己的书房，坐在窗子前。

夜莺在花园里唱响它黎明前的最后一支歌。拉夫列茨基回想起，卡里金家的花园里也有这么一只夜莺在歌唱；他同时想起了莉莎，想起夜莺刚一唱起来，他们同时向黑暗中的窗外看去时，她那静静移动的有神的眼睛。他开始思念起她，于是内心变得很沉静。"多么纯洁的好姑娘啊。"他低低地说道，"纯洁的星星。"带着笑又说了这样一句，便安心地睡下了。

而雷莫在他的床上又坐了好久，膝上摆放着乐谱本。

他隐隐觉得，一个前所未有的，甜美诱人的旋律马上将在他的脑海中诞生。他现在浑身燥热，激动忐忑，他已经体验到那伟大旋律即将来临时的心力交瘁的苦楚和难以言喻的甜美……然而他却最终没把它等来……

"真的不是诗人也非音乐家啊！"他终于轻声地对自己说……最后他疲惫地把头重重地倒在了枕头上。

二十二

次日清晨，主人和客人一同在花园里的一棵老椴树下品茶。

"伟大的音乐家！"谈话时拉夫列茨基顺便说，"很快您就要创作一首庆祝赞歌了。"

"为什么而庆祝？"

"为庆贺潘申先生和莉莎结婚啊。您留意到了吗，昨天晚上他是如何卖力地在向她献殷勤讨好她的？看起来，他们两个之间进行得一切都很顺里。"

"这是绝不可能的！"雷莫大声说。

"那是为什么？"

"因为这根本不可能。可是，"稍平稳了一下，他又补充说，"这世界上任何事都是有可能的，尤其是在这里，在俄国。"

"我们能否暂时先抛开是否是在俄国；可是您觉得这桩亲事有什么坏处呢？"

"不好，一切都不好。莉莎维塔·米哈罗芙娜是那样一位富有正义感和同情心的、庄重大方的姑娘，她有崇高而纯洁的

109

感情……可他……总之，他事实上是个只有一知半解的人。"

"但是她爱上他了，不对吗？"

雷莫这时从长凳子上站起来了。

"不，她根本不爱他。换句话说，她内心特别纯洁高尚，甚至连她也不知道什么是爱。冯·卡里金夫人可能曾经对她说，他是个不错的先生，她就听从冯·卡里金夫人的话，那只是因为她还不过是个孩子而已，即便她已经 19 岁了。她天天早晨祈祷，晚上祈祷，——这也是很值得称赞，是不容易做到的，不过她不爱他。她应该爱一个很好的人，可是他潘申不好，我是说，他的心地并不好。"

雷莫情绪非常激动地一口气说完了上面这么多话，而且他说话的时候一直踱着小步子在茶桌前转来转去，眼睛不停地在地上左右环顾。

"我亲爱的音乐大师！"拉夫列茨基突然大声说，"我认为，是您自己已经爱上我的可爱的表妹了。"

雷莫一下停住不动了。

"请您，"他用微微发颤的声调开始说，"请您无论如何不要跟我开这样的玩笑。我不是个失去理智的疯子：我寻求的是黑暗中的坟墓，而并不是玫瑰色的炫丽未来。"

拉夫列茨基内心开始怜悯起这位可怜的老人来了，并请求他的原谅。

喝完茶之后，雷莫为他演奏了自己创作的一首颂歌。中午吃饭的时候，拉夫列茨基又引导他开始谈论起莉莎来。拉夫列茨基十分留意而又好奇地仔细听着。

"您觉得如何，赫里思托福尔·费多里奇，"最终他说，"您看，现在我这里的一切都安置妥当了，花园里的花也盛开了……是否应该邀请她和她母亲，当然还有我的表姑到我家来住一天呢，是吗？这样会让您感到愉快吗？"

雷莫把头深深埋在自己面前的餐盘里。

"那您就邀请她们吧，"他用非常费力才能听见的声音说。

"那潘申先生呢，是不是她要邀请他呢？"

"一点儿也不需要。"老人似乎像个孩子似的微笑着回答。

两天后费奥道尔·伊万内奇进城去卡里金家。

二十三

　　他抵达时她们全家人都在，但他并没有马上说明他来的意图，他希望先单独和莉莎谈谈。正好有个机会：只剩下他们两个在客厅里。他们便开始交谈起来，她对他已经感到习惯了——应该说她这人无论和谁也不怕生。

　　他倾听着她说话，眼睛看着她的脸，心里却在重复着雷莫说过的话，认为他那些话都很正确。常常会有如此的情况：两个早已相识，但彼此还并不亲近的人在很短一小会儿的时间里会突然而快速地变得很亲近。从他们的眼神里，在他们友好的、无声而默契的笑容里，甚至他们的每一个细小的动作上，都马上表现出来，他们也都已经清楚地意识到这种亲近。拉夫列茨基和莉莎此时恰好是这样。

　　"他原来是这样一个人呀。"她心里想着，眼睛也亲切友善地盯着他；"她原来是这么一个人呀。"他心里同样这样想。因此，当她略带迟疑地向他说出，她心中早就有句话想对他说，但又害怕他生气时，他一点儿也不觉得惊异。

"您不用介意，请说吧。"他说着，并站在了她的面前。

莉莎把她那双明亮有神的眼睛抬起来注视着他。

"您原来是这样一个善良的人。"她开口说了，边说心里边在想："是的，他的确非常善良……"

"请您原谅，或许我不应该如此胆大地跟您谈这个……可是您怎么能……您为什么要和您的妻子分开呢？"

拉夫列茨基听了猛地一怔，看了莉莎一眼，便坐在她身边。

"我可爱的孩子啊，"他说，"请您以后别再碰这个伤口吧，即便您的手是如此的轻柔，可我还是会觉得很痛的哟。"

"我明白，"莉莎接着说下去，似乎并没听见他的话，"她在您面前或许是有过错的，我并不想为她辩解，可是上帝结合在一起的两个人怎么能轻易说分开呢？"

"我们在这件事情上的看法有太大的差别，莉莎维塔·米哈罗芙娜，"拉夫列茨基不由得说得颇为生硬，"我们是没办法让彼此相互明白的。"

莉莎脸色变得苍白了，她整个身子都在微微颤抖，可她没有保持沉默。"您应该学会宽恕，"她仍然轻轻地说，"如果您也同样想得到上帝宽恕的话。"

"宽恕！"拉夫列茨基立刻接着说，"您是不是应该先弄明白，您是在为谁说情呢？宽恕那个女人，允许她再次踏进我的家门？她，这个徒有其表的，没心没肺的东西！是谁对您说她想要回到我这儿来的呢？算了吧，她对自己现在的处境很满意呢……不过何必谈这些！她肮脏的名字不应该由您纯洁的嘴里说出来。您太纯洁了，甚至于没办法理解像她这样的肮脏东西。"

"为什么要这样侮辱别人！"莉莎费了很大力气才将这句话说出口。她两手抖得更明显了，"是您自己选择抛弃了她的，菲托尔·伊凡尼奇。"

"但是我已经跟您说了，"拉夫列茨基反驳她，不由自主爆发出一股烦躁，"您根本搞不明白她是怎么样的一个人物呀！"

"那当初您为什么会娶了她？"莉莎轻声地说，眼睛低垂下去。

拉夫列茨基一下子从椅子上站起来。"我当时为什么会娶了她吗？是因为那时候我太年轻，没有任何经验。我上当受骗了，我被她漂亮的外表迷惑住了。我当时并不了解女人，我其实什么也不了解。但愿上帝保佑您以后的婚姻幸福美满吧！但是，请您相信我说的话，无论什么事都别看得那么稳。"

"我很可能不会幸福，"莉莎轻声说（这时她的声音开始变得断断续续），"但是到时候也只能听天由命了，我不知道应该怎么说才好，可是如果我们不顺从天命的话……"

拉夫列茨基紧紧握住两手，使劲顿一顿脚。

"求您别生气，请原谅我。"莉莎急忙说。正在此时，玛丽亚·德梅特里耶芙娜走进来了。莉莎站起来，想要离开。

"请您等一下，"拉夫列茨基忽然在她身后喊了一声叫住了她，"我有件大事想获得您母亲跟您的同意：到我的新家去瞧瞧吧。您知道，我还特意弄了架钢琴；雷莫先生也正在我那儿做客；丁香这时候正开花呢，你们也尽情自由地呼吸呼吸乡下的新鲜空气，当天就能赶回来——您同意吗？"

莉莎抬眼看看母亲，玛丽亚·德梅特里耶芙娜脸上表露出不大愿意的样子。可是拉夫列茨基没有给她开口拒绝的机会，立刻就走过去吻了她的两只手。玛丽亚·德梅特里耶芙娜对他人的友好亲密表示向来是最容易动心的，更没想到这只"海豹"会有这份诚挚盛情，心中一感动，嘴上也就答应了。

她正在思索哪天去比较合适的时候，拉夫列茨基走到莉莎面前，仍然很激动，悄声对她说："谢谢，您真是个好心肠的善良姑娘。我承认错误……"于是她那苍白的脸被她羞答答的微笑映红了。她的两只眼睛也含着笑，她一直到这时还在害怕，她是否得罪了他。

"伏拉季米尔·尼库拉伊奇能和我们一起去吗？"玛丽亚·德梅特里耶芙娜问道。

"那当然啦，"拉夫列茨基心里却有不同的想法，他回答道，"可是咱们自家人聚聚岂不是更好？"

"但是，似乎……"玛丽亚·德梅特里耶芙娜原本打算继续说下去，最终没说。"那就依您的意思吧。"她补充了一句。

她决定把里诺奇卡和苏洛奇卡一起带去。马尔法·季莫菲耶芙娜不愿意一同前去。"我可受不了哟，亲爱的，"她说，"这把老骨头可是要被折腾散啦，那里也没个地方能过夜，再说别人家的床我也不习惯睡。就让年轻人去蹦蹦跳跳热闹热闹吧。"

拉夫列茨基没有机会再和莉莎单独待在一起，可是他看着她的那目光，让她心里觉得舒服好多，又觉得有点儿羞涩，内心也觉得他很可怜。他跟她辞行时紧紧地握住她的手，只剩下她一人时，她陷入了深思。

二十四

　　拉夫列茨基刚回到家，就有一个身材魁梧、精瘦的人站在客厅门口迎接他，那人穿一袭破烂的蓝色常礼服，脸上虽已有皱纹，却精神焕发，蓄着已经花白的、乱糟糟的络腮胡子，鼻子又长又矮，长着一对发红的小眼睛。这是他大学读书时的同学米哈列维奇。拉夫列茨基开始没认出他来，可是当他刚一说出自己的名字，拉夫列茨基就马上热烈地紧紧拥抱了他。自从在莫斯科分手以后，他们再也没有见过面。

　　米哈列维奇一烟斗接一烟斗急匆匆地大口抽着烟，一杯一杯地喝着茶，挥舞着长长的手臂，向拉夫列茨基讲述自己非凡的经历。他的经历中没有丝毫十分高兴的事情，也无法夸口说在事业上获得了某些成就，他却一直声音嘶哑地、神经质地放声哈哈大笑。一个月之前，他在一个富裕的承包税务经纪人的私人事务所里谋求到了一个新职位，那里离O市有三百多俄里，获知拉夫列茨基从国外回到家乡，因此，特意绕道来和老朋友见一面。

米哈列维奇依旧和年轻时一样,说话时还是那么喜欢激动,还是那样大肆评判、情绪高昂。拉夫列茨基原本打算说说自己的情况,但是米哈列维奇阻止了他,并连忙小声含含混混地说:"我都已经听说了,老兄,都听说了,——唉,谁能预料得到呢?"接着马上便把话题转到一般的议论上去了。

"我,我的老兄,"他说,"明天必须得走。今天我们,你可无论如何得原谅我,要迟一点儿睡才行。我打算务必要搞清楚,你在做什么,你有些什么样的观点,持什么信念,你变成了什么样子,生活让你学会了什么?(米哈列维奇说话依旧保留着 30 年代的语言风格。)至于谈到我,我在许多方面都发生改变了,老兄,生活的浪涛拍落到了我的胸前,——这话是出自谁之口?——但是,更重要的是,就本质而言,我并没发生变化。我还是相信善,相信真;然而我绝不仅仅是相信而已。目前,我还有信仰,对,是信仰,信仰。听我说,你知道吗,我时常写写诗,这些诗里缺乏诗意,却饱含真理。我把最近写的一首诗给你念念:这首诗传达了我最真挚的信仰。请听着。"

米哈列维奇开始念他写的诗,这首诗特别长,结尾部分是下面这几句:

> 我的整颗心迷醉于新的情感,
> 如婴儿般,我心灵通透澄明。
> 以前所信仰的一切,我把它们全都付诸一炬,
> 而对被焚毁的这一切,我却崇拜得五体投地。

米哈列维奇读到最后两行诗时，几乎要哭起来，一股轻微的抽搐——激烈情感的预兆——闪过他宽阔的嘴唇，他那并不俊秀的脸变得豁然开朗起来。

拉夫列茨基听他念着，念着……心中隐隐约约产生了复杂矛盾的心情：这位莫斯科大学生随时随地都会表现出来的、时而热血沸腾的激情，经常会令他不高兴。

在15分之内，他们两人就已经非常激烈地争论起来，也只有俄国人才会如此无休止地争论不休相持不下。对他们来说，两个人天各一方，长期生活在两个完全不同的世界里，分离多年之后，既没有确切明白别人的思想，甚至都没认清自己内心的想法，就迫不及待争论起某些最抽象的问题来，抓住对方的片言只语，用虚无的空话来反驳空话。他们争论得是那样激烈，犹如争论的是于他们俩生死攸关的致命问题。他们放开嗓门大嚷大叫，喊得歇斯底里，惊得满屋的人都感到惊慌不安，而那可怜的雷莫，从米哈列维奇刚来，就把自己关在屋里，此时他觉得茫然无措，甚至隐隐约约有些害怕，却又不知到底在害怕什么。

"那在此之后你怎么样了？成了一个失望的人？"

半夜一点钟的时候，米哈列维奇仍然在高声叫嚷。

"难道你见过像我这样失望的人？"拉夫列茨基反驳说，"失望的人全是面无血色，是苍白无力的、病态的——可你要不要试试，我一只手就能把你举起来？"

"好吧，即使不是失望的人，那也是个怀疑主义者，这可更糟糕（米哈列维奇说话时有他的故乡小俄罗斯的口音）。可

118

你又有什么原因能够做怀意（疑）主义者？在人生旅程中你不算很走运，就算是吧，在这一点上你并没有过错。你天生就有一颗热情积极的心，爱护别人的心，却违背你的意愿，迫使你避开女人，因而碰到的第一个女人就一定会欺骗你了。"

"她同样欺骗了你，"拉夫列茨基面色阴霾地说。

"好了，就算是吧，在这件事情上我成了命运不幸的工具。可是，这是胡说八道。在这件事情上根本没有命运，这只是旧习惯错误的说法。不过这能又说明什么呢？"

"说明我打小就被人弄得不正常了。"

"那你就应该自己让自己正常起来嘛！否则你怎么能称得上是一个人，称为一个堂堂男子汉呢。你多的是精力！——但是无论怎么说，难道就，难道可以——换句话说吧，难道能把个别事实看成普遍规律，当成不可违背的规律吗？"

"这里哪有什么规则啊？"拉夫列茨基打断了他的话，"我绝不承认……"

"不，这就是你的规则，规则，"米哈列维奇也激动地打断了他的话。

"你是个纯粹的利己主义者，这就是结论！"过了一个小时，米哈列维奇怒发冲冠地说，"你喜欢自我陶醉，你渴望生活幸福，你希望只为你自己而活着……"

"自我陶醉怎么讲？"

"因此，所有一切都让你失望了，全部都在你脚下坍塌了。"

"我问你，自我陶醉怎么讲？"

"就连它也应该坍塌。因为你是在不可能寻求到基石的地方寻找基石，因为你是把自己的房屋搭建在一片松散沙土之上……"

"你讲明白点，不要都用比喻，这样我不能理解你的意思。"

"由于，——好吧，你笑吧，——由于你内心没有信仰，缺乏内心深层的火热激情。理智，唯独那点儿不足挂齿的理智……你仅仅是一个可怜又可悲的、思想落后腐朽的伏尔泰忠诚信徒——哼，你就是这样的一个人！"

"谁，你说我是伏尔泰的忠诚信徒？"

"没错，正如你父亲那样的一个纯粹伏尔泰信徒，而自己却没预料到会是如此的。"

"听你发表完这通议论之后，"拉夫列茨基放大声音说，"我敢断言，你是个疯狂的宗教徒！"

"唉！"米哈列维奇叹气伤心而无奈地反驳，"真是可惜，我任何一点都还不能配得上这样崇高的称呼……"

"现在我知道应该叫你什么了，"凌晨三点钟的时候，又是这个米哈列维奇大声高叫道，"你既非怀疑主义者，也非失望的人，更不是伏尔泰的信徒，你只是个懒汉而已，而且还是个故意偷闲的懒汉，下意识的懒汉，不是天生幼稚蠢笨的懒汉。天生幼稚蠢笨的懒汉光知道躺在火炕上，一动也不动，因为他们什么也不会做，而且他们什么都不考虑。你则是个善于独立思想的人，可是你却也静静地躺着；你原本是可以做点儿什么的，可是你却宁愿什么也不做；你安心地躺着，挺着吃得饱饱的肚子，还要说：就是要像这样，应该这么躺着，因为无论别人做什么，所有一切都是胡扯，都是不可能有任何结果的胡说八道。"

"可是你凭什么说我是躺着的?"拉夫列茨基重重地强调说,"你怎么会认为我有如此的想法?"

"除此之外,你们,所有你们这些人,"不肯停止的米哈列维奇继续说,"还都是满腹经纶的懒汉。你们清楚德国人在哪些地方差劲,明白英国人和法国人什么事情做不好。因此,你们这些可悲的知识就发挥了作用,为你们无耻的懒惰和卑鄙的毫无作为进行辩解。有人甚至引以为傲,说,瞧瞧,我可真是个聪明人,因而我躺着,那些傻瓜们却在终日忙忙碌碌。对啊!事实上我们当中的确是有这样的一些老爷们,但是,我指的当然不是你。他们的一生都是在毫无意义的麻木漠然状态中度过的,他们对无聊的生活已经颇为习惯,欣然自如,正如……西(细)菌待在酸奶油里,"米哈列维奇思维灵活地说,自己也为自己这样的比喻笑了。"唉,这百无聊赖的麻木状态正是俄国人毁灭的根源!一辈子都只是准备去工作,惹人厌恶的懒汉……"

"你为什么要骂人呢?"拉夫列茨基也撕心裂肺地叫嚷,"工作……做事是吗……你最好说清楚,应该做些什么,而不要随便骂人,波尔塔瓦的德莫斯芬!"

"瞧,你想要得到什么!这我可不能告诉你,老兄,这些可是任何人都应该心知肚明的,"德莫斯芬带着讥讽的话语反驳说,"一个地主老爷,一个贵族,却连自己应该做什么都不知道!没有信仰,否则你就应该知道;没有信仰——也就无法得到启示。"

"最起码也得让人休整一下，见鬼，也得让人熟悉一下周围环境吧，"拉夫列茨基说。

"一分钟也不能休息，甚至连一秒钟也不行！"米哈列维奇用一只手比画了个命令的手势，反驳说，"一秒钟都不行！死亡不能等待，生活生命、时间都不应该等待。"

"可究竟是什么时候，在什么地方，人们一下子想要变成为懒汉的？"

凌晨四点钟的时候他突然又大声喊，只不过这时声音已经有些儿嘶哑了，"就在我们这里！就是现在！在俄国！正是所有单独的个人在上帝面前，在民众面前，在自己面前，都有义不容辞的义务，都担负不可推卸的伟大责任的时候！我们竟然在睡觉，而时光依然在流逝，我们却在躺着睡觉……"

"请允许我提醒你，"拉夫列茨基说，"现在我们根本就没有躺着睡觉，应该说，是我们打扰别人睡觉。我们如斗鸡一般，扯着嗓子大吼大嚷。你听听看，似乎已经鸡叫三遍了。"

这句跑题的俏皮话倒把米哈列维奇逗笑了，也令他安静了下来。

"明天再继续说吧，"他微笑地说着，把烟斗插进了烟袋里。

"明天再说，"拉夫列茨基重复道。

可是两个朋友又促膝长谈了一个多小时……可是他们的声调没有再提高，他们的说话声很小，他们的谈话是忧郁的，和平友善的。

米哈列维奇次日便离开，拉夫列茨基无论怎样也留不下他。费奥道尔·伊万内奇虽然没能劝说他留下来，不过却和他畅快淋漓地谈了个痛快。原来米哈列维奇已经身无长物。拉夫列茨基在前一天晚上就已经怜悯地感觉到了他身上多年来生活贫寒的痕迹和习性：他的靴子已经穿斜了，那件破旧常礼服后面掉了一颗纽扣，他从来不戴手套，杂乱的头发上粘着绒毛，他到来之后也没要求洗把脸，进餐的时候贪婪像得只鲨鱼，拿手直接撕肉，用他那坚硬的发黑的牙齿把骨头咀嚼得咯咯地响。

原来他的事业也不顺利，现在他只能把自己的全部希望都寄托在那个税务承包人身上，而那家伙之所以会雇用他，唯一用意也不过是为了让自己的事务所里有一个所谓的"知识分子"。即便这样，米哈列维奇也并不垂头丧气，只管过着他那犬儒主义者、理想主义者和诗人的生活，真心实意地同情人类的命运，并为人类的命运担忧焦虑，为自己肩上担的使命操心，难受，却几乎不担心，只要别把自己饿死。

米哈列维奇从未结婚，可是却不知爱上过多少个女人，并且为他爱上的所有女人们都写过诗。他尤为热情地赞颂过一位神秘的、有黑色鬈发的"姑娘"……的确，有传言说，好像这位小姐事实上只不过是个普通的犹太姑娘，很多骑兵军官都很熟悉她……可是，这又有什么呢，这难道有什么不一样吗？

米哈列维奇和雷莫谈不合：他那吵闹的谈话声音，激烈的行为举止，因为不习惯，都让这个可怜的德国老人感到害怕……一个不幸的人，大老远就能察觉对方也是个不幸的人，可是活到老年时，却很难得会跟另一个同样不幸的人成为朋友，这一点儿都不奇怪：由于他和他已经没有什么可谈的，甚至连希望都没有什么好谈的了。

临行时，米哈列维奇又和拉夫列茨基谈了很长时间，并预言，假如他头脑清醒不过来，就会遭受毁灭，恳请他真心关注农民的日常生活，并以自己作他学习的榜样，说他已经受过灾难的洗礼，灵魂已经升华，——此时他不止一次号称自己是幸福的人，还把自己比喻为空中自由飞翔的小鸟，山谷里静静开放的一朵百合花……

"可不管怎样，也是一朵黑百合花而已。"拉夫列茨基说。

"唉，老兄，请不要用这种贵族语调说话，"米哈列维奇宽恕地说，"你最好还是要感激上帝，因为你血管里流淌着正直的平民的血液。当然我也看得出，现在你需要一个非常纯洁和高尚非凡的人，好把你从这种消沉状态中解脱出来……"

"谢谢，我的老兄，"拉夫列茨基轻声说，"对我而言，这些非凡高尚的人已经足够了。"

"闭嘴，犬肉主义者！"米哈列维奇提高声高调说。

"是'犬儒主义者'，"拉夫列茨基为他纠正说。

"没错，正是犬肉主义者。"米哈列维奇一点儿也没发窘，又重复了一遍。

甚至在把他那个轻得出乎意料的、扁平的黄色皮箱装上了四轮马车之后，他也已经坐上马车的时候，他还在继续说着。他上身披着一件西班牙式的斗篷，斗篷的领子早已褪成了红褐色，本来应该是扣子的地方现在是一些狮爪形的小钩子，直到此时他还在高声发表自己有关俄国命运的那些想法，还在半空挥舞着一只黑黝黝的手，好像是在撒落未来幸福生活的神奇种子。马车终于动起来了……

124

"请记住我最后的三句话，"他从四轮马车里伸出身子来，尽量让身体保持平衡，站着高声喊，"宗教，进步，人性！……再见了！"他那制帽拉到眼睛上的头慢慢消失在远方看不见了。只剩下拉夫列茨基独自站立在台阶上，他举目凝视着消失在远方的道路，直到四轮马车再也看不见了。

　　"不过，要知道，或许他说对了，"他走回房间去的时候，心里想，"没准儿，我就是个下意识的懒汉。"米哈列维奇说过的许多话无法抗拒的回落在他的心中，即便他跟他拼命地争论过，不赞同他的好多看法。一个人只要是心地善良的，那么无论谁都没有办法反驳他。

二十五

两天之后，玛丽亚·德梅特里耶芙娜按照事先说好的，带领全家年轻人来到瓦西列夫斯科耶做客。两个小姑娘立刻跑进了美丽的花园，而玛丽亚·德梅特里耶芙娜则懒洋洋地一个个房间看过，又无精打采地赞赏着她看到的所有东西。同意到拉夫列茨基家做客对她而言，她觉得是表现了极大的迁就，简直是在做善事。

当安东和阿普拉克霞按照古老的家仆习俗过来吻她的手时，她很客气地露出笑容。从鼻孔里发出有气无力的哼声，吩咐给她端上茶水。安东这天特意戴上线织的白手套，可是端茶给这位贵族太太的却是那个拉夫列茨基花钱雇来的，照他老人家的话说是丝毫不懂家里规矩的仆人，这一点让他心里很不痛快。

然而午餐时安东终于达成了心愿：他在玛丽亚·德梅特里耶芙娜的身后稳稳地站牢，这个位置他谁也不让。老人既激动又愉快，由于瓦西列夫斯科耶已经很久没有过访客了。看着他

126

家老爷和上等贵族人交往，他内心更显得特别高兴。而这天情绪激动兴奋的不止他一个人：雷莫也很激动。他身着一件烟灰色的后摆很尖的短式燕尾服，领结打得紧紧地，不住地清着嗓子，面色快活而又彬彬有礼地站在旁边。

拉夫列茨基欣慰地发现，他和莉莎两人仍然是非常亲近：她刚踏进门便十分友善地把手递给他。午餐后，雷莫从他总是用手去摸的燕尾服的后口袋，拿出一小卷乐谱来，闭着嘴默然地把它摆在钢琴上。这是一首浪漫曲，他昨夜用一首古老的德国歌词谱写的，这首歌说的是天上的星星。莉莎立刻坐到钢琴前开始试着弹起这首浪漫曲。可糟糕的是乐曲显得有些混乱，不流畅，听起来让人感觉不是很愉快。感觉得到，作曲者极力表达某种奔放、深情的东西，却没能表现出来。拉夫列茨基和莉莎两人都感受到这一点——当然雷莫自己也清楚这个。他什么也没说，便把自己的浪漫曲装回衣服后口袋里，莉莎建议重新弹一遍，他只是摇摇头，说一句："现在一切都结束啦！"这话里明显含有更多更深的意思。他勾着腰，身子微微缩起来，走到一旁去了。

夕阳西下，大家一起去钓鱼。花园那一头的池塘里放养着许多鲫鱼和红点鲑鱼。主人请玛丽亚·德梅特里耶芙娜坐在池边树荫下专门为她放的一把扶手椅上，脚下还为她特意铺一条地毯，然后把最好的钓竿给她。安东以一个经验十分丰富的老渔翁资格来为她服务。他殷勤地把蚯蚓挂在钓钩上，拿手一拍，然后吐口唾沫，甚至他还亲自为她把钓钩甩出去，整个身子姿势优美地前倾着。

这一天玛丽亚·德梅特里耶芙娜拿下面这句女子贵族学校里惯常说的法语向菲托尔·伊凡尼奇说起安东："Iln'ya plus maintenant decdsgens comme ca comme autrefois"."

雷莫和两个小姑娘去了远处，快走到堤坝边沿上了。拉夫列茨基就陪在莉莎旁边。鱼儿们不时地咬到钓钩，时常地有鲫鱼被钓上来，在空中翻来跃去，时而闪金光，时而泛闪银光，引得两个小姑娘不停地欢叫。玛丽亚·德梅特里耶芙娜自己也娇声娇气地尖叫了几次。拉夫列茨基和莉莎钓得比其他人都少，这或许是由于他们没有像别人那样全身心于垂钓，任凭浮标漂向了岸边。水面上高高站立的微微泛红的芦苇被风吹得在他们身边轻轻地沙沙作响，面前静如明镜，水面也在静静地折射着柔和的光，他俩谈话的声音也非常非常轻。莉莎站在一块木制踏板上，拉夫列茨基则倚坐在一株柳树歪斜的树干上。莉莎身穿一袭白色连衣裙，腰间系一条宽宽的腰带，同样是白色的，草帽挂在她的一条手臂上而另一只手则颇有些儿费力地紧紧握住弯曲的钓竿。

拉夫列茨基注视着她洁白如玉、稍显拘谨的身段，她向耳后拢过的柔软头发，她柔和美丽的，似孩子般晒得泛红的脸颊，心中不禁在想："哦，你站在我美丽的池塘边显得多么可爱啊！"莉莎没有面对着他，而是眼看着水面，又似眯缝着眼睛，又像在迎风微笑。旁边一株菩提树的影子投映在他俩的身上。"您知道吗，"拉夫列茨基率先说话了，"自从我们上次谈话之后，我思考了很多，我不得不说，您可真是位好心肠的姑娘。"

"我丝毫不是故意要……"莉莎本是想要表达出不一样的

想法的——可是她害羞腼腆了。

"您真是太心善啦，"拉夫列茨基再重复一遍，"而我是个粗心太意的人，但我认为，任何人都会喜欢您的。就拿雷莫来说吧，他简直就已经爱上您啦。"

莉莎的眉头不是皱紧，而是触电般微微一颤，每当她听到什么不爱听的话时常常都这样。"我今天真的很替他难过，"拉夫列茨基继续说，"那首浪漫曲没有创作成功。年轻人没有能力做也就罢了，但是年纪大了想做却做不好——这就非常难过了。不经意间，他的精力和激情已经走向衰退，这是多么令人伤心难过的事啊。让一个老年人来承受如此的打击是很困难的。……注意点儿，您那儿有鱼上钩啦……据说，"拉夫列茨基停顿了一下儿又说道，"伏拉季米尔·尼库拉伊奇作了一首特别优美的浪漫曲。"

"是啊，"莉莎回答，"一个小东西儿，倒是挺不赖的。"

"那么，您认为，"拉夫列茨基问，"他是个不错的音乐家吗？"

"我以为，他非常有音乐才华，不过很可惜，他从来没认真学过。"

"原来如此。那么他是个好人吗？"

莉莎笑出声来，很快地瞥了菲托尔·伊凡尼奇一眼。

"瞧您问得真有趣呀！"

她放开声音说，同时把钓线拉出水，再把它远远地甩出去。

"有什么可奇怪的呢？我刚来时间不长，又是您的亲戚，因此，才向您问到他。"

"您是我的亲戚？"

"不错呀。我算起来应该是您的，似乎是，舅舅？"

"伏拉季米尔·尼库拉伊奇这个人很心善，"莉莎开始了说，"他很聪明，妈妈好像特别喜欢他。"

"那么您呢？您喜欢他吗？"

"既然他是个好人，我有什么理由不喜欢他呢？"

"哦！"拉夫列茨基这样吭了一声，便不再说话了。他脸上浮掠过一种略带忧愁又带有嘲笑的表情。他执着的眼神让莉莎觉得很困窘，不过她仍旧面带笑容。

"既然如此，那就愿上帝赐予他们幸福吧！"他最后喃喃地说，似乎自说自话似的，并把头扭了过去。

莉莎的脸涨红了。

"您误会啦，菲托尔·伊凡尼奇，"她说，"您可千万别认为……那么难道您不喜欢伏拉季米尔·尼库拉伊奇？"她忽然问道。

"是的，不喜欢。"

"为什么呢？"

"我认为他这人缺少的就是一颗人心。"

莉莎脸上的笑容慢慢不见了。她内心像平静的湖面忽然被袭来的石块打破，起伏的水面一圈一圈漾开来。波纹此起彼伏，漾得她心里直晕。"您总是过于要求别人。"她沉静了好大一会儿工夫才说出这句话来。

"我并不这样认为。我还需要获得别人宽恕呢，又哪来的权利苛求别人？您是否忘记了，只有那些懒惰得任何事都不去

130

想的人才不会讥笑我？……那么，"他又说，"您做到对我说过的话了吗？"

"哪些话？"

"说您要为我祈祷的？"

"对啊，我为您祈祷了，而且天天都在祈祷。可是希望您谈起这件事不要如此随便。"

拉夫列茨基立刻向莉莎发誓，说他压根儿没有想到要提这件事，坚持他真诚地尊重一切信仰。接下来他便畅谈起宗教来，谈起宗教在人类发展史上的作用，基督教的意义……

"必须要成为一个基督徒，"莉莎颇有几分费力地说着，"倒绝非由于认识天国……同样……认识人世，而是由于人都会走向死亡。"拉夫列茨基感到非常惊讶，抬眼望着莉莎，恰好与她的目光相遇。

"听听您在说什么话啊！"他说。

"这全不是我说的话。"她回答。

"不是您说的……那么您又为什么会说到死亡？"

"我不知道。而且我经常想到死亡。"

"经常？"

"不错。"

"瞧瞧您今天的样子，我绝不相信您竟然会说出这种话的：您脸上流露出幸福、快乐，您一直面带微笑……"

"对呀，我现在是很愉快呀。"莉莎纯真地和他顶嘴说。

拉夫列茨基冲动地想要握住她的双手，紧紧地握住……

"莉莎，莉莎，"玛丽亚，德梅特里耶芙娜在那边喊叫，

"来呀，快过来看呀，看我钓到多大一条鲫鱼啊。"

"我这就来，妈妈。"莉莎边回答着，边到她那里去了，而拉夫列茨基仍然坐在斜柳树干上。"和她谈话的时候，我似乎并非一个心灰意冷的懒汉。"他这样想着。

莉莎离开时把她的帽子仍然挂在树枝上，拉夫列茨基内心怀着一种奇异的近似是温情的情感望着那顶帽子，望着帽子上装饰的长长的稍被揉皱了的丝带。莉莎很快就又回到他这里来了，重新又站到那条木踏板上。

"您为什么认为伏拉季米尔·尼库拉伊奇这个人缺少人心？"待了一会儿她开口问。

"我刚才对您说过可能是我看错了，但是时间会证明一切的。"

莉莎听完后陷入了沉思。拉夫列茨基说到瓦西列夫斯科耶的日常，说起米哈烈维奇，谈到安东。他意识到自己有一种强烈欲望，他非常想和莉莎说话，想把他心中的所有一切都讲给她听。她是那么可爱的在意他的讲话，她不时插上一句，发表点自己的意见，他认为都是那样朴实无华，聪明可爱。他甚至把自己的这个想法也讲给她听。

莉莎非常惊讶。

"您说的是真的吗？"她轻柔地说，"我还想自己跟我的侍女纳斯佳一样，讲不出任何属于自己的话呢。有一次她对自己的未婚夫说：你跟我在一起生活一定很闷得慌，你跟我讲的话都那么有味儿，而我却说不出一句自己的话。"

"赞颂上帝吧！"拉夫列茨基心里想着。

二十六

此时夜幕即将降临，玛丽亚·德梅特里耶芙娜示意，到回家的时间了。费了很大劲儿才让小姑娘们离开池塘边，全都准备就绪。拉夫列茨基宣布，他要把自己尊贵的客人们送至半路，并安排仆人替自己备马。在请玛丽亚·德梅特里耶芙娜登上马车的时候，他发觉雷莫不在。因此，开始吩咐大家找寻他，可是哪儿都没发现这位老人。钓鱼一完毕，他就马上失踪了。安东以在他这个年龄能使出的奇大的力气砰的一声推合上了车门，庄严肃穆地喊了一声："出发吧，车夫！"于是轿式四轮马车开始走了。

玛丽亚·德梅特里耶芙娜和莉莎坐在后面座位上，前面座位上是两个小姑娘和一个侍女。夜晚暖和而又安静，车子两边的窗帘都放下来了。拉夫列茨基在莉莎那侧靠近马车策马前行，他将一只手搭在车门上，把马缰绳扔到了稳步前行着的马的脖颈上，不时和这位年轻纯洁的姑娘交谈几句。晚霞也已经完全消逝，夜幕笼罩了整个大地，空气却反而让人觉得更暖和了。

玛丽亚·德梅特里耶芙娜不久便打起盹儿来，前面的两个小姑娘和使女也进入了梦乡。轿式马车轻快又稳健地飞驰着，莉莎微微朝前探着身子，方才升起的月亮散发出的明亮光辉照着她的脸，飘来一股芬芳幽香，夜晚的暖风轻柔地吹拂着她的眼睛和面颊。她感觉非常愉快。她用一只手扶住车门，紧紧挨着拉夫列茨基搭在门上的那只手。

　　他同样也觉得心情很愉快，他在寂静、温和的夜晚策马奔腾，目不转睛地注视着那善良、纯洁年轻而美丽的面容，聆听着她那年轻人特有的、即便低声絮语时也清脆悦耳的好听的声音，而她所说的又全是些平平凡凡的美好事物。他没在意，毫无意识地就走完了一半路程。他不愿叫醒玛丽亚·德梅特里耶芙娜，只是轻轻握了握莉莎的手，说："我们现在已经成为朋友了，对吗？"她赞同地点了点头，于是他勒住了马。轿式马车不停歇地向前奔驰而去，轻轻摇晃着，时隐时现，拉夫列茨基策马前行。

　　夏夜独特的魅力使他十分陶醉，四周的一切仿佛都那样出乎意料地神秘，同时又那么令人着迷，好像在很久之前他就早已非常熟悉了。眼前和远处，能够看到的远方，但是眼睛能看到的地方，有很多东西是看不清楚的，天地万物都处于一种宁静状态，就在这万籁俱寂之中，精神焕发的年轻人的旺盛生命力正显现出来。拉夫列茨基的坐骑精神饱满地迈着步子，并很有节奏地左右摆动，一个相当大的黑影子在它旁边伴它前行，"嘚嘚"的马蹄声中似乎有某些让人觉得神秘、愉悦的因素，鹌鹑的高声鸣叫，也似乎给人一种欢快和奇妙的异样感觉。群星慢慢隐没在不知究竟是什么的薄薄的轻烟雾霭之中；明月还未满盈，寒光闪烁，清辉四泻，月光似淡蓝色的盈盈流水，布遍天空，滑落到从周边飘荡过的薄云上，化成轻烟般淡淡发光的金色亮斑；清新潮湿的空气让人的眼睛也略有点儿湿润，温柔地缠绕着他的四肢、躯干，犹如一股清泉流淌进他的胸口。

拉夫列茨基内心充满愉悦，并替自己的愉悦感到欣慰。"呵呵，我还要继续快乐地生活，"他想，"生活并还没有完全摧毁我……"他并没有说清：是谁，或者是什么把他毁了……接着他开始去想莉莎，心想，她可能不爱潘申。想象，假若他是在别的情境下遇到她，上帝知道他们之间会产生什么结果。他心想，他理解雷莫说过的话，即便她没有"自己的"话。不过这似乎也不对：她有她自己的话……"请您不要如此轻率地谈论这件事，"拉夫列茨基想起了她的这句话。他低下头，策马前行许久，接着挺直了腰杆，悠悠地吟咏：

以前所信仰的一切，我把它们全部付诸一炬，

而对被焚毁的这一切，我却崇拜得五体投地……

于是马上扬鞭策马，一口气赶回家去。

他翻身跃下马，脸上挂着不由自主的心存感激的微笑，再一次回头望了望。夜，寂寞、温柔而安静的夜笼盖着丘陵和谷地，从远处、从芬芳飘洒的夜的深处，上帝知道是从什么地方天上，抑或地下，送来静谧的、轻柔的暖意。拉夫列茨基最后一次在心中默默地向莉莎致意，便跑上台阶。

次日过得非常无聊。从清早起就一直下雨，雷莫双眉紧锁，嘴唇抿得越来越紧，好像他暗自发誓，再不开口说话了。拉夫

列茨基去休息时，拿了一大堆法国报刊到床上，这一大堆报刊已经在他桌子上摆放了两周多，甚至还没有开封。

他淡然无趣地动手扯开封皮，迅速浏览报纸上的各个栏目，可是，里面并无任何新鲜吸引人的东西。他已经打算要把它们扔到一旁去了，——突然，犹如触电般的，他从床上鱼跃翻起。

在这些报纸上的一篇小品文里，那位我们已经非常熟悉的麦歇儒勒向读者们披露了一条"极为不幸的消息"："美艳绝伦、勾人心魄的俄国尤物"，他这样写道，"摩登皇后之一，巴黎沙龙的自豪，瓦尔瓦拉·巴夫罗芙娜几乎是突然离世了，"这一不幸消息，确实，太可惜了，刚刚传到儒勒先生那里。而他，接着这样写道，"可以说是亡者的一位好友……"

拉夫列茨基起来穿好衣服，走到花园里，不停在同一条林荫道上来回走动，直到早晨。

二十七

次日清晨喝茶时，雷莫请拉夫列茨基为他备马，他要回城去。

"我是时候干点事情了，我是说，必须该去给人家上课了，"老人说，"我待在这里也只是白白地耗费时光。"拉夫列茨基并没有立刻回答他：他显得有些心不在焉。

"好吧，"最后他说，"我跟您一起去。"雷莫拒绝仆人帮忙，自己哼哼哧哧地、气呼呼地拾掇好他那只小皮箱，并撕碎和烧掉把几页乐谱。

马匹准备停当。拉夫列茨基从书房里走出来时，将昨天那份看过的报纸塞在口袋里。一路上雷莫和拉夫列茨基彼此几乎不交流：他们各自想着自己的心事，都暗自庆幸另一个没有打扰他。他们分手时相当的冷淡，不过在俄国朋友之间一般都是如此。拉夫列茨基把这位德国老人送到他小屋的门前：老人下了车，抱起自己的小箱子，连手都没向他的朋友伸过去（他用两只手把他的小箱子抱在胸前），甚至也没瞧他一眼，便用俄语对他说一句："再见啦！"

"再见。"拉夫列茨基也回一声，便转过头吩咐车夫载他到自己的住处去。他在 O 城租了一套房子以备不时之需。他迅速写了几封信，匆匆吃完午餐，就去了卡里金家。他只看见潘申一个人待在客厅里，潘申对他笑，玛丽亚·德梅特里耶芙娜马上就出来，并且立刻极为殷勤热情地与他友好交谈起来。在这之前，潘申对拉夫列茨基的态度虽非孤傲不敬，却也是一副屈尊俯就的样子。而莉莎，她把自己一家人昨天出游的事讲给潘申听了，当她谈起拉夫列茨基来，竟评价他是个极好的聪明的人，这就可以啦：既然是一个"极好"的人，那无论如何也得把他争取到手才对。

潘申先是对拉夫列茨基进行一番恭维，又说到据说玛丽亚·德梅特里耶芙娜全家人对瓦西列夫斯科耶的印象怎样怎样之好，将她们的愉悦心情对拉夫列茨基作了大肆描述，最后便按照他的习惯，最终把话题机敏而顺其自然地转移到他身上去，又开始大肆谈论起其自己的事务，他本人对生活、对社会、对职务的想法。还说了几句关于俄国未来的话，甚至说到应该怎样把省长们管住，等等。讲到这儿，他还快乐地自嘲了几句，并顺便说起他在彼得堡受委托担任"depopulariserl'ideeducadastre"的事。

他高谈阔论，喋喋不休，趾高气扬，似乎一切困难他都能够信心百倍、毫不费力地圆满解决，像魔术师摆弄几只皮球儿似的玩转着那些极为重大的行政和政治上的问题。

"如果让我当局的话，我一定就这样做""您是个极好的聪明人，跟我可谓一拍即合"，像上面这样的话一直挂在他的嘴边。拉夫列茨基冷漠地聆听着潘申的不知趣的夸夸其谈：他丝毫不喜欢这个聪明漂亮、从容优雅的年轻人，顺带着连他那爽朗的笑声、谦恭的话语和探究的眼神也不喜欢。潘申是非常善于察言观色的，他不久便断定，这位谈话对象对他并不感兴趣，便很快找个堂皇的理由离他而去，他内心暗自断定拉夫列茨基可能确实是个很好的人，但却并不十分讨人欢喜，而且有点儿滑稽可笑。

玛丽亚·德梅特里耶芙娜终于在格杰昂诺夫斯基的陪同下出来了，然后莉莎也来了，接下来的是家庭的其他成员，最后又来了一位音乐爱好者，别列尼岑娜，她是一位又瘦又小的太太：小小的脸蛋儿显得慵困而美丽，真犹如孩子般，身穿一件沙沙作响的黑色连衣裙，手里还拿一把花花绿绿的扇子，手腕戴着一副厚重的金手镯。她的丈夫也伴随来到，他是个红鼻头身体胖的人，大手大脚，长着白睫毛，一副厚嘴唇，总是呆呆地微笑着。外出做客时，他妻子从不敢于和他交谈，而在自己家里卿卿我我时，她则叫他为"自己的小猪猡"。潘申也回来了。房间里人非常多，很喧闹。

拉夫列茨基天生不喜欢和这么多的人在一起，特别是这其中还有个别列尼岑娜，这女人经常举起她的长柄眼镜看着他。若非莉莎在场，他准会拔脚就走掉，他希望单独跟她说几句话，可是总也找不到一个合适的机会。能够满怀着悄然的喜悦用眼睛注视她，他也就心满意足了。他认为，她的脸从来没有像今天显得这样高贵，如此可爱。旁边坐着个别列尼岑娜，就显得她更加的出色和高贵。那个女人在椅子上不停地挪动，两只瘦肩膀不停地扭来扭去，装作娇气地笑着，眼睛时而眯起，时而又睁得老圆。而莉莎则只是很安静地坐在那里，眼睛平视，望着前方，从不夸张地笑出声来。

女主人在跟玛丽亚·德梅特里耶芙娜、别列尼岑娜和格杰昂诺夫斯基打牌，格杰奥诺夫斯牌打得慢吞吞的，还不时地出错牌，眨巴着两只眼睛，不停地用手绢擦拭脸上的汗。潘申表现出一副抑郁的表情，话说得非常简短，饱含意味，忧思满溢——活脱脱一个怀才不遇的艺术家的架势。然而，无论对他大卖风骚的别列尼岑娜如何恳请，他还是拒绝再唱一遍他创作的那首浪漫曲，拉夫列茨基让他感觉非常不自在。菲托尔·伊凡尼奇也很少说话。他刚一进屋，脸上的那种不同寻常的神情便让莉莎感到十分惊讶：她立刻觉察到他似乎有话要对她讲，可是，连她自己也说不清是什么原因。因此，也不敢开口问他。终于，当她到大厅去添茶时，她情不自禁地转头看了看他。他马上随她而去。

"您出什么事啦？"她边把茶壶安放在茶炊上，边问他。

"难道您已经察觉到什么啦？"他问道。

"您今天的神情跟我以前所见到的不一样。"

拉夫列茨基垂下头看着桌子。"我想，"他开口说，"告诉您一件事，可是现在不能。不过请您读读我手里拿的这篇小品文里用铅笔划出来的内容，"他说着，把自己带来的那份报纸拿给她，"我请求您替我保守秘密，我明天上午会再来。"

莉莎惊呆了……

潘申这时出现在房门口，她便把那份报纸装进了衣袋里。

"请问您读过《奥伯曼》吗，莉莎维塔·米哈罗芙娜？"潘申略微沉思地问她。

莉莎随便回应了他一声，便穿过大厅到楼上去了。

拉夫列茨基回到客厅，走到牌桌旁边。马尔法·季莫菲耶芙娜把压发小帽上的带子也松开了，脸色涨得泛红，向他抱怨起自己的牌友格杰昂诺夫斯基来，说格杰昂诺夫斯基连牌都不会出。

"如此看来，打牌这事儿，"她说，"跟编造谣言可不同。"

格杰昂诺夫斯基还是只眨巴着眼睛，拿手在脸上抹汗。莉莎也回到客厅，待在一个角落里。拉夫列茨基抬头看她一眼，她也对着拉夫列茨基看一眼——两人都感受到一种近于惧怕的心情。

他从她的表情里感觉到的，是迷惑而惶恐不安和一股隐隐的责备。他特别想和她谈谈，可是他却不能够，跟她待在同一个房间里和其他人一样地做客，这让他感到难以容忍。他决定离开。跟她告辞时，他抓紧又说一句他明天会再来，并说他非常信赖她的友谊。

"过来吧。"她回答说，脸上仍然是那种迷惑而惶恐不安的神情。

拉夫列茨基一离开，潘申就马上活跃起来了。他主动替格杰昂诺夫斯基献计谋，向别列尼岑娜开玩笑般的大献殷勤，而且最终又演唱了自己的那首浪漫曲。可是他和莉莎讲话和看着她的神情仍旧和先前一个样：满含意味而又忧思沉着。

而拉夫列茨基又一次彻夜不眠。他并没有感到伤心，内心也并不激动，他心如止水，可是就是睡不着。甚至都没有回首往事，只是在审视自己的生活。的心跳得匀速而沉重，时间一小时接一小时地飞逝，压根儿就没有想到睡觉；脑海中只有一个念头不时地浮现："这绝对不是真的呀，这全都是在胡说八道。"闪现这个念头，他立刻就停住不往下想，便垂下头，重新又集聚精力回到自己的生活。

二十八

次日拉夫列茨基又来到玛丽亚·德梅特里耶芙娜家里，她招呼他时显得并不亲切。

"瞧瞧吧，来习惯了"。她心里想。以前就不大喜欢他，又加上潘申昨晚狡诈而且毫不在意地大肆夸奖了一番，而她则是颇受潘申影响的。由于她不把他当作客人，而且觉得，对待亲戚，近似是一个自己家里的成员，不用像招待客人那样陪伴着他，因而在半个小时之内，他就已经和莉莎在花园里的林荫道上漫步了。里诺奇卡和舒罗奇卡则在离他们几步远的花坛旁边绕来绕去地跑。

莉莎和平常看似一样，内心平静，只是脸色比以往更显得苍白些。她从衣服口袋里掏出那张折得很小的报纸，交给了拉夫列茨基。

"这可真恐怖！"她小声说。

拉夫列茨基没说什么。

"可或许这还不是真实的呢。"莉莎补充道。

"正是因为这个，所以我才请您对这件事保密。"

莉莎稍往前走了几步。"那么请您告诉我，"她继续说，"您没有感到悲伤？一点儿都不？"

"我也不知道自己是一种什么感觉，"拉夫列茨基回答。

"但是您以前爱过她，对吗？"

"的确。"

"非常爱？"

"非常爱。"

"那么对她的过世您不感到伤心？"

"对于我而言，她绝非现在才去世的。"

"您如此说，是一种罪过……请求您别怪罪我。您既然承认我是您的朋友，那么朋友之前什么话都能说不是吗？而我，的确，我甚至感到恐怖……昨天您的脸色有多么难看……您还记得吗，不久之前，您是如何抱怨她的？可就在那个时候，或许她已经早就不在人世了。这是多么可怕啊。似乎这是给你的惩罚。"

拉夫列茨基无可奈何地苦笑了一下。"您是如此想的？……起码我现在自由了。"

莉莎稍稍颤抖了一下。"好了，请别再说这样的话。您所谓的自由对您又有什么意义？眼下您不该考虑这些，而应该思考宽恕……"

"我早就已经宽恕她了，"拉夫列茨基打断她的话，并且用力地挥了挥手。

"不，我不是说这个意思，"莉莎反驳说，她的脸又涨红了。"您并没有贴切明白我的意思。您应该在意的是让您本人获得宽恕……"

"那么谁来宽恕我呢？"

"谁？当然是上帝。只有上帝，否则还有谁可以宽恕我们。"

拉夫列茨基紧紧抓住她的一只手。"噢，莉莎维塔·米哈罗芙娜，请您务必相信，"他放大声音说，"我所承受的惩罚原本就已经足够了。我早已经赎过罪了，请您信任我。"

"这，您是无法理解的，"莉莎轻声说，"您难道忘了，就在之前，您和我谈话的那次，您都还不肯宽恕她呢。"

他们两个人默默地在林荫路上走了一会儿。"那么您的女儿呢？"莉莎忽然然问道，并停下脚步。

拉夫列茨基触电般颤抖了一下。

"哦，请您别太担心！我早已经给各个地方写过信了。我女儿的将来，正如您对她……正如您说的……已经有保障了。请不用担心她。"

莉莎忧伤而无奈地笑了笑。"可是您说得没错，"拉夫列茨基继续说，"我获得自由有什么用？自由对我而言有什么意义？"

"那么您是什么时候收到这份报纸的？"莉莎轻声问，并没有回答他的话。

"是你们来访后的次日。"

"可竟然……您竟然连泪都没有流过吗？"

"没有哭。我只是觉得吃惊，再说，我的眼泪从何而来呢？为以前痛哭流涕吗——但是，我以前的所有都已经一去不复返了，不对吗？……她的过错本身并无法摧毁我的幸福，只是让我看清，我压根就不曾获得幸福。这又怎能让我哭泣呢？不过，天知道？假如我是在两周之前收到这个消息，没准我会比现在更难过些……"

"两周之前？"莉莎反问他。"可是在这两个周内发生其他什么事了呢？"

拉夫列茨基什么也没有说，莉莎的脸却突然比刚才红得更厉害些了。"对的，没错，您猜得没错，"拉夫列茨基一下子接上说，"在这两周的时间里我真正弄清楚了，女性高尚纯洁的心灵究竟意味着什么。因此，我的以前离我更远去了。"

莉莎害羞了，一步步走向花坛那里去，往里诺奇卡和舒罗奇卡那边走去。"而我情不自禁地把这份报纸交给您看，对此我感到非常满意，"拉夫列茨基一边面在她身后，一边说，"我已经习惯了任何事情都不隐瞒您了，而且恳请您也将以相同的信任来回报我。"

"您是这样想的？"莉莎小声说着，便停了下来。"如此的话，我就应该……但是，噢不！这不可能是真的。"

"什么不是真的？您说，您说出来啊。"

"真的，我认为，我不应该……啊，可是，"莉莎又说，并面带微笑地转过去面向拉夫列茨基，"坦率仅仅有一半的话，还算得上什么开诚布公呢？——我要告诉您？今天我收到了一封来信。"

"是潘申写的？"

"没错，是他寄给我的……可您怎么会知道的？"

"他在信里向您求婚了？"

"是啊，"莉莎回答说，脸正对着拉夫列茨基，表情严肃地望着他的眼睛。拉夫列茨基也同样严肃地看着莉莎。

"那么，您究竟是如何答复他的？"最终他问道。

"我不知道应该如何回复。"莉莎说着，把交叉着的双手放了下来。

"为什么？难道您不爱他吗？"

"没错，我喜欢他。而且看起来，他是个不错的人。"

"大前天您跟我说过同样的话。我想弄明白，您是否用我们通常叫作爱情的，那种热烈、炽热的感情在爱着他？"

"正如您所明白的，我并不爱他。"

"您真的没有爱上他？"

"真的没有。不过难道这重要吗？"

"重要，为什么不重要呢？"

"可是妈妈喜欢他，"莉莎继续说，"他是个富有好心肠的不错的人。我没有一个借口不同意他。"

"可是您却在犹豫？"

"对……而且，或许，您，您所说的话，正是让我犹豫的关键。您还记得您前天说的话吗？但是这是意志不坚定……"

"噢上帝，我可爱的孩子！"拉夫列茨基忽然冲动地大声说，他的声音都已经微微发抖了，"请千万别自作聪明，更不要把您心灵深处真诚的呼声，看作是意志不坚定吧，您的心并不答应让您在没有爱情的情况下嫁于人。对一个您并不爱也不情愿属于他的人，请无论如何不要担负起如此可怕的责任……"

"我接受您的建议，什么责任也不担负。"莉莎原本开始说……

"请务必听从您心灵的真实呼声吧，只有它能辨别您的真情，"拉夫列茨基再一次打断她……"经验，理性，所有一切全是虚假和空洞的东西！请不要愚蠢地剥夺自己在人世间最实在的唯一美好的幸福吧。"

"这话真是您说出来的吗，费奥道尔·伊万内奇？您自己正是自由恋爱结婚的，可是您得到您的幸福了吗？"

拉夫列茨基猛地一拍双手。"唉，请您别提我吧！一个稚嫩年轻、毫无经验、受的教育又不怎么样的少年，能将什么看成伟大的爱情，这是您不能完全理解的！……再说，为什么要说自己的坏处呢？刚才我已经对您说了，我不曾获得过幸福。……噢不！我也曾经是幸福的！"

"我认为，费奥道尔·伊万内奇，"莉莎压小了声调说（往往遇到她不赞同和她谈话的人的观点时，她总是这样压低声音；与此同时她也感到特别激动），"人生在世的幸福并非取决于我们自己……"

"不，它取决于我们，取决于我们，请您无论如何要相信（他紧紧地抓住了她的两只手，莉莎脸色变得煞白，近似惊恐地，却又特别专注地望着他），只要我们不亲手毁掉自己的幸福。对某些人而言，恋爱获得的婚姻或许也是不幸福的；可是对您而言，绝不会这样。因为，您具备娴静又贤淑的性格，您有一颗如此纯洁高尚的心！我恳请您，千万不要因为所谓的义务感、自我牺牲或者意志和其他什么类似的感情，而在没有爱情的情况下出嫁……这同样是失去信仰,同样是出于某种心态,而且还是最不好的心态。请您一定要相信我,我是有权利这样说的:因为,我曾为这权里付出过太高的代价。而且假如您的上帝……"

正在这一刹那,拉夫列茨基觉察到,里诺奇卡和舒罗奇卡正站在莉莎身旁,一语不发,脸上带着吃惊的表情盯着他。

他马上放开了莉莎的手,急忙说:"请您原谅。"说完就走进屋里。

"我再恳求您一件事,"他又走回到莉莎身边,小声说,"别马上就做决定,请稍等一下,等您考虑一下我对您所说的话。哪怕您不信任我,哪怕您最终决定依从理智来结婚,即便是在这种情况下,您也不能嫁给潘申先生:他根本不配做您的丈夫……真的,您能够答应我不匆忙做出这个决定吗?"

莉莎想要回答拉夫列茨基却连一句话都说不出来,并不是由于她早已打定主意,要"匆忙做出决定",而是由于她的心跳得实在太厉害,并且有一种颇似恐惧的感觉压得她喘不上气来。这本来平静的晚上一连串突如其来的问题让她过于吃惊和讶异。她需要一点儿时间来平复一下忐忑的心情,她需要重新理顺一下这混乱的思绪。

二十九

　　拉夫列茨基从卡里金家走出来时正好看见了潘申，他们相互冷淡地弯了弯腰以示礼貌。拉夫列茨基回到自己住处，便把自己反锁在屋里。他心中这时体会到很多种感觉，这些感觉是他以往任何时候所从未体验过的。

　　就在不久前，他不是还陷在一种"安然的麻木"情境中吗？就在不久前，他不是还觉得自己，正如他所说的，已经慢慢沉到了河底里吗？是什么令他的处境发生了如此大的变化？是怎样的力量把他拖了出来，拖到了表面上？是一种极为普通，无法避免，却又往往突如其来的偶然：是死亡吗？没错。可是他心中考虑的如果说是妻子的死亡，或是自己获得的自由，还不如说更关心莉莎将如何回复潘申。他感觉，这三天来，他已经开始用另一种眼光在看莉莎了。他记起来，那天送走她们一家人在他返家的途中，夜静无声时想到她，他对自己说过："如果是……"这个他在当时假设的过去、假设不可能成真的事情的"如果"，而今居然成为现实，即使不像他原来所想象的那

150

样。可是，只有他刚刚获得的自由还远远不够啊。

　　"她可能会听从母亲，"他想到，"她要嫁给潘申为妻。可是即便她拒绝了潘申——又与我有什么关系？"走过镜子时他瞟了一眼自己的脸，并耸耸肩头。

　　整个一天在如此的胡思乱想中很快就过去了，夜幕降临。拉夫列茨基去往卡里金家。他步伐很快，可是当他走近她们那幢房子时却放慢了脚步。大门前停放着潘申的轻便四轮马车。

　　"好吧，就这样吧"拉夫列茨基心里想，"我不会充当一个自私自利的人。"于是走到屋里。他没遇见任何人，客厅里悄然无声。推开门，他看到玛丽亚·德梅特里耶芙娜跟潘申在玩"皮凯特"。潘申没有出声地对他欠欠身子，女主人则大声说道："真没预料到呀！"又稍稍地皱皱眉头。拉夫列茨基坐在她身边，看着她手里拿的牌。

　　"您难道也会玩皮凯特？"她询问他时含着一丝丝的懊恼，说完后立刻就宣布，她扣牌了。

　　潘申数到90，就动手文质彬彬而又理所当然地收进他所赢得的牌，脸上带着一种认真而庄重的表情。交际场中的人都应该像这样玩牌的，或许他在彼得堡跟某些重量级人物打牌时也是如此，以使对方对他留下一个很好的印象，觉得他老成稳重。"101，102，红桃，103。"他抑扬顿锉地数着，拉夫列茨基听不明白他话中的含义：是指责别人呢，抑或是洋洋得意？

　　"我能见见马尔法·季莫菲耶芙娜吗？"他问，发觉潘申更加狂妄地洗起牌来。他身上以前所带的艺术家气质早已荡然无存了。

"我想可以。她就在楼上她的房间里，"玛丽亚·德梅特里耶芙娜回答，"您看看去吧。"

拉夫列茨基便往楼上走去。他看到马尔法·季莫菲耶芙娜也在玩牌：她在跟纳斯塔霞·卡尔坡芙娜玩"捉傻瓜"。

罗斯卡对着他汪汪吠叫，不过两位老太太对他都很客气，马尔法·季莫菲耶芙娜的情绪特别高昂。

"噢！费卡！欢迎，欢迎啊，"过来她说，"坐下吧，我的老爷呀。我们马上就打完啦。您要吃果酱吗？苏洛奇卡，把草莓酱罐子拿给他。不想吃吗？哦，那就先坐着。要抽烟吗？那可不行：我忍受不了你们那种烟味儿，就算水手闻了也得打喷嚏。"

拉夫列茨基急忙解释说他根本不想抽烟。

"你到过楼下？"老太太接着说，"看到谁啦？潘申还在那里像旗杆似的立着？见莉莎了吗？没看见？她说过她想到这里来的……瞧她过来啦，刚说到她，她就来啦。"

莉莎走进屋，一看到拉夫列茨基，她的脸就立刻红了。

"我过来看望您一下就走，马尔法·季莫菲耶芙娜。"她正打算往下说……

"哦，什么就走呀？"老太太不赞同地说，"怎么你们这些年轻姑娘家都这样坐不住？你瞧瞧，我有客人来啦，你跟他说会话，要把他留住呀。"

莉莎于是在一张椅子边上坐下，抬头看着拉夫列茨基——由此她觉得，她不得不让他清楚她和潘申见面之后的决定。但是该怎么说才好呢？她感到既不好意思又非常别扭。她认识他，认识这位极少去教堂、对自己妻子的死讯态度那么冷淡的人才几天呀，而现在她却要把自己的秘密说给他听，他很关心她，这是千真万确的。是她自己愿意信任他，觉得自己喜欢和他在一起，不过她仍然很难为情，如同有一个陌生人走进了她私密的闺房。

马尔法·季莫菲耶芙娜过来帮她的忙了。"如果你不留住他，"她说，"那么谁能留得下这个可怜的人儿呢？对他来说我是太老啦，而他对我来说又过于聪明啦，那么对纳斯塔霞·卡尔坡芙娜来说呢，他又太老啦：她一直喜欢和年轻人在一起。"

"我怎样才能留下菲托尔·伊凡尼奇呢？"莉莎轻轻地说。"如果他愿意，我还是为他在钢琴上弹奏点什么吧。"她又有点儿犹豫地补充道。

"那可好极啦，你真聪明啊，"马尔法·季莫菲耶芙娜说，"那你们就到楼下去吧，我亲爱的孩子们，弹完了再上来。瞧这回我当了傻瓜啦，真丢人，我得赢回来。"

莉莎于是站起身来。拉夫列茨基便跟她下楼了。下楼梯时，莉莎停住了。

"这话真对，"她开口说，"人心总都是充满矛盾的。您的例子本来应该把我吓住，让我不去相信仅凭恋爱而结合在一起的婚姻，可是我又……"

"您是否拒绝他啦？"拉夫列茨基插话问她。

"没有拒绝，不过也并没答应。我把自己感觉到的都跟他说了，请他再等一等。这样您满意吗？"

她匆匆一笑，说完最后那句话，便把手轻轻扶着栏杆，一路小跑下楼去。

"我为您弹点什么好呢?"她问道,一面掀起钢琴盖。

"随您的喜好吧。"拉夫列茨基回答,坐到能很好地注视她的地方。

莉莎开始演奏,眼睛久久都不肯从她的手指上抬起来。

最终她抬眼望了拉夫列茨基一眼,便停下不弹了:她感觉他的表情非常奇特和古怪。

"您出什么事啦?"她问道。

"没什么,"他说,"我很好,我是为您感到高兴,我很高兴能看着您,接着弹吧。"

"我认为,"过一小会儿,莉莎说,"如果他真非常爱我,那他就不应写那封信,他应该感觉得到,我现在不会马上答复他的。"

"可这并不是重点,"拉夫列茨基小声说,"重要的是,您心里并不是真的爱他。"

"停止吧,我们这是在谈些什么呀!我似乎总是看到您过世的妻子的影子,觉得您好可怕。"

"您说对不对呀,我的莉莎弹得多美妙呀?"此时玛丽亚·德梅特里耶芙娜对潘申说。

"对呀,"潘申回答,"美妙极啦。"

玛丽亚·德梅特里耶芙娜含情脉脉地看看她年轻的牌友,可那一位却摆出一副更不可一世和忧心忡忡的架势,宣布他总共赢得了 14 张老 K。

三十

拉夫列茨基已经不是年轻人，对莉莎在他心中所唤起的异样感情，他不会长时间判断失误。今天，他终于确定他是真的爱上了她。确定这件事并没有带给他多少快乐。

"难道说，"他想到，"我已经是35岁的人了，除了把我的心完完全全交给一个女人外，就再没其他的事可做了？不过莉莎和那个女人是不能混为一谈的：她不可能让我做出可耻的牺牲的；她也不会要我抛下自己的事业的；她本身就会激励我投身于诚实、严肃的劳动，我们会一起进步，共同去追求美好的目标。没错，"想到这儿他不再继续往下想了，"所有这一切都非常好，可是可悲的是，她压根儿没有跟着我一起走的意思。怪不得她说，她觉得我很可怕。不过她也并不爱潘申呀……这对于我来说是多大的安慰啊！"

拉夫列茨基回到瓦西列夫斯科耶，可还没住上几天，他便孤寂难耐了。与此同时他也在苦苦等候：儒勒先生报告的新闻需要求证，然而他什么信也没收到过。于是他又回到城里，到卡里金家度过了一个晚上。

他很明显看出，玛丽亚·德梅特里耶芙娜已经对他产生了反感。不过他在玩皮凯特时故意输给了她15个卢布，她对他的脸色就好看多了，他因此获得了半个小时时间，差不多是和莉莎单独相处，即使这位母亲前一天晚上还对她苦言相劝，让她跟这个人别太过亲密。他感觉她变了：她变得好像更容易陷入沉思，嗔怪他这几天为什么不来，并问他：明天要不要去做祷告？（明天是礼拜日）

"去吧，"他还没有说完，她已经接着说了，"我们一起祈祷她的死亡得到安息。"接下来她又说，她不清楚接下来该怎样才好，不知道她有没有权里让潘申继续等待她的答复。

"为什么呀？"拉夫列茨基问。

"因为，"她说，"我现在已经开始怀疑，这个绝定可能是怎样的了。"

她说自己头痛，便回楼上自己的房间去了，临走时她颇为犹豫地把手指尖伸给拉夫列茨基。

次日，拉夫列茨基去做祷告。他到教堂时莉莎早已在里面了。她并没有回头看，就知道他来了。她诚挚地祈祷着：她的眼睛静穆安然地发着光，她的头默默地一会儿低下，一会儿又抬起。他能感觉到她是在为他祈祷。因此，他心里充满一种奇特的柔情。他觉得既舒服又有点儿惭愧。

规规矩矩站在那里祈祷的人们，一张张亲切的脸孔，和谐美妙的歌声，神香的圣洁气味，窗口投射下来的倾斜的被拉长的光线，墙壁和拱顶昏暗的颜色，所有这一切统统都触动着他的心思。他有很久没进教堂了，也很久没向上帝祈祷了，就是此刻，他也没有任何祷词，甚至也没默祷，然而，虽然只是一瞬间，他假使不是用身体，也是在思想中俯下身去，恭顺地把脸贴在地上。

他回忆起了童年，那时他一走进教堂，就要祷告直到仿佛有什么东西冰凉地触摸到他的额头才肯罢休，那时他想着，这一定是护命天使在接受我了，在为我烙上入选的印记了。他看了莉莎一眼，"你把我领到这里，"他心想，"你就接纳一下我吧！接纳一下我的灵魂吧！"她仍然那么安静地祷告着，他感到她的脸看上去很快活，于是他再次深深地感动了，他便开始为另一个灵魂祈求——祈求安宁，也为自己的灵魂祈求，祈求宽恕……

他俩在教堂门外的台阶上相遇了，她以既快乐又亲切的庄重态度欢迎着他。阳光明亮地照耀着教堂院子里水灵灵的青草，照耀着女人们五彩缤纷的衣衫和头巾，附近剩下那些教堂的钟声在天空回响，麻雀也在围篱上唧啾。

拉夫列茨基光着脑袋站在那儿，面带微笑，微风轻轻吹拂着他的头发和莉莎帽子上的白色飘带。他把莉莎和与她一起来的里诺奇卡和苏洛奇卡安顿在马车里坐定，又把身边全部的钱都分给了乞丐，之后就悄然慢步地往家走了。拉夫列茨基已然不是一个年轻人了，对于莉莎在他心中激起的那种情感，他不可能长时间进行自我欺骗。就在那天，他终于彻底确认，他已经爱上了她。但这一确认似乎并没有给他带来太多的喜悦，"难道，"他想，"在我已经到了35岁的时候，除了把自己的心再次交到一个女人的手里，就再没有其他事情好做了吗？不过莉莎与那个女人是不能同日而语的啊，她不会要求我做出可耻的牺牲，她不会让我丢掉我的事业，她反而会鼓励我做正直、严肃的工作，从此我们两人要一起前进，向着美好的目标勇往直前，是的，他停止自己的思索，"这一切都很美好，但是糟糕的是，她压根不想跟我一起走。她曾对我说，我令她觉得可怕，我想这绝不是偶然。但是她也并不爱潘申……这样的安慰似乎并不大！"

三十一

　　菲托尔·伊凡尼奇的艰难的日子快到了。他整天焦虑不安，每天一早他都上邮局去，都激动地把收到的信和报刊一一拆开，却哪一件里也没有任何一点消息，能确认或者驳倒那个决定他命运的绯闻。有时自己都认为讨厌自己："我算个什么呀？"他想，"像乌鸦等着喝血一样等着妻子确实去世了的消息！"他天天都上卡里金家去，但是就是在那儿他也并不觉得轻松。

　　女主人很显然对他不友善，接待他完全是出于宽容，潘申对他客气得似乎有些夸张，雷莫则故意做出一副厌世者的表情，对他爱答不理。而更主要的是，莉莎似乎总是避着他。就是他俩偶尔单独在一起时，她也不像以前那样，对他表现着十分的信任，而是显得忸怩不安。她不知道该对他说什么好，就连他也觉得困窘。短短几天工夫莉莎变得跟他从前所熟悉的样子完全不同了——她的动作、言语，甚至笑声中都让人感觉出一种隐隐的惊恐，一种从未有过的激荡。

　　玛丽亚·德梅特里耶芙娜这人向来只关心自己，所以她不关心任何事，然而马尔法·季莫菲耶芙娜却开始关心起她这个心爱的姑娘了。拉夫列茨基不禁责怪自己不该拿那份他收到的刊物给莉莎看，他不得不承认，他的头脑中有一种对纯洁的感情颇具挑逗性的成分。他还认为，莉莎的变化是因为她在跟自己作思想斗争，因为她迟疑不绝——该如何回答潘申呢？一天她给了他一本书，是瓦尔特·司各特的长篇小说，是她自己向他借的。

"您读完了吗？"

"没有，我这会儿没时间读书。"她回答说，然后就想要走开了。

"稍等一下，我好长时间没跟您单独在一起了，您似乎怕我似的！"

"是的。"

"请问，为什么呢？"

"不知道。"

拉夫列茨基沉默了一会儿。"告诉我，"他又说了，"您还未决定吗？"

"您想说什么呢？"她轻声地说，并不抬起眼睛来。

"您知道我在说什么……"

莉莎忽然间满脸绯红。"请什么也不要问我吧，"她突然感情激动地说，"我什么也不知道，就连我自己也不知道……"

说完她马上就跑开了。

第二天，拉夫列茨基饭后去卡里金家时，见他们正为彻夜祈祷做着各种准备。餐厅角落里一张铺好的洁白台布的方桌上，早已经靠墙摆好了一尊披着金色装饰的，头顶光轮上嵌有许多暗色碎宝石的小圣像。穿着灰色燕尾服和皮鞋的一个老仆人，不紧不慢，脚下没有一点儿声音地穿过整个房间，轻轻把两支插在细长烛台上的蜡烛放在圣像前面，画过十字，行过礼，又悄悄地退出去。

客厅里没有人，也没点灯。拉夫列茨基在餐厅里随便走了走，问是否是哪一个人过命名日。人们悄悄地回答他说不是，而是要按莉莎维塔·米哈罗芙娜和玛丽亚·德梅特里耶芙娜的意思做一次彻夜的祈祷，本来是要请一尊能显灵的圣像的，但是却被30里路开外的一个病人家中请去了。

接着神甫也带一帮执事来了，神甫是一个年事已高的人，头顶已经秃了一大块，无所顾忌地在前厅里大声地咳嗽。太太小姐们则马上排成一排从书房里踱出来，准备接受他的祝福。拉夫列茨基默默地向她们鞠了一个躬，她们也默默地给他还礼。神甫站了一会儿，又咳嗽一阵后，才用他的男低音轻声地问：

"请问现在就开始吗？"

"开始吧，神甫。"玛丽亚·德梅特里耶芙娜回答。

于是神甫开始穿他的法衣，一个已经穿好法衣的执事低声下气地要来一块火炭把神香点燃了。女仆和男仆们从前厅走出来，在门前挤作一团。从来不下楼的罗斯卡忽然出现在餐厅里，大家开始赶它走，把它吓坏了，打了几个转转，便坐在地上不走了，一个仆人抓住它把它抱走了。彻夜祈祷才正式开始了。

拉夫列茨基靠在一个角落里静静地站着，他的感受是奇特的，甚至几乎是忧郁的，他也搞不懂感觉到了什么。玛丽亚·德梅特里耶芙娜站在最前面，身后放了一把椅子，她娇气十足而又漫不经心地画了一个十字，一副贵妇人派头。忽然四处望望，忽然眼睛又盯着天花板——她觉得很乏味；马尔法·季莫菲耶芙娜则显得很操心，纳斯塔霞·卡尔坡芙娜默默地叩了几个响头，立起身来时嘴里发出一种谦卑而轻微的声音。莉莎一站住就没有再动一下，从她专注的表情上可以猜到，她是在聚精会神地热切地祈祷着。仪式结束后吻十字架时，她还吻了吻神甫那只又大又红的手。

　　玛丽亚·德梅特里耶芙娜要请神甫喝茶，他解下他绣花的长巾，带着几分不像是做法事的样子，跟太太们一起儿到餐厅去了。他们开始交谈，但气氛并不十分活跃。神甫喝了四杯茶，一直不停地用手绢擦着他的秃头，顺便说着商人阿沃什尼科夫曾捐献七百卢布为教堂"旋顶"镏金的事，还兴奋地告诉她们一个消除雀斑的有效方法。

　　拉夫列茨基原是坐在莉莎的身旁，但是她却神情肃穆，近于冷酷，瞧都没瞧他一眼。她仿佛存心不去注意他，反而显得异常兴奋，好像此次事关重大，态度异常冷峻。拉夫列茨基都不知为什么总是想发笑，打算说点儿什么有趣的话。然而他心中却感到惶恐不安，于是他终于决定走了，怀揣着疑虑……他感到，莉莎心事很重，而他却又无力去探其究竟。

　　还有一回，拉夫列茨基坐在客厅里，听格杰昂诺夫斯基好听但却令人难以忍受的夸夸其谈，突然间也不知为什么，一转头就遇上了莉莎眼中那深沉、凝重而又若有所问的目光……这难以揣度的目光是直接地朝他射来的。拉夫列茨基后来把这目光费心思索了一整夜。他觉得他不像一个小男孩那样地在爱，长吁短叹和愁眉苦脸和他都太不相称，而莉莎在他心中激起的也不仅仅是这种情感，但是无论任何年龄的人恋爱时都会有他们各自的苦处，这些苦处他到现在才完全体会到。

三十二

　　有一次拉夫列茨基像平常一样坐在卡里金家，热得让人难受的白天过去之后，晚上却那么凉爽宜人，玛丽亚·德梅特里耶芙娜虽然很不喜欢穿堂风，却也吩咐把向着花园的门窗全都打开，还声称说不打牌了，说在这样的好天气里打牌纯粹是一种罪过，而是应该享受大自然的美景。当时只有潘申是唯一的客人，美妙的晚上让他兴奋不已，不过他又不想在拉夫列茨基面前唱歌，同时却又感觉有一种艺术家的冲动，于是就朗诵起诗来。他朗诵了莱蒙托夫的几首诗（当时普希金的诗还没能再度流行），朗诵得虽然很好，然而却过于卖弄，太过于含蓄、细腻，而这是完全没有必要的。突然，似乎是为自己的感情流露觉得不好意思了，于是开始就那首著名的《沉思》发表起意见来，开始责备和指责最新一代青年人。不过仍不放过机会宣称，假如他大权在握，将如何以他自己的方式来推翻一切。

　　"俄国，"他说，"已经赶不上欧洲了，我们需要赶上它。有人让我们相信我们还年轻——这根本是无稽之谈。况且，我们也没有任何创造发明，霍米亚科夫也承认，我们就连捕鼠器也没能发明出来。所以，我们迫不得已，只能采用其他人的。我们有病，莱蒙托夫说。我赞同他的说法，不过我们之所以有病，是因为我们只是一半地变成了欧洲人，我们在哪方面虚弱，就需要医治哪里。"我们，"他接着说，"有最好的大脑——对这一点我们早已深信不疑。所有民族，其实都是相同的；只要引进最好的制度——问题就一定解决了。也许，能逐渐适应平民百姓现存的生活方式，这是我们的事，公职……（他差点儿没有说：有治国之才的）人员的事。不过，如果情况所需的话，请不要担心，制度也会改造这种生活方式的。"

对于潘申的意见，玛丽亚·德梅特里耶芙娜拍手称赞，"瞧！"她想，"在我这儿谈话的是一位多么机智的人啊"。莉莎靠在窗子上，默默不语，拉夫列茨基也同样默默不语，坐在角落里和女友玩牌的马尔法·季莫菲耶芙娜不知在小声嘀咕着什么。潘申还在屋里踱来踱去，说得有头有尾，然而心中却暗自怀着愤怒的情绪，看来他骂的似乎并不是整整一代人，而仅仅是他认识的某几个人。

卡里金家花园里那片很大的丁香丛中有只夜莺，在他高谈阔论的间隙，传来了夜莺最初的啼啭声。安然不动的椴树梢上方，瑰丽色的天空中，几颗最早亮起来的星星在半空里闪闪烁烁。拉夫列茨基忽然站起来，开始反驳潘申的话，他们之间开始了一场争论。拉夫列茨基想要维护青年人和俄国的独立自主精神，他宁愿牺牲他自己，牺牲自己这一代人，所以他为新的一代人辩护，为他们的信念和希望辩护。潘申气愤而且非常不客气地反驳他，口口声声说，聪明人是应该改造一切的，最后竟走得这么远，忘记自己侍从官的头衔和官职，管拉夫列茨基叫落后的保守分子，甚至暗示，不是直接地，而是非常微妙地，暗示他在上流社会那种尴尬处境。

拉夫列茨基并没有生气，也没有拔高嗓音（他恍然记起，米哈列维奇也曾把他叫作落后的只不过是落后的伏尔泰信徒），而是心平气和地驳倒了潘申的所有论据。他想向他证明，要盼望发生突变，要想改革，就必须得了解故土的情况，面对理想，即使是不美好的理想，也要有真正的信心，如果不能被这一切证明的确有效，那么突变和妄自尊大的改造是不可能实现的。他又以自己所受的教育为例，要求首先要承认民众的真理，再服从这个真理，如果没有这种服从，就连反对谎言的勇气也不可能有。最后，他并不回避依他看理应承受的指责——指责他轻易地浪费时间和精力。

"这一切都妙极了！"最后，感到懊丧的潘申大声说，"您这不是已经回到俄国来了，那么您打算做什么呢？"

"种地，"拉夫列茨基回答，"而且要尽自己所能把地种好。"

"这很值得称赞，而这显然不容置疑，"潘申反驳道，"我以前听人讲过，在这一点上您已经做出过重大的成绩。不过您也必须得承认，并非人人都可以从事这种工作……"

玛丽亚·德梅特里耶芙娜开口说，"当然啦，他不全种地……伏拉季米尔·尼库拉伊奇，因为您担负着干一番事业的使命。"

就算是潘申听着，这话也说得太过分了，他实在说不下去了，于是开始转变话题。他试着把谈话的中心转到谈论星空的

166

美丽，或者舒伯特的音乐，可是不知道到底为什么，不管谈论什么都进行不下去。最后他对玛丽亚·德梅特里耶芙娜提议和她共同来玩"皮凯特"。"怎么？在夜色如此美好的晚上？"她并没有坚决地表示拒绝，然而还是叫人去拿牌了。

潘申把一副新牌的包装纸嚓嚓两下撕开，莉莎和拉夫列茨基却似乎商量好了似的一齐站起来，坐到了马尔法·季莫菲耶芙娜的身旁。他们俩忽然都变得那么愉快，甚至害怕两人单独待在一起，而且他们俩同时又都感到，这两天他们所经受过的那种隐隐不安已经消失，而且已经一去不返。

老太婆轻轻拍了拍拉夫列茨基的脸庞，狡黠地微微眯缝起眼，几次摇了摇头后低声说："你把那个故作聪明的家伙痛骂了一顿，真是谢谢。"房间里一切都安静下来了，只听到蜡烛燃烧发现轻微的噼啪声还有手偶尔碰到桌子的响声，还有惊叹声和计算牌的点数的声音，也有热情奔放甚至无所顾忌的夜莺的嘹亮而清脆的歌声，就像波涛一般，与夜露的凉意一同涌进屋里。

三十三

　　拉夫列茨基和潘申争论时，莉莎没插一句话，只是坐在旁边仔细地听他们往下讲，可以看出她完全站在拉夫列茨基一边。对于政治她几乎不关心，然而这位世俗官吏的自负口吻（他还从来不曾这样暴露过）还是令她反感，他对俄国的那种轻蔑态度让她感到自己备受侮辱。莉莎从来也没想过，她竟然也是个爱国者。但是跟俄国人在一起让她觉得心情舒畅。俄国人的思维方式让她觉得很喜欢，母亲庄园里的村长每次进城来时，她无一例外要跟他无拘无束地讨论上几个小时，就像跟一个处于同一水平的人交谈一样，根本看不出一点儿主人的架子。

　　这些拉夫列茨基都感觉到了，如果今天就潘申一个人在场，他肯定是不会针对他的，他这些话都是说给莉莎听的。他俩相互间今天一句话也没谈过，甚至他们的目光也没有相遇。但是他俩同时又都明白，在这个美好的夜晚他们亲密地接近了，同时明白他们所喜欢和所不喜欢的东西都是相同的。只是在一件事上他们是有所分歧的，然而莉莎暗自希望自己能引领他信仰上帝。

他们坐在马尔法·季莫菲耶芙娜身旁，看上去好像是在注意她打牌，他们也确实是眼睛在盯住她看，而同时他俩每一个的胸中的那颗心都在扩张，对于他们一切似乎都没有白白失去，夜莺是在为他们歌唱，星星是在为他们绽放光芒，在如梦的夏夜的温存和暖意中昏昏入睡的树木也在为他们窃窃私语。拉夫列茨基完全陶醉在让他异常悠然神往的波澜里，他感到那么愉快。然而姑娘那纯净的心灵中所发生的一切却又是言语所不能表达的，这对她也是一种奥秘，那就让它对每个人讲都永远成为一种奥秘吧。没有人知道，没有人看到，也永远不会有人看见，在大地的怀抱里一粒种子是如何在生长、成熟、开花、结果的。

时钟敲过十点，马尔法·季莫菲耶芙娜跟纳斯塔霞·卡尔坡芙娜回楼上卧室去了，拉夫列茨基和莉莎穿过房间，站在敞开的通向花园的门前，眼睛一同望着黑暗的远方，后来他们彼此一顾，相视一笑，那情景仿佛是他们会手牵起手来，直到谈个心满意足。

他们转身又走到玛丽亚·德梅特里耶芙娜和潘申旁边，两人的皮凯特仍然没有打完。终于最后一张老 K 打出来了，女主人哼哼唧唧地从围满靠垫的安乐椅中站起身来。潘申抓起帽子，吻了吻玛丽亚·德梅特里耶芙娜的手，说这个时间别的幸运儿可以了无牵挂地睡大觉，或是欣赏美丽的夜景，他却不得不通宵坐着去看那些无用的公文，他又向莉莎冷冷地鞠一个躬（他没料到他来求婚她竟要他等一等再说，因此对她满肚子气）

便离开了。拉夫列茨基跟着他往外走，他们在大门口就分手了，潘申用手杖头捅了捅车夫的脖子把他叫醒后，坐上那辆轻便马车便扬长而去。

拉夫列茨基不想回家，他踱出城去来到田野间。虽然没有月光，夜色宁静而清朗，拉夫列茨基踏着被露水打湿的青草漫步走着，走了很久，面前突然出现一条窄窄的小径，他便顺着它向前走，小径把他带到一片围篱前，又带到一扇篱笆门，他自己也不清楚是为着什么就伸手把门推开，那扇门轻轻地吱嘎一声便自己打开了，似乎就等着他来推开似的。拉夫列茨基走进一座花园，沿一条菩提树的林荫走了几步后忽然惊讶地站住了，他认出这是卡里金家的花园。

他马上走进浓密的核桃树林投下的一片浓黑阴影里，在那儿纹丝不动地站立了很长时间，他奇怪地耸了耸肩头。"这有来由的。"他感慨道。

周围的一切都静悄悄的，房屋那边没一点儿声音。他小心地向前走着。走着走着，走到林荫道的第二个转弯处时，突然整座房屋的正面影影绰绰呈现在他的眼前，只有楼上两扇窗子里亮着灯光，莉莎房间的白窗帘后燃着一支蜡烛，马尔法·季莫菲耶芙娜卧室里的圣像前那盏灯暖暖地泛着红光，从圣像的金色装饰上匀称地反射出来，下面那个通阳台的门大大地敞开着。

拉夫列茨基在一条长木椅上缓缓坐下，无力地用手撑着头，专注地向那扇门和莉莎的窗户守望起来。城里按时传来午夜的更声，房子里的小钟也嘀嘀嗒嗒地响着12响，守夜人嗒嗒地有节奏地敲打着更板。拉夫列茨基心里此刻什么也没想，什么也没有期待，他感到自己就在莉莎的身旁，坐在属于她的花园里，坐在这条她坐过的长椅上……莉莎房间里的灯光全部熄灭了。

"祝您晚安，我可爱的姑娘。"拉夫列茨基轻声地说，仍然静静地坐着望着，目光并没有从那扇已经熄了灯的窗户上移开一点。

突然底层一扇窗子里发出了灯光，又移到另一扇窗前，第三扇窗前……有个人正拿着蜡烛在屋子里一间间走着。

"不可能是莉莎，不可能！……"拉夫列茨基惊喜地抬起身子……一个熟悉的身影从眼前一掠而过，接着莉莎出现在客厅里。她穿一身白色棉布连衫裙，散开的发辫自然地披散在两肩上，轻轻走到桌前，俯下身去，放下蜡烛，她像是在寻找什么。

然后她忽然把脸转向花园，她最后走近那扇敞开的门了，于是她整个儿雪白、轻盈、亭亭玉立地站在了门前。一阵战栗传遍了拉夫列茨基的全身。

"莉莎！"他唇边迸出一声几乎听不见的呐喊。

她猛地一颤，开始转向暗处仔细地寻找。

"莉莎！"拉夫列茨基把声音抬高又喊了一次，同时从林荫道的阴影中走出来。

莉莎吓得不自主地把头向前一探，身体却向后退了退，她认出他了。他第三次呼唤了她，并把两手伸向她。她离开那扇门，缓缓地朝花同走来。"是您？"她说，"是您在这儿？"

"我……我………请您听我说。"拉夫列茨基悄悄而又断断续续的说，并抓住她的一只手，把她带到长椅前。

她听话而又无言地跟在他身后，她苍白的脸，她凝重的眼，她所有的举动，都表现出一种无法用言语吐露的惊惶。拉夫列茨基让她坐在刚才坐过的长椅上，自己则站在她面前。

"我没想到自己会走到了这里，"他开始说，"冥冥中有个什么把我引到这儿来的……我……我……我爱您。"他说这话时不自主地感到一阵恐惧。

莉莎慢慢地抬头望他一眼，似乎她刚刚才反应过来她身处何处，到底发生了什么事。她极力想要站起来，却怎么也动不了，便只好用双手把脸捂住。

"莉莎，"拉夫列茨基喊着，"莉莎。"他又喊一声，俯向她的脚边……

她的肩头开始微微颤抖了，苍白的双手紧紧贴在脸上。"您这是怎么啦？"拉夫列茨基喃喃细语，他在这个静静的夜晚听见轻轻的啜泣声，他的心忽地收紧了……他知道这些泪水对他来讲意味着什么。

"想必您也爱我吗？"他轻声地说，手轻轻碰着她的膝盖。

"站起来！"是她在说话，"站起来，菲托尔·伊凡尼奇，我们这是在做什么啊？"

他听话地站起来，坐在她的身边。她已经不哭了，一双湿润而含情的眼睛凝视着他。"我好害怕，我们这是在做什么啊？"她又问道。

"我爱您，"他再一次说，"我要把我全部的生命都交给您。"

她又一次猛地浑身一抖，仿佛有个什么东西猛地刺痛了她，

172

她无意地抬眼望着天空。

"可这全是上帝在管着呢。"她喃喃地说。

"可是您爱我吗，莉莎？我们会幸福吗？"

她缓缓把眼睛移下来，轻轻地把他拉向自己，她的头很自然地垂在他的肩上……他稍稍把头低下去，接触到她苍白而又柔软的嘴唇。

半小时后，拉夫列茨基已经站在了花园的篱笆门前。他发现门已经锁上了，所以不得不翻篱笆出来。他朝市区走去，穿过一条条昏暗的街道。一种出乎意料的、无比欢乐的感情充满着他的心灵，他心头所有的疑虑此刻都消失了。

"销声匿迹吧，从前的一切，黑暗的幽灵"，他想着，"她爱我啊，她将要属于我啦！"忽然他感到头顶的天空飘扬着某种奇异的、庄严的回响，他站住了，这声音响得反而更加洪亮了，就像一股极富旋律的、刚劲有力的洪流在天空涌动，而他所有的幸福都正在这声音中讲述着，歌唱着。他四处张望，这声音是来自一幢小小的屋子楼上的两扇小窗里啊。

"雷莫！"拉夫列茨基大喊一声，便飞快向那屋子跑去，"雷莫！雷莫！"他不停地高声呼喊着。

声音消失了，一位老人的身影出现在窗口上，身穿一件睡衣，敞着胸，头发乱蓬蓬的。

"啊哈！"他矜持地说道，"是您吗？"

"赫里思托福尔·费多里奇，这是多么奇妙的音乐啊！请看在上帝分上，您就让我进来吧。"

老人二话没说，把手威严地一挥，把大门钥匙扔到街上。

拉夫列茨基动作麻里地跑上楼来，一进房间，就想要立刻扑进雷莫的怀里，但是老人却好像下命令似的指了指椅子，断断续续地用俄语说："坐下来听着。"接着径自去坐在钢琴前，目光孤傲而严厉地向四面一扫，便弹了起来。

拉夫列茨基已经很久没听到这样的音乐了。甜美、热烈的旋律从第一个声音开始便抓住了他的心。这旋律全部都放射着光辉，使他整个陶醉在灵感、幸福和美好之中，它悠悠升起，又缓缓而去，它触及了世上一切善良、隐秘、神圣的东西，它正以它不朽的胸怀呼吸着，随后消逝于九天之上。拉夫列茨基习惯性地挺直身子站立着，他虽然觉得冷，但也因狂喜而显得面色苍白。他的灵魂不巧刚刚被一种爱情的幸福强烈地震撼过，现在又让这些美妙而难得的声音深深地浸透进心里去，这些美好的声音本身就燃烧着爱情。

"再弹一遍吧。"当最后一个合音响过，他对老人轻轻地说。老人缓缓地向他投来只属于他的炯炯有神的目光，不由自主拍了拍自己的胸膛，不慌不忙地用他的语言说："这些全部是我作的曲，因为我是个伟大的音乐家。"然后把自己认为奇妙的乐曲重弹了一遍。

屋子里没点蜡烛，月光斜投在窗子上，敏感的空气响亮地震颤着，这小小的可怜的房间仿佛是一座静静的圣殿，在那美好的银色的半明半暗的月光中，这位慈祥的老人满怀灵感地、高高地抬起了他的头。拉夫列茨基不由自主地走到他身边，用力地拥抱着他。最初雷莫对于他的拥抱没有反应，甚至想用手肘推开他，四肢久久地一动不动，依旧那么严厉甚至可以说是

174

粗鲁地眼望着他，只含混地说过一两声："啊哈！"最后他变了形的面庞显得安静了，头也低了下来，在回应拉夫列茨基热烈的祝贺时，他起初只是微微地一笑，随后便失声痛哭起来，像个孩子一样轻轻抽泣着。

"真是不可思议啊！"他说，"您刚好这时候来了，不过我知道的，我应该全都知道的呀。"

"您真的全都知道的吗？"拉夫列茨基不禁困窘地说。

"您已经听见我的琴声了，"雷莫反问他，"难道您还是不明白，我现在是什么都知道的吗？"

拉夫列茨基直到第二天早晨都不能入睡，他在床上坐了一个通宵。莉莎同样也没有睡，她一直都在祈祷。

三十四

　　读者已经知道，拉夫列茨基是怎样长大成人，怎样发展的了。让我对莉莎所受的教育也来说上几句吧，她十岁时候父亲就死了，不过在世时父亲很少关心她。因为他整天忙于各种事务，经常操心的是如何增加自己的财富。他不仅脾气暴躁，对人粗鲁，而且没有耐性，但他不惜花钱给孩子们请老师，请外国家庭教师，给他们做新的名贵衣服，满足他们的各种需要。但是，拿他自己的话说，让他整天对着一群叽叽喳喳的小孩子，他绝对受不了，而且他也确实没有时间照看他们，他除了要工作，时间和精力都花在了各种事务上，睡眠极少，偶尔打打牌，回头又是工作。他把自己比作一匹套在打谷机上的马。"我这一生过得好快啊！"弥留时，他那早已发干的嘴唇上无奈地挂着一丝苦笑，低声道。

　　玛丽亚·德梅特里耶芙娜为莉莎操过的心，事实上比丈夫也多不了多少，尽管她经常在拉夫列茨基面前夸口说，是她独自一个人教育了自己的孩子们，她把莉莎打扮得像个纯粹的洋

176

娃娃，在客人面前抚摩她的小脑袋，当面管她叫乖孩子和心肝儿，仅此而已，各种需要经常操心的事都可能让这个懒散而骄傲的贵夫人备感厌倦。就是父亲在世的时候，莉莎也由家庭女教师、一个从巴黎来的莫萝小姐照管。在他死后，就由马尔法·季莫菲耶芙娜负责管教了。对马尔法·季莫菲耶芙娜，想必读者已经很熟悉了，莫萝小姐是个满脸皱纹、个子矮小的女人，她的一举一动都像鸟儿一样，见识也悲哀地像鸟儿一样浅薄。年轻的时候，她过的完全是种优哉游哉的生活，到了老年的时候，她只剩下了两种嗜好——吃美味佳肴，还有打牌。当她吃饱了后，既没人打牌，也没跟人闲扯的时候，她脸上立刻会出现一种几乎是像死人一样的表情。有时，她虽然坐着，眼睛在看，也在呼吸，可还是一眼就能看出，此时没有任何思想掠过她的脑海。我们甚至不能把她叫作善良的人，鸟儿是根本谈不上什么善良的。

也许是由于她莽撞地虚度了虚无的青春年华，也许因为她从儿时起就习惯了巴黎的空气，某种类似普遍、廉价的怀疑主义的东西已经不可挽回地在她头脑里深深地扎了根，她的这种怀疑主义通常是用这样一句话表达出来的："Toutcac'estdesbeMtises"（法语，意思是：这一切全是胡扯）。她说的是一种并不规范然而确实是纯粹巴黎习惯式的法语，她从不搬弄是非，也从不要小孩子脾气——对一个家庭女教师我们还能有什么更过分的要求呢？足可见她对莉莎的影响是很小的。对莉莎影响更大的，是她的保姆阿加菲娅·弗拉西耶芙娜。

她是一个非常不平凡的女人。出身于农民家庭，16岁的时候就嫁给了一个庄稼人，但是她和自己的农家姐妹们有明显的不同。她父亲当了20来年领班，积攒了许多钱，非常宠爱她。她本身也是个异常俊俏的美人儿，也是附近一片最爱打扮的女人，人既聪明，又能说会道，胆子也大。

她的主人德梅特里·别斯托夫，也就是玛丽亚·德梅特里耶芙娜的父亲，是个老成持重、性情温和的人，他是在打谷的时候看见她的，跟她交谈了一会儿就热烈地爱上了她。时间不长她成了寡妇，别斯托夫虽然已有妻室，可还是想方设法把她弄到了家里，而且让她穿上了家仆的衣服。对于自己的新地位，阿加菲娅用了不长时间就适应了，好像她一辈子从来没经历过另一种生活。她的肤色渐渐变白了，人也长胖了，细纱衣袖下的手臂变得那么"圆润丰满"，就像富商家的妇人一样，茶炊一直也没从桌上移走过。除了绸缎和丝绒，随便用什么旁的衣料做的衣服，她从来都不穿，睡觉习惯垫着绒毛褥子。这种如梦般的幸福生活持续了五年左右，可是德梅特里·别斯托夫也死了，他的遗孀，也就是女主人，是个真正心地善良的人，她念在亡夫的情分上，决定公正地对待自己的情敌，况且阿加菲娅在她面前从来也没炫耀过。

不过，她把阿加菲娅嫁给了一个饲养牲口的农奴，算是打发走了她。过了大约三年光景，有一年，夏天的一个大热天里，女主人刚好顺路去看自己的牲口棚。阿加菲娅用非常好吃的冷冻鲜奶油来款待她，举止态度看上去是那样恭顺，自己又是那么整洁、快乐，似乎对一切都非常心满意足，女主人因此宣布宽恕她，从此允许她到家里去了。

六个半月以后，女主人就离不了她了，于是提升她作女管家，一切家务事由她全权负责。阿加菲娅又开始得势了，又长得像从前一样丰满起来，皮肤重又变白了，女主人看上去完全信赖她。

这样又过了五年光景，灾难不幸地第二次落到了阿加菲娅的头上。她费力让丈夫到主人家当家仆，丈夫却不争气地开始酗酒了，在家里也经常见不到他，最后他偷走了主人家的六把银调羹，伺机变卖之前，把它们藏在妻子的箱子里。这事后来被发现了。他又被打发回去饲养牲口，阿加菲娅也因此失宠了，倒没有被赶出去，不过把她由女管家降为缝纫女工，绝不准她再戴包发帽，而只能包头巾。

让大家感到惊讶的是，阿加菲娅温顺、恭敬地承受了这一从天而降的突然打击。当时她已经30多岁了，她的孩子全都死了，丈夫也很快就死了。她该清醒过来的时候到了，她也的确清醒过来了。她开始变得非常沉默寡言，而且十分虔诚，几乎从不错过任何一次晨祷、日祷，还把自己所有好衣服都分送给了别人。她安详、恭顺、规规矩矩地过了整整15年，从不跟任何人吵架，对大家全都忍让着。即使有人对她粗鲁无礼，她也只是躬身行礼，感谢他们对她的教导。

女主人在心里早已宽恕了她，还撤销了对她的降职处罚，并从自己头上摘下包发帽赠送给她。可是她自己却不愿摘下自己的头巾，而且总是一身黑衣服，女主人去世后，她变得更加温顺，更加卑微。让俄国人感到畏惧和依恋是容易的，可是要博得俄国人的尊敬却不是一件容易的事，尊敬需要很长时间才能获得的，而且也不是每一个人都有机会可以得到它。但是主人家里所有的人都很尊敬阿加菲娅，谁都似乎忘记了她从前的过错，好像那些事已经和老主人一起埋进泥土里去了。

卡里金成了玛丽亚·德梅特里耶芙娜的丈夫以后，本打算把家务事都交由阿加菲娅经管，可是"为了抵制诱惑"，她毅然拒绝了，他虽然高声呵斥她，她也只是躬身深深地行了个礼就退了出去。聪明的卡里金很善解人意，他也理解阿加菲娅，而且从来没有忘记她。搬到城里以后，在她同意的情况下，让她做了五岁的莉莎的保姆。

刚开始时，新保姆那庄重、严厉的表情让莉莎感到恐惧，可是莉莎很快就习惯了这些，而且慢慢开始非常喜欢她了。莉莎本身就是个很严肃的孩子，她的面容很接近卡里金轮廓分明、端端正正的脸型，只有她的眼睛不像父亲的眼睛，她的目光中时常流露出孩子们眼中少有的文静、关怀和善良的神情。她讨厌玩洋娃娃，低低地笑，时间也很短，行动举止一直规规矩矩。她不总是沉思默想，但沉思几乎总是有原因的，经常是沉默一会儿以后，就会向随便哪个比她年长的人提出某一问题，这个问题一定能说明她的头脑里正在思考着某个新获得的印象。她从很小时就不再发音不清，三岁多说话时发音已经彻底完全清楚了。

她怕严厉的父亲，她对母亲的感情却很难用几句话说清，她不怕她，但跟她也不很亲热。不过，她跟阿加菲娅似乎也不亲热，虽说她只喜欢阿加菲娅一个人。阿加菲娅时时刻刻都跟着她。看到她们两人在一起的情景，任何人都是会觉得很奇怪的。有时，阿加菲娅穿着一身黑衣服，头上还包着黑头巾，本来就很瘦削的脸像蜡一样苍白，然而仍然美丽且富于表情，笔直地坐着，编结长袜。莉莎坐在她脚边的一把小扶手椅上，也在做着什么活儿，庄重地抬起明亮机灵的小眼睛，听阿加菲娅给她讲故事。阿加菲娅给她讲的不是童话，她用有节奏的声音平静的讲述圣母传、幽居独处的修道士、上帝的侍者、虔诚的苦难女圣徒们的生平事迹。她给莉莎讲一些圣徒是如何在渺无人烟的地方小修道院里生活，如何竭力拯救自己的灵魂，如何忍受着饥饿和贫困，如何不怕他们的皇帝，并虔诚地信奉耶稣基督，天上的飞鸟怎样给他们送来美好的食物，野兽又是怎样服从于他们，在他们鲜血曾经滴落的地方，怎样长出了美丽的鲜花。

"是桂竹香吗？"极其喜欢花的莉莎有一次忽然问……阿加菲娅给莉莎讲这些故事时，神情是庄严的，恭顺的，仿佛她自己觉得，这些崇高和神圣的话不应该由她来说出。莉莎经常听着她说，于是那个无处不在、无所不知的上帝的形象，以一种令人感到无比愉快的力量灌注到她幼小的心灵里，使她心中从此充满纯洁、崇敬的畏惧，耶稣基督则顺理成章地成了她亲近、熟悉、几乎是像亲人一样的人，阿加菲娅还教会了她祈祷。有时，天一亮她就会叫醒莉莎，匆匆给她穿好衣服，偷偷地带着她去做早祷。

莉莎几乎屏着呼吸、踮着脚尖紧紧跟在她的后面，清晨的寒冷和朦胧的曙光、教堂里的清新空气和空旷无人、突然离家外出的神秘性本身、回家和重新上床时的小心谨慎，这一切被禁止的、奇怪的、神圣的事巧妙地糅合在一起，使小姑娘产生了一种极其深刻的印象，直接渗透到她的心灵深处。

阿加菲娅从不责备任何人，也从没为莉莎淘气责骂过她。当她对什么有意见的时候，她只是默默不语，莉莎比任何人都了解她的这种沉默，当阿加菲娅对待别人——不管是对玛丽亚·德梅特里耶芙娜，还是对卡里金本人不满意的时候，莉莎以小孩子那种敏锐的洞察力，也一样能完全理解。阿加菲娅照看莉莎三年多一点儿，莫萝小姐便取代了她，但是这个轻浮的法国女人，她那冷漠的态度和高声感叹，并不能把心爱的保姆从莉莎心里排挤出去，因为播下的种子扎的根实在太深了。再说，阿加菲娅虽然已不再照看莉莎，可她仍然是家里的一员，时常会与自己教导过的这个女孩子会面，这个善良的女孩子也仍然会像以前那样信任她。

然而，马尔法·季莫菲耶芙娜搬到卡里金家来以后，阿加菲娅跟她却合不来。那个缺乏耐心而又任性的老太婆不太喜欢这个以前"穿方格毛料裙子的农妇"那种严肃而一本正经的样子。阿加菲娅获准出去朝圣了，从此就再没回来。

有一些失真的传闻，说是她好像加入了一座分裂派的修道院。但是她在小小的莉莎心中留下的印象却始终未曾磨灭。莉莎依然像去过节那样去做祈祷。《淮南子》对无为思想作了进一步发挥，认为遵循自然趋势去做日祷，并满怀喜悦，怀着一种抑制着的羞怯的激情去祈祷，这使得玛丽亚·德梅特里耶芙娜心中吃惊，就连马尔法·季莫菲耶芙娜，尽管她从来不会限制莉莎去做什么，也尽力设法抑制她的一腔热情，不愿让她过多地磕头跪拜，说这完全不是贵族小姐的作风。

莉莎学习一直很好，因为她坐得住，而且肯用功，上帝并没有赋予她什么特别出色的才能和了不起的智慧，不经过刻苦努力，她是什么也学不会的。她的钢琴弹得很好，可是这些只有雷莫一个人知道，她为了这一切付出了多大的代价。她看的书并不多，她没有"自己的语言"，可是有自己的思想，而且走的是自己的路。也难怪她像她的父亲了，他同样也是从来不问别人他该做什么。她就是在这样的穷国中长大的——舒舒服服、从容不迫地长到了19岁。她长得很可爱，可她却不知道这一点。她的每一个动作都表现出一种并非故意的而且带点儿羞怯的优美姿态，她的声音是青春时期纯洁的银铃般的声音，即使最微小的喜悦心情也会使她的樱唇上绽放出富有魅力的微笑，赋予她那本已发亮的眼睛以一种发自内心的闪光和含而不露的柔情。她心中始终满怀着一种义务感，极怕让任何人受到委屈，她还有一颗善良、温柔的心，喜欢所有的人，但并不特别喜欢谁，她热情洋溢、羞怯而又满怀柔情地只爱着上帝一个。拉夫列茨基是破坏了她平静的内心生活的第一个人。

莉莎就是一个这样的人。

三十五

第二天中午 12 点时，拉夫列茨基往卡里金家走去时在路上遇见了潘申，他是骑马从他身边奔过的，帽子低低地压在额头上。在卡里金家，拉夫列茨基是不被接待的，自从他认识这家人以来这还是头一次。

玛丽亚·德梅特里耶芙娜"在躺着休息"，仆人是这样向他报告的："她老人家"头痛，马尔法·季莫菲耶芙娜和莉莎维塔·米哈罗芙娜不在家。拉夫列茨基绕着花园走了走，迷糊地希望或许能碰巧遇见莉莎，但是可惜的是谁也没看见。两小时后回来，得到的仍然是同样的回答，并且那个仆人还似乎对他侧目而视。拉夫列茨基忽然觉得，同一天三次来访很显然不大得体，他于是决定去瓦西列夫斯科耶一趟，因为他在那儿本来就有事要办。一路上他设计了各种计划，一个赛一个的美。

但是等到达了姑妈的小村庄时，忧愁却一股脑儿涌上心头，他沮丧地跟安东聊起来，这老头儿好像故意要这样子，满脑子都是些让人难受的事。他对拉夫列茨基说，格勒菲拉·彼特洛

184

芙娜临死前曾经狠命地啃自己的手，停了一会儿还叹一口气接着说："无论谁，就算是东家老爷啊，都得自己吃自己的肉。"天色都已经非常晚了，拉夫列茨基才想起要起身回城里去。昨夜的音响就像在耳边一样，莉莎的形象以一种极其柔顺而又清晰地呈现在他的心灵中，一想起她是爱他的，他便禁不住柔肠满怀，到了他城内小小的寓所时，他的心情反而是宁静的，也觉得自己很幸福。

刚一踏进前厅，他就闻到一股他一直都很讨厌的广藿香气味，让他非常惊异，地上还放着一些高大的衣箱和几只小旅行箱。他还觉得那个向他迎面奔来的侍仆面孔有些奇怪。对这些印象他并没有多作考虑，大跨步进了客厅……

一位身穿皱褶镶边黑绸连衫裙的女士从沙发上迎着他站起来，慢慢地举起细麻布手绢半遮住她那苍白的脸，只用几步走上前来，低垂下她那精心梳理、香气扑鼻的头，之后便跪倒在他的脚下……直到这时他才认出：这位女士原来是他的妻子。

他停止了呼吸……身子紧紧地贴住墙站着。

"菲托尔！千万别把我赶走啊！"她是用法语说的，然而此刻她的声音却像刀子似的割着他的心。他茫然不知所措地望着她，这时他不得不注意到，她不仅仅是头上有了几缕白发，而且人也似乎发胖了。

"菲托尔！"她继续自顾自地说，偶尔还抬一抬眼睛，小心翼翼地扭着自认为美得惊人的、指甲看上去又红又亮的手指头，"菲托尔，我知道我在您面前是有罪的，而且罪孽深重。我再对您说一遍，我是一个罪人，可是请您听我把话说完。悔恨一直折磨着我，连我都忍受不了我自己了，而且我再也不能忍受我目前的处境了，我多少次想要回到您身边来啊，可是我怕您生气，我已下决心跟以前的一切一刀两断……我病成这个样子。"她用手摸了摸前额和面颊，又继续说，"我利用了到处传扬的沸沸扬扬的说我死了的流言，无顾地抛弃了以前的一切，我马不停蹄地赶到您这里来，我真是犹豫了好长时间，到底是不是该来接受您的审判，现在您就是我的法官。但是我最终下了决心，因为我想起您的心向来都是善良的，我决计来找您，我费力地打听到您在莫斯科的地址，我希望请您相信我的话，"她兀自说下去，一边慢慢地从地上站起来，以便于坐在椅子上，然而只搭着椅子边。"我经常会想到死，我本能找到充足的勇气！唉，对我来说，生命早已经是一种承受不住的负担了！可是每当一想到我可爱的女儿，我的阿朵奇卡，我就再也不敢往下想了，她就活生生地在这儿，在隔壁房间里睡着，我可怜的孩子啊！她累啦！您一会儿就会看见她的，至少在您面前她没有犯罪吧！而相对来讲我是多么不幸，多么不幸啊！"拉夫列茨基太太声如洪钟地喊着，挤下几滴眼泪来。

拉夫列茨基此刻才终于清醒过来，离开墙壁向房门口走去。"您决定要走吗？"他的妻子绝望地问，"噢，这真的是残酷啊！一句话没有，甚至连一声责骂也没有……您知道您这种轻蔑会要我的命的吗，这简直太可怕啦！"

拉夫列茨基忽然站住了。"您还想听我说些什么别的话呢？"他声音非常嘶哑地说。

"什么也没有，什么也不要，"她马上机灵地接着说，"我知道我是没有权力提出任何要求的，我不是傻子，这一点还请您相信我。我从来不希望，也没有勇气去希望得到您的谅解，我只是斗胆请求您应该吩咐我该去做什么，应该去哪儿住下。我会像奴隶一样听话的，无论您怎样吩咐我。"

"我能对您有什么吩咐呢？"拉夫列茨基仍然用那样的语调反驳说，"您应该知道，我们之间是没有结果的……现在比以前任何时候都更是该了结了。您愿意住哪儿就住哪儿。如果您嫌每年给您的钱太少了……"

"哎呀，千万别说如此可怕的话啦，"瓦尔瓦拉·巴夫罗芙娜打断他，"您就宽恕了我吧，哪怕是……哪怕是为了我们这个小天使呢……"

说完这句话，瓦尔瓦拉·巴夫罗芙娜立刻冲进另一间屋里，又马上回来，手上却抱了个衣着鲜亮的小女孩。浓密的淡褐色头发柔顺地垂到她漂亮的小红脸蛋上，垂到她又大又黑的却没睡醒的眼睛上，她在灯光下眯缝着眼睛，微微笑着，胖胖的小手儿紧紧勾住母亲的脑袋。

"阿达，"瓦尔瓦拉·巴夫罗芙娜边说着把她眼睛上的鬈发撩开，并深深地吻她。或许父女之间终有一种无法逾越的亲昵天性。拉夫列茨基在心里筑起的本以为牢不可摧的堡垒在这一刻忽然坍塌。小女孩眼睛里的清澈像一股暖风融化了他的心……

小女孩含混不清地咿呀着。

然而此刻拉夫列茨基却再也忍受不住了。"这是上演的哪一幕啊？"他含糊地扔下了这样一句话，便头也不回地走出去了。

　　瓦尔瓦拉·巴夫罗芙娜原地不动了一小会儿，微微并轻松地把肩头一耸，就又把小女孩抱回到另一间房里让她睡觉了。接着她捧起一本书，坐在灯下等了足足一个小时，最后自己也上床睡觉了。

　　怎么样？她从巴黎带来的法国女用人为她解开紧身胸衣时问她。她回答说，"他老了很多啦。不过我觉得他心肠还是那么好！把过夜戴的手套给我拿来，把明天要穿的一套灰衣裳准备好，别忘了给阿达吃的羊肉饼……真是的，这鬼地方还不好找呢，不过要尽量想想办法啦。"

　　是，茹斯汀回答后便吹熄了蜡烛。

三十六

　　拉夫列茨基在城内所有街道上徘徊了足足两个多小时。他不由得回忆起在巴黎近郊拥有的那个难忘的夜晚。想起来他心中痛苦不已，而在他早已经空虚、仿佛惊呆了的脑袋里，有一些同样阴郁、荒谬和悲伤的想法又总是挥之不去。

　　"她活着，而且她就在这里。"他怀着反复出现、抹不掉的惊讶心情喃喃自语。他感觉到他已经失去了莉莎。此刻心中的恼恨憋得他硬是喘不过气来，这一打击对他来说简直太突然了。他当时怎么能那样轻松地相信那篇小品文上的胡扯呢，相信那一小块纸呢？"嗯，假如我不相信的话，"他想，"那又会有什么不同呢？那样我就不会晓得莉莎对我的爱，连她自己也永远不会知道。"他没有办法从头脑里赶走他妻子的形象、声音和目光……于是他只能咒骂自己，咒骂这世界上存在着的一切。

　　黎明前，筋疲力尽的他再次来到了雷莫的住处。他敲了好长时间的门，好久以后窗口露出了老人的脑袋，戴着一顶椭圆形的睡帽，显得无精打采，而且满脸皱纹，已经完全不像二十四小时前那个从他那令人仰慕的艺术家的高度上庄严地看着拉夫列茨基，不再是那个极富灵感、神情严肃的面容了。

"您有什么事吗？"雷莫问，"我是不能夜夜弹琴的，我刚吃过汤药了。"

也许是拉夫列茨基脸上的神情太怪了，老人手搭凉篷，又再次仔细看了看这位夜间来客，最终还是让他进去了。

拉夫列茨基一走进屋里就坐到一把椅子上，老人站到他面前，悄悄掩上那件破旧的杂色睡衣的衣襟，蜷缩着身子，嘴唇嚅动着好像在吃什么东西。"我妻子来了！"拉夫列茨基艰难地说，缓缓抬起了头，突然神经质似地笑了起来。

雷莫的脸上也露出非常惊讶的神情，可是他似乎笑不出来，只是把睡衣裹得更紧了一些。"您本来并不知道，"拉夫列茨基接着说，"我以为……可是我在报纸上真的看到过她已经不在人世了啊。"

"噢……噢，原来这是您不久前才知道的？"雷莫问。

"的确是不久前。"

"噢……噢，"老人又噢了一声，并把眉毛高高扬起，"可是现在她已经再次来了？"

"是的，现在就在我那儿，而我……我是个多么不幸的人啊。"

他又勉强苦笑了一下。

"您真的是个倒霉的人。"雷莫顺着他的话说。

"赫里思托福尔·费多里奇，"拉夫列茨基又开始请求，

"您能替我送一张便条吗？"

"嗯哼，可以冒昧问一声是给谁送吗？"

"给莉莎维塔……"

"啊，是的，是的，这我明白。没问题。那么什么时候呢？"

"明天，或者尽量早些。"

"嗯哼，我可以派我的厨娘卡特琳给送去，不，还是我自己去比较好。"

"并且能保证给我带回信来吗？"

"是的，一定也把回信带来。"雷莫重重地叹息着。"是啊！我可怜的年轻朋友，您的确是一个太不幸的年轻人了。"

拉夫列茨基只简短地写了几个字，把妻子到来的消息告诉了她，并请她定一个见面的时间，随后便脸朝墙歪在一张狭小的沙发上。老人也去躺到床上，好长一段时间不停地翻身、咳嗽，同时慢慢地喝他的汤药。

早晨时，两人都起来了。他们用非常奇怪的目光打量了对方一下。在这一刻，拉夫列茨基真想去自杀。厨娘卡特琳给他们端来了质量不好的咖啡。时钟打过了八点时雷莫戴上帽子，说要十点钟他才能在卡里金家上课，不过他还是会找到适当的理由，说完便出去了。

拉夫列茨基重又躺到了小沙发上，他不禁又发出了一种悲哀的苦笑。他想到妻子是如何把他从家里赶出来的，他独自想象着莉莎的困境，闭上眼睛把两只手垫在脑袋下面。雷莫终于回来了，并给他捎回了一小片纸来，莉莎在上面用铅笔匆匆地写了如下的两句话："我们今天不能见面。可能明天晚上可以，再见。"拉夫列茨基冷漠而又似乎心不在焉地跟雷莫道谢然后就回自己住处去了。

他回来时妻子正好在吃早饭。阿达还是满头的鬈发，穿一件系着天蓝色带子的雪白的小连衫裙，正在吃羊肉饼。拉夫列茨基刚走到屋门口，瓦尔瓦拉·巴芙罗夫娜就立刻站了起来，脸上仍然带着恭顺谦卑的表情走到了他的跟前。他请她到书房里去，随手关上了门，然后开始踱来踱去，她坐了下来，显得非常不好意思地把两只手交叠放在一起，开始用她特有的那双仍然美丽，然而稍微描过眼圈的眼睛注视着他。拉夫列茨基有好长一段时间都没有开口说话，他感觉到他无法控制住自己，他清清楚楚地感觉到，瓦尔瓦拉·巴芙罗夫娜原本一点儿也不怕他，却还要装出一副立刻便要晕倒的样子。

"请您好好听着，夫人，"他吃力地开口说，并喘着粗气不时用力地咬紧牙齿，"我们彼此之间假装是没有必要的，我一点也不相信您对于我的悔过；而且就算悔过是发自内心的，重新和您同住一室，和您生活在一起对于我来说也是万万不行的。"

瓦尔瓦拉·巴芙罗夫娜这时紧闭了双唇，微微地把眼睛眯了起来。"这纯粹是讨厌，"她想，"当然啦，在他看来，我甚至都算不上是个女人。"

"不可能！"拉夫列茨基又重复了一遍，一面把上衣上的纽扣扣到了最顶上的一颗。"我不明白您为什么要来这儿，也许您是因为没有钱了吧？"

"唉！您这分明就是在侮辱我！"瓦尔瓦拉·巴芙罗夫娜

192

低声地喃喃自语。

"不管怎么样……但是，您毕竟还是我的妻子。我不能赶走您……但是听着，我现在就给您一些建议。如果您愿意的话，您可以就在今天，就到拉夫里尼去，您应该住在那儿。您知道那里有一栋非常好的房子。除了那笔赡养费之外，您也有权利得到一切您想要的东西……您同意吗？"

瓦尔瓦拉·巴芙罗夫娜无奈地只好拿一块绣花手帕去捂住脸。

"我很早就对您说过了，"她神经质似地颤动着嘴唇小声说，"无论您怎么样安排我，我都没有异议，这次我只能请求您，您能不能至少允许我对于您的宽宏大量向您表示谢意？"

"我请求您，不用感谢，也许这样会更好些，"拉夫列茨基赶紧说。"那么……"他走到门边继续说，"我能期盼……"

"明天我保证会在拉夫里尼了，"瓦尔瓦拉·巴芙罗夫娜低声说，说着谦恭地从座位上站了起来，"但是，费奥道尔·伊万内奇（她不再管他叫泰奥多尔了）……"

"您还有事吗？"

"我知道，我没有一点请求您的宽恕，不过我可不可以至少期望随着时间的推移……"

"唉，瓦尔瓦拉·巴芙罗夫娜，"拉夫列茨基打断了她的话，"您很明显是个聪明女人，但我也不是傻瓜。我知道您根本不需要这种原谅。虽然我早就原谅您了，但是我们之间会永远隔着一个无底深渊的。"

"我会照做的，"瓦尔瓦拉·巴芙罗夫娜说道，而且羞愧地低下了头，"我从来没有忘记自己是有罪的，就算我知道对于我的死讯您甚至觉得开心，我也仍然不会感到一丝惊讶，"她谦恭地说，并伸手轻轻地指了指被拉夫列茨基遗忘在桌子上的那张报纸。

费奥道尔·伊万内奇很明显地抖了一下，那篇小品文上有曾用钢笔作过记号的痕迹。瓦尔瓦拉·巴芙罗夫娜带着更为谦卑的神情看了看他。在这一刻她看上去很美。灰色的巴黎式连衫裙均匀地裹着她那17岁少女般柔韧的身躯，雪白的衣领反衬出她那秀美、娇嫩的脖子，那均匀起伏的胸脯、没戴手镯和戒指的双手，从光滑的头发到稍稍露出一点儿来的鞋尖，她全身上下，都显得那么优美……

拉夫列茨基却用一种恶狠狠的目光上下打量了她一番，就差点儿没有喊出"Brava！"来，差点儿没有对她的脑袋打上一拳然后转身就走。一小时后他已经决定动身去瓦西里耶夫村了，但两小时后，瓦尔瓦拉·巴芙罗夫娜却吩咐给她雇一辆城里最好的轿式马车，戴着一顶黑面纱的草帽，披着一件平实朴素的短斗篷，让茹斯京娜照看着阿达，自己一个人动身到卡里金家去了。在对仆人们的详细询问后她得知，她的丈夫是她们家的常客。

三十七

　　拉夫列茨基的妻子到达 O 城的那一天不仅对于他来说是个不愉快的日子，同时对莉莎来说，也是非常不好过的一天。她还没有来得及下楼向母亲问安，窗下就已经传来了嗒嗒的马蹄的响声，看着潘申走进院子里，她心中条件反射似的暗暗害怕起来。

　　"他这么早就来了，肯定是想彻底交待清楚。"她想的一点儿也没错，潘申只在客厅里转了一小圈，便请她去花园里了，并立刻要她对他的命运做出决定。莉莎终于鼓足勇气告诉他，她是不可能做他的妻子的。他听完后，侧身站在她旁边，缓缓地把帽子拉下来直遮住额头，用变了声调的嗓音却很有礼貌地问：她说的话是否无法改变？她忽然改变主意，是否是由于他这方面的什么原因？然后用一只手捂住眼睛，短促而生硬地叹了一口气，然后又把手缩回来。

　　"我不想重复别人走过的老路，"他闷声闷气地说，"我只想找一个志同道合的伴侣，但是显然我不应该这样做，看来我再也不用去做梦啦！"他向莉莎深深鞠了一个躬后回到屋里去了。

她真希望他马上就走掉，但是他却不识趣地进了玛丽亚·德梅特里耶芙娜的书房，而且在她那儿坐了有一个小时左右。临走的时候，他又对莉莎说："Votremerevousappelle；adieuaiamais……"（令堂叫您去，永别了）然后跨上了马背从台阶旁边疾驰而去。莉莎进去时看见玛丽亚·德梅特里耶芙娜正在掉泪，潘申显然已把他的这件不幸的事告诉她了。"你为什么要往死里折磨我呀？你为什么要往死里折磨我呀？"这位伤心的寡妇这样开始她的抱怨，"你到底想找个什么样的人呢？人家哪一点配不上你？他可是宫廷侍从呀！又没有图你什么！你知道他在彼得堡，任何一个宫廷女官都是能娶得到的，而我在这还……我还指望着你呢！你是不是早就变了心？这团乌云总得有个原因，不会是空穴来风的。该不会是那个蠢货干的吧？你算是找到了个好参谋啦！"

"可他呀，我的宝贝女儿哟！"玛丽亚·德梅特里耶芙娜继续向下说，"他多么恭敬啊，就算在自己非常伤心的时候也还那么殷勤！他还答应绝不丢下我。哎呀，真让我受不了！哎呀，我都要头痛死啦！去叫帕拉什卡来！你不回心转意，就是要我死啊，听见了吗？"玛丽亚·德梅特里耶芙娜又骂了莉莎几声忘恩负义之后，便打发她离开了。

莉莎只好回到自己的房间里，但是她还没从刚才跟潘申和母亲的一番解释上缓过神来，就又遭到了一场狂风暴雨的袭击，她无论如何也想不到会在这个地方出事。

马尔法·季莫菲耶芙娜·别斯托娃走进她的房间，迅速地把门砰的一声关上了。老太太脸色异常的苍白，压发用的小帽子歪戴在头上，两眼放光，手和嘴唇都在发抖。莉莎不免大吃一惊，她从没见过这位头脑清醒、通情达理的姑奶有过这副表情。"真是好极啦，我的小姐呀，"马尔法·季莫菲耶芙娜·别斯托娃开始一边哆嗦着，一边断断续续地、悄悄地说，"好极啦！你这是从哪学来的啊？我的妈呀……赶紧给我点儿水，我实在说不出话来啦。"

"您冷静一下，姑奶，您这是怎么啦？"莉莎说着，一边递一杯水给她，"您好像也是不喜欢潘申先生的啊。"

马尔法·季莫菲耶芙娜·别斯托娃放下杯子。

"我喝不下去！把我这最后几颗牙齿也都敲掉算啦。提什么潘申不潘申的？关潘申什么事？您最好是给我坦白，是谁让你三更半夜去跟别人约会的，哦，我的妈呀？"

莉莎脸色忽地变白了。"你呀，我说，你就别想推脱啦，"马尔法·季莫菲耶芙娜·别斯托娃接着说，"苏洛奇卡什么都看见啦，也都对我说啦。我从来不让她胡说，她原本也不会撒谎的。"

"我也不推脱，姑奶。"莉莎用几乎听不见的声音小声说。

"啊……啊！真是这么回事儿，我的妈呀，你真去跟他约会啦？跟那个老坏蛋，那个假扮老实的家伙约会去啦？"

"不是的。"

"为什么不是？"

"我只是下楼去客厅里拿一本书，他当时正在花园里，于是就喊了我。"

"那他叫你你就去啦？真是好极啦！你也是爱他的吧，是不是？"

"我爱他。"莉莎轻声而坚决地回答。

"我的妈妈呀！她爱他的哟！"马尔法·季莫菲耶芙娜·别斯托娃一把把她头上的小帽子用力扯了下来，"她竟然爱一个有家室的人！哦？她爱他！"

"他对我说……"莉莎开始讲。

"他对你说什么了，那个美男子，什么话……"

"他对我说，他的妻子其实已经死了。"

马尔法·季莫菲耶芙娜·别斯托娃无奈地在胸前画了一个十字。"但愿她能进天国吧，"她轻轻地说，"她是个很轻佻的女人，从此以后我们就别提这个啦。这么说，他是个鳏夫啦。他呀，我看是，动作来得叫个快哟。一个老婆刚过世，就立刻找上了第二个啦。这个闷声闷气的家伙到底算个什么？但是我要给你说，侄孙女儿哟，在我们那个年代，年轻的时候，姑娘家做这种事情可是要吃苦头的哟。你也千万别生我的气，我的妈呀，只有不懂事的人才会对说真话的人动气。我今天已经吩咐了不叫他进咱们家。我喜欢他，可是这件事我如何也不可能放过他。瞧呀，鳏夫，快给我杯水！说起你当面打发掉潘申的事吧，为这个我还是要说你是好样的，可就是拜托你别天天夜里跟这种山羊似的人，跟这种男人坐一块儿，你这样是会毁掉我这个老太婆的！否则我可不是什么事儿都好说话的人，我也会咬人的，鳏夫！"

马尔法·季莫菲耶芙娜·别斯托娃一走，莉莎就坐在屋角里伤心地哭了起来。她心里真的好苦啊，她本来不该受这样的屈辱的。原来爱情让她感到难过，昨天晚上到现在她已经为此哭过了两次。她心中刚刚才萌发出的那种崭新的、突如其来的感情，已经让她为它付出太沉重的代价了，现在就开始有人伸过手来粗暴地探测她心底的秘密了！

她虽然感到羞愧、痛苦、伤心，但是她心中却既没有怀疑，也没有恐惧，拉夫列茨基现在应该对她更加珍惜了。在她还糊里糊涂的时候，她当然是犹豫不决的，但在那次幽会后，在那个深情的吻以后，她显然已经不能再犹豫了。她知道，她是在恋爱了，于是便一直诚实地爱着，绝不儿戏，对他紧追不舍，并且感到终生无悔，也绝不怕任何威胁，她觉得再强大的力量，任何强力也不能拆散他们。

三十八

当有人禀报瓦尔瓦拉·巴芙罗夫娜·拉夫烈茨卡娅要到来的时候，玛丽亚·德梅特里耶芙娜感到非常惊慌，甚至不知道是否应该接待她，她担心会侮辱费奥道尔·伊万内奇，最后还是好奇心居上了。

"能有什么事呢？"她想，"她不也是亲戚呀，不是吗？"于是重又坐到安乐椅上，接着对仆人说："请！"片刻，门开了，瓦尔瓦拉·巴芙罗夫娜·拉夫烈茨卡娅向玛丽亚·德梅特里耶芙娜快步走来，竖起耳朵才能听到她的脚步声来到跟前后，还没等她从安乐椅上站起来，瓦尔瓦拉就几乎要在她面前跪下了。

"谢谢您，表姑，"她用俄语轻声说，声音似乎深受感动一样，"谢谢，我根本没期望您对我会这样宽容，您善良的就像天使一样。"

瓦尔瓦拉·巴芙罗夫娜·拉夫烈茨卡娅说完这些话，她突然抓住玛丽亚·德梅特里耶芙娜的一只手，把它轻轻捧在自己那戴着一双茹文产的淡雪青色手套的手里，谄媚地把它捧到自己红艳艳而又丰满的嘴唇边。

　　玛丽亚·德梅特里耶芙娜也因为看到这样一位美艳无比、衣着光艳的女人几乎是跪在自己脚下，居然也感到完全不知所措了，她不知道如何是好，她又想把自己的手抽回来，又想请她坐下，又想随便对她说几句表示亲近的话，最后她还是欠起身来，吻了瓦尔瓦拉·巴芙罗夫娜那平坦又带着一股香水味的前额。让她这么一吻，瓦尔瓦拉·巴芙罗夫娜感动得简直就要彻底晕倒了。

　　"您好，瓦尔瓦拉，"玛丽亚·德梅特里耶芙娜说，"当然了，我万万没想到……不过我，当然啦，见到您我很高兴。可您要明白，亲爱的，夫妻之间的事我不该来评判……"

　　"他是正确的，"瓦尔瓦拉·巴芙罗夫娜冒昧地打断了她的话，"这只是我一个人的错。"

　　"这是一种很值得称道的感情，"玛丽亚·德梅特里耶芙娜回答，"非常值得称赞，您早就来了是吗？您已经见到他了？啊，您请坐吧！"

　　"我是昨天到的，"瓦尔瓦拉·巴芙罗夫娜回答，说着谦恭地坐了下来，"我已经见过了费奥道尔·伊万内奇，而且已经跟他说过话了。"

　　"啊？嗯，他说了什么呢？"

　　"我一直担心我突然回来肯定会惹他生气，"瓦尔瓦拉·巴芙罗夫娜接下去说，"可是他却没有拒绝让我住在这里。"

　　"您的意思是说，他没有？是的，是的，我明白，"玛丽亚·德梅特里耶芙娜说，"他只是外表看着有些粗鲁，可他的心肠仍是软的。"

"费奥道尔·伊万内奇并没有宽恕我，他甚至都不想我把话说完，不过他的心是那么好，还指定拉夫里尼作为我居住的地方呢。"

"啊！那是座非常漂亮的庄园啊！"

"我打算明天就启程去那里，以履行他的决定，但是我认为我应该先来府上拜望一下。"

"非常非常感谢您，我亲爱的！永远也不会忘记自己的亲戚。不过您知道吗？您说俄语说得这么流利，我真感到惊讶。"

瓦尔瓦拉·巴芙罗夫娜却深深叹了口气，"我是在国外待得太久了，玛丽亚·德梅特里耶芙娜，这个我自己很清楚，但是我的心却始终是俄国人的心，我从没有忘记过自己的祖国。"

"是啊，是啊，这胜过一切。可是，费奥道尔·伊万内奇压根就没等您。是的，请相信我的经验之谈，瓦尔瓦拉·帕夫洛芙娜。哎哟，请让我看一下，您这件短斗篷看上去多好看哪！"

"您喜欢吗？"瓦尔瓦拉·巴芙罗夫娜迅速地脱下短斗篷。"它很朴素，出于名家之手。"

"我一眼就看得出。这出于名家之手……多么漂亮，多么高雅啊！我相信您一定带回许多特别的东西来，我倒真想趁此机会开开眼界呢。"

"我很愿为您效劳，我最亲爱的表姑，如果您不介意的话，我很愿意给您的使女引路，我从巴黎带回来一个女仆，一个极好的女裁缝。"

"您心地真好，亲爱的，不过，事实上，我怪抹不开的。"

"不好意思……"瓦尔瓦拉·巴芙罗夫娜带着好像责备的口吻似地把她的话又重复了一遍。"如果您真想让我快乐的话，就请像支配您的财产那样使唤我吧。"

玛丽亚·德梅特里耶芙娜的心已经开始软了。"瓦尔瓦拉·帕夫洛芙娜，"她说，"可您怎么老也不摘下帽子，脱掉手套呢？"

"怎么？您允许我这样吗？"瓦尔瓦拉·巴芙罗夫娜问，而且似乎非常感动似地缓慢地把双手叠放在一起。"当然啦，您还要留下来吃个午饭，不是吗？我真心希望您会留下来，我……我要介绍您和我女儿认识认识呢。"玛丽亚·德梅特里耶芙娜有点儿犹豫起来，"唉！没关系！"她又想。

"可是今天她不知怎么好像不大舒服。"

"噢，玛丽亚·德梅特里耶芙娜，您真好！"瓦尔瓦拉·巴芙罗夫娜感慨地说，还拿手帕假装擦了擦眼睛。

有人禀报，格杰昂诺夫斯基驾到，随后这个已经上了年纪的多嘴多舌的人走了进来，并躬身行礼，同时也在得意地笑着，玛丽亚·德梅特里耶芙娜无奈地将他引荐给自己的女客人。刚开始时他有点儿不好意思，但是瓦尔瓦拉·巴芙罗夫娜是那样娇媚而又恭敬地接待他，搞得他心情异常地激动，甚至连耳朵都有些红了，于是谎言、谣传、恭维话像蜜一样地从他的嘴里淌了出来。

瓦尔瓦拉·巴芙罗夫娜听着，并有分寸地微笑着，自己也慢慢地不由自主地话多起来了。她谦逊地谈起了巴黎，自己的旅行，还谈到了巴登，有两次还逗笑了玛丽亚·德梅特里耶芙娜，但是每次在这样以后她都要轻轻地叹口气，似乎是在心中暗暗责备自己，因为对她来说，这种愉快轻松的心情显然是有点不恰当的。

她请求能否把阿达带来，并获得同意，脱下手套，伸出她那双光滑丰满、用香皂洗得白白净净的手指点着该在哪儿镶绲边、摺边条，又该在哪儿镶花边，打花结，还答应带一瓶新出品的英国香水来，当玛丽亚·德梅特里芙娜同意收下她的礼物时，她竟高兴得完全像个孩子似的。回想起她首次听到俄国的钟声时所经历的那种感情时，她又哭了几声，"那钟声是那样深深地刺痛了我的心，"她低声说。

早晨，从她看完了拉夫列茨基的字条、并且由于恐惧而感到周身发冷的那一刻起，莉莎就已为会见他的妻子做好了一切准备。她预感，她一定会在今天见到她，为了对她所谓的、自认为有罪的那种希望进行一点惩罚，莉莎决定不去回避她，她命运中的这一意外转折反而彻底震动了她，只不过短短两个小时的时间，她的脸就已经明显消瘦了，然而她没落一滴泪。

"罪有应得！"她自言自语道，惴惴不安地勉强抑制着心中某种痛苦和不幸和那种使她感到恐惧的激情，"好吧，应该去！"她一听说拉夫烈茨卡娅来了，就开始这样想，于是就走了出来。

在下决心推开客厅门之前，她在门外停顿了好久，心里想，"在她面前我是有罪的，"她跨进门坎，并强迫自己看了看她，强迫自己微笑。瓦尔瓦拉·巴芙罗夫娜一看到她，就立刻迎上前去，微微躬身行了礼，不过态度还算恭敬。"请允许我自我介绍一下，"她用那种曲意逢迎的语调说，"您对我是如此宽厚，因此，我希望我们会友好相待。"瓦尔瓦拉·巴芙罗夫娜说这最后一句话的时候，她脸上的表情，狡黠的微笑冷冰冰同时却又是柔和的目光、她双手和肩膀的动作、她那件连衫裙、她整个人——所有这一切都在莉莎心中激起一种极其厌恶的感情，以致她什么也没有回答她，而只是极其勉强地向她伸出一只手去。

"这位小姐讨厌我，"瓦尔瓦拉·巴芙罗夫娜心想，同时紧紧握住莉莎冰凉的指尖，同时转身对玛丽亚·德梅特里耶芙娜低声说："漂亮！"莉莎脸微微红了，她仿佛听出这句称赞的话中不仅有嘲笑，又有怨恨，可是她决定不去相信自己的这些想法，于是坐到了窗前绣花架子后边。瓦尔瓦拉·巴芙罗夫娜却仍然不肯让她安静一下，又走到她跟前，开始称赞她的审美力，称赞她刺绣的技巧。

莉莎的心非常敏感地而又剧烈地狂跳起来，她好不容易控制住自己，勉强地坐在那里。她仿佛觉得，瓦尔瓦拉·巴芙罗夫娜全部都知道，而且在暗自洋洋得意地嘲笑她。幸好格杰昂诺夫斯基和瓦尔瓦拉·巴芙罗夫娜攀谈起来，这才吸引了她的注意力。莉莎俯身在绣花架子上，以便偷偷地端详她，"他爱过，"莉莎想，"这个女人。"可是她决定立刻把这种想法从自己脑子里驱除出去，她担心自己会失控，她觉得她的头有点儿眩晕，玛丽亚·德梅特里耶芙娜这时开始谈起音乐来了。

"我听说，我亲爱的，"她这样开了个头，"您是个非常有天赋的弹钢琴的能手！"

"我已经很久不弹了，"瓦尔瓦拉·巴芙罗夫娜回答，却立刻坐到钢琴前，手指敏捷地划过琴键。"我可以弹吗？"

"请弹吧！"瓦尔瓦拉·巴芙罗夫娜娴熟地演奏了赫尔茨的一首极其出色却又难度很大的练习曲，她弹得非常有力，干净利落。

"真是美极了！"格杰昂诺夫斯基不禁高声赞叹。

"真是不同凡响！"玛丽亚·德梅特里耶芙娜同样肯定地说，"啊！瓦尔瓦拉·巴芙罗夫娜，我必须得承认，"她说，并第一次喊她的名字，"您让我感到意外，您应该能举办几次音乐会了，我们这儿也有一个音乐家，不过是一个老头子，德国人，是个怪人，但很有学问，他给莉莎上过课，如果听到您的演奏，他一定会喜欢得不行了。"

"莉莎维塔·米哈罗芙娜也是位音乐家吗？"瓦尔瓦拉·巴芙罗夫娜稍稍朝她扭过头去问。

"是的，她弹得不错，而且对音乐有兴趣，不过这在您面前，算得了什么呢？不过我们这儿还有另外一个年轻人，这个人您还真该认识认识，这简直是一个天生的艺术家，作曲作得棒极了，只有他有资格对您做出充分而肯定的评价。"

"一个年轻人？"瓦尔瓦拉·巴芙罗夫娜说，"他是什么人？是个什么穷人吧？"

"哪有，他可是我们这儿最优秀的未婚男子，而且还不只是在我们这儿。他是位宫廷侍从官，经常出没于上流的社交界。您一定听说过他，潘申·伏拉季米尔·尼库拉伊奇。他之所以在这儿，完全是因为公务。一位未来的大臣，哪里会是穷人呢！"

"也同样是个艺术家吗？"

"不仅是天生的艺术家，而且他是那么可爱。您迟早会见到他的。这段日子他经常在我家里，我已经邀请他今天晚上来了，我希望他会来。"玛丽亚·德梅特里耶芙娜短促而不被察觉地叹了口气，而且径自撇着嘴苦笑了一下。莉莎却似乎理解这苦笑的含意，不过她显然已经管不了那件事了。

"而且也是个年轻人？"瓦尔瓦拉·巴芙罗夫娜再次问，同时轻轻更换着琴音。

"二十八岁，长相也非常讨人喜欢。潘申·伏拉季米尔·尼库拉伊奇怎么会不是年轻人呢。"

"可以这么说，他是个杰出的模范青年。"格杰昂诺夫斯基说。

瓦尔瓦拉·巴芙罗夫娜突然以一种异常强烈和急速的颤音开始，弹起了红极一时的、施特劳斯的圆舞曲，格杰昂诺夫斯基显然吃了一惊，甚至打了个哆嗦，圆舞曲刚进行到一半，她却突然转而弹出一个忧郁的曲调，最后以《露奇娅》中的咏叹调结束了她此次的演奏，看来她已经意识到，欢快的音乐与她目前的悲惨处境是极不相称的。《露奇娅》中那种突出感伤曲调的咏叹调使玛丽亚·德梅特里耶芙娜深受感动。

"多么感人！"她悄声对格杰昂诺夫斯基说。

"美妙极了！"格杰昂诺夫斯基也再次这样说，同时抬起眼来望向天空。

午饭时间了，当汤已经在桌子上摆好后，马尔法·季莫菲耶芙娜从楼上走下来了。她对瓦尔瓦拉·巴芙罗夫娜的态度非常冷淡，甚至看也不看她一眼，只是用只言片语含糊不清地应对她的恭维话。瓦尔瓦拉·巴芙罗夫娜本人很快就明白过来，从这个老太婆那里是绝不会获得任何好处的，于是就决定不再跟她说一句话了。然而玛丽亚·德梅特里耶芙娜对自己的客人却反而更加亲热，姑妈的无礼反而惹恼了她。不过马尔法·季莫菲耶芙娜不仅仅是忽视瓦尔瓦拉·巴芙罗夫娜，就连莉莎，她也连看都不看一眼，尽管她的眼睛依然闪闪发亮，炯炯有神。她像尊石像那样端坐在一旁，脸色黄里透白，双唇紧闭，任何东西也不吃。

莉莎看上去是极为平静的，的确，她心里已经开始平静了些，一种奇异的麻木感觉，一种被判定有罪的人的麻木感觉笼罩了她。吃饭的时候瓦尔瓦拉·巴芙罗夫娜极少说话，她似乎又变得胆怯起来，脸上再度露出恭顺、忧郁的表情。只有格杰昂诺夫斯基顾自在讲他的那些经历，而使谈话显得活跃一些，但是也会不时怯生生地望一眼马尔法·季莫菲耶芙娜，干咳一声，每次他在面前想要撒谎的时候，总是会觉得喉咙不自觉地发痒，就不由得干咳几声，可是此时她并不打算干扰他，不打算打断他的话。

午饭后才发现，原来瓦尔瓦拉·巴芙罗夫娜是个非常爱打朴烈费兰斯牌的人，玛丽亚·德梅特里耶芙娜对这一点喜欢得不得了，几乎是深受感动，不禁暗自想到，"不过，费奥道尔·伊万内奇该是个多傻的傻瓜，他竟然不会理解这样的一个女人！"她于是坐下来跟她和格杰昂诺夫斯基开始打牌，马尔法·季莫菲耶芙娜顾自带着莉莎上楼去了，到自己屋里去了，理由是莉莎脸色不好看，应该是头痛。

"是啊，她头痛得非常厉害，"玛丽亚·德梅特里耶芙娜对瓦尔瓦拉·巴芙罗夫娜悄声说，还翻了一下眼睛，"我就常有类似的偏头痛。"

"是吗？"瓦尔瓦拉·巴芙罗夫娜不相信似地说。

莉莎一走进姑奶的屋里，就浑身无力地瘫坐到一把椅子上，马尔法·季莫菲耶芙娜好长时间默默地盯着她看，轻轻地跪到她面前，仍旧是那样默不作声，一只一只地交替吻她的双手。莉莎微微俯身向前，脸渐渐开始红了，而且哭了，然而她并没有扶起马尔法·季莫菲耶芙娜，也没有抽回自己的手。她觉得她无权缩回自己的手，无权阻止老太太向她表示自己的懊悔和同情，为昨天的事祈求她原谅。

马尔法·季莫菲耶芙娜一直亲吻着这两只十分苍白、白得可怜、虚弱无力的手，无论如何也亲不够，泪水默默无言地从她的眼里，也从莉莎的眼里流了出来，那只叫水手的猫蜷缩在宽大的安乐椅上，挨着一只长袜的线团旁边在打呼噜，神灯上长圆形的火焰在圣像前微微颤抖，晃动着。隔壁小屋里，娜斯塔西娅·卡尔波芙娜站在门后，也在用一块卷起来的方格手帕偷偷地擦拭眼泪。

三十九

　　此刻，客厅里的朴烈费兰斯仍在进行着，玛丽亚·德梅特里耶芙娜因为赢了钱，兴致很高，这时一个仆人进来通报说潘申来了。

　　玛丽亚·德梅特里耶芙娜手里的牌忽然从手里滑落下来，她在椅子里开始坐不安稳了，瓦尔瓦拉·巴夫罗芙娜似笑非笑地望了她一眼，随后把目光投向房门。潘申出场了，身着一身黑色燕尾服，英式的硬领高高耸起，扣子直扣到脖子根。

　　"遵命前来是件痛苦的事。可是您瞧，我还不是来啦。"他那张刚刚才刮过胡须的、微微含笑的脸上很明显就带着这样的表情。

　　"哎呀呀，沃德马尔呀，"玛丽亚·德梅特里耶芙娜大声喊道，"您以前进门可是从来不要通报的呀！"

　　潘申只是向玛丽亚·德梅特里耶芙娜望了一眼，客客气气鞠了一个躬，但并没有过去吻她的手，她把他介绍给瓦尔瓦拉·巴夫罗芙娜，他向后退了一步，对她也一样客客气气鞠了一个躬，举止带有优雅和恭敬的意味，然后便坐在了牌桌边。

朴烈费兰斯很快便结束了，潘申习惯性地问起莉莎维塔·米哈罗芙娜，因为听说她身体不太好，便很自然地表示了惋惜之意。然后他就跟瓦尔瓦拉·巴夫罗芙娜攀谈起来，说起话来一板一眼，连听她答话也毕恭毕敬，绝不随便打断，俨然一副外交家的神气，然而他这种外交家的庄严姿态对瓦尔瓦拉·巴夫罗芙娜却似乎毫无效果，她并不顾及这一套。相反地，她却神情愉快地观望着他的表情，说话反而无拘无束，那双纤巧的小鼻孔因为激动而微微地颤动，似乎强忍着嬉笑。

玛丽亚·德梅特里耶芙娜便大加赞扬起她的才华来，潘申则彬彬有礼地、在其硬领所能允许的范围内点头称是，并且宣称，"对这件事他早已确信不疑。"而他却差一点儿把话题拉到了梅特涅的头上。瓦尔瓦拉·巴夫罗芙娜眯起她那双天鹅绒般柔美的眼睛，压低着嗓音说，"可您也是个表演家呢！"然后又更低声音地加上一句，又向朝琴的方向微微点一点头。这声随意说出的并不礼貌，顷刻之间，仿佛有魔力一般，改变了潘申整个的外貌。他最开始那副顾虑重重的表情顷刻全无，微微一笑，开始活跃起来，并解开了燕尾服的纽扣，说，"我算是个什么表演家呀，哎哟！您瞧，我听说啦，您才是个真正的表演家咧！"便跟在瓦尔瓦拉·巴夫罗芙娜的身后向钢琴走去。

"就唱那首浪漫曲吧，月儿高高。"玛丽亚·德梅特里耶芙娜大声地说。

"您竟然也会唱歌呀？"瓦尔瓦拉·巴夫罗芙娜明媚而迅速的一瞥让潘申七窍生辉，这一瞥之后，她才又轻轻地说了声，

"坐下吧。"

潘申却反而推脱起来，"坐下吧。"她轻轻敲了敲椅背，再说一声，并不管他的那一套。

他坐下，清清嗓子，扯掉硬领，很顺里地把自己的浪漫曲唱了一遍。

"潘申，"瓦尔瓦拉·巴夫罗芙娜说道，"您唱得太美了，再来一遍吧。"她绕过钢琴，以便站在潘申的正对面。他听话地把浪漫曲又重复了一遍，在嗓音里掺上了假装的颤抖，瓦尔瓦拉·巴夫罗芙娜目不转睛地凝视着他，两肘用力撑在钢琴上，雪白的胳膊放在唇边，潘申唱完了。

"潘申，"她带着一种类似行家的不动声色的自信说道，"请您说说，您为女声，或者为 mezzo-soprano（法语，意思为女声）写过点什么吗？"

"我几乎什么也没写过呀，"潘申连忙解释，"这个嘛，我只不过是在休息时候……难道你也唱歌。"

"我也唱的。"

"噢，那您给我们随便唱点什么听听吧。"玛丽亚·德梅特里耶芙娜说道。

瓦尔瓦拉·巴夫罗芙娜伸手轻轻撩开散在绯红面颊上的头发，轻轻摇了摇头。

"我俩的嗓音似乎能彼此合得上，"她说着便把潘申脸转向过去，"我们来个二重唱吧。您熟悉那些歌唱家吗？"

"我以前唱过，"潘申说，"不过似乎早忘记啦！"

"无所谓，我们可以先小声练练，让我来弹琴吧。"

瓦尔瓦拉·巴夫罗芙娜坐在钢琴前，潘申就站在她身旁，他们轻声地唱起来，瓦尔瓦拉·巴夫罗芙娜纠正了他的几处错误，然后他们开始大声地唱，又反复地唱了两遍，"Mira la bianca lu……u……una。（洁白的月光）"

瓦尔瓦拉·巴夫罗芙娜的嗓音显然已经开始不响亮了，但是她却有办法掌握得异常巧妙。潘申开始时有些胆怯，还有些走调，但随后就激动起来，如果说他唱得并非毫无毛病的话，那么他那副双肩抖动，身体摇晃，偶尔举起一只手来的姿态，还真像是个地道的歌唱家。瓦尔瓦拉·巴夫罗芙娜连续弹了两三首塔尔贝格的小作品，卖俏似的，不是唱，而是用嘴"说"了一段法国咏叹调。

玛丽亚·德梅特里耶芙娜已经高兴得不知如何表达才好了。她有好几次想要派人去把莉莎叫来，格杰昂诺夫斯基同样也找不出合适的赞美之词来，只是一股劲儿地摇头晃脑，但却忽然打了一个哈欠，想用手把嘴捂住已经来不及了。他这个哈欠并没有逃过瓦尔瓦拉·巴夫罗芙娜的眼睛，她猛地转过身子，背对着钢琴，低声地说："咱俩来说说话聊聊天吧。"说着便把两手交叉放起来。"聊天吧。"潘申快活地重复说了她的话，便和她随意谈起话来，谈得热烈而轻松，他们用的是法语。"够味儿极啦，就像在上等法国沙龙里一样。"

玛丽亚·德梅特里耶芙娜听着他们拐弯抹角、闪烁其词的言语，心里不禁想着。潘申感到异常的称心如意，他笑容满面，两眼放光，刚开始当他和玛丽亚·德梅特里耶芙娜的目光撞见而相遇时，他还会用手抹一抹脸，或皱一皱眉头，或不连贯地叹几口气。到后来他已经把她完全抛诸脑后了，只顾得去享受那种半社交半艺术的胡扯了。

瓦尔瓦拉·巴夫罗芙娜表现出她同时还是个大大的哲学家，任何疑难，她都能拿出个现成的答案，任何事情，她都毫无疑问、毫不犹豫。很显然她是经常并且频繁跟各类的聪明人物交谈的。她全部的思想、感情全都围绕着巴黎。

潘申开始把话题引到文学上，原来她们一样，是除了法文书都不读的。乔治·桑令她愤怒，她是敬重巴尔扎克的，虽然她对他已经有些厌倦，她认为苏和斯可里布是个伟大的善解人意的作家，她非常崇拜大仲马和费法尔，打心眼里说，在所有作家中她最喜爱的是波尔·德·科克，但是，当然啦，她是绝不会提起他的名字的。其实她对文学并没有那么大的兴趣，瓦尔瓦拉·巴夫罗芙娜非常机灵地躲开一切哪怕是一丁点儿涉及她处境的话题，她对爱情也是只字不提。相反地，在她的谈话中，对于放纵情欲一事，与其说她是态度严厉，不如说是灰心失望更好一些，不得不克制自己的愤怒。

潘申在这一点上则反驳她，她不赞成他的看法，然而真是奇怪，当她嘴里吐出责备的词句，并且往往异常严厉时，那时的声音却异常亲切而温柔，就连她的眼睛似乎也在说话，这双极富魅力的眼睛究竟说了些什么话，一时倒很难说得清。然而绝非严厉之词，也并非一些含义不同的甜言蜜语。潘申拼命想要知道其中神秘的意思，拼命想要自己也用眼睛交流，他却一无所获，他心知肚明，瓦尔瓦拉·巴夫罗芙娜这头真正在国外长大的母狮子要比他高明得多。因此，他不大能彻底把握住自己。

瓦尔瓦拉·巴夫罗芙娜一直有个习惯，每次在谈话时要轻轻地碰一碰对方的衣袖，每次这种接触的一瞬间，伏拉季米尔·尼库拉伊奇都心生摇荡。瓦尔瓦拉·巴夫罗芙娜拥有那种能跟任何人一拍即合的本事，两个小时之内，潘申就已经认为，他跟她早已是多年的老朋友了，而莉莎那个他到底还是爱着的莉莎，他昨天夜晚还向她求婚的莉莎，似乎已经隐匿于烟雾迷蒙之中了。

上茶后，谈话进行得更加无拘无束，玛丽亚·德梅特里耶芙娜摇铃唤来一个小用人，叫他去对莉莎说，如果头痛好些了的话就下楼来。潘申一听莉莎的名字，便开始大谈其自我牺牲精神，谈男人和女人相比哪一个更能牺牲自己。

玛丽亚·德梅特里耶芙娜立刻莫名激动起来，并开始断言，女人才更能如此，并且宣称她只需一两句话便能足以证明，她没头没尾地打了个颇不恰当的比方，就再也说不下去了。瓦尔瓦拉·巴夫罗芙娜随手拿起一本乐谱，遮住半边脸，身子斜靠向潘申一边，嘴里嚼着一块饼干，唇边和眼中带着一丝儿不易察觉的静静的微笑，悄声地说着话。

潘申稍稍一怔，瓦尔瓦拉·巴夫罗芙娜的放肆令他备感惊讶，但是他没能领会到这句突兀的话中流露的真正的感情，隐含了多少对他本人的轻蔑，他似乎忘记了玛丽亚·德梅特里耶芙娜曾经对他的真诚和厚待，忘了她曾经给他吃的那许多饭食，借给他花的那许多现钱，竟带着跟她一模一样的浅笑，用和她一模一样的声音（这个不幸的人啊！）回答说，

"Je croisbien" 甚至还不是说 "Jecroisbien！" 而是说："Jcrois bien！"（是的，我以为）

瓦尔瓦拉·巴夫罗芙娜厚颜无耻地向他抛了一个热烈的媚眼后便站了起来，此时莉莎进来了，马尔法·季莫菲耶芙娜试图拦她但没拦得住，她决意要把这次意外的考验承受到底。瓦尔瓦拉·巴夫罗芙娜和潘申同时向她迎来，潘申脸上重又摆出之前那种外交官式俨然的表情。

"您身体好些了吗？"他问莉莎，"这会儿好多啦，真是谢谢您！"她回答说。

"我们刚刚在这儿来了点儿音乐，可惜哟，您没听见瓦尔瓦拉·巴夫罗芙娜唱歌。她唱得简直美极啦。"

"请您过来吧。"玛丽亚·德梅特里耶芙娜的声音响起。

瓦尔瓦拉·巴夫罗芙娜立刻像个小孩子一样顺从地走到她跟前，坐在离她脚边很近的一个小凳子上。玛丽亚·德梅特里耶芙娜叫她过去完全是为了让自己女儿可以跟潘申单独在一起，哪怕一小会儿，她仍在暗暗希望女儿最终会醒悟过来，另外，她有个想法，她觉得一定要马上说出来。

"您知道吗？"她对瓦尔瓦拉·巴夫罗芙娜悄声地说，"我想努力让您跟您丈夫和解，我不敢保证成功，不过我很想试试，他对我，您知道，一直是很敬重的。"瓦尔瓦拉·巴夫罗芙娜缓缓抬起眼睛朝玛丽亚·德梅特里耶芙娜望去，同时姿势异常优美地叠起两只手。

"那您可就是我的救命恩人啦，"她用忧郁的语调说道，"我不知道如何感激您对我的这番情意才是，但是我在菲托尔·伊

216

凡尼奇面心里确实有太大的罪过，他不可能原谅我的。"

"可难道您……真的……"玛丽亚·德梅特里耶芙娜本打算要好奇地把话说完。

"您别再问我吧，"瓦尔瓦拉·巴夫罗芙娜打断她的话，低下头，"那时候的我年轻，浮躁，但是我并不想解释。"

"嗜，反正已经这样了，干吗不试试看？别失去信心嘛！"玛丽亚·德梅特里耶芙娜这样对她说，还试图要拍拍她的脸。然而瞧了瞧她的脸，便没敢再伸手。

"挺稳重的呀，挺稳重的呀。"玛丽亚·德梅特里耶芙娜暗想着，"可也的的确确是一头母狮子哟！"

"您身体不舒服吗？"这时潘申对莉莎说。

"是的，我身体不大舒服。"

"我知道您是什么意思？"好长的一段沉默之后，他喃喃地说，"是的，我完全明白您的意思。"

"怎么？""我真的明白您的意思。"潘申意味深长地重复了一遍，他几乎不知道说什么话才好。

莉莎开始有些不好意思了，但后来她想，"顺其自然吧！"潘申做出一副神秘的样子，闭口不语，煞有介事地眼望着另一边。

"已经是，好像都敲 11 点啦！"玛丽亚·德梅特里耶芙娜说了一声。

客人们都心领神会，一一开始告辞了。瓦尔瓦拉·巴夫罗芙娜不得不答应第二天来吃午饭，还要带阿达来，格杰昂诺夫斯基坐在屋角里马上要睡着了，这时忽然挺身而出，说要送她回家。潘申傲然地向大家鞠躬告辞，他没有忘记在门前把瓦尔瓦拉·巴夫罗芙娜扶上马车，还握了她的手，还在车后高喊一声。

格杰昂诺夫斯基跟瓦尔瓦拉·巴夫罗芙娜并肩而坐，她一路上都在寻他的开心，似乎无意识地把她的小脚尖儿搁在他的脚上。他实在是有些难为情，就对她恭维几句。她哧哧地笑，每当路灯的微弱的光线偶尔照到车里时，还趁机对他抛媚眼，她自己刚才弹过的那些华尔兹舞曲此刻仍在她头脑中回旋，令她春心荡漾，她不管身在何处，一想起灯光、舞池、音乐伴奏下的急速的旋转，她的心就会像火一样燃烧起来，眼睛闪出异样神奇的光彩，微笑也会一直徘徊在嘴边，某种优雅却狂热的东西就会散布到她的全身。到家了，瓦尔瓦拉·巴夫罗芙娜轻盈地一跳，便下了马车（只有母狮子才会这样跳跃）转身面向格杰昂诺夫斯基，忽然对着他的鼻子尖发出一连串响亮的大笑声。

"招人喜欢的娘们儿啊！"这位五品文官在回去的路上不断地思考着，此时他的家仆正手拿一瓶肥皂樟脑液等着他回来，"多亏我是个有原则的人，只不过她那样的笑法，是因为啥呢？"

马尔法·季莫菲耶芙娜在莉莎的床头坐了一晚上，彻夜未眠。

四十

　　拉夫列茨基只在瓦西里耶夫村住了一天半，然而几乎全部时间都在村子周围逛来逛去。他似乎不能长久地待在某个地方，忧愁在折磨他，他正经受着连续的、急剧爆发却又毫无办法的感情冲动所带来的剧痛。他回忆起他刚来到村里之后，第二天心中充盈的那种感情，想起自己当初的打算，对自己非常恼火。可是有什么能让他丢下自己的工作呢，既然他觉得那是自己的职责，是自己未来生活的唯一任务，渴望获得幸福，再一次渴望获得幸福！

　　"看来，米哈列维奇是对的，"他想，"你打算要第二次品尝到生活中的幸福的滋味，"他对自己说，"可你不记得了，幸福即便有一次降临到某个人身上，那也已经是一种奢侈，一种不该得到的恩惠了。你一定会说，它是不完美的，它是不真实的，那么请你找出证据来，足以证明你是有权获得完美的、真正的幸福吧！你看看周围，在你身边有谁在享福，有谁感到非常满足？瞧，那边有个农民正赶着车要去割草。大概，他对自己的命运是感到心满意足的吧，可那又如何呢？你乐意与他换换位置吗？想想你的母亲吧，她的要求是多么少啊，可是轮到她头上的命运是什么样的呢？你以前对潘申说，你回俄国来，完全是为了种地，如此看来，你不过是在他面前吹吹牛而已，你这么老了，是回来追求小姑娘的。当你获得自由的消息一到，你就丢下了所有，忘记了所有，像小孩子追蝴蝶一样，跑开了。"

在他这样想的间隙，莉莎的影子不断浮现在他的面前，他试图努力赶走莉莎的一切，就像他一直在试图赶走另一个久久不去的形象，赶走另一个镇静然而狡诈、美丽而又令人反感的形象一样。

老头子安东察觉出老爷心情差，他站在门外叹了好几次气，又在门口叹息了几声，最后决定到他跟前去劝他喝点儿什么热乎乎的东西。拉夫列茨基却对他高喊，叫他出去，随后又转而向他道歉，可是安东却因此更加烦闷了。拉夫列茨基似乎不能坐在客厅里，他一下子觉得，曾祖父安德雷似乎正从照片上轻蔑地观察他这个没出息的晚辈。

"唉，你呀！真是没用的东西！"他那往一边歪着的嘴唇似乎在说，"难道？"他想，"我竟没办法控制自己会被这种荒诞无稽的区区小事控制吗？"（战场上受重伤的人总是把自己受的伤叫作"荒诞无稽的区区小事"，人不欺骗自己，就无法在世上活下去）"我真的像一个孩子吗？嗯，是的，我看到就在眼跟前，拥有终生幸福的机会几乎已经握在手里了，但是它却突然又消失了，不是吗？抽彩也是这样，轮盘稍微转动一下，一个穷人也许就会变成大富翁。不会的，不会有这样的事情，够了，牙关咬紧，去干些正经事吧，并且一定要让自己学会逆来顺受，还好我已经并非第一次需要控制自己了。我为什么要逃跑？为什么要坐在这里，像鸵鸟一样把头躲在灌木丛里？是惧怕面对不幸吗？胡扯！"

"安东！"他大声呼喊，"吩咐马上套车。""是啊"他又想，"应该让自己逆来顺受，应当严格约束自己。"拉夫列茨基一直竭力想用以上逻辑来排解自身经历的痛苦，然而不想痛苦太巨大，也太强烈了，当他坐上马车进城去的时候，就连那个与其说是年老昏聩，不如说所有感觉都已慢了半拍的阿普拉克谢娅也摇摇头，满脸愁容地目送着他。马虽然在奔驰，他却挺直身子望着前方的道路。

四十一

昨天晚上莉莎给拉夫列茨基写信，约他今晚到她们家来，但是他还是先回到了自己的住处。妻子和女儿都失去了，从用人那里得知，她们去卡里金家了。这个消息简直令他又惊又怒！"看来瓦尔瓦拉·巴夫罗芙娜是决意不让我好过了！"他想，心中恨恨地惴惴不安。他开始来来回回地踱着，把随处碰到的孩子的玩具、书本、各种女人用的东西全部都踢翻、扔开，他把茹斯丁叫来，又吩咐她把这些"垃圾"全部拿走。

"先生。"她说，然后做了一个鬼脸，便着手收拾房间，她姿势优雅地弯下身子，然而她的每一个就算是细微动作都让拉夫列茨基觉得，她只是把他当作一头粗暴的狗熊。他厌烦地盯着她那张老却而依然诱人的、讥笑一样的巴黎面孔，她雪白的袖套、丝织的围裙和轻巧的小帽子。

他最后终于打发她走开了，迟疑了好一阵子（瓦尔瓦拉·巴夫罗芙娜还没有回来）才决定要到卡里金家去，不是去玛丽亚·德梅特里耶芙娜那边（他如何也不愿走进她的客厅，那间

222

他妻子待着的客厅）而去马尔法·季莫菲耶芙娜那边。他想起，女仆们进出的后楼梯是直接通向她的房里的，拉夫列茨基于是便这样做了。他很走运，在院子里就碰见了苏洛奇卡，她还把他领到马尔法·季莫菲耶芙娜房里，他看出她跟平常不同，只是单独一人，她坐在屋子角里，没戴帽子，弯着腰，两手叠着放在胸前。一看见拉夫列茨基走进来，老人家手脚都慌了，慌忙站起来，在屋子里四处寻找，好像在找小帽子。

"啊，你来啦啊！"她说着，避开他的眼睛，显得惴惴不安，"喏，你好呀！喏，怎么？这怎么办呢？你昨天跑去哪儿啦？喏，她来啦，喏，是呀。喏，只能这样了，无论怎么样吧。"

拉夫列茨基在一把椅子上坐定，"喏，你坐吧，坐吧，"老太太接着说着，"你是直接上来的吗？喏，是呀，当然啦。怎么？你是来看望我的吗？谢谢你。"

老太太终于不说话了，拉夫列茨基不晓得该和她说什么才好，但是她是明白他的意图的。"莉莎，对，莉莎之前还在这儿，"马尔法·季莫菲耶芙娜继续说，同时把手提袋上的绳子结上又解开，"她身体不太舒服，苏洛奇卡，你在哪儿？赶快过来，我的天呀，你怎么就坐不住呀？我头也痛，肯定是被这些个唱歌呀弹琴呀给搅的。"

"唱什么歌呀，姑妈？"

"怎么？刚才还这么，你们管这些东西称作什么来着，二重唱，现在还在唱着呢。全是意大利话，叽叽喳喳的，简直就是一群喜鹊，把那曲调使劲儿那么一唱呀，就跟勾你的魂儿一样。这个潘申，还有你家那口子，为什么这么快就混熟啦？真像亲人一样啦，连规矩都不讲啦。不过嘛，按说，狗也得给自己找个家呀，肯定不会死在外面的，还好人家不想赶走它。"

"总之是，说实话，我也没料到会是这样子，"拉夫列茨基回答，"这也需要有很大的魅力才行呢。"

"你错了，我的宝贝儿，这可不叫勇气，这叫会打如意算盘呀，上帝保佑她吧！人家说你要把她送到拉夫里尼去，这是真的吗？"

"没错，我决定把这个庄园给瓦尔瓦拉·巴夫罗芙娜住了。"

"她管您要钱了是吗？"

"暂时没有。"

"喏，过不了多久就一定会要的，我现在才把您看仔细了，您身体还好吗？"

"很好。"

"苏洛奇卡，"马尔法·季莫菲耶芙娜突然喊了一声，"你去跟莉莎维塔·米哈罗芙娜说，就说，不，你去问问她，她现在是在楼下的吧？"

"是的。"

"喏，好的，那你就问问她，她把我的书放哪儿啦？她就全明白啦。"

"听见啦。"老太太又开始忙乱起来，她把她的梳妆台抽屉一个个拉开。拉夫列茨基则纹丝不动地坐在椅子上，忽然传来楼梯上有轻轻的脚步声，莉莎进来了。

拉夫列茨基站起来鞠了一个躬，莉莎走在门边就停住了。

"莉莎维塔·米哈罗芙娜·里索奇卡，"马尔法·季莫菲

224

耶芙娜慌乱地说，"你把我的书放哪儿啦，书被你放哪儿啦？"

"什么书呀，姑奶？"

"就是那本书嘛，我的天呀！但是我并没喊你来，嗻，一个样！你在下面干什么呢？瞧，菲托尔·伊凡尼奇来啦，你还头痛吗？"

"没什么了。"

"你总是说没什么，你们在下面干什么？又在搞音乐？"

"没有，玩牌呢。"

"是呀，她做什么都挺在行，苏洛奇卡，我猜，你很想去花园里走走吧去吧？"

"啊不，马尔法·季莫菲耶芙娜。"

"别犟嘴啦，好了，去吧，纳斯塔霞·卡尔坡芙娜只身一人去花园了，你该去陪陪她，对老人家一定要恭敬点儿。"

苏洛奇卡默默出去了，"我的小帽子到底哪儿去啦？放哪儿啦，真是的！"

"我去帮您找找吧。"莉莎小声地说。

"坐下，坐下，我的两条腿还能走呢，也许落在我的卧室里了。"于是，马尔法·季莫菲耶芙娜向拉夫列茨基斜看了一眼就走开了。她原本是让房门开着的，可却忽然转身关上了。

莉莎紧紧靠在椅背上，默默地用双手捂住脸，拉夫列茨基仍然停在他原本站着的地方，"我们就这样的见面了。"他终于缓缓说道。

莉莎终于把手从脸上移开。

"是的，"她声音低沉地说，"并且我们不久就要受到应有的惩罚了。"

"惩罚？"拉夫列茨基说，"您为什么该受到惩罚？"

莉莎向他抬起眼睛，然而这双眼睛并没有显露出一点儿痛苦和惊慌，它们只是显得小一些，暗淡了一些。她的脸庞是苍白的，微微有些张开的嘴唇也同样是苍白的。

拉夫列茨基的心又怜又爱地颤抖了一下，"您在给我写的信中说一切都已结束了，"他喃喃地说，"是啊，一切都结束了，结束却在开始之前。"

"这所有的一切都应该忘掉，"莉莎说，"我很高兴您能来，我原本想写给您看就好了，可是这样似乎更好些，只不过要赶快充分利用这几分钟的时间。我们俩都要努力去尽自己的义务，您——菲托尔·伊凡尼奇，有必要跟您的妻子和解。"

"莉莎！"

"我请求您一定要这么做，只有这样才能赎回逝去的一切，您细想想看就一定不会拒绝了。"

"莉莎，看在上帝的分上，可是您要我做的是绝对办不到的事。不管您要求我做什么我都肯做，但是现在要我跟她和解？我什么都可以同意，我什么都能忘记，但是我不能勉强自己的心去……不要这样吧，这是残忍的啊！"

"我并没要求您像您说的那样做，不需要跟她住一起，如果您办不到的话，可是一定要和解，"莉莎回答他，又把手蒙在眼睛上，"请想想您的女儿吧，您就算为了我这样做吧。"

"好！"拉夫列茨基从牙齿缝里挤出几句话说道，"我就这样做，就算吧！这是我在尽自己的责任。可您呢？您要尽的责任又是什么呢？”

"这一点我清楚。"

拉夫列茨基突然颤抖了一下，"您不会是决定要嫁给潘申吧？"他问。莉莎露出一丝不易察觉的笑容。

"噢，绝不会的！"她轻声说。

"唉，莉莎，莉莎！"拉夫列茨基激动地叫道，"我们本来可以多么幸福啊！"

莉莎再次望了望他。

"现在您也看见了，菲托尔·伊凡尼奇，幸福不是由我们决定的，而是由上帝决定的。"

"是的，因为您……"

隔壁房间的门迅速打开了，马尔法·季莫菲耶芙娜拿着她的小帽子走进来。"好不容易找到了，"她说，站在拉夫列茨基和莉莎中间，"是我乱塞，这就叫作老啦，真是要命啊！不过，年纪轻也未必就会强些。怎么？你要自己带着老婆上拉夫里尼去？"她又转向菲托尔·伊凡尼奇，抛下这最后一句。

"跟我的妻子去拉夫里尼？我？我不理解这事。"他稍微停了一下才说。

"你不打算去楼下？"

"今天吗？不去。"

"喏，好的，一切随你。那你呢？莉莎，我觉得，该是时候去楼下了吧。哎呀，我的天，我忘记给我的红腹灰雀儿吃东西啦，那你们就只好再等等，我马上就去。"

于是马尔法·季莫菲耶芙娜又跑出去了，却并没有戴那顶小帽子，拉夫列茨基匆忙走到莉莎身边。

"莉莎，"他开始用一种恳求的语气说，"我们要永远地被拆开了，我的心都要碎了，把您的手给我，让我们就此告别吧。"

莉莎抬起头来，她疲倦的、几乎已经没有光芒的眼睛停留在他的身上。"不，"她轻声地说，把已经伸出来的手又收了回去，"不，拉夫列茨基！（她第一次这样称呼他）我不能给您。我们这是何必呢？您走吧，我请求您了。您也知道，我爱您，是的，我爱您。"她强迫自己补充说了最后这句话，"可是不，不。"

她把手帕送到唇边。

"至少也请您把这块手帕留给我吧。"

门吱嘎地响了，手帕顺着莉莎的膝盖滑落下来。拉夫列茨基趁它还没落到地上的时候抓住了它，迅速塞进侧面的衣袋里，一回过头，正好遇上马尔法·季莫菲耶芙娜的目光。"里诺奇卡，我似乎听见妈妈在叫你。"老太太说。

莉莎立刻站起来走了，马尔法·季莫菲耶芙娜重又坐到角落里，拉夫列茨基这才开始跟她告辞。

"费卡，"她突然说。

"什么，姑妈？"

"你觉得你是个诚实的人吧？"

"怎么了？"

"我在问你？你是个诚实的人吗？"

"我希望我是这样的。"

"哼,那您能给我说句担保的话吗,说你真正是个诚实人。"

"好吧。但这是为什么呢？"

"我当然知道是为什么，可你，老兄啊，你又不傻，你要是好好想想，你就会明白，我为什么要这么问你。都这会儿啦，老爷子呀，谢谢你能来看我啦。可要记得自己说过的话哟，费卡，来吻吻我吧。噢，我的心肝，我知道你心里不好受啊，我明白，可每个人都过得并不轻松呢。所以我之前总是羡慕那些个苍蝇。瞧，我就想，这世上只有它们日子过得好，但有一回半夜里，我却听见一只苍蝇在蜘蛛爪子里痛苦地叫。不啊，我就开始想，就连它们也同样有灾有难哟。怎么办呢？费卡，反正你一定要记住自己说过的话啊，去吧。"

拉夫列茨基是从后门走出去的，马上要走到大门前时一个仆人追上了他。

"玛丽亚·德梅特里耶芙娜吩咐一定请您上她那儿去一趟。"仆人向拉夫列茨基报告说。

"你告诉她，小兄弟，就说我现在不能。"菲托尔·伊凡尼奇正打算要说下去。

"吩咐说一定要请您去的，"仆人继续说，"还吩咐说，她现在就一个人在。"

"客人们都已经走啦？"

"都走了。"仆人回话，同时咧开嘴笑着。拉夫列茨基耸了耸肩，就跟着他进去了。

四十二

　　玛丽亚·德梅特里耶芙娜独自一人坐在书房里的一把伏尔泰椅上，正在闻花露水。一杯泡着香橙花的水放在她身边的一张小桌子上。她心情看上去很激动，又好像有点儿害怕。

　　拉夫列茨基进来了，"您想见我？"他说，冷淡地向她行了礼。

　　"是的，"玛丽亚·德梅特里耶芙娜回答，边喝了一点儿水。"我刚刚得知您是直接到姑妈那儿去了，于是我打发人去请您到我这儿来，我想和您商谈几句，请坐！"玛丽亚·德梅特里耶芙娜喘了口气。"您知道吗？"她接着说，"您妻子刚刚来了。"

　　"这事我知道。"拉夫列茨基小声说。

　　"嗯，是呀，也就是，我想说的是，她也到我这儿来过，我也同样接待了她，这也就是此刻我想跟您解释的事，拉夫列茨基·费奥道尔·伊万内奇，谢天谢地，我，可以说，是受大家尊敬的，无论如何也绝不会做出任何不体面的事情。虽说我想到这会儿让您觉得不愉快，但我还是不能下决心拒绝见她，

230

拉夫列茨基·费奥道尔·伊万内奇，她是我的亲戚，因为您的关系。请您站在我的角度替我想想看，我有什么理由把她拒之门外呢？您同意吧？"

"您不必感到不安，玛丽亚·德梅特里耶芙娜，"拉夫列茨基回答，"您做得没错，我丝毫也不怪您。我根本无意让瓦尔瓦拉·巴芙罗夫娜去拜望自己熟人的机会，今天我之所以没来您这里，是因为我不想看到她，除此之外，别无其他。"

"哦，听您这么说，我觉得多高兴啊！拉夫列茨基·费奥道尔·伊万内奇，"玛丽亚·德梅特里耶芙娜大声说。"但是，就您高尚的情感来说，我一直都觉得，您肯定会这么说的。至于说我觉得不安嘛，这并不奇怪，我不仅是个女人，也同时是母亲，而您的夫人，当然啦，我不应该评判您和她之间的事情，我对她也这么说过，可是她是个多么可爱的女士，除了使人感到愉快，绝不会给人带来任何什么其他的东西。"

拉夫列茨基却冷笑一声，径自摆弄起自己的帽子来。

"我还想对您说，拉夫列茨基·费奥道尔·伊万内奇，"玛丽亚·德梅特里耶芙娜稍微向他凑近一些，继续说，"如果您能看到她的举止态度如何端庄,对人如何恭敬,那就太好了！真的，这几乎让人感动，如果您能听到，当谈到您的时候，她是怎么说的！她说，"我对不住他，完全是我的错，"她说，"我不会珍惜他"，她说，"这是个天使，而不是凡人。"真的，她真是这么说的，天使，她多么后悔啊，我真的从来没遇过这样的真心悔过！"

"那又能怎么样呢？玛丽亚·德梅特里耶芙娜，"拉夫列茨基说，"请允许我好奇地问一句，据说，瓦尔瓦拉·巴芙罗夫娜在您这儿唱过歌，而且就在她悔过的时候，她还在唱歌，还要怎么样呢？"

"哎呀，您还好意思说这种话！她唱歌、弹琴只是为了令我满意，因为我坚决请求她，甚至几乎是命令她这么做的。我看得出，她心里非常难过，是那么难过。我就想，想个什么办法可以让她散散心呢，而且我听说，她有多么出色的艺术才能啊！算了吧，费奥道尔·伊万内奇，她早已经羞愧得无地自容了，您哪怕只是去问问谢尔盖·彼得洛维奇，一个绝望的女人，这您又怎么说呢？"

拉夫列茨基仍然只是耸了耸肩，"况且，您这个阿多奇卡又是个多可爱的小天使啊，那么可爱！她那么讨人喜爱，那么聪明，法语也说得那么好，俄语她也懂，管我叫姑姑呢。您知道吗？像她这么大的孩子，几乎全都认生，可她却一点儿也不，这么像您，费奥道尔·伊万内奇，真是像极了。眼睛、眉毛……哪都像您，简直是一个模子刻出来的。说实在的，我向来不大稀罕这么小的小孩子，但是对于您的小女儿，我简直喜欢得不行。"

"玛丽亚·德梅特里耶芙娜，"拉夫列茨基突然打断说，"请允许我冒昧地问一声，您为什么要对我说这些？"

"为什么？"玛丽亚·德梅特里耶芙娜又闻了闻花露水，喝了口水，"我之所以说这些，费奥道尔·伊万内奇，是因为我毕竟是您的亲戚，不是吗？我是最关心您的，因为我知道，您的心地是最善良的。您听我说，我毕竟还是个有些生活阅历的女人，绝不会随便轻率地乱说话。就请您宽恕，请宽恕了您的妻子吧。"玛丽亚·德梅特里耶芙娜突然热泪盈眶。"请您好好想想看，她既年轻，又没有经验，嗯，也许，还是因为受了不良影响，因为没有一个人能教导她走上正路，请您宽恕她吧！费奥道尔·伊万内奇，一直以来她所受的惩罚已经太多了。"

眼泪不由自主地顺着玛丽亚·德梅特里耶芙娜的双颊流淌下来，她并没去擦它，她似乎喜欢哭，拉夫列茨基如坐针毡。

"我的天哪！"他想，"这是多么恐怖的折磨啊，今天我到底遇上什么日子了！"

"您选择了不回答，"玛丽亚·德梅特里耶芙娜又开口说，"我该如何理解您的意思呢？难道您真的会这样残酷无情？不，我不愿相信这些。我宁愿觉得，是我的话说服了您。费奥道尔·伊万内奇，就算为了您的善心，上帝也一定会报答您的，现在就请从我这里把您的妻子领回去吧！"

拉夫列茨基立刻不由自主地从椅子上弹了起来，玛丽亚·德梅特里耶芙娜也同一时间站起来，匆匆走到屏风后面，领出了瓦尔瓦拉·巴芙罗夫娜。她此刻面色苍白，脸上毫无表情，眼睛望着地下，看样子好像已经抛开自己的一切想法、一切要求，把自己完全而彻底地交给了玛丽亚·德梅特里耶芙娜。

拉夫列茨基不由后退了一步。"您在这里！"他高声说。

"请不要责备她，"玛丽亚·德梅特里耶芙娜急忙解释说，"她是无论如何也不想留下，是我命令她留下来的，是我让她坐在屏风后面的。她之前肯定地告诉我，这样会让您更加生气的，我却没有听她的话，我比她更了解您。现在请从我手里领

233

回您的妻子吧，您倒是去呀，瓦丽娅，别怕，现在就跪倒在您丈夫面前吧（她拉了拉她的一只手），而我的祝福……”

　　“请稍等，玛丽亚·德梅特里耶芙娜，”拉夫列茨基用一种低沉却令人产生深刻印象的语气打断了她，“您也许喜欢这种动人的场面（拉夫列茨基并没有说错，从在贵族女子中学的时候起，玛丽亚·德梅特里耶芙娜就一直非常喜爱这些戏剧性的场面），它们无疑可以给您解闷。但是，它们却让其他人难受。不过，我不打算再跟您谈这些了，这场戏里您绝不是主角。您又想从我这里得到一些什么呢，夫人？”

　　他转向他的妻子，加上了几句，“我不是早已经为您做了我所能为您做的一切吗？先不要反驳我，说这次会见又不是您的主意。我绝不会相信您，您是知道的，我根本不可能相信您。您到底打算爱什么呢？您也是个聪明人，您是绝不会做任何一件没有目的的事情的。您应该也明白，像以前那样和您住在一起，我根本办不到。并不仅是因为我生您的气，而是因为我早已经不是以前的我了。在您回来的第二天，我就对您说过这些话了，当时您心里也同意我的这些话了。可是您又想在舆论界恢复自己的地位，您住在我的家里还嫌不够，您还想和我在同一屋顶下生活，是不是呢？”

　　“我希望您能宽恕我。”瓦尔瓦拉·巴芙罗夫娜说，但说话的时候并没有把眼睛抬起来。

　　“她在希望您能宽恕她。”玛丽亚·德梅特里耶芙娜赶紧把她的话重复了一遍。

　　“而且这不仅是为了我自己，也是为了阿达。”瓦尔瓦拉·巴

234

芙罗夫娜小声说。

"其实不是为了她，而是为了您的阿达。"玛丽亚·德梅特里耶芙娜又说了一遍。

"好极了，您想要的原来就是这个吗？"拉夫列茨基勉强说，"那好，这一点我也一并同意了。"

瓦尔瓦拉·巴芙罗夫娜迅速向他投去极快的一瞥，玛丽亚·德梅特里耶芙娜却用很大的声音赞叹，"好了，真是谢天谢地！"说完又拉起瓦尔瓦拉·巴芙罗夫娜的手，"现在请从我手里……"

"请稍等，我要对您说，"拉夫列茨基打断了她，"我答应了同您住在一起，瓦尔瓦拉·巴芙罗夫娜，"他接着说，"意思是我一定会把您送回拉夫里尼，并且在我还能忍受的一段时间里，我会和您共同住在那里，之后我就一定会离开，偶尔还会回去看看。您想必看得出来，我根本不想欺骗您，但是请您不要再提出其他更多的要求了。如果我能实现我们尊敬的亲戚的愿望，紧紧地拥抱您，同时让您相信，过去的一切都没有发生过，那么被砍掉的树一定会重新开花，那样您自己也会觉得非常好笑的。可是我明白，应该顺从。这句话的意思我想您是不会真正明白的，这反正都一样。我还要再重复一遍，我打算和您住在一起，或者，哦不，这一点我绝不能答应您，我将与您和好，再次把您当作我的妻子。"

"就算为了这，您至少也应该把手交给她吧。"眼泪早就干了的玛丽亚·德梅特里耶芙娜说，"我至今都从未欺骗过瓦尔瓦拉·巴芙罗夫娜，"拉夫列茨基回答，"就算这样，她也同样会相信我。我也会送她回拉夫里尼，也请您一定记住，瓦尔瓦拉·巴芙罗夫娜，只要您一离开那里，我们的协定就算自然而然给破坏了。现在我该告辞了。"

他向两位夫人躬身行礼后，匆匆走了出去，"您不带她一道走啊？"玛丽亚·德梅特里耶芙娜对着他的背影高声喊。

"随他去吧。"瓦尔瓦拉·巴芙罗夫娜对她低声说，马上去拥抱她，并开始感谢她，吻她的双手，管她叫自己的恩人。

玛丽亚·德梅特里耶芙娜也故作宽容地接受着她这种亲热的举动，可是心里不管是对拉夫列茨基，还是对瓦尔瓦拉·巴芙罗夫娜，或者对她刚刚一手导演的这一出戏，都并不十分满意。从结果看来，那种令人感动的情景几乎微乎其微，照她的意见，瓦尔瓦拉·巴芙罗夫娜应该立刻扑上去，不顾一切地跪倒在丈夫的脚边，"您怎么就没理解我的这层意思？"她和她议论说，"我不是之前跟您说了，跪下啊。"

"这样反而更好，亲爱的表姑，您不必担心，一切都看上去好极了！"

瓦尔瓦拉·巴芙罗夫娜反复不停说。

"唉，他也同样冷冰冰的，就像块冰一样，"玛丽亚·德梅特里耶芙娜说。"就算您没哭吧，可我也在他面前流泪了啊，他原来是想把您永远关在拉夫里尼呀。怎么，您连到我这里来都不可以吗？世上每个男人都是无情的。"她最后说，同时还意味深长地摇了摇头。

"但是女人都明白善良和宽宏大量的含义，"瓦尔瓦拉·巴芙罗夫娜小声说，说罢，轻轻跪倒在玛丽亚·德梅特里耶芙娜面前，双手用力抱住她那有些丰满的身体，把脸顺从而又紧紧贴在她的身上。然而这张脸却在偷偷地微笑着，有些揶揄，有些实施了一项重要行动后的快感，怯笑的胜利。也许这就是她内心需要得到的满足，他需要从中找到一丝丝自己存在的价值，玛丽亚·德梅特里耶芙娜又开始掉眼泪了。

拉夫列茨基回到自己的住所后，把自己关在一个仆人住的小屋里，直接倒到沙发上，就这样一直躺到第二天早晨。

四十三

　　第二天是礼拜日，晨祷的钟声不仅是唤醒了拉夫列茨基，他一宿都没有合过眼，而是让他回想起了以前的一个礼拜日，他照莉莎的意愿去教堂的那个礼拜日。他赶忙起来，冥冥中有一个神秘的声音告诉他，说他今天也一定能在那儿见到她。他闷声不响地从家里出去，还吩咐正在睡觉的瓦尔瓦拉·巴夫罗芙娜说他要回来吃午饭，便大踏步地朝向那曲单调而忧伤的声音召唤他去的地方走去。

　　他来得太早了，教堂里几乎还没有人，只有一个执事正在唱诗班的席位上念诵着经文。他的声音均匀而又低沉地嗡嗡着，忽起忽落，时而被咳嗽声打断。拉夫列茨基坐在离入口很近的地方，祈祷的人们接二连三地来到，他们在门口站住，画个十字后再向四面八方鞠个躬，他们的脚步在空洞宁静的教堂里发出一种嗡嗡的响声，之后又清晰地在拱顶下回响起来。一个已经很衰弱的老妇人，身披一件带风帽的破斗篷，跪在拉夫列茨基身旁虔诚地祈祷着，她那没牙的、苍黄的、布满皱纹的脸上显出一种紧张的、深受感动的表情，两只布满血丝的眼睛死死地注视着头顶上神龛中的圣像，一只瘦骨嶙峋的手不断地从斗篷下伸出来，缓慢却有力地画着又大又宽的十字。

一个胡须浓密、面色阴沉的农民，头发显得乱蓬蓬的，衣服也破破烂烂的，一走进教堂就双膝点地，并立刻画起十字来，每磕一个头便习惯性地把头向后一仰，之后再摇一摇。他全身上下的举止、他的脸上，都流露出某种那么深刻的痛苦，这使得拉夫列茨基决意要走到他面前，问他到底出了什么事情。那农民显然吓坏了，很严肃而谨慎地向旁边一闪，眼睛敏锐地注视着他。

"儿子死啦。"他匆匆说一句，便又接着磕起头来。

"对于这些人，从教堂里得到的安慰没有什么能代替。"拉夫列茨基想着，自己便也试着祈祷起来。然而他的心此刻变得更加沉重、更加冷酷了，思绪也渐渐飞远了。他似乎还在等候着莉莎的到来，但莉莎没有来。教堂里早已经挤满了人，还是不见她来。

祈祷仪式已经开始了，执事也已经念完了福音书，正式祈祷的钟声也敲响过了，拉夫列茨基向前走了几步，忽然看见了莉莎。她一定比他来得还要早，只是他没有发现，她缩在墙壁和唱诗班席位中间的小小的空隙里，不张望也不移动。拉夫列茨基一直盯住她，直到祷告结束，他觉得是在向她做最后的诀别。人群开始散开了，而她依然立在原地不动，似乎她就在等拉夫列茨基先走。最终她画了最后一个十字后，便走开了，头也不回一下。有一个侍女陪伴着她走。拉夫列茨基自然跟着她从教堂里出来，并在街上追上了她，她走得特别快，低着头，还蒙着面纱。

"您好，莉莎维塔·米哈罗芙娜，"他高声地说，故意装出一点也不拘束的样子，"我可以送送您吗？"

她一句话没说，他便和她并肩走着。"您现在对我满意了吗？"他特意压低声音问她，"您是否听说昨天的事了？"

"嗯，嗯，"她小声说，"很好啊。"

她走得似乎更快了。

"您这回满意吗？"

莉莎只是点了点头而已。

"菲托尔·伊凡尼奇，"她开始用一种很安静声音说，但很微弱，"我想请您，别再来我们家了，赶快离开吧，我们以后一定有机会见面的，可能是过一年。可现在请为了我这样做吧，请您依着我的要求做吧，看在上帝的分上。"

"我一切都愿意听您的，莉莎维塔·米哈罗芙娜，但我们是未必就应该这样分手吗？您未必对我就一句话也不留吧？"

"菲托尔·伊凡尼奇，看看您现在虽然是走在我旁边，但是您离我却已经那么远、那么远了。而且不仅仅是您一个人，而是……"

"求求您！您把话说完呀，"拉夫列茨基异常激动地大声说，"您到底想说什么啊？""您将来会听到的，也许……但是无论如何，请您忘记。不，请您千万不要忘掉我，请一定记住我。"

"让我忘掉您，""好啦，永别了，别跟着我走了。"

"莉莎……"拉夫列茨基打算要说下去。

"永别了，永别了！"她反复说了两遍后把面纱拉得更低了，几乎像跑步那样急匆匆地向前走去。

拉夫列茨基只好目送她离开，然后便低垂着头沿着街道原路返回。他碰见了雷莫，他也在街上走着，帽子低低地压在鼻梁上，眼睛呆呆地望着路面。

他们互相对望一眼。

"啊，您还有什么话要说吗？"拉夫列茨基终于说道。

"我能有什么话好说？"雷莫很阴郁地顶撞了他，"我什么话也不会说。您这是朝右边走呢吧？"

"是朝右边。"

"可我要朝左。再见啦。"

第二天清早，菲托尔·伊凡尼奇就带妻子去拉夫里尼了。她和阿达还有茹斯汀坐同一辆轿车走在前面，他坐着旅行马车跟在后面。那漂亮的小姑娘一路上都不离开车窗，她看见任何事物都惊奇，种地的男人、女人、茅草屋、水井、马轭、铃铛和许许多多的白嘴鸦，茹斯汀跟她同样地感到惊讶，听着她们的谈话和他们的叽叽喳喳声，瓦尔瓦拉·巴夫罗芙娜嘻嘻地暗笑着。她兴致非常好，从城里出发前她曾对丈夫做过一次深刻的表白。"我理解您的处境，"她对他说，而他从她那双机灵的眼睛的表情上能够认定，她的确是完全理解他的处境的，"但是您哪怕只是给我一点儿客观的评价呢，您就承认我这人不难相处，我绝不会纠缠您、束缚您的，我是想阿达的将来能有一个保证，其他的我就不需要了。"

"是的，您已经达到了您所有的目的了。"菲托尔·伊凡尼奇说道。

"现在我只有这一点梦想了，永远埋在穷乡僻壤里，我肯定会一辈子铭记您的恩典的！"

"呸！算了吧。"他打断了她。

"当然我也会尊重您的自由和您的稳定的。"她终于把她早已准备好的句子一一说完了。拉夫列茨基随即对她深深鞠了个躬。瓦尔瓦拉·巴夫罗芙娜明白这意思了，丈夫是在从心底里感激她。

第二天黄昏前他们就到了拉夫里尼。一个礼拜后，拉夫列茨基要动身去莫斯科，他给妻子留下 1500 卢布作日用开销，拉夫列茨基刚走后的第二天，潘申就立马到拉夫里尼，瓦尔瓦拉·巴夫罗芙娜曾要求他不要在她孤单寂寞的时候忘却了她。

她把他款待得好的无以复加，那一间间宽敞明亮的房屋里直至花园里直到深夜都响彻着音乐声、歌唱声和愉快的用法语的交谈声。潘申在瓦尔瓦拉·巴夫罗芙娜那儿做了三天的客人，临别时他紧紧握住她那一双漂亮的小手，并答应不久再来，并且很认真地履行了自己的诺言。

四十四

莉莎在她母亲的宅子的二楼上有一间单独的、很小的房间，这间小房干净而明亮，里面放着一张白色的小床，每个角落里和窗前都放着盆花，除此之外还有一张小书桌，一个玻璃书橱，一面墙上还挂着刻有耶稣受难像的十字架。这间小房间被叫作育儿室，莉莎就是在这里出生的。

她没想到会在教堂里见到拉夫列茨基，自从那天回来以后，她比以前更细心地整理了一下自己小屋里的所有东西，扫掉每处的灰尘，将所有的笔记本和女友们写来的信件又重新读了一遍，然后便用丝带把它们全部都扎起来，并锁上所有的抽屉，把花浇了一遍，还用手轻轻摸摸每一朵小花。她不动声色、异常安静地做着这一切，脸上挂着一种似乎深受感动却又平淡的关切表情。最后她在房子的中间站定，缓缓环顾四周，踱到上方悬着刻有耶稣受难像十字架的桌子前面跪下，把头俯在交叉紧握着的双手上，一动也不动了。

马尔法·季莫菲耶芙娜走进来时，正好看到她处于这样的状态。莉莎并未发现她进来。老太婆轻轻踮着脚尖又走到门外，并故意高声咳嗽了几声。莉莎匆匆站起来擦了擦眼睛，还没来得及滴落下来的晶莹的泪珠儿还在眼睛里闪闪发着亮。

"我看得出来，你呀，一定又把自己的小屋收拾过了，"马尔法·季莫菲耶芙娜说，边说边朝一盆刚刚露出花蕊的蔷薇花俯下身去，"好香啊！"

莉莎默不作声地望了望自己的姑奶。"您这是在说什么啊！"她喃喃自语地说。

"什么话，什么话？"老太婆快速地接过话茬说。"你到底想要说什么啊？真是可怕，"她说着，突然快速地摘下包发帽，坐到了莉莎的小床上，"这样我可受不了，我真是急得团团转，今天已经是第四天了，我绝不能再假装什么都没看见，我无法看着你脸色渐渐变得苍白，人也一天天消瘦下去，一直在哭，我不能，真的不能。"

"可这会儿您这是怎么了，姑奶？"莉莎说，"我真的没什么！""没什么？"马尔法·季莫菲耶芙娜提高声音反问说，"这话你应该说给别人听去，可千万别对我说！没什么？可刚才是谁跪在这儿？谁的睫毛上的泪水还没干呀？没什么？你好好看看自己吧，你把自己都弄成什么样子了，不知所措了吧？没什么？难道我不是全部都知道吗？"

"这一切都会过去的，姑奶，请您给我一点时间。"

"是该过去，可是是什么时候呢？我的天哪，我的上帝啊！难道你爱他爱得就那么深？可他已经是老头子了，不是吗？莉佐奇卡！好，我不想和你争辩，他的确是个好人，绝不会去咬

244

人。可这又怎么样呢？我们大家全都是好人，天下大得很，像他这样的好人也有的是。"

"我跟您说过了，这一切都会过去的，这一切也早已经过去了。"

"你一定得听我说，莉佐奇卡，听我跟您说，"马尔法·季莫菲耶芙娜突然低声道，并让莉莎坐到床上，并挨着她坐下，一会儿弄一下头发，一会儿弄一下她的三角围巾。"你现在这样只是凭一时的冲动，才似乎觉得你的痛苦无法医治。唉，我亲爱的，只有死才无法医治呢！你只这样对自己说，就说，'我绝不会屈服，去他的吧！'以后你也会觉得很奇怪，它为什么这么快这么顺利地就过去了呢？你只要忍耐一下就好了。"

"姑奶，"莉莎又说，"这一切已经过去了，一切都已经过去了。"

"过去了？什么过去了？瞧，就连你的小鼻子都瘦得变尖了，你却说过去了，好一个'过去了'！"

"是的，的确是过去了，姑奶，只要您愿意帮助我，"莉莎突然异常兴奋地说，说罢就一下扑过去，一把搂住马尔法·季莫菲耶芙娜的脖子，说"亲爱的姑奶，我想请您作为我的朋友，帮帮我，千万别生气，一定请您理解我！"

"哎哟，这到底是怎么回事，怎么回事？我的妈呀？你可不要吓唬我，我马上就要喊起来了，不要这样盯着我，赶紧说吧，到底怎么回事？"

"我……我想……"莉莎把自己的脸深深埋在马尔法·季莫菲耶芙娜的怀里，"我想进修道院，"她声音低沉而缓慢地说。老太婆坐在床上不禁吓了一大跳。

"求你画个十字吧，我的妈呀！莉佐奇卡，请您清醒一下吧，你这到底是怎么了？上帝会保佑你的，"她终于口齿不清地说，"你快躺下，亲爱的，稍微睡一会儿。这一切都是因为你失眠的缘故，我的心肝儿。"

莉莎把头抬起来，双颊显得绯红。"不，姑奶，"她小声说，"请您千万不要这么说，我早已经下定决心，而且我祈祷过了，我已经请求过上帝的旨意。一切都已经结束了，我和你们住在一起的生活也已经结束了。像这样的教训绝不会是偶然的。并且我也经常想到这一点。幸福并没有降临到我的头上，就连我满怀着对幸福的渴望的时候，我的心也同样一直是痛苦的。任何事我都知道，不管是自己的罪孽，还是其他人的罪孽，还有爸爸是如何聚敛他的财富的，我全部都知道。所有这一切都有必要祈祷，才能获得赦免，只有祈祷才能得到宽恕。我实在舍不得您，也舍不得妈妈，也舍不得里诺奇卡。但是我毫无办法。我觉得，在这里我的日子是绝不会好过的。我已经打算和一切说再见，最后一次对家里的所有一切问候了。有什么一定在召唤我，我心里很难过，我就想永远闭门不出。请不要阻止我，别劝说我，请您一定帮助我，否则的话，我一定会独自出走。"

马尔法·季莫菲耶芙娜只能惊恐地听着她可怜的外孙女说的话。

"她病了，一定是在说胡话，"她想，"一定得派人去叫个医生来，请哪个医生好呢？记得格杰昂诺夫斯基前几天还称赞过某一位医生，他总是瞎说，但是说不定这次说的是真话。"但是当她确定莉莎并没有生病，也并非说胡话，当莉莎一直坚持用同样的口吻回答她的所有反对意见的时候，马尔法·季莫菲耶芙娜却真的吓坏了，当真愁闷起来。

"可是你显然还不清楚，我亲爱的孩子，"她开始劝她，"修道院里过的是怎样的生活啊！你要知道，我亲爱的，她们会给你吃发绿的大麻油，给你穿特别厚的粗布衣裳，骗你在天寒地冻的时候出门，这一切你是绝对受不了的，不是吗？莉佐奇卡。这都是阿加莎给你留下的影响，是她把你给弄糊涂了，但是要知道，她是过够了快活日子，无忧无虑地快活过了之后，才决定进修道院的，你至少也先过一段快活日子再说吧，至少得等到让我安心去见上帝，等我去世了之后，你爱怎么样就怎么样。有谁见过为了这样一个，为了这样一个山羊胡子，请上帝一定饶恕我，仅仅为了一个男人就进修道院的？好吧，既然你心里如此难过，那就出去透透气，去向上帝的仆人祷告祷告，去作一次祈祷吧，但是千万别往自己头上扣修女的黑头巾，你呀，我的老天爷呀，我的妈呀！"

于是马尔法·季莫菲耶芙娜悲伤地痛哭起来。莉莎试图安慰她，替她擦掉她的眼泪，尽管莉莎自己也在掉泪，可是她意志却仍然特别坚决。由于绝望，马尔法·季莫菲耶芙娜试着采取威胁的办法——把一切都打算告诉她母亲，但是这同样也没有用。只是因为老太婆的一再恳求，莉莎才答应把实现自己心愿的时间推至半年以后，可是马尔法·季莫菲耶芙娜也要许下诺言，那就是如果六个月以后莉莎仍坚持自己的绝定，那她就一定要亲自帮助莉莎，想办法获得玛丽亚·德梅特里耶芙娜的同意。

寒冷的天气刚刚到，瓦尔瓦拉·巴芙罗夫娜就不考虑自己曾许下的在穷乡僻壤隐居的誓言，准备好足够多的钱，搬到彼得堡去了，她在那里租了一所虽然俭朴但却舒适的住宅，那是在她以前离开市里的那个潘申为她寻觅到的。

潘申停留在市里的最后一段日子里，已经彻底失去对玛丽亚·德梅特里耶芙娜的好感，他突然再也不去拜访她了，而且几乎从没离开过拉夫里尼。瓦尔瓦拉·巴芙罗夫娜已经征服了他，正是因为征服了他，别的词汇都不能表达她对他那种无尽头的、无须回报且不可抗拒的权威。

拉夫列茨基在莫斯科度过了一整个冬天，第二年春天，他突然得到消息，说莉莎已经在俄国最偏僻的一个地方修道院里出家做了修女。

尾声

八年很快过去了，同样是春天，不过我们还是先来略微谈谈米哈烈维奇、潘申和拉夫列茨基的妻子这几个人的遭遇吧，然后我们就能很好地跟他们告别了。米哈烈维奇一直漂泊，多年以后，终于有个偶然的机会从事自己真正喜欢的事业——他得到一所公立学校学监主任的职位。他显然对自己的命运很感满意，他的学生们也都"崇拜"他，虽然也经常地拿他开玩笑。潘申也是官运亨通，都已经要做上部门首长了。他走路时稍稍有点驼背，肯定是他脖子上一直挂着的那枚伏拉季米尔十字勋章压得他身子不得不向前倾了。他身上惯有的官僚气质已经取得主导性的优势，压倒了他的艺术家气质，他那张曾经年轻的面孔开始泛黄了，头发也已经稀疏了，他已经不再去唱歌作画了，然而却暗暗搞点儿文学，写了一部类似"谚语"的小喜剧，因为当今拿笔杆儿的人免不了都是得写出一个人物或是一个什么名堂来的，俗话说得好，是骡子是马，都要牵出来"遛遛"，所以在他的剧本里同样也描绘出了一个风情女子来，他还曾把他的作品偷偷念给对他垂青两三位的女士听过。

然而他最终还是单身，虽然有过好多次特别好的机会，这全都得怪瓦尔瓦拉·巴夫罗芙娜。谈到她，她一直长住在巴黎，菲托尔·伊凡尼奇算是给她开了一张期票，预算从她那赎回了自己，以免她再来突然袭击。她显老了，也胖了，不过风韵犹存。每个人都有自己的梦想，瓦尔瓦拉·巴夫罗芙娜同样也找到了属于她的理想——那是在小仲马先生的剧本里。她去剧院去得很勤，那里每天上演的几乎都是些痨病缠身却又情缘难断的风尘女子的故事。她认为，能作个多什夫人也就幸福到头了，她有一次竟宣称，她没有希望自己女儿的命运会比这好到哪去，但愿命运之神不会让阿达去享受这种福分。她已从当初那个红面孔胖身体的婴儿，长成了一个肺部虚弱、面色苍白的小姑娘了，她的神经已受到损伤。

瓦尔瓦拉·巴夫罗芙娜的崇拜者虽然已经减少，但是仍然尚未绝迹，其中几位，或许她将会一直保存到结束此生的时候。最近最为热烈的一位要数那个名叫查库尔达罗·斯库贝尔尼科夫的人，他是个退役的近卫军官，满脸大胡子，约莫38或39岁，体格却出奇的健壮。拉夫列茨基夫人沙龙里的那些法国客人都把他叫作"1e grost aureau del, Ukraine"（法语，意思为"一头从乌克兰来的膘肥体壮的犍牛"），瓦尔瓦拉·巴夫罗芙娜从来不请他出席自己的时髦晚会，但他仍然充分享受着她的宠爱。

就这样，八年过去了，春天那绚丽多彩的幸福又普降人世，春之神重新又向大地和众生展露了笑容。在她的亲身爱抚下，万事万物又都在开花、相爱和唱歌了。城里这八年来也少有变化，只是玛丽亚·德梅特里耶芙娜家的那幢房舍似乎变年轻了，它最近刚刚粉刷的墙壁白得喜人，敞开的窗户玻璃泛着红光，在夕阳斜照下闪闪发亮，从这些窗口里不断飘向大街的，是年轻人欢声笑语，整座房屋仿佛都沸腾着生机，洋溢着欢乐。房屋的女主人早就进入坟墓，玛丽亚·德梅特里耶芙娜在莉莎出家之后两年便去世了，马尔法·季莫菲耶芙娜也并不比她侄女儿多活多长时间，她们并排长眠在市民墓地下。

纳斯塔霞·卡尔坡芙娜也已经去世了，这位忠实的老太太连续好几年每礼拜去她生前女友的坟墓前祈祷，时辰一到，她的那一把骨头同样也进入了潮湿的泥土里。但是玛丽亚·德梅特里耶芙娜的这所房舍却并没有落入其他人手中，仍然属于她家族的人，这个贵族的窝窠并没有零落瓦解，里诺奇卡已经出落得亭亭玉立，而且非常漂亮，已经是个大姑娘了，她的未婚夫是一个浅黄头发的骠骑兵军官，玛丽亚·德梅特里耶芙娜的儿子不久前在彼得堡结婚了，如今带上年轻的新娘到城里是来踏青的，他妻子的妹妹，还是一个 16 岁的大学生，有着红红的脸颊，明亮的眼睛。

还有苏洛奇卡，也早已长大成人了，并且十分漂亮。正是这样一群年轻人让卡里金家这幢房子里充满了欢声笑语。房中一切都变了，所有都随了新主人的品位。仆人也都是些嘴上没毛、喜欢说笑的小伙子，以前那些举止稳重的老人都被打发走了。当年肥胖的罗斯卡昂首阔步的那个地方，现在有两条猎狗在发了疯一样的相互追逐，还在沙发上蹦跳着，马房里养的个个是修长精壮的溜蹄骏马，还有矫捷的驾辕马，编起鬃毛的烈性边套马和顿河种的乘骑。一日三餐随意而定，简直乱作一团，用邻居们的话来说，这里进行的全都是些"以前从来没有的规矩"。

我们刚才谈到的那天晚上，卡里金家的这群人（其中岁数最大的是里诺奇卡的未婚夫，也才24岁）正在进行一种多少有些复杂的，然而通过他们亲热的微笑来看，一定是让他们异常开心的游戏。他们到处乱跑，互相追逐，狗儿也随着乱奔狂吠，窗口笼子里的那几只金丝雀拼命鸣叫，那拼尽力气的响亮鸣叫更是加强了屋里的热闹。

当这振聋发馈的游戏搞得正热烈时，门前开来一辆车上溅满泥污的四轮游行马车，一个45岁左右一身行路人打扮的人，从车里下来后，惊讶地一动不动了。他呆呆地站立了一小会儿，仔细地对这幢屋子望了望，从大门旁边的小便门步入庭院，一步一步缓慢地直直地走上台阶。他在前厅里一个人也没见到，但是大厅的门却急速打开了，苏洛奇卡从那扇门里满脸通红地闯出来，眨眼间，伴随着一阵阵响亮的叽喳声，一群年轻人跟在她身后跑了出来。因为看见陌生人，这帮年轻人全都突然停住一声不响了。但是他们一双双明亮的眼睛都在盯着他看，显得特别亲切，一张张青春洋溢的面庞上仍然挂着欢笑。玛丽亚·德梅特里耶芙娜的儿子朝客人走来，很绅士地问他，有什么事。

"我是拉夫列茨基。"来客低声地说。

他们一齐叫喊着回答他，并不是因为这群年轻人特别得意，一个似乎已经遗忘了的远方亲戚的来访，仅仅是因为这帮人一

252

有机会就会大声吵闹和欢笑。他们立刻把拉夫列茨基围在中间，里诺奇卡可以说是最有资格的朋友了，她首先介绍了自己，她用肯定的语气对他说，只消一小会儿工夫，她就一定可以认出他来，她把剩下的人，甚至连自己的未婚夫，都向他逐个做了介绍，全部都称呼他们的小名。

　　一大伙人穿过餐厅朝客厅移去。这两间房子的墙纸全都换过了，然而家具没有变，拉夫列茨基记得那架钢琴，甚至窗前的那个绣架也仍然是以前的那只，而且放在以前的地方，那上面放着的甚至就是八年之前的那一幅没完工的刺绣。他们邀请他坐在那把舒适的安乐椅里，大家都规规矩矩地绕着他坐定，不断地争着提问，惊叹那些讲述的过去的事。

　　"我们好长时间没见您啦，"里诺奇卡带着一副天真的表情说，"也好长时间没见瓦尔瓦拉·巴夫罗芙娜了。"

　　"可不是嘛！"她哥哥赶紧接着她的话往下说，"我把你送到彼得堡去了，但是菲托尔·伊凡尼奇一直都住在乡下。"

　　"是啊，自从那以后妈妈也去世了。"

　　"还有马尔法·季莫菲耶芙娜。"苏洛奇卡小声地说。

　　"还有纳斯塔霞·卡尔坡芙娜。"里诺奇卡立刻接着说，"还有麦歇·雷莫。"

　　"什么？雷莫也过世啦？"拉夫列茨基惊讶地问。

　　"死了，"年轻的卡里金回答，"他去了奥德萨，听人说有个人把他骗去的，他也就死在当地了。"

　　"您知道他遗留下什么已经写好的曲子了吗？"

　　"不知道啊，也许没有吧。"

大家都不说话了，你看着我，我看着你，一大片悲伤的阴云布满了这些年轻人的脸上。

　　"但是玛特罗斯卡仍然还活着呢。"里诺奇卡忽然说。

　　"格杰昂诺夫斯基也还活着。"她哥哥接着补充道。一听到格杰昂诺夫斯基的名字，人群便不约而同发出一阵欢笑。

　　"是啊，他仍然像以前一样过着日子，也仍然像从前那样爱说谎，"玛丽亚·德梅特里耶芙娜的儿子继续说，"您也许不信吧，就是这个调皮鬼（他妻子的妹妹，他指着那个贵族女子中学学生），昨天往他的鼻烟壶里撒了好多胡椒粉。"

　　"他打了好多喷嚏啊！"里诺奇卡激动地嚷嚷着，于是再次掀起一阵停不下来的响亮的欢笑声。

　　"我们不久前得到过关于莉莎的近况，"年轻的卡里金说，人们又都不说话了，"她很好，她身体此时稍稍恢复一些了。"

　　"她始终在那座修道院里吗？"拉夫列茨基显得非常紧张地问道。

　　"始终在那里。"

　　"她给你们写过信吗？"

　　"不，从来都不写，就连这些消息我们也是从外人那里听说来的。"又是一阵突兀的、深深的沉默，这是"那个安静的天使在展翅掠过"，大伙都在这样想。

　　"您不想去花园里走走吗？"卡里金对拉夫列茨基说，"院子里现在美极啦，虽然我们或多或少有点儿让它荒废了。"

　　拉夫列茨基走进花园后首先进入他眼睛的就是那条长木椅，曾几何时他跟莉莎一起坐在那上面，度过那些幸福而甜蜜的却一去不复返的瞬间。椅子早已变黑了，因为时间长了而显得歪斜了，然而，一看见这条椅子，一种异常甜蜜、异常辛酸的感情便摄住了他的心灵，这是一种对他远走的青春年华和他曾一度拥有的幸福的痛彻哀伤，他随着这群年轻人共同走在林荫道上。

八年来，这些菩提树只是变老了一些，长高了一些，它们的树荫比从前更浓密了，而那片小小的树丛也已经长大了，马林果很茂盛，核桃树因为年久未修剪，已经彻底长野了，随处都是密林、树丛、青草和丁香花的气息。

"这儿可真是个玩'抢四角'的好地方啊，"里诺奇卡突然又叫起来，她飞快地走进菩提树林中那很小的一片空地，"我们刚好五个人呀。"

"你将菲托尔·伊凡尼奇遗忘啦？"她哥哥提醒，"干吗你把你自己都落下了？"

里诺奇卡的脸稍稍发红了。

"但是菲托尔·伊凡尼奇，年纪还那么大。……"她欲言又止。

"你们尽管玩去吧，"拉夫列茨基赶忙接过话头说，"不用管我，我让你们感到拘束，那我就开心了。我们这些人，我指的是老头儿，有一种你们永远不知道的事要做，任何好玩的东西也代替不了的——那就是回忆。"

年轻人们恭敬之余略带讥讽地听拉夫列茨基讲完这些话后，就如同听老师上课一样，便立马忽的一下子跑散了，他们不约而同跑进那片林中小空地。四个人分别站在四面的四棵树下，一人站在最中间，游戏就这样开始了。

拉夫列茨基回到屋里，无意识地走进餐厅，走到钢琴旁，轻轻碰了碰琴上的一只键，接着响起一阵虽然微弱但很清晰的声音。因此，他的心悄悄地颤抖了。许多年以前，就在那个充满幸福的夜晚，雷莫，那个已经死去的雷莫，恰好是用这个音符开始弹出那个引他狂喜且充满动感的旋律的。

接着拉夫列茨基又回到客厅，久久没有从那里出来，他当时总是在这间屋子里碰见莉莎，此时此刻她的形象愈加生动地展现在他的面前，他似乎觉得他感受到了她存在的痕迹，就在他身旁的某一个地方。然而对她的思念是让人痛苦的，是很沉重的。这种思念丝毫不像死亡那样能为人带来宁静。莉莎仍然在世界上的某一个地方活着，一个偏僻而遥远的地方。他时刻思念着她，就好比她是活生生站在他眼前，但是此刻他想象到的，仅仅是香烟缭绕中的那个蒙着一件修女服的一个不清楚、略显苍白的幻影，他记不得这幻影竟是那个他曾经深爱过的姑娘。

假使拉夫列茨基能够像他凭借想象看见莉莎那样看自己一眼的话，他也许同样也会认不出他自己来。八年来，他的命运终于完成了一个很大的转折，一个好多人无法体验到的那种转折，然而要是不是这个转折，他也许不会到现在仍是一个真正的正派人。他的确不再思虑个人的幸福，不再拥有自私的目的了，他开始变得心平气和了，而且为什么要隐瞒事实呢，已经不仅仅是容貌和体形上显得衰老了，而且从心灵上也衰老了。经常有人说，人老心不老。这事实上是不容易做到的，也甚至是滑稽可笑的，一个人要是能够不丢掉对行善的信心，保留有所作为的心愿，那就也应该满足了。拉夫列茨基自然拥有这种能心满意足的权利，他的确成为一个很合格的当家人，的确学会了耕作土地，而且确实不只是在为他一个人而操劳。他拼尽全力地维持他的作为农民的生活，而且要让他们所拥有的这种日子长时间保持下去。

拉夫列茨基从屋子里走出来，直接进了花园，仍然坐在那只他非常熟悉的长椅上，他坐在这个对他来讲非常珍贵的地方，坐在那幢房屋的面前，也是在这幢房间里，他曾最后一次不抱希望地把手伸向那只他一直朝思暮想的，充斥着幸福快乐的金色美酒的酒杯，他，一个孤独的、无处可去的浪迹天涯者，听着早已经把他取代了的年轻一代人欢快的呼喊声。他不禁仔细地回顾着自己的一生。他心头是忧郁的，但是却并不沉重，也不悲伤。他虽然有些遗憾，可是却没有羞愧。

"你们尽情玩吧，快乐吧，成长吧，年轻的力量啊，"他揣摩着，心中并没有一点悲苦，"你们前面有全部的一生，你们一定会活得比我们这一代人轻松愉快。你们没有必要像我们曾经那样去拼命寻觅自己以后将走的路，去拼命挣扎，在黑暗的地方跌倒再爬起来。我们这一代人一定得为保全性命而费神操心，然而我们当中有那么多人并没能保住生命啊，而你们却只需去忙事业，做工作，我们这些老年人的祈祷将会一直和你们同在。而我呢，经过了今天这个日子，经历了这么多深切的感受，也该是向你们告别的时候了。虽然心怀哀愁，但是一点也没有嫉妒，也没有一点儿阴暗的情绪，我决定为了即将到来的结局，为了等候着我的上帝，说一声，'你呀你，孤身一人的老年！赶快化成灰吧，一无是处的生命！'"

拉夫列茨基悄悄地站起来，又悄悄地离开了。没有一个人注意他，也没有人挽留他，他像与这个世界隔绝了的怪人一样，他想融入这其中，却有一股无形的力量把他与这个世界拉得更远。他内心有一种说不出的落寞，高大的菩提树仿佛一堵茂盛的绿色的墙，从那后边的花园里传来比之前更加高昂的欢声笑语。他坐进他那辆旅行马车，并吩咐车夫不用催马，只需慢慢驶回家去即可。

"就这样结束啦？"不满意的读者也许会问，"但是后来拉夫列茨基到底怎么样了？莉莎怎么样了？"然而，没有什么好说的，都已经是些虽然在世，却已退出人生舞台的人，有什么必要再提起他们？有人说，拉夫列茨基曾经去莉莎隐居的那个偏僻的修道院去过，也见到了她，当她由一个唱诗班的席位移动到另一个席位上去时，从他身边很近处经过，她迈着属于修女的均匀的、急促但温柔的步子往前走，然而并没有向他看一眼。只是其中一只眼睛转向了他这边，那曾经美丽的眼睫毛微微地、轻轻地抖了一下，仅仅是把她已经变得消瘦了的脸颊垂得更低了，那双绕着一大串念珠的紧握着的手，手指和手指间挨得更紧了。此时此刻他们两人的心里都在思考些什么？他们有什么样的感觉？谁知道呢？有谁说得清楚呢？人生总有类似的一些瞬间，类似的一些情感，它们是仅仅能稍作指点，就一闪而逝的。

1858 年

（全文完）

前　夜

一

　　在一株高大茁壮的菩提树的浓荫下，莫斯科岸上，离昆卓沃不远的地方，1853 年夏天酷热的一天里，有两个年轻人并肩躺在那片草地上，一个看上去 23 岁左右，高个子，黑皮肤，尖而挺的鼻子，开阔的前额，宽厚的嘴唇上微微含着矜持的笑容，仰面躺在那里，若有所思地直视着前方，稍稍眯起他那双灰色的小眼睛。

　　另一个人则俯身趴着，用两只手托起他那淡黄色鬈发的脑袋，也同样注视着远处的某个地方。他大他的同伴有 3 岁，只是看上去要年轻得多，他的胡髭才长出来，下巴上只有一层薄薄的卷曲的茸毛。他那鲜嫩的小圆脸上，甜蜜的褐色眼神中，凸起的漂亮唇边和那双白白的小手上，有着某种类似孩子的讨人喜欢的东西，某种诱人却优雅的东西。他周身都散发出一种幸福快乐的健康气息，一种只属于年轻人的气息——无忧无虑、充满自信、娇生惯养、富于青春魅力的气息。

　　他的每一次抬眼、微笑、托腮，这所有动作都像个明知别人都喜欢看他几眼的小伙子，他身穿一件宽松的白外套，像一件短上衣似的，一条天蓝色纱巾缠住他略显纤细的脖子，一顶被揉皱的草帽随意地扔在他脚边的草地上。

和他比起来，他的同伴更像是个老头儿，单看他那笨拙的形体，也许没人能想到，此刻他心中也正被喜悦占据着，也同样感觉良好。他像木头一样地躺着，那颗上宽下窄的脑袋笨拙地长在长长的脖颈上。他的那双手，他那被一件黑色短襟欧式常礼服紧紧包住的身躯，他那两只膝盖向前抬起、酷似蜻蜓后腿一样的长腿，所有这一切身体部位的姿势都显得很笨拙。

然而，你却不得不承认他的确是一个有良好教养的人。在他那全身上下的笨拙动作中流露出一种不易察觉的君子风度的痕迹。他不漂亮，甚至可以说有点让你觉得可笑，然而却表现出善良和沉思的习惯。他叫安德雷·彼得洛维奇·比尔森涅夫。他的同伴，那个浅色头发的年轻人，本姓是苏宾，名字和父名分别是伯维尔·雅克夫雷奇。

"你怎么不向我学，脸向下躺着？"苏宾说话了，"这样很舒服，特别是把双脚抬起来，两只鞋的后跟并拢在一起的时候，就像这样。青草就在你鼻子底下，当把风景看腻了之后你就盯着一个大肚皮的小虫子吧，看它是怎么在一根草上爬的，或者盯着个小蚂蚁，看它如何奔忙。是真的，这样更舒服些，但你现在采用的是那种类似古典主义的动作，简直就像个跳芭蕾舞的女演员，斜倚在一块用纸糊的布景用石头上。你得记住，这时你有足够的权利休息上一阵子。这是闹着玩儿的吗？学士毕业生第三名啊！休息一会儿吧，不要绷得那么紧啦，令你的胳膊和腿儿也舒服舒服！"苏宾说的这些话全部都是以半开玩笑的口气懒洋洋地从鼻子里挤出来的（娇生惯养的小孩对待带糖给他们吃的朋友好像都是这么讲话的），他还没等回答，又接着说，"在蚂蚁、甲虫跟其他的昆虫先生们身上，最叫我顾念的是它们那种吓人的严肃，一副相当郑重其事的面孔，跑来跑去，就好像它们的生命如何了不起一样！什么，一个人，创造了君主、万物的灵长，正在看着它们，它们却理也不理他。也许，也会有只蚊子高站在创造之王的鼻子上，拿它饱餐一顿呢。这真是一种耻辱。但从另一方面来看，它们的生命又在哪点上比我们差呢？怎么它们就不能妄自尊大？如果我们能妄自尊大的话。喂！哲学家，帮我解答这个问题吧！你怎么不说话呀？啊？"

"什么？"比尔森涅夫仿佛猛地一怔，说道。

"什么！"苏宾重复了他的话，"你的朋友正在对你阐明一些非常深刻的思想，但是你却好像根本没有听。"

"我正在观赏风景呢，你看，这片田野在阳光下闪烁得多么富于热情啊！"比尔森涅夫稍稍压低了声音在说话。

"好一片强烈的色彩，"苏宾小声说，"总之，大自然！"

比尔森涅夫无奈地摇摇头。"你一定比我更加赞赏这一切才是。这是你的责任，你是个艺术家。"

"非也，阁下，此不是我之所长也，阁下。"苏宾反驳道，并把帽子扣到后脑勺上，"我只是个卖肉的，阁下。我的任务是肉，把肉整个捏出来，肩头、腿脚、手臂，但是这儿既没有确定的外形，也没有整体的完美，到处散开来，我看你能抓住点儿什么吧！"

"可是这里也是有美的呀，"比尔森涅夫指出，"想起来，你做完你的浮雕啦？"

"你指哪个浮雕？"

"婴儿与山羊。"

"见鬼去吧！见鬼去吧！统统见鬼去吧！"苏宾故意拖长声调喊着，"看看真正的货色，看看上一代人，看看古代的那些珍品，我就毫不迟疑把自己一钱不值的东西给摔啦。你对我指着大自然说，'这里同样也有美呀。'当然了，万物之中都有美，甚至于连你的鼻子上也存在美，但你不该成天忙于见美就追呀。上一代的人，他们才不会去追求美呢，是美主动进入他们的作品的，到底是怎么来的？上帝才知道，也许是天上掉下来的。上一代人拥有整个世界，我们却不能铺得像他们那么开，我们的手太短啦。我们只要在一个小小的地方甩下钓鱼竿就守住绝不挪窝儿。上钩啦，好哇！可不上钩了呢？"

苏宾只好吐一吐舌头，"等等，等等，"比尔森涅夫试着反驳说，"你这分明是奇谈怪论。如果你不能与美共鸣，不能在任何什么地方一见到美都喜欢它，那么你同样不可能在你自己的艺术当中抓住它。如果一幅美的景色，一支优美的乐曲无法对你的心灵有所倾诉，我想说的是，如果你做不到与它们共鸣！"

"哎呀，你个共鸣家！"苏宾脱口而出，同时自己也为这个由他生造的新词发笑。但比尔森涅夫却仍在沉思。"不,老弟，"苏宾接着说，"你是个有知识的人，是个哲学家，莫斯科大学的第三名毕业生，与你争论简直太可怕啦，特别是我这个还没念完大学的学生，但是我想告诉你，除了我的艺术，我所钟情的美只有女人，仅仅在女孩子身上，这也是这段时间以来……"

他翻身朝上躺着，把两手枕在头底下。有好几个瞬间在沉默中一闪而过。正午酷热的寂静笼罩在散发着光辉的沉睡着的大地上。

"顺便谈谈，关于女人的，"苏宾又开始说，"这到底是怎么回事儿，很少有一个女人会把斯塔霍夫放在手心里？你在莫斯科没有见到他？"

"没有。"

"老头儿一定是疯了，从早到晚坐在他的阿芙库斯金娜·赫里斯季安诺芙娜家里，没劲得快死了，但还是那样坐着，彼此对望着。太蠢了，看上去都让人恶心，你瞧瞧！上帝赐给这个人什么样的一个家哟！不行，还必须要个阿芙库斯金娜·赫里斯季安诺芙娜！我还从没见过比她那张鸭子面孔更为凄惨的东西呢！这些天我为她塑了座戏谑像，丹唐（法国雕塑家、漫画家）式的，很不错呢，我拿来给你看看。"

"耶琳娜·尼古雷耶芙娜的那个胸像呢？"比尔森涅夫问，"有进步吗？""不，老弟，丝毫没有进展。这张面孔令你找不到一点办法，放眼望去，线条都太清晰、严密、端正，仿佛很容易做到雷同。但是又似乎不是那么回事儿，看上去容易做起来难。你留意没有她是如何听人讲话的？线条纹丝不动，仅仅是目光里的表情很丰富，而且随表情的变化，全部体态都在变。你想叫一个雕塑家如何去做？况且还是个一知半解的雕塑家。真是一个非凡的生命，非常奇特的生命。"一时的沉默后，他最后又添了这么一句。

"是啊！她的确是一个不普通的姑娘。"比尔森涅夫继续说。

"但她却是尼古拉·阿尔捷密耶维奇·斯塔霍夫的女儿！因为这个，你又如何去探讨她的血统和家族呢。而有趣的是，她恰好是他的女儿，她不仅像他，也很像她母亲，还很像安娜·华西雷耶芙娜。

我诚实地尊敬安娜·华西雷耶芙娜，她毕竟是我的恩人呀，但是要明白她其实是一只老母鸡。

耶琳娜的这个心灵是从哪儿弄来的呢？是谁烧起了这团火？这又出现一个需要你帮忙解答的问题，哲学家！"

但是哲学家仍然什么也不回答，比尔森涅夫通常说没有"多言数穷"的不足，他说话时看上去很笨拙，讷讷于口，多余地挥动着两只手。而这次却是有着某种特殊的宁静压在他的心头上，某种类似疲劳、类似悲哀的宁静。

他辛苦地工作了好长时间，天天都要干数小时，最近才搬出城来的。过得怡然自得，整天无所事事，那清新的空气，一种已经抵达目标的感受，和朋友随心所欲、漫不经心的谈话，某个瞬间袭来的心上人儿的影子。

所有这一切杂乱的却同时，也不知为何是相互相似的影子在他心中汇聚成为一个相同的感受，这些既使他平静，又使他激动、使他慵懒，他原本是一个很神经质的年轻人。

菩提树荫下清凉且安静，飞入它的浓荫中的苍蝇和蜜蜂的嗡嗡声似乎也更小一点。毫无起伏的整洁的小草全是绿宝石色，不掺一点儿金黄。高高的草叶纹丝不动地矗立着，好像着了魔似的。

一小束一小束黄色的花朵悬在菩提树的低低的枝上，就像是枯死了一样。甜美的气息伴着每一次呼吸潜入肺部的深处，胸腔也似乎欣然吸进它。远处，在河对岸，一直到地平线下面，一切都在发出光辉，似乎是在燃烧。

不远处偶尔有微风吹过，吹皱了却也增强了另一处的闪光，一层闪光的薄雾在田野上方萦绕不去，听不见鸟叫声，它们不在酷热时唱歌。但蚤斯却四处发出叫声。

沐浴于微风下，沉醉于寂静中，享受着这种热烈的生命之声，你一定会心旷神怡，它不仅催人入梦，也会勾起回忆。

"你留心了吗？"比尔森涅夫忽然说起话来，并用他双手的动作来补充表达，"大自然在我们心中掠过的是一种多么奇特的情感啊？"

"它宽大的怀抱中的全部都那么圆满，那么晴朗，我想说的是，所有的一切都那么满足，我们理解这一点，同时也欣赏这一点，而与此同时，至少在我心里，它经常唤起一种不安、一种恐惧，甚至是哀伤，该怎么说呢？难道是在它面前，与它面对面时，我们可以更加强烈地意识到我们所有的不充实，不明朗？也许是我们没有它那种赖以自我满足的如愿以偿的感受？"

"而其他东西，我的意思是，另一些我们所想要提到的东西，它却又并不曾拥有？"

"哼，"苏宾不赞同地说，"我来对你说，安德雷·彼得洛维奇，这都是为什么吧！你所讲述的只是一个孤独者的感觉，这个人他不是在过日子而只是在观望和发呆。

　　为什么观望？要自己去主动生活呀，去成为一个生机勃勃的年轻人。无论你如何去敲大自然的大门，它都不可能用清晰的语言来回应你，因为它是个十足的哑巴。

　　它会鸣响，也会鸣咽，就像一根琴弦那样，但是你别期望它会唱歌。只有一个活的灵魂才会回应，而这大多数又是女人的灵魂。所以说，我尊敬的朋友，我劝你去寻个心上人儿，到时你所有的忧愁和伤感会立马消失得无影无踪的。这些才是你指的我们"需要"的东西。

　　看看这种恐惧，这种忧伤，看看这种只是像饥饿的东西。替你的胃填进真正的食物吧，一切就马上会步入正轨，在宇宙中占一个属于你的位置吧，做一个真实的人吧，我的老兄哟。

　　再去说大自然又是个什么东西？它有什么价值？你自己听听，爱情，这是个多么强大又热烈的词语啊！自然，一个多么冷漠的、学究气的词儿！所以呀，(苏宾唱了起来)。'万岁，玛丽亚·比德洛芙娜！'"

　　"或者不是，"他又加了一句，"不是玛丽亚·比德洛芙娜，但是反正一回事！乌·买·康普列涅。"比尔森涅夫稍稍抬起身，用扣紧着的双手托住下巴。

　　"干吗嘲笑呢？"他说道，眼睛却没有看着同伴，"干嘛挖苦人？没错，你说得没错，爱情是一种伟大的字眼，也是一种伟大的感情，可是你说的又是怎么样的爱情？"苏宾这时也抬起身来。

"怎么样的爱情？随便什么样的爱情，只要它拥有就可以。我和你说实话，照我看呀，压根就没有各式各样的爱情。假如你爱了。"

"就必须要全心全意。"比尔森涅夫马上接上说。"是呀，这是规律，心和苹果不一样，无法切成几瓣儿。要是你爱，你就是对的。我并非想挖苦谁。"

此刻我心里存在一种多么美好的柔情，我的心变得相当的柔软，我仅仅想解释一下，照你说的，为什么自然界，对我们有那么大的好处。

因为呀，它在我们心中唤起了爱的需要，却又没办法满足它。它默默地将我们往其他的活着的人的怀里送，但我们却不知道它，只能期待着从它身上得到点什么。

唉！安德雷，安德雷哟，这太阳太美了，这天空、我们四周的一切的一切多么美好，可你却在悲伤，但是如果说这一瞬间你手里领着心爱的女人的手，如果说这只手与整个的这个女人全都是你的，假如你几乎是在用她的眼睛看着这世界，不是使用你的、独自一个人的心思，而是同时也用她的心情去体会。

那样大自然在你心中所激起的就不仅仅是忧伤，安德雷哟，绝不会是惊恐，而你自己也同样不会再去思念它的美了，它也许自己就会手舞足蹈，会引吭高歌，它也许会和你一起唱你的颂歌，因为到那时，你已经在它哑然无言的身上，灌输语言了！

苏宾一吓子弹起，来回踱着，但比尔森涅夫仍低垂着头，脸上浮沉出一抹淡淡的红晕。

"我有些不赞成你，"他开始讲，"大自然并不是每时每刻都对我暗示，爱情，他没有一下子把这个字眼说出来。它甚至在威胁我们，它勾起我们许多可怕的，啊，甚至不可企及的奥秘。

它难道不是绝心要吞没我们，难道不是片刻不缓地在吞噬我们吗？她怀中不仅有生命，同时也有死亡，死亡在它怀抱里发出的响声跟生命一样的嘹亮。"

"在爱情里同样是有生、有死的呀。"苏宾打断他说。

"那么，"比尔森涅夫接着说，"比如说，当我，春天时站在树林中，站在绿色的草丛里，当我感觉自己似乎听见了'奥白龙'（法国古代传说中的仙马，居于森林中）号角的浪漫的声音，当比尔森涅夫说出这些话时，他觉得有点儿不好意思。难道这也是……"

"渴望爱情,渴望幸福,仅此而已！"苏宾马上接过话头说，"我也明白这种声响，我也明白那种源自内心的期待，它出现在我的心中，在浓荫下，在树林深处，也许是在一片辽阔的原野上，当时太阳正缓缓升起，丛林后的那条小河上雾气蒸腾。

可是森林、河流、大地、天空、任何一片浮云、任何一株小草，我由它们那儿所期望、所希翼的是一种幸福，我在所有事物中感受到幸福的临近，并聆听到它强烈的召唤！

'我的上帝——光明的、快乐的上帝！'我用这一句我曾为你写的一首诗开头，你必须承认，第一行做得棒极了，可是我无论怎样也写不出第二行来了。幸福！幸福啊！趁生命还没有消逝，趁我们的腿脚还能活动，趁我们不是下山而是在上山！

快见它的鬼去吧！"苏宾突然一顿，又接着说，"我们是年轻的，我们既不丑陋，也不愚蠢，我们要为自己去尽力争取幸福！"

他潇洒把鬚发一甩，同时充满自信的，甚至像是在挑衅似的仰望着天空。比尔森涅夫抬起眼睛看着她，"好像在你看来没有任何东西比幸福更值得崇拜了吗？"他安静地说道。

"你打个比方？"苏宾问，等着对方说话，"那么，举例说，照你说的，咱俩都还年轻，我们全是好人，就算是吧！我们分别都在渴望着自己的幸福，然而'幸福'这个词难道就可以是那个能把我们俩结合起来，让我们彼此牵起手来的那个词吗？这个词，我的意思是，是否是一个自私的，让人分崩离析的词呢？"

"但是你了解那些能让人同心同德的词吗？"

"知道，而且还知道很多呢，你是知道的。"

"嗯？都是什么？"

"比如说艺术，你可是个艺术家呀，祖国，科学，自由，正义。"

"那么爱情怎么说呢？"苏宾问。

"爱情同样也是个能让人团结起来的词，但是不是你现在所渴求的那种爱情，并非享乐式的爱情，而只是牺牲式的爱情。"苏宾不禁皱起了眉头。"这种话对德国人来讲很合适，但我想要为自己去爱，我决定成为第一号。"

"第一号吗？"比尔森涅夫重复道，"但是我却觉得，把自己搁在第二号，这才是我们生命的全部意义所在。""假使所有人都照您的意思去做，"苏宾扮了一个好像可怜相的鬼脸说，"这世上就没有人吃凤梨啦，全部都会送给别人去吃。""那也就是说，凤梨对人来讲没有意义。然而，你不必害怕，经常有些人愿意做些甚至是将面包从别人口里抢走那类事情的。"

两位伙伴同时沉默了一会儿，"前两天我又见到恩沙洛夫了。"比尔森涅夫又开始说，"我邀请他到我这儿来。我特别想把他引荐给你，也想介绍给斯塔霍夫家。""那个恩沙洛夫是何许人也？啊，对了，是那个你曾跟我提起过的塞尔维亚人或者保加里亚人吧？是那个爱国者？岂不是他把这些哲学思想一股脑儿塞进你脑子里的？"

"也许是吧。"

"他是个非凡的人物吧，是吗？"

"没错。"

"聪明？是个天才？"

"聪明？是啊。有天赋？不晓得，我认为不是这样。"

"难道没有天赋吗？那他有什么出奇的地方？""你总会看见的。现在，我想，我们该回去了，安娜·华西雷耶芙娜也许在等我们呢，几点钟啦？"

"三点了，我们走吧。好闷热啊！这次谈话让我全身的血液都沸腾啦。你曾经有过一个瞬间，你真不愧是个艺术家，我全部都看在眼里啦。对我坦白吧，有个女人已经占据了你的心了？"

苏宾想看比尔森涅夫一眼，但是他早已转过身去，走出了菩提树荫了。苏宾跟着他走去，摇摇摆摆、姿态优雅地踱着他那双小小的脚。

　　比尔森涅夫还是笨拙地走着，肩头抬得很高，脖子也伸得老长。但是无论怎样他看上去比苏宾更接近上流人，更像个绅士，要是绅士这个词在我们看来不那么庸俗的话，倒不妨这么描述。

二

两个年轻人同时走向莫斯科河，顺着河岸踱着，河水散发出一种清凉的气息，脚边传来亲切的微波的私语。"我好想再洗个澡啊，"苏宾说，"就是怕回去晚了。你看那河，它仿佛在诱惑我们，要是古希腊人，一定会说河里有仙女了。但是我们并非希腊人，啊，仙女！我们全是些西徐亚人（古希腊作家对公元前 7 世纪至公元 3 世纪居住在里海沿岸草原各部族的总称，转义为粗野、不文明的人）啊！"

"可我们有我们的美人鱼呀。"比尔森涅夫指出。"算了吧，你和你所谓的美人鱼！对我来讲，一个雕塑家，这些恐怖的冷冰冰的幻想结出的恶果，这些产生于让人无法呼吸的茅屋和黑暗里的形象，有什么好处？我想要的是光明，是空间，还有多久，我的上帝，我才能到意大利去？哪一天……"

"什么，你的意思是，哪一天你才能到小俄国去？"

"你真丢人，安德雷·彼得洛维奇，因为一次欠考虑的蠢事就教训我。你就算不说，我也已经后悔得不行啦！是呀，我做得像个地道傻瓜，天底下最善良的安娜·华西雷耶芙娜曾给我钱让我上意大利去，但我却去霍霍儿们那儿了，吃面疙瘩汤，还有……"

"别往下说了，请你！"比尔森涅夫忽然打断他。"我仍然要说，这些钱花得值。我在那儿看到了那么美的造型，尤其是女人的典型……当然啦，我明白，除了意大利，我找不到救星！""你就算去了意大利，"比尔森涅夫说，并不回身对着他，"也压根儿做不出什么事情来。你也一样只是扇翅膀，却不起飞，我们是深深了解阁下的！"

"斯塔瓦赛尔可是起飞啦，还不仅是他自己，但我要是不起飞，就是说，我是一只企鹅，是没有翅膀的。我在这儿确实闷得慌，非常想去意大利，"苏宾接着说，"那儿有阳光，那儿还有美……"

头戴宽边大草帽的一位年轻女郎，一把粉红色小阳伞正搭在肩头上，正好在此刻出现在两位朋友正走着的小路上。"可是我看见什么啦？就是在此地，美也已经向我们面对面走来啦！卑微的艺术家对漂亮的卓娅致敬！"苏宾突然叫了一声，表演似的甩一甩帽子。

被他呼叫的那个年轻姑娘站定了，并用手指点了点他，她直到两位朋友走到跟前才开始讲话，话音响亮，卷舌音显得微微有点儿不准。"你们两位发生什么事啦，先生们，不打算去吃饭啦？早就准备好啦！"

"我这是听见什么啦？"苏宾举起双手慢慢地一拍说道，"难道真的是您，迷人的卓娅，如此热的天，出来特地寻找我们的吗？我是应该这样来理解您刚才的话里的含义吗？请您说说，确实是这样吗？也许不是，最好不要说出个不字儿，那样我会立刻懊恼死啦。"

"哎呀，求求您不要这样啦，伯维尔·雅科夫列维奇，"姑娘有些恼火地回应说，"您为什么跟我说话从不正经一点呢？我可要生气啦。"她说那最后一句时还娇滴滴地扮了个鬼脸，噘起小嘴来。

"您一定不会生我的气的，美丽无比的卓娅·尼吉基什娜，您丝毫不想把我甩进绝望至极的、暗无天日的深渊里。但我不会正正经经说话呀，因为我是个不正经的人呀。"姑娘只是耸耸肩，对着比尔森涅夫。

"他总是这样，把我当成小孩子。但我早已过 18 岁啦。我已经成人啦。"

"噢，天哪！"苏宾长长地舒一口气，翻了个白眼，比尔森涅夫则安静地一笑。

姑娘跺了一下她的小脚。"伯维尔·雅科夫列维奇！我真要生气啦！耶琳娜本打算跟我一起来的，"她继续说，"后来决定待在园子里了。她怕热但是我不怕热。我们快走吧。"她顺着小径向前走，每走一步就轻轻地摇一摇她苗条的身材，还偶尔用她戴着黑色半截手套的小手将她柔美的长鬈发从脸上掠去。

两位朋友紧紧跟在她身后 (苏宾一会儿无言地用双手捂住胸口，一会儿又把手高高地举过头顶)，一会儿工夫，就来到昆卓沃周围众多别墅之一的门前，那是一幢很小的带夹层顶楼的用木头造的房屋，漆的是粉红色，坐落在花园的中央，天真无邪地在绿树掩映中稍稍显露出来。

卓娅抱着去推开篱笆门，跑进园中喊一声，"我把流浪汉们带回来啦！"一位面色苍白然而表情丰富的少女从路边一只小长凳上站起身来，屋子的门槛上则出现了一位身着紫红色绸衣裙的太太，她将一张绣花的麻布手绢举过头顶遮住太阳，慵懒地、没精打采地微笑着。

安娜·华西雷耶芙娜·斯塔霍娃，本姓苏宾，7 岁时成了个无家可归的孤女，同时也成为一份数量可观的遗产的继承人。她的亲戚有的特别富有，有的特别穷。穷的是爸爸那一边的亲戚，富的是妈妈一边的亲戚。

参政官伏尔金·契古拉索夫公爵夫人就是她的母系亲戚，她的法定监护人阿尔达里翁·契古拉索夫公爵曾将她送到莫斯科一家条件最好的寄宿学校，毕业之后，又将她接回到自己家中。

他日子过得很阔绰，每年冬天一定会办舞会。安娜·华西雷耶芙娜未来的丈夫——尼古拉·阿尔捷梅耶维奇·斯塔霍夫就是在某一次舞会上征服了她的，当天她身穿一件"美丽绝伦的玫瑰色长裙，头戴一只小朵玫瑰花编织的花环"。那个花环她保存至今，尼古拉·阿尔捷梅耶维奇·斯塔霍夫是一个已经退役了的上尉的儿子，他父亲 1812 年因为负伤获得了彼得堡的一个肥缺。

他 16 岁进了士官学校，出来后就成了近卫军。他相貌英俊，身材挺拔，在中流人家的小型舞会上，他甚至可以算是个顶出色的未婚男子了，他最主要也就是参加这样的晚会，上流社会他没办法进入。

年轻时的他有两个理想，当一个侍从武官，发一笔大财。第一个理想不久就放弃了，然而却更执着于第二个了。因此他几乎每年冬天去莫斯科。尼古拉·阿尔捷梅耶维奇法语讲得特别好，并且还获得个哲学家的名声。因为他这个人从不寻欢作乐。

当他还是个准尉军官的时候，他已经喜欢跟别人一刻不停地争辩，就像一个人是不是可能在他的一生中走遍全宇宙，能不能知道发生在海底的事情，等等。他始终认为，这是没有可能的。

尼古拉·阿尔捷梅耶维奇把安娜·华西雷耶芙娜"骗到手"时，他刚 25 岁多一点。他在去乡下务农没多久，就厌倦了农村的生活，而且，农民的劳役既已折成了地租，他就决定来莫斯科，住在他妻子的家里。

年轻时他从来也不赌，但现在迷上了洛托(一种牌类游戏)，洛托被禁止后，又迷上了叶拉纳什（古时一种牌类游戏）。待在家里他觉得闷，后来和一个德国血统的寡妇勾搭上了，就几乎整天待在她家里。

1853 年夏天他没来昆卓沃，他留在了莫斯科，据说是为了能洗矿泉水浴方便一些，事实是不愿意跟那寡妇分开。但是，他跟她却也没有那么多话说，多数也仅仅是些能否预测天气之类的话。有一次有个人说他是个反对党，他有些喜欢这个称呼。"是呀，"他想，并得意地拉下嘴角，晃着脑袋，"我这个人不容易侍候，打算骗我可不容易办到呢。"尼古拉·阿尔捷梅耶维奇的反对党主义也不过如此，举个例子，他一听见"神经"这个词，就会说："神经是什么意思呀？"

或者要是有人在他面前谈起天文学，他就会说，"你居然会信任天文学呀？"当他打算彻底击败对手的时候，他说，"你说的全是些废话。"我们应该承认，对于许多人来讲，这样的反驳似乎是（而且至今仍然是）不容争辩的，但是尼古拉·阿尔捷梅耶维奇却无论如何也无法料到，阿芙库斯金娜·赫雷斯洛芙娜给她的表妹费奥朵琳达·别特尔吉留斯写信时，称他为：Mein Pinselchen。（我的小傻瓜）

尼古拉·阿尔捷梅耶维奇的妻子安娜·华西雷耶芙娜是个矮小纤细的女人，长得眉清目秀，而且多愁善感。还在寄宿学校时，她就偏爱音乐，还爱读小说。后来她把所有全都抛弃了，开始钟情于穿戴，后来就连这个也抛弃了，整天忙于培养女儿，后来因身体不好，就把女儿也全权交给了家庭女教师。结果她就只能去独自发愁和默默悲伤了。

生耶琳娜毁了华西雷耶芙娜的健康，她无法再生孩子了。尼古拉·阿尔捷梅耶维奇话里常常隐隐提及这一点，借此可以为自己和阿芙库斯金娜·赫雷斯洛芙娜的关系作些辩解。

丈夫的不忠很让安娜·华西雷耶芙娜感到难过，尤其令她伤心的是，有一次，他竟用欺骗的手段从安娜·华西雷耶芙娜的养马场里偷了两匹灰色马送给了他的德国媳妇。她从来没有当面责备过他，然而私下里却跟家中随便每个人挨个儿去抱怨，甚至还跟女儿唠叨这些。安娜·华西雷耶芙娜不喜欢出门，有

279

客人来家随便坐坐，闲聊点什么，最让她开心。一个人时，她立刻就会生病。她心肠软，而且很慈爱。生活以很快的速度把她消磨得人老珠黄。

伯维尔·雅科夫列维奇·苏宾是她的表侄，他父亲供职于莫斯科。哥哥们都进了士官学校，他是家里最小的一个，是母亲的宠儿，他身体娇弱便留在了家里。

好不容易供他读完了中学，本来还准备送他去大学。他打小就爱上了雕塑，身材高大却笨重的参政官沃尔金有一次在他姑母家中看见了苏宾的一个小塑像（那时他16岁），就宣称他打算鼓励一下这位年轻的天才。

父亲的猝死差点改变了苏宾这个年轻人的全部未来。这位参政官——天才的鼓励者当时送给他一尊荷马石膏小胸像——仅此而已。但是安娜·华西雷耶芙娜却大方地资助了他，他在十九岁时勉强进了大学，读的是医学专业。

伯维尔对医学却毫无兴趣，可是按当时大学的招生人数，他没有资格进其他任何系科，再者说他也打算学点儿解剖学呢。但是他并没能学到解剖学。他没能继续进二年级，还没参加一年级的学年考试就不念了，去一心致力于发展他自己的天赋了。他做起来非常专心，却同时又一曝十寒。他一直在莫斯科的近郊游荡，为一些农家女塑像作画，与各种人，不管年纪老小、地位尊卑、是意大利造型师还是俄国艺术家，他都有交往。

他不喜欢学院，不钦佩任何一位教授。他确实是有才华的。逐渐开始在莫斯科小有名气。他母亲出生于巴黎，本来是大家闺秀，一个善良而聪明的女人，不仅教他法语，还昼夜为他奔波、操心，同时也为儿子骄傲，这位母亲年轻时便生肺痨去世了，她请求安娜·华西雷耶芙娜收留了苏宾。

当时他已经 21 岁了，安娜·华西雷耶芙娜实现了她临终的愿望。在这座别墅的厢房中，他拥有一个还不算小的房间。

三

　　"快来吃饭吧，来吧。"女主人用一种怨诉似的语气说着，大伙就都向餐厅走去。"你靠着我坐，卓娅。"安娜·华西雷耶芙娜小声地说，"你，招待客人吧。你呢，拜托啦，不要胡闹，也别去惹卓娅，今天我头痛。"

　　苏宾又把眼睛向上一翻，返给她一个不易察觉的微笑。这位卓娅，或者更准确地说，卓娅·尼吉基什娜·缪勒，是个让人喜欢的，眼睛稍稍斜视的，带有俄国血统的德国小姑娘，小鼻子尖儿上两个鼻孔距离很远，小小的唇儿红彤彤的，皮肤很白，身材略胖。她唱俄国抒情歌曲很不错，可以在钢琴上干净利索地弹奏一些欢快的或是忧伤的曲调，她穿戴雅致，只是有些孩子气，也有些过分的整洁。

　　安娜·华西雷耶芙娜收养了她，为自己的女儿做伴，却又几乎整天让她陪着自己。耶琳娜对这件事并无怨言，每次她跟卓娅两人独处时，她一点儿也不知道自己和她有什么话可谈。

　　这顿午饭吃得时间很长，比尔森涅夫跟耶琳娜谈起大学生活，谈自己的理想和愿望。苏宾在一旁倾听，一声不吱，吃相贪婪得有些夸张，不时冲卓娅送去一个可笑的酸苦目光，她却依然用她那种漫不经心的微笑作为回应。

饭后耶琳娜和比尔森涅夫与苏宾一同去了花园。卓娅看着他们的背影，微微耸一耸肩，就去坐在钢琴前。安娜·华西雷耶芙娜问道，"您干吗不也去散一会儿步？"然而不等回答，就又说道："给我随便弹点儿什么忧伤的！""《La dernie re pense e》de weber？"卓娅提议。"啊，好的，韦伯吧。"安娜·华西雷耶芙娜说道，就去躺在一条安乐椅上，于是泪水便涌上了她的眼眶。

此时，耶琳娜把两位朋友领进一座金合欢树的小凉棚里，一只小木桌立在中央，四周放着小凳子。苏宾看了看四周，跳了几下，细声说道："等一会儿！"便跑到自己房间拿来一团黏土，给卓娅塑起像来，一边还摇着头，喃喃自语，不停地笑。"这是老把戏。"耶琳娜看了一眼他的作品，说了一句便转向比尔森涅夫，跟他继续谈论饭桌上未完的话题。

"真的是老一套把戏吗？"苏宾重复道，"一个真正取之不尽的主题呢！今天她让我特别不能忍受。""这是因为什么？"耶琳娜问他，"你仿佛在谈一个恶毒的让人烦的老太婆。人家可是一个漂漂亮亮的、年纪轻轻的小姑娘！"

"当然啦，"苏宾还是打断她，"她长得漂亮，非常漂亮。我相信，每一个路过的人瞅她一眼，都一定会幻想，跟这样一个人儿跳一场波尔卡才美妙呢。我相信，她也了解这一点，并且感到很惬意，那种羞涩的浅笑，那种温文尔雅，都有什么别的意思？喏，您知道我想说什么，"他透过牙齿缝挤出一句，"不过嘛，您这时根本顾不上这个。"

于是苏宾一下捏碎了卓娅的塑像，急匆匆地，仿佛是有所不满地拿黏土塑呀揉呀的。"如此看来，您是打算当一位教授了？"耶琳娜试着问比尔森涅夫。

"是啊，"他回答说，同时把自己一双已经通红的手夹在双膝间，"这是我一直所珍爱的理想，当然了，我很了解我还缺什么，从事这么一个崇高的……我的意思是，我的造诣还有些浅，但是我希望可以获准出国，如果有必要的话，在国外待上三四年，到时候……"

他停下，垂下了头，却又迅速地抬起眼睛，不自然地笑笑，理一理头发。每当比尔森涅夫跟女人交谈时，他的话比平常更显缓慢，也更加发不清翘舌音了。"您是想当一位历史学教授吗？"耶琳娜问。

"是的，或者哲学教授也行，"他降低声音补充到，"若是有这个可能的话。"

"他现在在哲学上早已像魔鬼那样强大啦，"苏宾插嘴说，一边还用指甲在黏土上划出几条深深的线痕，"他还出国干吗？"

"您会完全满足于您的地位吗？"耶琳娜问，倚在自己的手肘上，直直地看着比尔森涅夫的脸。

"完全满足，耶琳娜·尼古雷耶芙娜，完全满足了。还能有什么更好的志向呢？好啦，追随着'季莫菲伊·尼古拉耶维奇'，但凡一想到类似的工作，我心中就充满了喜悦和惶恐，是的……是惶恐，这……这是因为我明白自己能力有限。先父曾祝愿过我可以有这样的事业……我永远无法忘记他临终的遗言。"

"您父亲是在这个冬天去世的？"

"是的，耶琳娜·尼古雷耶芙娜，是在二月间。"

"有人说，"耶琳娜继续追问下去，"他还留下一部不一般的手稿呢，确有其事吗？"

"是的，他的确留下了。他是个很了不起的人，您如果见到会爱惜他的，耶琳娜·尼古雷耶芙娜。

"这部稿子写的是什么，耶琳娜·尼古雷耶芙娜，仅用几句话给您解释不容易。我父亲是一个学问很高的人，一个谢林派，他的话语并不是处处都很明晰的。"

"安德雷·彼得洛维奇，"耶琳娜打断他，"请您原谅我的无知，谢林派究竟是什么意思？"

比尔森涅夫微微一笑。"谢林派嘛，指的就是德国哲学家谢林的那些追随者，谢林的学说是……"

"安德雷·彼得洛维奇呀！"苏宾猛然大叫一声，"就当是看在上帝分上吧！难道你打算给耶琳娜·尼古雷耶芙娜上一堂谢林的课？快饶了她吧！"

"根本不是上课，"比尔森涅夫小声说道，他开始脸红了，"我只是想……"

"可不嘛，讲课又怎样呢，"耶琳娜继续说，"我跟您两个人都很有必要上上课呢，伯维尔·雅科夫列维奇。"

苏宾用眼睛盯住她，忽然哈哈大笑起来。"您这是笑什么？"

她冷冷地甚至是严厉地说。

苏宾不再笑了。"喏，好啦，别生气了。"过了一小会儿他小声说，"是我错啦。但是说真的，算干吗呢？瞧瞧，这会儿，这么晴朗的天气，在这片浓荫之下，我们都去谈论哲学？我们最好还是来谈谈夜莺呀，玫瑰呀，年轻姑娘的眼睛呀，青春的笑脸呀什么的。"

"是啊，还可以谈法国小说呀，女孩子的服装什么的呀。"耶琳娜接着说。

"那好，就来谈谈女人的衣裳，"苏宾反讥她，"如果衣裳果然漂亮的话。"

"好吧。可如果我们不打算谈女人衣裳呢？您自诩为一位自由艺术家，为什么您却要侵犯其他人的自由呢？还请问一句，您的趣味既然是这些，干吗您又总是攻击卓娅呢？跟她要谈起衣裳呀，玫瑰呀，难道不是特别合适？"

苏宾忽然满脸通红，从凳子上站了起来。"啊？是这样吗？"他用极其冲动的声音开始讲，"我明白你的暗示啦，您是要把我支开去找她，耶琳娜·尼古雷耶芙娜。换个说法，我在这儿是很多余的？"

"我没想着把您从这儿支开。"

"您的意思是，"苏宾怒气冲冲地继续说，"我没有资格跟其他人交往，我和她正好登对儿，我也和这个腻人的德国妞儿同样空虚、荒唐和浅薄？请问小姐，您可是这个意思？"

耶琳娜不禁皱起眉头。"您向来可不是这样评论她的，伯维尔·雅科夫列维奇。"她指出。

"啊，您责骂吧！此刻您就尽力责骂吧！"苏宾喊叫着，"好啦，实不相瞒，有那么一小会儿，也就是一小会儿，那两片细嫩的、庸俗的小脸蛋儿……可是，如果我想回敬您几句，也给您提醒提醒……再见啦，小姐，"他忽然添了一句，"我要再说下去就有些过分啦。"于是他向已塑成人头形的黏土上猛打了一拳，便跑出凉亭，回自己的房间去了。

"真是个孩子啊。"耶琳娜看着他走开，嘴里说着。

"艺术家嘛，"比尔森涅夫默默含笑地轻声说，"几乎所有的艺术家都是这样，不得不原谅他们的任性才好。这是他们的特权呀！"

"对，"耶琳娜反问道，"但是，无论从哪一方面看，伯维尔至今还没什么成绩能使自己取得这种权利。他到目前为止做出了什么？您挽着我，我们去林荫道上走走。他打搅到我们了。我们刚才谈起的是您父亲的文章。"

比尔森涅夫挽住耶琳娜的胳膊，跟着她在花园里散步，然而已经开头的话题被打断得太久了，无法恢复如初，比尔森涅夫重新又谈起自己对于教授称号、对于未来事业的看法。他默默地走在耶琳娜身边，笨拙地迈着小步，也很笨拙地托住她的手臂，偶尔用肩头碰碰她，却一次也没正眼看过她，但是他的话语，假如说还不完全运用自如，那也可以畅快地流淌出来，表达得还算是简单而明了的，他的眼睛不断地依次在一株树干上、小径的沙砾上和青草上缓缓掠过，眼神中闪烁出一种源自高尚心灵的宁静的感动，而从他稳重的话音中，能听得出一个人在他所珍视的另外一个人面前倾诉心声时的那种喜悦。

耶琳娜依恋地听着他讲述，身子半侧向着他，眼光一刻也不离开他微微的苍白的脸，也不从他那双友好而亲切的，显然是在躲避着她视线的眼睛上移开。她的心灵敞开着，有某种柔软、公正、善良的东西好像融会进了她的心房，又仿佛是从她心底里再次萌发出来。

四

直到夜晚，苏宾都没有从自己的房间里走出来。天已经彻底黑了，一弯残月高悬在正中天，银河璀璨，星光点点。

此时，比尔森涅夫辞别了安娜·华西雷耶芙娜、耶琳娜和卓娅，来到自己朋友的门前。他发现门已被上了锁，便敲了两下。

"是谁？"是苏宾的声音。

"我。"比尔森涅夫回答。

"有什么事吗？"

"让我进来，伯维尔，你别任性了，你怎么不知道害羞呀！"

"我不是任性，我在睡觉，正做梦见卓娅呢！"

"不要再这样啦，求求你。你已经是个大人了。让我进去吧！我要跟你说说话。"

"你跟耶琳娜谈得还不够吗？"

"算了吧，算了，让我进来！"苏宾只报以他一阵假鼾。比尔森涅夫耸了耸肩膀，接着转到回家的路上。

夜是如此温暖，仿佛又是特别的静寂，似乎万物都在倾听着，等待着。比尔森涅夫被这无边的黑暗震慑了，不由自主地站住了，他也在试着倾听，也在期盼，近处树木的树枝上不时传来轻轻的飒飒声，就像女人衣襟的摩挲声，这细小的声音在比尔森涅夫心头激起一种甜美却惊心的感觉，一种酷似于恐惧的感觉。面颊上感到麻酥酥的，忽然溢出的一滴泪令眼睛感到凉意，他真想悄无声息地走掉，随便溜到哪儿，藏在哪儿。

一阵刺骨的寒风从侧面吹来，让他微微一抖呆立在原处。

一只沉睡的甲壳虫从枝头滑落，跌在路径上。比尔森涅夫小声地喝了一声，"啊！"重新又伫立不动。此时他忽然想起了耶琳娜，于是所有这些一闪而过的感觉都忽然地消逝了，只剩下夜的清新和夜间散步的那些愉快的印象。他整个心灵都被一个年轻姑娘的形象占据了。

低垂着头，比尔森涅夫走着，回想着她说过的话，她提起的问题。一阵笃笃的急促的脚步声忽然从身后传来，他侧耳倾听，有个人在奔跑，在追赶他，他开始听到时断时续的喘息声，于是突然间在他眼前，在一株大树投下的一圈阴影里，忽地出现了蓬头垢面的、没戴帽子的，月光下面脸色显得有些苍白的苏宾。

"真高兴你是沿着这条路走的，"他上气不接下气地喘息道，"我将会一整夜睡不安稳的，如果我没有追上你的话。请把手给我，你是回家的吧？"

"是回家。"

"让我送送你。"

"可你没戴帽子怎么行？"

"无所谓，我连领带都没有戴啦。这会儿暖和。"

两个朋友一起向前走了几步。"我今天是不是非常愚蠢？"苏宾忽然问道。

"坦白说，是这样的。我无法理解你。我从来没见你这样过。你为什么生那么大气呢？真是的！为些不值一提的小事。"

"哼，"苏宾喃喃地说，"只是你这么说，我根本没工夫去做那些不值一提的小事情。这你要明白，"他接着说，"我一定要告诉你，我……这个……随便你怎么想我吧！我……好吧！我爱上耶琳娜了。"

"你爱上耶琳娜了？"比尔森涅夫重复了他的话，并且停住不走了。

"是的，"苏宾装出无所谓的神情接着说，"你很奇怪？我再跟你说，在今夜之前，我本来还有期待，她也会慢慢爱上我的。但是现在我知道啦，我没任何可期望的，她已经爱上了另一个人。"

"另外一个人？是谁呀？"

"谁？你！"苏宾喊着，又在比尔森涅夫的肩头上拍了一下。

"我？"

"你。"苏宾重复了一次。

比尔森涅夫倒退了一步，呆呆地站住。苏宾双目炯炯有神地注视着他。他顿时愣住了，那清新的夜以及挽着耶琳娜胳膊时怦然心跳的感涌上心头，他也不知道自己是否爱上了耶琳娜，但是这一段时间，他确实会情不自禁地想起那晚一起散步的愉悦感。"这你也感到奇怪？你这个谦虚的年轻人呀，但是她爱着你。在这一点上你大可不必担心。"

"你瞎说些什么呀！"

最终，比尔森涅夫恼火地抛出这样一句。

"不，这不是胡扯。可是，我们为什么这么站着？向前走吧。走起来会轻松些。我很早就了解她了，非常了解她，我不会搞错的。你是适合她的心思的，曾经也有段时间，她也喜欢过我。

可是，首先，她认为我是个太过轻浮的年轻人，而你却很庄重，你在身心每个方面都是个正派角色，你别急，我话还没说完呢，你是一个温和善良而又热情执着的人，一个名副其实的献身于科学的代表性人物，这样的人，不，不是这样的人，这种人士当然该被俄国中等贵族阶级引以为豪！而第二点，耶琳娜前两天碰见我在吻卓娅的胳膊了！"

"卓娅的？"

"恰好是，卓娅的。你说我能怎么办？她那双肩头儿可真是漂亮。"

"肩头？"

"是呀，肩头，手臂，不都一个意思吗？耶琳娜是在午餐后撞见我做这种随心所欲的事情的，但午饭前我还在她的面前骂过卓娅。耶琳娜，可惜啊，她不知道这种矛盾的所有自然性。此时你突然出现了——你有信念，可你究竟信个什么呢？你脸红了，难为情了，你大谈席勒、谢林(而她老是在寻找杰出人物)，于是自然而然你就成了胜利者，而我呢，倒霉的我，总是在插科打诨，于是……再说……"

苏宾忽然哭出声来，他走向一边，一屁股坐在地上，狠狠抓住自己的头发。

比尔森涅夫走近他，"伯维尔，"他说，"怎么又孩子气啦？算了！你今天是怎么啦？天才知道你头脑里装些什么乱七八糟的东西，可你确实在哭。说真的，我，还觉着你在装腔作势呢！"

苏宾抬起头。月光下，泪水在他的脸孔上闪闪发亮，然而他脸上却又含着笑。"安德雷·彼得洛维奇呀！"他说，"随便你怎么想我都可以。我愿意承认，这会儿犯了歇斯底里病，但是我，当真，爱上了耶琳娜，但耶琳娜却爱上了你。不过，我已经答应了送你回家的，我会信守我的诺言。"

于是他站了起来。"多么美好的夜晚！银白色的、幽暗的、青春洋溢的夜晚！这个时段，相恋的人会觉得多么美好！他们不去睡觉，也是多么的快乐！你会睡得着吗，安德雷·彼得洛维奇？"

比尔森涅夫一声不吱，只是加快了步伐。"你急着去哪儿呀？"苏宾接着说，"相信我说的话，像这样的夜晚在你以后的一生中是不会再有的了，而家里等待你的只有谢林而已。确实，他今天算为你效了一次劳，但是你还是不用着急呀。唱首歌儿吧，如果你会的话，唱得比平常更大声些。如果你不会，就脱下帽子，抬起头，对着星星微笑也行。它们可都在看着你呢，只看着你一个人，星星只看着恋爱着的人，它只干这种事儿，所以它才会如此的美。瞧你不也是在恋爱吗？安德雷·彼得洛维奇，你没回应，你怎么不回答我？"

苏宾又继续说起来，"噢，如果你认为自己很幸福，就别出声，别出声！我饶舌，不过因为我是个不幸之人，我没有人疼爱，我就是个耍把戏的，靠卖艺为生的小丑，不过，如果说我知道有人爱我的话，我会在这良夜的丝丝缕缕清风里，在这片灿烂星光下，这片璀璨夺目的宝石下，开怀畅饮到多少不可言说的欢乐呀！比尔森涅夫，你觉得幸福吗？"

　　比尔森涅夫还是保持沉默，只是快速地顺着平整的道路走去。前面的绿树林里，隐约闪现着一个小村子的灯光，他就住在那里。这个村子只有不过十来幢不算大的消夏别墅。

　　村口，道路右侧两棵浓荫华盖似的白桦树下面，是一家小杂货店。所有窗子全已关上，但有一条宽宽的光条从敞开的门口呈扇形抛洒在被踏踩坏的草坪上，又向上反射到树林间，鲜明地照亮了浓密树叶的灰色的底面。

　　一位大姑娘，看起来似乎是个用人，正站在小店里，背朝着门口，跟店主人在讲价钱。从她扎在头上、用光滑的手指扣在颏下的红头巾下，隐约显露出她圆圆的脸庞和纤细的脖颈。两位年轻人走入那条光带，苏宾向店里一看，于是站住叫了一声，"安奴什卡！"

　　这位大姑娘急忙转过身来，露出了一张漂亮的，稍稍显宽但却显得清新红润的脸颊，两只快活的褐色眼睛和两道黑黑的浓眉毛。"安奴什卡！"苏宾又叫了一声，这位姑娘看了他一眼，不禁露出吃惊和害羞的样子，因此没买任何东西，就从小卖店前的小门廊上跑下来，几乎头也不回，从通向左边的路上跑掉了。

店主人是一个大胖子，他和所有乡下任何一个商贩一样，对世间万事都显得漠不关心，此时，他朝她的背影哼了一声，接着打个哈欠，而苏宾则转过身朝着比尔森涅夫，嘴里说，"那个……那个……你是知道的……我认识这儿的一家人……就是在他们家……你可千万不要认为……"话还没说完，就跟着离去的姑娘跑掉了。

　　"无论如何也得先把你的眼泪擦干呀。"比尔森涅夫大声对他说，自己也忍不住地笑出来。可是，当他回到家时，他的脸上并没有愉快的表情。

　　他不再笑了，他一点儿也不能相信苏宾跟他说过的话，不过他所说的那些话却深深进入他的灵魂。

　　"伯维尔在玩弄我，"他心想，"然而她早晚有一天会恋爱的呀，那么她又会爱上谁呢？"

　　比尔森涅夫的房间里有一架钢琴，不算大，也有些旧了，然而音色柔和动听，虽然不是非常纯净。比尔森涅夫坐到钢琴前，开始弹奏了几个和弦。

　　如同任何一位俄国贵族一样，他在年轻时就学习音乐，也和所有的俄国贵族一样，他弹得非常糟糕，不过他却十分热烈地爱着音乐。事实上他并不爱音乐这门艺术和它的表现形式(交响乐、奏鸣曲，就连歌剧也会让他觉得沉闷)，而是音乐中的诗意。

　　他喜欢那种朦胧的、柔美的、无所指向却又包罗万象的感觉，它能唤起心灵中模糊而又甜蜜的情绪。他有半个多小时都没有离开那钢琴，多次反复弹奏同样一组和弦，同时又笨拙地找寻着新的和弦，又多次停下来，屏住呼吸倾听着轻弱的七度音。

他心头感到苦恼，眼中不止一次地满含泪水。他并不由于这泪水而感到害羞。这是在黑暗中流下的泪水。"伯维尔是正确的，"他心想，"我有种预感，这样的夜晚将永远不再来。"

最终，他站起身，点燃蜡烛，披上一件睡衣，在书架上拿出一本罗墨尔的《霍亨斯托芬家族的历史》的第二卷——叹息了几声，就专注地看书去了！

五

　　而在此时，耶琳娜回到自己的房间，坐在开着的窗前，双手支住头。她已经养成了习惯，就是每晚都在自己房间的窗前坐上约一刻钟。她在此时自己和自己交谈，把一天经历的事情梳理一下。

　　她不久前刚过了20岁的生日。她身材修长，面色苍白带暗，弯弯的眉毛下嵌着一双灰色的灵活大眼睛，眼睛周围是些细小的雀斑，额头和鼻子挺挺的，双唇紧闭，下颏稍显尖削，褐色的发辫低垂在纤细的脖颈上。

　　在她的全身，那专注又略带羞怯的面部神情，清澈而又变幻莫测的目光，那似乎有点儿紧张的微笑，那轻淡的稍带不平稳的语调，都显示出一种神经质的、闪电一样的东西，一种似激动却又匆促的东西，总而言之是那样一种不能让人人都喜爱，甚至有时会让有些人疏远她的东西。

　　她的手是狭长的，呈玫瑰色，长长的手指，两只脚也是很狭长的。她走起路来非常快，甚至是急速的，走路时身体还向前微倾。她是很奇怪地成长起来的，开始是崇拜父亲，后来又热烈地依恋她的母亲，再后来却又变得对他们都极为冷漠，尤其是对自己的父亲。最近她对待母亲似乎是对待一个身体有恙的老祖母一样。父亲在她被人赞赏为一个不同凡响的小女孩时曾为她骄傲自豪，可等她长大了却竟然慢慢地害怕起她来，谈论起她时他曾经说过，她有些类似于一个狂热的共和政体的拥护者。

上帝知道她像谁！怯懦让她愤怒，愚蠢让她气恼，对于谎言她则"永久永久"不会饶恕。她对所有的事情都绝不降低要求，即便是祈祷，也不止一次地夹杂着责怪。某个人如果失去了她的尊敬，她便会立刻做出判断，往往过于迅速——因此这个人在她心里便已不再存在。生活中的一切印象都深深印刻在她的内心。人生对她来说，绝不是一件轻松的事。

安娜·华西雷耶芙娜将女儿的教育拜托给一位家庭女教师来完成（那种教育，不妨在括号里指出，这位百无聊赖的女士几乎从未开始过）。这位教师是个俄国人，一位已经破产的受贿官员的女儿。毕业于贵族女子中学，她相当多愁善感，心地善良，却也喜欢撒谎。

她总是在谈恋爱，最后在 1850 年（那时耶琳娜刚满 17 岁）时嫁给了一位什么军官，不过这人很快就把她给甩掉了。这位家庭女教师特别爱好文学，自己也经常写点儿小诗，是她让耶琳娜喜欢上了读书，不过仅仅读书不能让耶琳娜得到满足。

她打小希望实践，渴望积极地去做善事，那些贫穷的、饥饿的、病弱的人让她牵肠挂肚，令她内心不安、令她非常苦恼，她做梦时都会想到他们，并向自己熟悉的所有人打听这类人，她予人以周济时满含关怀，内心有着不由自主的庄严，甚至是心情万分激动。只要是受虐待的动物，被饿瘦的了看门狗，濒死的可怜小猫，从窝里摔落下的麻雀，哪怕是昆虫和爬虫，都会受到耶琳娜的保护和庇佑，她亲自喂它们吃食，丝毫不嫌弃它们。

母亲从不干涉她的事，父亲因为女儿的——用他的话来讲，这些庸俗低下的婆婆妈妈，却往往非常生气。他声称，小猫呀狗呀的，家里甚至都没有地方放脚了。"列诺奇卡，"他常常对她喊叫说，"马上去，蜘蛛在吃苍蝇呢，赶快去营救那些不幸的小虫子吧！"因此，惊慌志忐的列诺奇卡就跑过去解开被缠住的蝇腿，将苍蝇放走。"喏，那么你让它咬你一口，既然你心肠如此之好。"父亲带着讥讽地说，不过她才不会去理睬他。

10 岁那年，耶琳娜和小乞丐卡嘉交上了朋友，偷偷摸摸地跟她在花园里约会，常常拿好吃的东西给她，还送她手帕和十戈比的银币——卡嘉不要玩具。

耶琳娜经常和她并肩坐在浓密树林中荨麻丛后面的干泥地上，并以一种愉悦而谦卑的情感吃她给的又干又硬的面包，听她讲自己的故事。卡嘉有一个姨妈，一个非常凶恶的老太太，常常殴打她。卡嘉非常恨她，常说总有一天她要从姨妈家逃脱出来，去过那种全凭上帝旨意安排的日子。

耶琳娜满怀着隐隐的崇敬和惊愕倾听她讲述这些闻所未闻的新鲜事，她双眼注视着卡嘉，那个时候，卡嘉身上所有的一切——她乌黑、灵活得近似野兽般的眼睛，她被太阳晒黑的手，她粗哑低弱的声音，就连她那件破衣裳——这一切都让耶琳娜觉得有些奇特，近乎神圣。

耶琳娜回到家之后，还会久久地想着那些乞丐的生活，想着上帝的旨意，想着有一天她会为自己砍一根胡桃树手杖，背着一个小包，同卡嘉一起逃走。

她会头戴一顶矢车菊花冠顺着大路去流浪乞讨，有一次她看见卡嘉戴过这样的花冠的。如果此时家中有谁走进房中，她会迅速躲起来，羞于看见别人。有一次，天正下着雨，她冒雨去见卡嘉，衣服溅得满是污泥；父亲看到了，就叫她邋遢孩子，还叫她乡下野丫头。她涨得满脸通红羞于心里猛地一下子感到一种惧怕和不可思议的感觉。卡嘉经常唱一首有些野蛮的、当兵的人唱的小曲，耶琳娜跟她学会了这支歌，安娜·华西雷耶芙娜听到她在唱这支歌时，顿时就非常生气。

"你从哪里学来这些下流的东西？"她质问自己的女儿。耶琳娜只是看一看母亲，什么也不说。她认为，宁愿让人把自己千刀万剐，也绝不能把自己的秘密说出来，因而她又觉得心头恐惧而略带甜蜜。然而，她和卡嘉的交往并没有维持很长时间。那个可怜的小女孩患上热病，几天之内就死去了。

耶琳娜听说卡嘉的死讯后异常难过，很长一段时间彻夜不能入睡。小乞丐姑娘最后说的几句话一直在她耳边回荡着，她觉得，那声音是在呼唤她……岁月流逝，年复一年。耶琳娜的年少时光也渐渐流逝，迅速又无声，好似积雪下的溪水，表面上看似乎悄无动静，而内心里却在苦苦挣扎，又觉得惊慌。她一个朋友也没有。

所有到斯塔霍夫家来过的姑娘们，她一个也合不来。父母的权威从来不曾妨碍过耶琳娜，自16岁时起，她几乎已经完全不受任何人约束了。她过着她自己想要的生活，不过却是一种孤独的生活。她的灵魂孤独地燃烧而后又在寂寞中熄灭，她如同一只笼中的鸟儿般徒劳挣扎着，而笼子却是不存在的，没有人束缚她，也没有人控制她，而她却总是在冲撞、苦恼。她永远都不能看清楚自己，她甚至害怕她自己。四周的一切她都感到似乎没有任何意义，又似乎不能理解。"没有爱怎么能活下去呢？可是又没有一个人可以去爱！"一想到这些，她就不由自主地感到害怕。18岁时，她几乎因生恶性疟疾而死掉。这病将她从根本上摧毁了，她全部的机体，原来是结实而健康的，却久久都不能康复。最终，最后的一点儿病症都消失了，不过耶琳娜·尼古雷耶芙娜的父亲时常多少带着恶意地没完没了地说她的神经有点儿问题。有时她会突然想到，她正在向往着一个什么，一个在全俄国都不会再有人去向往、去想念的什么东西。过后她便重新安静下来。甚至自嘲了一番，于是日复一日过无忧无虑的日子。可是忽的一下子，又有个什么强悍的、莫可名状的东西，她难以控制的东西，没完没了地在她的心底翻腾，拼命地想要挣脱出来。一阵狂风骤雨过去了，那双疲惫不堪的、却并不曾高飞的翅膀又垂落下来。不过这种冲动并没有白白地出现。不管她如何极力想要让心中所发生的事情不显现出来，她奔腾动荡的灵魂深处所体验的苦楚仍能在她表面上的平静中表现出来。父母亲常常会不时地耸耸肩，表示吃惊，却又无法理解她的古怪。

在我们故事开始的那一天，耶琳娜坐在窗前的时间比往常更长久，她想着比尔森涅夫，想自己跟他的谈话，想得很多。她喜欢他，她相信他的情感是温暖的，他的意图是纯洁的。

他从来不曾像这天晚上这样跟她谈过话。她回想着他胆怯的眼睛中的表情，他的微笑——想着想着，自己也微笑了，于是她沉思起来，却已经不再是思念他了。她在敞开的窗前向黑夜凝视，她久久地注视着黑暗的、低悬的天空。而后她又站起身，用力甩甩头，把头发从脸上甩开，她自己也不知为什么，向着那片幽静苍天，伸出了自己一双裸露的、冰凉的手臂。接着她又放下手臂，跪倒在自己的床前，将脸贴在枕头上，虽然她拼命压着涌上心头的感情，她仍然流出了某种奇特的、不可名状的、炽热的泪水，她在深夜里哭泣了。

六

次日中午 12 时，比尔森涅夫搭回程马车到莫斯科去。他要去邮局取钱，然后买些书，顺带着还希望见见恩沙洛夫，和他谈谈。在他最近一次和苏宾的谈话中，比尔森涅夫想到要邀请恩沙洛夫到自己的别墅做客，不过他没能立刻找到恩沙洛夫，恩沙洛夫从原来的住所搬走了，想要找到他的新住所可真不容易，那是在阿尔巴特街和波瓦斯卡雅街中间的一幢彼得堡式样、不像样子的石屋的后庭院里。

比尔森涅夫跑遍了一个个肮脏狭窄的门廊，向任何一个看门人、向"无论是谁"打听，不过都是徒劳。彼得堡的看门人们总是尽力躲避开客人的眼光，假装没有看到。而在莫斯科就更别提了，压根儿没人理睬比尔森涅夫。不过有一位好事的裁缝，身上穿一件背心，肩头上还搭着一缕灰线，将他那张冷漠淡然的、没有刮过胡须的脸和脸上那只瞎掉的眼睛从高处的透气窗里悄无声息地伸出来。

一头没了角的黑山羊，只身趴在旁边的一个垃圾堆上，转过头来哀哀地咩叫了几声，就更加起劲地接着反刍了。一位身穿宽大女上衣和歪后跟皮靴的女人最终认为比尔森涅夫很可怜，才将恩沙洛夫的房间给他指了一下。比尔森涅夫发现他在家。

他正是在那个从高高的气窗里探出头却对迷路人的困难视之淡然的裁缝的家里租了一间房子——一间宽大空旷的几乎一无所有的房间，墙面是暗绿色的，三扇方形窗子，屋角摆放着一张极小的床，另一个角落里是一个小小的皮沙发和一只高高悬挂在天花板上的大鸟笼子。

这只笼子里以前曾经养过一只芙蓉鸟，恩沙洛夫在比尔森涅夫刚一跨进门槛时就过来迎接他，不过并没喊一声，"呀，是您呀！"或者"哎呀，上帝！什么风把您给吹来啦？"甚至都没说一声"您好！"只是紧紧握住他的手，将他领到屋子里唯一的一把椅子跟前。

"您请坐。"他说，自己则走过去坐到桌子的边沿上。

"我这里，您瞧见了，还没有收拾好呢，"恩沙洛夫继续说，指着地板上的一堆纸片和书籍，"还没有安顿好，没时间收拾。"

恩沙洛夫的俄语说得相当准确，每一个词的发音都准确又清晰。不过他那喉音很明显的、即便也还悦耳的腔调听起来无论如何都有些不像俄国人。恩沙洛夫的异国身份（他是保加里亚人）在他的外表上表现得更加突出。这是一位 25 岁上下的年轻人，清瘦得青筋暴起，胸部凹陷下去，手上骨节非常粗大。他的脸部轮廓尖削，鼻骨高高挺起，头发是浅黑笔直。额头不突出，眼睛不是太大，目光专注而深邃，眉毛浓密。

每当他微微一笑的时候，一下子会从薄薄的、刚硬的、线条过于分明的嘴唇之间露出一口很漂亮的白牙来。他身穿一件破旧却非常整洁的上衣，纽扣一直扣到脖颈下。

"那么您怎么从您先前的住所搬出来呢？"比尔森涅夫询问他。

"这里更便宜些，离大学也更近些。"

"不过现在正放假啊，您夏天为什么要住在城里呢！不如出去租一间别墅呀，反正要搬家。"

恩沙洛夫对他这个建议没说什么，只是把烟斗递给比尔森涅夫，并低声说了一句，"真是对不起，我没有烟卷和雪茄。"

比尔森涅夫开始抽起烟斗来。"至于我嘛，"他接着说，"在昆卓沃周边租了一整幢小别墅。很便宜，也极方便。楼上还有个空闲的房间。"

恩沙洛夫还是什么也没有说。比尔森涅夫深深吸地一口烟斗。"我还想过，"他又说道，一边吐出缕缕青烟来，"如果能够，比如说，找个什么人……就是您吧，比如说，我是这样想的……如果您愿意的话……也许愿意去那里住我的楼上……这该是多好的事啊！您认为如何，德梅特里·尼卡诺雷奇？"

恩沙洛夫抬起自己的小眼睛看着他。"您的意思是建议我住到您的别墅里？"

"没错，我那里楼上有一间房子正空闲着。"

"非常感激您，安德雷·彼得洛维奇，然而我觉得，我的条件可能并不容许。"

"您说不容许是指什么呢？"

"不容许我去住别墅。我不可能维持两个住处的费用。"

"不过我原本……"比尔森涅夫正要往下说，却又停下来，"您不会有什么其他开销的。"他接着说，"这里住的地方吗，我看同样可以留下，而那边所有的一切都非常便宜；我们甚至还能如此安排，例如，在一起用餐。"恩沙洛夫没有说什么。比尔森涅夫困窘了。

"至少您什么时候到我那里去看看，"停顿了一下，他又接着说，"距我那里几步远住着一家人，我非常想给您介绍介绍。那家里有位非常了不起的姑娘,您如果认识就好了,恩沙洛夫！那里还住着一个我很亲密的朋友、一位非常有才华的人，我确信您和他会很谈得来的（俄国人喜欢热情款待朋友——如果没什么其他的敬客，就会把自己的熟人搬出来）。说真的，过来吧。最好是，搬到我们那里去住，真的。那样我们就可以一起工作和学习，我，您是知道的，是研究历史和哲学的。您对这些都感兴趣，我那里还有很多书。"

恩沙洛夫站起身来，在房间里慢慢踱步。"那么请问，"他最后问道，"您住的这别墅需要付多少租金？"

"100 个银卢布。"

"总共有几间房？"

"共有五间。"

"如此说，算下来，每间房就应该是 20 卢布喽？"

"算起来嘛……不过那儿还行，我压根儿用不着那间房。

反正它一直空着呀。"

"也许是，不过您听我说。"恩沙洛夫坚决而同时又坦率地摇摇头补充说，"唯有在这种情况下我才可以接受您的建议，如果您同意照样收我的房钱。20卢布我还付得起，而且，像您说的，我在那里还能够在其他的事上省不少钱。"

"那当然啦。然而，说真的，我可非常不好意思呢。"

"只有如此，安德雷·彼得洛维奇。"

"那么，随您的意思吧，可您这人真是固执哟！"恩沙洛夫再一次沉默了。

两个年轻人计划好恩沙洛夫搬家的日期。他们叫房主人过来，不过他先是派自己的女儿来，一个仅仅七岁的小女孩儿，头上扎了一条很大的花头巾。她认真地，甚至是恐惧地听完恩沙洛夫跟她说的一切，一声没吭就走开了。

接着，是她的母亲，这女人快要临盆，头上同样扎着一块头巾，只是非常小。

恩沙洛夫对她说明自己将要搬到昆卓沃周边的别墅去住，不过要留下这个房间，还要把自己所有的东西托付给他们看管，裁缝女人也似乎很害怕的样子，默默走开了。

最终房主人来了，这位从一开始就好像全都清楚了，仅仅是若有所思地喃喃道："昆卓沃周围吗？"接着突然打开房门大声说，"怎么，房间您还继续要？"恩沙洛夫让他放心了。"可不是，总得问问呀。"裁缝严肃地说了两遍，就离开了。

比尔森涅夫告辞，很满意自己的建议取得成功。恩沙洛夫非常有礼貌地将他送到大门前，这在俄国人中间是不大常见的，只剩下他一个人了，他这才小心地脱下上衣，着手收拾自己的文件。

七

　　也是这天傍晚，安娜·华西雷耶芙娜坐在自家客厅里，差不多要哭出来了。除了她以外，客厅里还有她的丈夫，另外还有个叫瓦苏尔·伊凡诺维奇·斯塔霍夫的人，他是尼古拉·阿尔捷梅耶维奇的表亲叔叔，一位60岁的退役骑兵少尉。这人胖得几乎不能动弹，浮肿的黄脸上是两只昏昏欲睡的黄色的小眼睛和两片毫无血色的厚厚的嘴唇。退役后他一直住在莫斯科，他的商人家出身的妻子留给他为数不多的一笔钱，他就依靠吃这些钱的利息生活。他什么事也不做，也未必考虑过什么事。如果思考过，也无非就是些他留在自己心里别人不知道的东西，他一生中仅仅兴奋过一次，而且采取了行动，那就是：他在报纸上看到，伦敦世界博览会上展出一种新式乐器"低音大号"，他想要为自己订购这种乐器，而且询问过要将钱寄到什么地方，经过哪家事务所。瓦苏尔·伊凡诺维奇身穿一件烟草色的肥大上衣，脖子上系一条白色手巾，总是不停地吃东西，并且吃得非常多，他只有在觉得困窘的时候，也即是每当他不得不发表任何一种什么意见的时候，他才会将他右手的手指头抽筋似地在空中来回扭动，先是从大拇指扭到小指，再从小指扭转到拇指，嘴里一边费力地念叨，"应该要……无论如何，那……"

瓦苏尔·伊凡诺维奇坐在窗口下的一把圈椅里，艰难地呼吸着。尼古拉·阿尔捷梅耶维奇则大踏步地在屋子里不停转悠，两只手插在裤袋里，他脸上显现出非常不满的情绪。

最后他终于站住了，摇了摇头。

"没错，"他开口说，"我们那个时期年轻人受的可是不一样的教育。年轻人是不许蔑视长辈的(他把那个"轻"字从鼻子里哼出来，似乎在说法语)。而现在我只有睁眼看着和觉得吃惊的份儿，大概，是我错啦，他们都对。也许是。不过无论如何我有自己对事物的观点，我不是天生就是个大傻瓜，您觉得怎样，瓦苏尔·伊凡诺维奇？"

瓦苏尔·伊凡诺维奇仅仅是看了他一眼，然后扭了扭自己的手指头。

"耶琳娜·尼古雷耶芙娜，比如说，"尼古拉·阿尔捷梅耶维奇接着往下说，"耶琳娜·尼古雷耶芙娜我并不十分了解，的确对于她而言，我还谈不上高深。她的心是那么大，似乎能包容全部自然界，就算顶顶小的小蟑螂或是一只小青蛙也能容得下，总之，包罗世间万态，除了她的亲爸爸之外。啊，太好啦！我清楚这一点，也就不会去厚脸皮地多嘴啦。况且这里又有类似什么神经呀、学问呀、天马行空地想入非非呀，所有这些我们可全都不在行。然而苏宾先生……哪怕他是个惊人的非凡的艺术家吧，这个我不想去争论。不过蔑视一位尊长，蔑视一个对他无论怎么说，能够这样认为吧，甚至还有不少恩德的人。我——我不得不承认，没办法容忍。我这人天生就从不挑剔，从不。凡事都得有个限度呀。"

安娜·瓦西里耶芙娜心情激动地摇了摇铃，走进来一个小用人。"伯维尔·雅科夫列维奇为什么还没有来？"她问道，"难道连我也请不动他啦？"

尼古拉·阿尔捷梅耶维奇无奈地耸了耸肩。"不过您，请问，让他来有事吗？我压根不要求这个，也不指望他能来。"

"叫他来干吗，尼古拉·阿尔捷梅耶维奇？他打搅您啦？或许是，妨碍了您治病的进程。我想要跟他说明白。我倒想弄清楚，他怎么敢惹您生气？"

"我再给您说一遍，我没有要求过这样，您这是何苦呀……"

安娜·华西雷耶芙娜稍稍涨红了脸，"您用不着说这些话，尼古拉·阿尔捷梅耶维奇，我可从来没有……费久什卡，听着，这就把伯维尔·雅科夫列维奇找来。"

小用人出去了，"这根本没有必要，"尼古拉·阿尔捷梅耶维奇从牙缝中说道，接着又开始在屋子踱起步来，"我说那一番话，难道是想找他事把他怎么样吗？"

"行了吧，他应该来向您道歉的。"

"算了吧，我干吗要他道歉？道歉又算得了什么？全都是空话。"

"什么干吗？你应该好好开导一下他。"

"您还是自己去开导他吧。他会更愿意听您的。我对他可没什么意见或不满。"

"要不，尼古拉·阿尔捷梅耶维奇，您今天从刚一到家就情绪不大好。您最近甚至于，照我看，您近来比以前瘦啦。我担心治疗对您并没什么帮助。"

"我的治疗一刻也不能少，"尼古拉·阿尔捷梅耶维奇说，"我的肝又不好啦。"

正在此时，苏宾走进来了。他显得很疲倦。嘴唇上带着淡淡的、有些近乎讥讽的微笑。

"您要找我吗，安娜·华西雷耶芙娜？"他问。

"没错，当然是我叫您。真的，苏宾，这确实很可怕。我对你特别不满意。你怎么能对尼古拉·阿尔捷梅耶维奇那么不尊重！"

"尼古拉·阿尔捷梅耶维奇向您抱怨我啦？"苏宾边问，嘴边挂着一抹含着讥讽的笑容，拿眼睛看了看斯塔霍夫。

斯塔霍夫背转过身躲着他，低下了眼睛，"没错，他是抱怨了。我不清楚您在他面前做了什么错事，不过你必须现在道歉，由于他身体近来非常不好，况且，我们任何人年轻时都应该尊重对自己有恩的人。"

"嗨，这样的逻辑！"苏宾心想着，转身向着斯塔霍夫。

"我愿意向您道歉，尼古拉·阿尔捷梅耶维奇，"他恭恭敬敬地半弯腰向他鞠了个躬，"如果我真是在什么地方冒犯了您的话。"

"我压根儿……没有那个意思。"尼古拉·阿尔捷梅耶维奇不赞同他这样说，他还跟之前一般避开苏宾的眼神，"可是，我非常乐意原谅您，因为嘛，您清楚，我可不是个喜欢吹毛求疵的人。"

"噢，这是毋庸置疑的！"苏宾说，"不过请让我说句非常好奇的话，安娜·华西雷耶芙娜知不知道，我究竟什么地方错了？"

"上帝，不，我什么都不知道。"安娜·华西雷耶芙娜把脖子一伸，说道。

"噢，我的上帝！"尼古拉·阿尔捷梅耶维奇急忙喊道，"我请求过、恳求过很多次，说了多少遍，我是怎样地讨厌一切这些解释呀、争论呀！好不容易回了家，想休息一会儿——别人说，家庭是最重要的，一家人团聚在一起——可是这里有的却总是争吵，不高兴。没有一分钟安静，没有办法，只能去俱乐部，还有……或者随便哪里。人是有生命力的呀，他有生理机能，因而就有生理上的需求，而这里……"

因此，不等说完，尼古拉·阿尔捷梅耶维奇就又急匆匆出去了，将门砰的一声重重地带上。安娜·华西雷耶芙娜朝他的背影看着。"到俱乐部？"她极其痛苦地喃喃重复道，"您才不是到俱乐部去呢，浪荡子！俱乐部里才不会有人要您送自己家养的马呢，而且还是灰色的马呢！我最喜欢的毛色。对，对，一个轻浮、放浪冒失的人。"她放大了声音，又接着说下去，"您才不是去俱乐部呢。不过你，苏宾，"她站起来继续说，"你怎么也不知道害羞呀，你应该也不是小孩儿啦。瞧瞧我的头又开始痛啦。卓娅呢？她在哪儿，你知道吗？"

"似乎在楼上她自己的房间里，那只精明的小狐狸在这样

313

的天气一定会躲进自己的小窝里去的。"

"行啦，拜托，拜托！"安娜·华西雷耶芙娜四下寻找着。

"你看见我装洋姜丝的小杯子了没有，苏宾，行行好，以后千万别惹我生气啦。"

"我怎么惹您生气了，亲爱的姑妈？让我来吻吻您的小手吧。至于您的洋姜丝嘛，我好像在小房间的小台子上看到过。"

"达丽雅总是把它随便放在哪儿然后就忘了。"安娜·华西雷耶芙娜边说着，边走开了，丝绸衣裳窸窸窣窣地响着。

苏宾原本打算跟她一起走出去，不过听到身后瓦苏尔·伊瓦诺维奇的慢吞吞的声响，就站住了。"你个没断奶的小娃娃，这次算便宜你了。"退役骑兵少尉断断续续地嘟囔着。

苏宾走到他身旁，"可我为什么应该受点什么惩罚呢，我尊敬的瓦苏尔·伊凡诺维奇？"

"为什么？年纪轻轻，那就要学会尊敬别人，如此而已。"

"我要尊敬谁呢？"

"谁？你心里明白是谁，还龇牙咧嘴。"

苏宾将双手交叉放在胸前。"啊，您可是众人奉行的大道理的代表人，"他高声地说道，"您可是俄国黑土地上的强大无比的力量，您可是社会大建筑的坚定基石！"

瓦苏尔·伊凡诺维奇又不由自主地扭起他的手指头。"算了，老弟，你可千万别来自找麻烦。"

"看呀，"苏宾接着往下说，"这位贵族先生，好像是，年纪不小啦，不过他心里还隐藏着多少幸福的、充满童心的信念啊！可真了不起！不过您这位自然人，知道吗？尼古拉·阿尔捷梅耶维奇因为什么对我发火？跟您说，今天整整一个上午，我和他在他的德国婆娘那里，我们三个人还一起唱过'请不要离开我呀'呢，您如果听见就好了。您，或许，也会被感动的。我们唱啊唱。我的老天爷——唱得我都腻味了，我发觉，不太对劲儿，情意过浓啦。于是我就开始和他们俩开玩笑，效果很好，开始是她生我的气，接着又生他的气，再接着他对她发火，还对她说，他只有在家里才能感觉到幸福，在家里就跟在天堂里似的。她就和他说，他这人没有道德。然而我对她说一声'哎呀呀！'是用德语说的，他就扭头走掉了，不过我没走，他来这里了，也即是，回到天堂来了，不过天堂又让他觉得倒胃口。因此他就唠叨个没完了。喏，请问，这会儿，您说说，是谁的错呢？"

"那当然，是你的不对。"瓦苏尔·伊凡诺维奇反驳他。

苏宾用眼睛盯着他，"恕我冒昧，我们可敬的骑士，"他用一种逢迎的语调开始说，"大人您脱口而出的这番奇思妙语，是出于您思维能力中某些想象力的结果呢，还是灵机一动，刹那间产生了想要振动一下空气的要求，想要发出点儿什么所谓'声响'的事物来？"

"你可千万别惹我发火，我告诉你！"瓦苏尔·伊凡诺维奇长长地哼出一声。

苏宾笑了笑，跑出去了。"咳！"一刻钟之后，瓦苏尔·伊凡诺维奇大喊一声，"那……请给我来一杯伏特加！"

小用人用托盘端来伏特加和下酒小菜，瓦苏尔·伊凡诺维奇慢腾腾地从托盘里取出一杯酒，专注地把将杯子端详了很长时间，好像他不很清楚，自己手里拿着的到底是什么东西。接着他看看小用人，问他名字是不是叫瓦斯卡。

而后他又做出一副悲痛欲绝的模样，把伏特加一口饮尽，再吃掉小菜，然后伸手从衣袋里掏出手绢来。

直到小用人把托盘和长颈玻璃瓶端走，又把剩下的鲱鱼吃光，蜷缩着身子躺在老爷的大椅子里睡着了，瓦苏尔·伊凡诺维奇仍然张开他的五指把手绢放在眼前，仍然似先前般聚精会神地时而看看窗外，时而看看地板和墙壁。

八

苏宾回到自己的住所,打开一本书。尼古拉·阿尔捷梅耶维奇的贴身侍仆小心谨慎地走进他的房间,给他递上一张不大的折叠成三角形的纸条,上面还盖了个很大的家族纹徽的印章。

"我希望,在这张纸条上写着:您,一位正派人,对于今天早晨谈及的一张付款期票,一个字也不要提。您清楚我的处境和我向来的规矩,也明白那笔微不足道的款项还有别的情况。最后,某些家庭隐私应该受到尊重,并且家庭安宁至为神圣,只有那种才会安心将其排斥,我没有任何理由将您归入这类人之中。(阅读后望赐还)尼·斯。"

苏宾在下面拿铅笔涂写道,"请放心——我是个正派人,不会揭人隐私!"于是把纸条递给那个用人,重新又拾起书来。不过书本很快就从他手中滑落。他看看被晚霞染红的天窗,还有两棵远离树林的耸立的青松,心里想着,"白天松树是藏青色的,而到了晚上它们绿得多么壮观。"这样想着,他走到花园里,心中暗含着希望,没准儿,能在那里遇见耶琳娜。他果

317

然没有失望。前面，几丛小树间的一条弯曲小路上，她的衣襟时隐时现。他追上她，和她并肩时，便说，"请不要瞧我这边，可够不上您的青睐。"

她对他微微一瞥，又微微一笑，仍然向前走，走到花园深处。苏宾一直跟在她身后。"我恳请您千万别瞧我，"他接着说，"而我又要对您讲话，这显然非常矛盾！可是在我也不是第一次了。不过这无所谓，我现在想起来，我还没请求您原谅呢，这是我应当做的，为我昨天晚上的愚蠢行为。您没有生我的气吧，耶琳娜·尼古雷耶芙娜？"

她停下脚步，并没立刻回答他，不是由于她生气了，而是由于，她的思想现在仍远在天边。"没有，"她最终说，"我丝毫也不生气。"

苏宾轻轻咬了咬嘴唇。"好一副忧心忡忡的样子，又好一副淡然处之的模样！"他嘴里嘀咕着说，"耶琳娜·尼古雷耶芙娜，"他抬高了声音接着说，"我给您讲个小故事吧，我有这么个朋友，这位朋友又有一位朋友，这位朋友开始倒的确是个规矩人，不过后来喜欢上喝酒。一天清晨，我的朋友在路上碰到他（此时他们，请注意，已经不相往来了），却发现他，喝醉了酒。我的那个朋友扭头就走。不过他那朋友偏偏主动走过来，而且说，'如果您不和我打招呼'，他说道，'我也许还不生气，可为什么扭头就走呢？大概，是我走霉运吧。愿上帝保佑我的白骨安宁！'"

苏宾住嘴不说话了。"只有这么多？"耶琳娜问他。

"对，就只有这些。"

"可我不明白你的意思。您是在说明什么呢？您刚刚还对我说，让我别看您。"

"是的，不过我现在想跟您说，转身跑掉该叫人多难受啊。"

"难道我是……"耶琳娜刚开口说。

"难道您不是？"

耶琳娜的脸有点儿涨红了，她于是把手递给了苏宾。他便紧紧地握住她的手，"瞧您似乎是觉察到我情绪不太好了，"耶琳娜对他说，"不过您的怀疑很不公平。我可并没有想过要和您疏远。"

"就算对吧，就算对吧。不过您必须得承认，这一分钟里您脑袋里有上千种想法，可您却不信任我，向我讲出其中任何一种来。您瞧？我没说错吧？"

"可能对。"

"那为什么不能跟我谈谈呢？是为什么呢？"

"我的思想连我自己也不太清楚。"耶琳娜说道。

"那您就更要相信别人，和别人说说。"苏宾立刻接着说，"还是让我来告诉您，这到底是怎么回事儿？您就瞧不起我。"

"我？"

"没错，您。您认为，我身上有许多东西是假装出来的，由于我是个艺术家，所以您觉得我这人不光是任何事都干不了，这一点您，或许，是正确的——甚至没有任何真正的、深刻的情感：我就算连真心诚意哭一场都不会，我光会说废话，造谣言——而这些都是由于，我是个艺术家。如此说起来我们这些从事艺术的是多么不幸、多么愚蠢的人啊！比如说，您，我敢对上帝发誓，根本就不相信我的忏悔。"

"噢不，伯维尔·雅科夫列维奇，我真心相信您的忏悔，当然您的眼泪我也是非常相信的。不过我认为，您的忏悔也只是自己跟自己闹着玩的，同样您的眼泪也是如此。"

苏宾哆嗦了一下。"那么，我明白了，这正如医生们所说的，是一种绝症。我只能低头屈服。不过，我的上帝呀！难不成这是真的？难道身旁存在着一个如此高贵的灵魂，我还会一个劲儿地和自己逗着开心？我知道，谁也永远猜不明白这样一个灵魂，谁也永远都不会知道她为什么而忧，她又为什么而喜，她心里闪过些怎样的思想，她想要得到什么，她希望去哪儿……告诉我。"沉默片刻之后，他轻声说道，"您不管什么时候，不管因为什么，在任何情况下都不可能爱上一个艺术家吗？"

耶琳娜直直地盯着他的眼睛，"不可能。伯维尔·雅科夫列维奇，我不会的。"

"就是希望要弄清楚这一点啊。"苏宾用一种带着滑稽而沮丧的口气说道"因为这个，我看，我还是不要打扰您孤独的散步，对我而言更体面些。要是大学教授，他可能会问您，'您是依据什么论据说'不可能'的？不过我不是教授，按照您的想法，我只是个孩子而已，可是，就是对小孩子，也不可能转身就跑啊，请您一定记住我说的话。再会啦，愿我的灵魂安宁！"

耶琳娜原本想留下他，不过想了想，只是说，"再会啦。"

苏宾离开院子。在离斯塔霍夫家别墅不远的地方碰见了比尔森涅夫。他急匆匆走着，低着头，把帽子推到了后脑勺上。"安德雷·彼得洛维奇！"苏宾高声喊道。

他忽然停了下来。"你还是走吧，走吧，"苏宾继续说，"我只不过是叫您一声，我不会拦着你。你尽管往花园里走吧，在那儿您能找得到耶琳娜。她似乎也是，在等你呢……反正她是正在等着一个人的出现……你知道这句话的力量吧！她在等着！你知道吗？朋友，这是多么令人不可思议的事啊！您想象一下，已经两年了，我跟她共同生活在一幢房子里，我爱着她，而仅仅是这会儿，也就是一分钟前，我才真正了解并看清了她。

正因为看清了她，所以我决定把手撒开了。请你别用眼睛瞪着我，这种假装恶毒的讥笑跟你成熟稳重的特点好像不大相称呢！噢，好吧，我懂了，你是要让我记起安奴什卡，是吗？好吧！我承认。

像我这样的可怜虫，当然只好去配安奴什卡！安奴什卡们，卓娅们，还有那些阿芙库斯金娜·赫里斯季安诺芙娜们，万岁！现在您去找耶琳娜吧，然而我去找的……你以为我是去找安奴什卡？

不对，朋友，还要更糟些！我要去找契古拉索夫公爵，喀山的鞑靼人当中有这么个艺术的守护者，就像伏尔金那样。你看到这封请柬了吗，这些字母？就是在乡下我也不得安宁啊！"

比尔森涅夫安静地聆听完了苏宾的滔滔不绝的演讲，好像有些替他感到难为情，接着他便走向了斯塔霍夫别墅院子里。苏宾果然真的去找契古拉索夫公爵了，他对公爵，以极其亲热的态度，说了些极放肆的挖苦的话。

鞑靼人当中的艺术守护者哈哈大笑，同时他的客人们也发出笑声，但是没有一个人感觉真的愉快。散场以后，每个人都大发了一通脾气，就好像两位不太熟悉的先生，在涅瓦大街上碰了面，忽然彼此咧咧嘴，做作地眨巴眨巴眼睛，皱皱鼻头，鼓鼓腮帮子，做出要笑的样子，等到擦肩而过后，马上又重新摆出一副冷冷的、阴郁的多半像是痔疮发作了的神情来。

九

　　耶琳娜十分热情地接待了比尔森涅夫，但已经不是在花园里，而是转移到了客厅，两个人几乎是同时按捺不住地，重新谈起昨天的话题来。客厅里只有她一个人，这时的尼古拉·阿尔捷梅耶维奇早已悄悄地溜到不知什么地方去了。

　　安娜·华西雷耶芙娜在楼上躺着，头上裹着一条湿湿的头巾。卓娅坐在她身边，裙子理得整整齐齐，两只小手安静地放在膝盖上。瓦苏尔·伊凡诺维奇正在顶楼上歇息，躺在一张所谓的"催眠床"上，那是个宽大舒适的沙发。

　　比尔森涅夫重新又提起了他的父亲，他把对父亲的记忆视为是神圣的，我们现在就来谈一些关于这位父亲的故事。

　　他是八十二个农奴的主人（这些农奴在他死前全都获得了自由）、"明灯运动者"、哥廷根的大学生、论文手稿《精神在世界上之显现或现形》的第一作者（在这部手稿中，谢林主义，斯威登堡主义和共和主义以极其独特的形式合在一起），这便是比尔森涅夫的父亲。

父亲带他来到莫斯科，他那时还是个孩子，那时他的母亲刚刚去世，是这位父亲自己来教育孩子的。他每节课都精心准备，干得特别仔细，却总是劳而无功。

他是个爱做梦的人、书呆子、神秘主义者，说起话来声音沉闷，表达得也隐晦不清。虽然辞藻华丽，用许多的比喻，但在这个他十分钟爱的儿子面前甚至也会害羞起来。所以，他儿子上课时只会呆坐着，全然不知所措，成绩也毫无任何进展，这不足为怪。

这位老人（他结婚很晚，那时已将近 50 岁）终于觉察到事情不大对头，于是就把他的安德留沙送到了寄宿学校。安德留沙于是开始在校学习了，但仍未摆脱父亲的监督。父亲总是来看他，用许许多多他自己的教诲和谈话使学校主人感到很厌烦，学监们也对这位不请自来的客人很伤脑筋。

他偶尔也会给他们带来在他们看来如天书般的教育著作，甚至当学生们见到这位老人黑黑的麻脸，瘦小的、整年裹着又紧又窄又不合身的灰色燕尾服的身影时，也渐渐地开始不自在起来。

那时这群学生怎么会想到，这位面色凝重、不苟言笑、鹤步长鼻的先生几乎把他们每个人都如同自己亲生儿子般牵挂在心上呢。有一天他突想起要跟学生们聊一聊华盛顿。"年轻孩子们！"他开始说，然而只是刚一听到他那古怪的话音，年轻学生们就已经四散逃开了。

这位虔诚的哥廷根留学生的日子过得并不十分开心，历史的行进，各式各样的困扰和想法总是让他心情不好。当小比尔森涅夫走进大学之后，他还是时常与他一同去听讲，然而这时他早已感到有些心有余而力不足了。

1848 年发生的事从根本上动摇了他 (他不得不把他的著作重新写过)。他死于 1853 年的冬天，虽然没等到儿子从大学毕业，但他还是提前祝贺他取得了学位，并祝福他能够终身从事科学事业。"我将把火炬传递给你，"临终前的两小时他对儿子说，"我曾竭尽所能地举起过它，你也要承诺不要让它熄灭。"

比尔森涅夫长时间地跟耶琳娜聊着自己的爸爸。在她面前他一向都感到的拘束，这时似乎全都模糊不清了。他发音上的几处混淆也不那么严重了。谈话又开始转入到关于大学的事，"请你告诉我，"耶琳娜问他，"在你的大学同学中有比较出色的人物吗？"

比尔森涅夫忽然想起了苏宾曾说的话，"没有。耶琳娜·尼古雷耶芙娜，实话实说，我们当中没的确有一个十分出色的人，可哪儿又有呢？听说，以前的莫斯科大学很了不起！可现在，现在它已经不像个大学，倒像个小学了！我只要跟同学们在一起就觉得很难受。"他又低声地补一句。

"难受？"耶琳娜低声说道。

"但是，"比尔森涅夫继续说，"我还是有所保留的，我认识一个学生，对，他还跟我学一个专业呢，那才真正是一位优秀的人才。"

"他的名字叫什么？"耶琳娜满心欢喜地问。

"恩沙洛夫·德梅特里·尼康诺雷奇。他是个外国人，来自保加里亚。"

"不是俄国人吗？"

"是的，不是俄国人。"

"那他为什么要住在莫斯科？"

"他是来到这儿学习的。您了解他学习的目的吗？他只有一个目标，那就是解放他的祖国。他的经历也是十分坎坷的。父亲是一个相当富裕的商人，在德尔诺夫出生，德尔诺夫现在虽然只是个中等的小城镇，可曾经是保加里亚首府呢！那时候的保加里亚还是个自主独立的王国。他那时在索菲亚做生意，跟俄国有来往。他妹妹，也就是那个恩沙洛夫的亲姑姑，如今还住在基辅呢，她嫁给了那儿一所中学的历史教师。在1835年，也就是在18年前，发生了一件十分恐怖的事，恩沙洛夫的母亲突然消失得毫无踪影，一个星期后就发现她已经被人杀害了。"耶琳娜不禁全身颤抖了一下，比尔森涅夫立刻停止了这个话题。

"继续说下去，说下去！"她说道。

"听说她是在被一个土耳其的恶徒糟蹋以后杀掉的，后来恩沙洛夫的父亲了解了实情，他日夜都想着报仇，然而最终他也只是用匕首刺伤了那个坏蛋，不幸的是他自己却因此被枪毙了。"

"枪毙？难道没有经过审讯吗？"

"对。恩沙洛夫那时候才刚满八岁，于是邻居们共同收养了他。妹妹听说哥哥家中的不幸后，就想让侄儿跟自己过，所以家人就把恩沙洛夫送到了敖德萨，又从那里直接把他送到了基辅。以后的日子他就在基辅过了整整12年。

"因此，他俄语讲得非常棒。"

"他会讲俄语？"

"讲得跟你我一样好呢，刚过 20 岁的时候（那是 1848 年初），他非常想回自己的祖国去。他到过索菲亚和德尔诺夫，几乎把整个保加里亚统统都走遍了，在那地方过了两年后又重新学习了自己祖国的语言。土耳其政府曾经迫害过他，那两年时间里他大概遭遇过相当多的大危险。有一次我看见他脖子上有一道宽宽的刀痕，那肯定是伤疤，可是他不怎么爱谈这个。他总是保持他自己特有的沉默，我试图问过他一些事情，但他什么也不说。他会用些十分平淡的话来回答你，他这人总是固执得可怕。1850 年他又再次来到俄国，到了莫斯科，他想要重新完整地接受教育，并且想跟俄国人多接近，那么，等他大学毕业了……"

"毕业了又会变成什么样呢？"耶琳娜打断他的话。

"那就要看上帝的安排了，预测未来从来都不是件容易的事。"

耶琳娜久久地盯着比尔森涅夫一动不动。

"我对您的故事很感兴趣，"她说，"他长得怎么样呢，您的这位朋友，您叫他什么来着……恩沙洛夫？"

"该怎么给您形容呢？在我看来，还不错，您过些天就会见他的。"

"哦？为什么？"

"我会带他到这儿来的，来拜访您。他后天会搬到我们的村子里来，就跟我住在同一幢房子里。"

"真的吗？那他会愿意到我们家做客吗？"

"有什么理由不愿意呢？他会感到非常荣幸的。"

"他应该不会很高傲吧？"

"他？从不。是这样的，要说呢其实他也是骄傲的，不过并不是您说的那种骄傲。比方说，他从不找别人借钱。"

"那他很穷吗？"

"对，他不富裕。回保加里亚时，他把他父亲产业中剩余的一些零零碎碎的财产都收拾了起来，姑妈也曾帮过他一些，但是所有这些也没多少。"

"他一定是个性格非常坚强的人？"耶琳娜说。

"他是个有着钢铁般意志的人。但同时您也能看到，他身上那种孩子般真诚纯洁的东西，即使他是那么专心致志，那么行动神秘。但说真的，他的真诚，与我们这种廉价的真诚是完全不同的，不是我们这种无处隐藏的人的虚伪真诚，等我带他来见您，您就知道了。"

"他应该也不会羞怯吧？"耶琳娜小心地问道。

"是的，他从不羞怯。事实上也只有爱面子的人才会羞怯。"

"这么说的话您是爱面子的喽？"

比尔森涅夫一时间不知所措了，便耸了耸肩。"您勾起了我的兴趣呢！"耶琳娜接着说下去，"啊，您倒是说说，他有没有报复那个土耳其的坏蛋？"

比尔森涅夫微微一笑。"复仇仅仅是在小说里才会有的，耶琳娜·尼古雷耶芙娜，再说12年来，那个坏蛋或许早就死了。"

"可是关于这部分，难道恩沙洛夫先生从来也没对您说过什么吗？"

"从来没有。"

"他干吗要去索菲亚呢？"

"他的父亲曾在那儿住过呀。"

耶琳娜沉思了一会儿，"立志解放自己的祖国！"她低声自语，"这句话讲起来也够豪壮的，他多么的伟大……"正在这时候，安娜·华西雷耶芙娜走了进来，谈话便结束了。

当天晚上当比尔森涅夫回到家时，一些很奇怪的想法触动着他的心。他并没有后悔自己想把耶琳娜介绍给恩沙洛夫认识。他认为他所说的这个关于年轻保加里亚人的事儿在她心里留下了十分深刻的印象，这是很自然的事，这不正是他自己极力去加深那个印象的吗！

但是，一种难以言说而又阴暗的感情却悄悄地袭进了他的心里，他陷入一种卑劣的忧愁中。不过这种忧愁并没有妨碍他去拿《霍亨斯托芬家的历史》来，于是他从昨晚中断的那一页起，接着读了下去。

十

两天后恩沙洛夫果然依约带上行李来到比尔森涅夫处，他没有用人，但是他不用帮助，就把自己的房间收拾整齐了，安放好家具，擦拭了灰尘，还拖了拖地板。

为了安放一张写字台，他费了特别大的功夫，怎么也没办法把它安置在想要把它摆放的角落里，然而恩沙洛夫最终以他特有的沉默的毅力，终于把它安放好了。

一切准备好后，他恳请比尔森涅夫收下他十个卢布，接着就拿起一根粗木棒，出门察看新屋的环境去了。三个小时后他回来了，比尔森涅夫请他一同吃些东西，他回答说，今天他很愿意跟他吃顿饭，但是他已经跟女房东谈好了，以后就在她那儿吃饭。

"这怎么可以，"比尔森涅夫不同意，"那样您会吃得很糟的，那个老太婆根本一点儿也不会烧饭。你为什么不跟我一起吃？我们可以各付各的呀。"

"我的条件根本不允许我跟您吃一样的。"恩沙洛夫平和

330

地一笑，回答说。

在这个微笑中似乎有着某种不容你再坚持的意味，比尔森涅夫也就没再说什么。饭后他邀请恩沙洛夫跟他一起去斯塔霍夫家，可是恩沙洛夫回答说想要用这个晚上的时间来给自己的保加里亚朋友们写封信，所以想请他把造访斯塔霍夫家推迟到下一天。

比尔森涅夫早就知道恩沙洛夫这人心意很难改变，但直到今天，跟他同住一幢房后，他才终于知道，恩沙洛夫是绝不会改变他的任何一个决定的，同样地，他也从不忘记履行自己的任何诺言。

比尔森涅夫是个十足的俄国人，他这种比德国人更严格认真刚开始让他觉得有几分不可理解，甚至还有些可笑，然而他很快便习惯了，后来甚至还觉得这种习惯虽说不上值得敬重，但至少彼此也还很方便。

搬来后的第二天，恩沙洛夫早晨四点钟起床，几乎跑过了整个昆卓沃，在河里洗了个澡后，喝了一杯冷牛奶，接着便开始工作。他的工作很多，他在学俄国史、法律、政治经济学，在翻译保加里亚歌曲、编年史，搜集有关东方问题的材料，为保加里亚人编俄语语法，为俄国人整编保加里亚语语法，比尔森涅夫闲时还去他那儿跟他聊了聊费尔巴哈。

恩沙洛夫仔细地聆听他的谈话，几乎不表示什么意见，可是他提出的意见都很有分量。从他的意见中可以看出，他非常想弄清楚他是不是必须研究费尔巴哈，或者是绕过他。

后来比尔森涅夫把话题引转到恩沙洛夫的工作上，问他能不能拿出点什么来给他看看？于是恩沙洛夫给他念了两三首他翻译的保加里亚歌谣，希望听听他的意见。

比尔森涅夫认为译文是正确的，只是不够生动。恩沙洛夫认真听取了他的意见。从歌谣比尔森涅夫又谈到保加里亚目前的状况，这是他第一次发现只要一提到祖国，恩沙洛夫身上就会发生这样那样的变化，不是脸红了，就是嗓门提高了！

他整个人似乎都变得不一样了，勇往直前地跑上去，嘴唇的弧线显得更加刚毅，不屈不挠，眼睛深处燃起一种沉郁的、不可摧灭的火光。恩沙洛夫不愿意详谈他回国后的事，但是保加里亚的另一些情况，他还是乐于跟任何人谈的。他侃侃而谈地说着土耳其人，谈到他们的压迫，谈到自己同胞受苦的日子，谈到他们心中的希望。

从他的每个字当中，我们都能听出一种专注的、酝酿已久的激情，还有出于对所做之事的专心致志的思考。

"可能，"这时比尔森涅夫暗想，"那个害死他父母的土耳其的官员，可能，已经向他偿还了杀死他父母亲的血债了。"还没等恩沙洛夫说他要说的话，房门就被打开了，那是苏宾。他以一种近于夸张的随便而高兴的神气走进房里来，比尔森涅夫对他太了解了，因此马上知道这肯定有什么事让他不舒心了。

"我也不客气了，先自我介绍一下吧，"他脸上露出愉快而爽朗的表情说，"我叫苏宾，是这个小伙子的朋友。"他指着比尔森涅夫，"您肯定就是恩沙洛夫先生，对吧？"

"没错，我是恩沙洛夫。"

"咱们握个手，算是认识认识吧。我不知道比尔森涅夫有没有对您谈过我，可他对我说过好多您的事呢。您就在这儿住下了？太棒啦！我会这么注视着您，请别生气。因为我以雕塑为业，我想，不久以后我就会来请求您允许我来塑您的头像。"

"我的头部您随便使用好了。"恩沙洛夫说道。

"咱们今天做些什么呢？啊？"苏宾说道，忽的一下子坐到了一把矮椅子上，两只手撑在宽宽张开的膝盖上，"安德雷·彼得洛维奇，阁下今日您有何计划？好天气、草垛子和枯萎的草莓秧子，气味好美啊！仿佛品一杯沁人心脾的香茶。应该想出些什么花样儿来吧。咱们去给昆卓沃这位新居民展现一下这儿丰富多彩的美景吧（"他确实有些不愉快。"比尔森涅夫暗自这样想）。噢，你为什么不说话，我的朋友霍拉旭，请张开您英明的尊口吧。我们是畅快一下呢，还是不呢？"

"我没什么建议。"比尔森涅夫说，"不知道恩沙洛夫觉得怎么样呢？他好像要准备工作啦。"

"您准备要工作了？"他用鼻子哼着说。

"不，"恩沙洛夫回答，"今天我可是来散步的。"

"啊！"苏宾说，"那太棒啦！来吧，我的朋友安德雷·彼得洛维奇，拿顶帽子扣在您聪明的脑袋上，咱们看到哪儿，就走到哪儿。我们的眼睛都很年轻——看得远着呢！我知道一个极糟糕的小酒店，在那儿我们只能吃上一顿又脏又臭的饭菜，但是我们会非常愉快的。咱们快走吧。"半小时后，他们三个人就沿着莫斯科河畔向前走着了。恩沙洛夫戴一顶非常稀奇的长耳朵便帽，猛的一眼看到它，苏宾发出了一阵不太自然的狂喜。恩沙洛夫不慌不忙迈着步，平静地向四周观望着，呼吸着，笑着。他将这一天用来放松，那就尽情地享受它吧。"守规矩的小学生礼拜天就是这样出来散步玩的。"苏宾在比尔森涅夫身边轻声说。苏宾只顾自己着消遣，跑在前面，或模仿一座著名雕像的姿势站着，或在草地上翻着筋斗。恩沙洛夫的安静虽然不能说激怒了他，可是却也使得他去故意做出这些丑态。

"您为什么坐立不安呀，法国佬！"比尔森涅夫曾多次提醒他道。

"是的，我就是个法国佬，是半个法国佬，"苏宾回答说，"然而你呢？你就像是一个饭店茶房常对我说的那种人，介乎幽默与严肃之间。"

三个人转弯离开了河岸，沿一条窄窄的而又比较深的低沟向前走去，两旁是高高壁立的金色的裸麦，一抹淡淡的阴影从一边的麦墙上向他们投下来。灿烂的阳光好像在从麦穗的顶端溜过似的，云雀欢快地唱着歌，鹌鹑在啼叫，到处都是绿草如茵。暖和的轻风吹拂着，卷起青草的叶片，颤动的着小花儿的花瓣。

他们游荡着休息，闲聊了很久（苏宾甚至还拉住一个过路的掉了牙的老农，想要跟他玩跳背游戏，不管这个男人怎么摆布，那老人也只顾发笑）。

年轻人终于到了那家所谓的"又脏又臭"的小酒店，仆役们就差没把他们统统撞倒在地，而且果真给他们吃了一顿十分糟糕的饭食，酒是一种巴尔干之外地区生产的葡萄酒。

这一切正像苏宾所预料到的，这都也没有妨碍他们尽情地欢乐。苏宾比谁都闹得欢却也比谁都觉得快乐少，他为那位他并不太了解但却伟大的维涅林的健康而干杯，为生存于似乎是混沌初开时代的保加里亚王克鲁姆·赫鲁姆，最后是为了赫洛姆的健康干杯。

"是在 9 世纪。"恩沙洛夫为他纠正。

"9 世纪吗？"苏宾不禁喊一声，"噢，那时是多么幸福啊！"比尔森涅夫觉得，在他所有的淘气、顽皮和调笑之中，苏宾好像总是在有意无意地测试着恩沙洛夫，仿佛在试探他的深浅，而他自己内心却很慌乱，但恩沙洛夫却一直是平静而大方的。

终于，他们回到了家中，更换了衣服后，为了延续清晨以来的兴致，他们决定晚上就去斯塔霍夫家做客。苏宾先跑过去告知了客人们的到来。

十一

"英雄恩沙洛夫马上驾临！"他郑重其事地高喊着，走进了斯塔霍夫家的客厅，这时唯有耶琳娜和卓娅在那里。

"怎么了？"卓娅用德语问道。事发突然时，她总是说本国话，耶琳娜端安静地坐起来。苏宾唇边挂着戏谑的浅笑凝视着她。她有些愠怒，但是她却什么也没说。

"您听见了吗，"他又说了一遍，"恩沙洛夫先生要到这儿来啦。"

"听见了，"她说，"也听见了您是怎么称呼他了。我觉得您很奇怪，真的。恩沙洛夫先生脚还没跨进来，您就已经觉得有必要出他的洋相了。"苏宾的情绪猛然间便低落了下来。

"您说得不错，您从来都是对的！耶琳娜·尼古雷耶芙娜，"他低声地说，"但我也不过这么说说而已，真的。我们这一天都跟他在一起游玩，我向您保证他是个很棒的人物。"

"我并没问您这个呀。"耶琳娜说着，站起身来。

"恩沙洛夫先生年轻吗？"卓娅问。

"他只有144岁。"苏宾恨恨地说。

用人通报说两位朋友已经到了，接着他们就进屋来了。比尔森涅夫向大家介绍了恩沙洛夫，耶琳娜请他们坐下，自己也坐了下来。这时卓娅上楼去了，她得去向安娜·华西雷耶芙娜汇报。

谈话开始是泛泛的一般初次见面时的寒暄。苏宾坐在角落里默默地观望，但有什么可观望的呢。他在耶琳娜脸上觉察到一丝她对他抑制着的不满，也就这些了。他望着比尔森涅夫，也望着恩沙洛夫，作为一个职业雕塑家比较着他们的脸型。

"这两位都不漂亮，"他想，保加里亚人有一副独特的、适合雕塑的面孔，看起来这会儿这张脸多有光彩啊。大多俄国人的面孔则十分适宜绘画，虽没有线条，但表情是有的。看起来，这一个和另一个都可以去爱，她还并没有去爱他们其中的谁，然而她会爱上比尔森涅夫的。

他在内心这样评判着。当安娜·华西雷耶芙娜出现在客厅里，谈话就立刻转变为一种完全别墅式的了，真正别墅式的，而再不是什么乡村式的。

从话题的丰富程度来看，这是一场非常丰富多彩的谈话，可是每过三分钟就会有一次短暂的、相当沉郁的间歇。在一次这样的间歇中，安娜·华西雷耶芙娜转身望了望卓娅。苏宾明白她的暗示，做了个诡秘的鬼脸，而卓娅就乖乖地坐到钢琴前，又弹又唱，表演了她所有的小才艺。

瓦苏尔·伊凡诺维奇在门口露了个面，但只是晃了晃手指头便溜之大吉了。最后上了茶，接着大家就全都去花园散步，外面天色渐渐黑了，客人们便四下离去了。

恩沙洛夫给耶琳娜留下的印象事实上比她所期望的要浅显，或者说得更为准确些，他在她心中几乎没留下她所早已期望的印象。她喜欢他的直率和不拘小节，同时也喜欢他的相貌；然而整个恩沙洛夫这个人，那平静的坚定和平凡的单纯，总是跟她从比尔森涅夫的描述中所构成的形象不大符合。

耶琳娜也没有想到，在期待中会出现某些更加"命中注定的"情愫，然而，她想，"他今天说话不多，这都怪我，我没去积极地追问他呀！等下一次，可是他的眼睛是一双富于表情的与诚实的眼睛啊。"她认为，她并不想对他躬首弯腰，只是想对他像朋友一般伸出手去。

她有些迷惑不解，她心中所想象的像恩沙洛夫这一类的"英雄"并非如此。这"英雄"二字不禁让她想起了苏宾曾说过的话，于是已经躺在床上的她，又气呼呼地生起气来。

"您认为这几位新交如何？喜欢吗？"回家的路中，比尔森涅夫问恩沙洛夫。

"我很喜欢他们，"恩沙洛夫回答，"特别是那个女孩儿，她一定是个很棒的姑娘。她那么容易激动，不过这对于她来说很好啊。"

"以后要多去他们那儿逛逛。"比尔森涅夫说。

"是的，应该去。"恩沙洛夫说道，一路上就再也没说话。一到家他马上插上了房门，可是他房里的烛光一直亮到午夜后很久。

比尔森涅夫还没时间来读完一页《罗墨尔》，突然一撮细沙投在他的窗玻璃上，发出沙沙的声响他不由得身子一颤，打开窗户却看见了苏宾，神色苍白得像麻布一样。

"你真搞怪！你这属夜猫子的！"比尔森涅夫刚要接着说。

"嘘！"苏宾止住了他，"我是悄悄地来找你的，就像马克思要去会阿加塔，我得跟你说两句知心话。"

"那就请进屋来吧。"

"不，没必要，"苏宾只把手肘支在窗台上，"这样更有趣些，更像是在西班牙。首先，我祝贺你！你的身价已经抬高啦，而那位高的不可一世的人物却失败得一塌糊涂了，这我向你保证。但是为了向你证明我的大公无私，你听着，这就是恩沙洛夫先生的鉴定表，毫无才能，全无诗意，工作能力强，记忆力也很棒，智力欠广、欠深，但也还算敏捷健全，枯燥，强壮，可当谈到乏味至极的保加里亚的时候，他甚至还有些语言天赋，不是吗？你说说，我是不是很公平？还有一点，你跟他永远也不会成为莫逆之交，谁也不曾跟他有过这份交情，我，作为一个伟大的艺术家令他讨厌！而我却为此骄傲。枯燥，枯燥，可是他能把我们全都碾成粉末呢。他跟自己的家园可是绑在一起的，不像我们这些空瓦罐子，只会拍人民马屁，我说，活命的水呀！流进我们心坎儿吧。然而他的任务也还轻松些，明白些，只要把土耳其人赶走，那就是丰功伟绩啦！谢天谢地，不过所有这些品质，都讨女人烦，缺乏魅力和诱惑力，跟你我的品质不大一样。"

"你为什么要把我也扯进去？"比尔森涅夫低声说道，"你说的那些话也都不正确。他丝毫也不讨厌你，他和他的同胞是互融互通的，这我知道。"

"这是另一回事儿！对他们，他是个英雄。可是老实说，我对英雄却有着另一种看法，英雄不应该说'人'话，英雄要像牛一样会吼叫，犄角一晃就能墙倒屋塌。它自己也不需要知道为什么要晃犄角，可就是晃了。不过嘛，当今时代可能需要的是另一种规格的英雄。"

"你对恩沙洛夫这么感兴趣？"比尔森涅夫问道，"你不会就是为了给我描绘他的个性才跑我这儿来的吧？"

"我会上这儿来，"苏宾说，"主要是因为我待在屋子里实在是闷死了。"

"怎么回事？你是不是又要哭啦？"

"你就尽情地笑吧！我到这儿来，是因为我恨不得咬自己一口，那是因为绝望正在啃噬我的心，烦恼、嫉妒。"

"嫉妒？嫉妒谁？"

"嫉妒你，嫉妒他，嫉妒你们所有的人。我好苦恼啊，一想到要是我能早一些了解她，要是我有办法做到……然而为什么说空话！结果是我只能不停地傻笑呀,装傻瓜呀,出洋相呀！或者像她说的那样，干脆去上吊寻死啦。"

"噢，上吊嘛，你绝对不会去上吊的。"比尔森涅夫说。

"当然啦，在这样美的夜晚，我是绝对不会去上吊的，不过一定让咱们活到秋天呀。但是在那样美好的夜晚，人也是会死的，不过那是死于幸福。噢，幸福！这会儿每一个在路上的树枝的影子仿佛都在轻轻地这样说，我早知道幸福在哪儿，可是要我说出来？我原本想叫你去散步的，可你这会儿却诗意全无。睡去吧！祝愿你能梦到许许多多的数字！噢！我的灵魂几乎都要破碎啦。各位先生们，你们看见一个人在笑，那么你们就一定认为他心里很快活，你们就自以为是来给他证明说他自相矛盾——也就是说，他并没有苦恼……得了吧！愿上帝与你们同在！"

苏宾匆匆从窗下走开去，"安奴什卡？"比尔森涅夫原想在他身后高喊一声，然而他忍住了。苏宾确实是精神有些恍惚。几分钟后，比尔森涅夫甚至隐约听到一阵啜泣声。

他站起身来，打开窗户，一片安静。只是望着远方，也许是一个过路的农夫吧，高昂着嗓子在唱着那支"摩兹多克的原野"。

十二

自从恩沙洛夫搬到昆卓沃两周以来，他总共拜访斯塔霍夫家不到四到五次。然而比尔森涅夫却隔一天就来一次。耶琳娜总是非常高兴见到他，总是跟他谈些生动而有趣的事。但尽管这样，每当他回家去时，还是面带愁容。

苏宾差不多从没露过面，他正疯狂地在搞自己的艺术，或在自己房间里闭门思索，或身穿工作服，满身黏土地出门，更或是去莫斯科过上几天，他在那边有着一间工作室，模特儿们和意大利造型工们，还有他的朋友和教师们都会去那里见他。

耶琳娜也没像她期望的那样跟恩沙洛夫谈过一次话。他没来时，她准备好了许多问他的事情，可等他来后，她又为自己的准备而感到不好意思。恰恰是恩沙洛夫的泰然自若令她感到迷惘，她觉得没有权利逼他吐露心声，最后她决定等待。

可同时她又觉得随着他一次次的到访，不管他们之间交谈的内容是多么无关紧要，他都愈来愈能吸引她注意力。可是她却一直没机会跟他单独待在一起。

342

要跟一个人接近，哪怕只是一次吧，也必须要跟他单独相处和交谈，她跟比尔森涅夫聊过很多有关他的内容。比尔森涅夫明白，恩沙洛夫引起了耶琳娜的想象，他非常高兴他的朋友没有像苏宾断言的一败涂地那样，他热情地、无微不至地向她描述了他所知道的所有关于恩沙洛夫的事情（通常，当我们想要取悦某个人的时候，就会在跟他的聊天中把我们自己的朋友颂扬一番，几乎从来也没料想到，我们这样做也是在夸我们自己），只是有些时候，当耶琳娜泛白的面颊微微红润，大大的眼睛，放出光彩时，那种他早已有过的卑微的忧愁才会压抑他的心。

　　一次，比尔森涅夫去斯塔霍夫家，不是平时去的时间，这次在上午十一点。耶琳娜在客厅里见到了他。

　　"你想象得到吗，"他勉强挤出一丝笑说，"我们的恩沙洛夫不知去向啦。"

　　"怎么不知道去哪里了？"耶琳娜说道。

　　"是消失了。前天黄昏时走的，到现在一直没见他。"

　　"他没告诉您他要去哪儿吗？"

　　"没有。"

　　耶琳娜颓然地一把坐在椅子上。"他可能，是去莫斯科了。"她自言自语地说，极力装作漠不关心的样子，可同时又为自己极力伪装漠然而感到奇怪。为什么，为什么我会这样？他的离开跟我有关系吗？噢！我不能让比尔森涅夫发觉我的失态。比尔森涅夫似乎察觉到了什么，也许是出于怜爱，他连忙又说"我认为不是这样，"比尔森涅夫不同意，"他并非是一个人走的。"

"那是和谁一起？"

"前天，晚饭前，来了两个人，也许是他的同乡。"

"保加里亚人？您怎么会这么想？"

"因为我好像听见他们在用一种我不懂的语言交流，交谈是用的一种斯拉夫语言，您总以为，恩沙洛夫身上有着十分真诚的东西，然而又有什么事情比这样的来访更神秘呢？您想想，他们一进门就大喊大叫地争吵，还吵得那么厉害，那么凶，他也在大声喊叫。"

"他也大声喊叫？"

"是他也喊叫，跟他们争吵。他们似乎在互相抱怨。您如果能看见这些到访的人就好了！黑黑的脸膛，高高的颧骨，毫无表情，鹰钩鼻子，年纪都在四十左右，衣冠不整，满身的灰尘和汗臭，看样子都是些市井无赖之流——既不像是工匠，更又不像绅士，上帝知道他们是些什么人！"

"那他就跟这些人一起走啦？"

"是，跟他们走了。他们一起吃了顿饭，就走了，房东太太对我说，那两个人把整整一大锅的粥全吃光了。她说，他们饿狼似地抢着往肚子里塞。"

耶琳娜微微一笑。"您会明白的，"她轻声说，"以后这些事儿一说清楚，就会很明了。"

"上帝保佑！只是您这话说得毫无根据啊。在恩沙洛夫身上找不到一点儿平常的东西，虽然苏宾曾认为……"

"苏宾！"耶琳娜拉住他，耸了耸肩，"您不是说了，这两位先生像饿狼似地吃粥啊……"

"费米斯托克里在萨拉明斯大战的前夕也是这样吃东西的啊。"比尔森涅夫微笑着指出。

"是，可毕竟第二天就要打仗了，不过您，无论如何，他一回来就请马上通知我。"耶琳娜继续说，她想换一个话题，可就是谈得有些不顺当。卓娅来了，她踮着脚后跟在屋里轻轻地踱来踱去，为了让人知道，安娜·华西雷耶芙娜还没醒来。

比尔森涅夫离开了。当天傍晚时分，他捎来一张纸条给耶琳娜。"他终于回来了，"他写给她，"皮肤晒黑了，满脸灰尘，然而我还是不知道他去哪儿了？干什么了？您能打听一下吗？""您能打听一下吗？"耶琳娜低声自言自语说，"难不成他会告诉我吗？"

十三

第二天下午，耶琳娜正站在花园里一只小狗棚前，她在那里养了两只小看门狗。花匠发现它们被人丢弃在篱笆下，就拿去给了小姐。因为洗衣婆曾告诉他，小姐什么小猫小狗都怜惜。

他果然没盘算错，耶琳娜赏了他 25 戈比。她看了看狗舍，确定小狗还健康地活着，活得很好。

她给它们垫了新鲜的麦草，当她回过身去，惊得几乎没有喊出声来，沿着林荫道，正冲着她，走来了恩沙洛夫，他一个人。

"您好。"他说，一边走近她一边摘下有遮檐的便帽。她看到这三天里他好像真被晒得很黑，"我本想跟安德雷·彼得洛维奇一起到这里来，可是他有点事耽搁了，于是我就自己来了。你们家一个人也没有，好像都在睡觉，也许散步去了，于是我不知不觉地就走到这儿来了。"

"您似乎在道歉一样，"耶琳娜回答，"这根本没有必要，我们都非常高兴能再见到您。我们坐在树荫底下这小凳上。"

她坐下来，恩沙洛夫顺势坐在了她身旁。"您好像这段时

346

间不在家？"她先说话。

"是的，"他回答，"我出去了，这是安德雷·彼得洛维奇说的吧？"

恩沙洛夫抬头看了她一眼，微微一笑，两手抓起他那带遮檐的小帽子来。他一边微笑着，一边快速地眨着眼睛，嘴唇朝前嘟起，这使他的神情显得非常和善。"安德雷·彼得洛维奇或许也告诉了您，说我是和几个什么不太像样的人一起走的。"他说着，继续微笑着。

耶琳娜有些不知所措，然而她立刻觉得对恩沙洛夫应该永远坦诚。"是的。"她镇定地说。

"那您是怎么认为我这个人的呢？"他冷不丁地问她。

耶琳娜向他抬起了头，看着他，"我想，"她轻声地说，"我一直都想，您总是知道您自己在做什么，您是不会去做什么不好的事情的。"

"喏，只为这我就应该谢谢您。是这样的，耶琳娜·尼古雷耶芙娜，"他开始说道，仿佛是信任似的坐得靠她近了一点儿，"我们在这里有一个小团体，这当中有一些人是没怎么受过教育的，可他们全都是坚定献身于一个共同的事业的。不幸的是，我们不可能没有争吵，而我，他们都知道，也全都相信我，于是就找我去调解一桩争端，我就去了。"

"离这里很远吗？"

"我走了60多里路，走到特罗伊茨基镇。那边修道院附近也有我们的人，至少算是没有白费工夫，终于把事情解决了。"

"您觉得这事儿很难吗？"

"难办啊。有一个人老是不听劝解，不愿意把钱交出来。"

"怎么？是为了钱而争吵？"

"对，钱也不是很多。否则您认为会是什么事？"

"您竟为这种小事情步行走 60 里路？用了三天时间？"

"这不是小事情。耶琳娜·尼古雷耶芙娜，既然把自己的乡亲们给拉了进去，这时候找借口推辞不去是十分罪过的。我看见您连几只小狗都要帮助，我为此很敬佩您。至于您说我丢了些时间嘛，这不算什么，以后总能补上的，我们的时间不仅仅属于我们自己。"

"那还属于谁？"

"属于所有需要我们帮助的人呀，无缘无故地我把这些全都告诉您，是因为我十分看重您的意见。我想，听了安德雷·彼得洛维奇的话，您一定会很惊奇的！"

"您很重视我的意见，"耶琳娜低声问道，"为什么？"

恩沙洛夫又微笑了起来。

"因为您是个好姑娘，不像一般的贵族小姐，就这些。"

一阵短暂的沉默。

"德梅特里·尼康诺罗维奇，"耶琳娜说，"您可能不知道，这是您第一次对我这样的坦诚！"

"这是什么话？我觉得我总是表里如一地对您表示着坦诚。"

"不，这才是真的第一次，我很高兴能这样，我也很想坦诚以对，好吗？"

"好呀。"

"不过先告诉您，我这人是充满好奇心的。"

"没关系，您尽管说吧。"

"安德雷·彼得洛维奇给我讲了很多有关您的身世和您儿时的事情，我知道了一件事情，一个可怕的事情。我知道，您后来又回祖国去过，不必回答我，看在上帝的分上，如果我的问题让您觉得不礼貌的话，然而有一个念头一直困扰着我，您能告诉我吗，您遇见那个人没有？"

耶琳娜喘不上气来。她既感到羞愧万分，又为自己的勇气而害怕。恩沙洛夫注视着她，微微眯缝着眼睛，用手指抚摸着下巴。

"耶琳娜·尼古雷耶芙娜，"终于，他开口说话，声音比平时更加低沉，这让耶琳娜几乎要怕起来，"我了解，您现在谈起的是谁，没有，我从没遇见过他，感谢上帝！我也没有刻意去找他，我没去找他，并非觉得没有权利杀他，我可以理所当然地把他杀掉的。相反，那是因为，在这里说不上个人的报复，它事关民族共同的复仇计划……或者换句话说，既然事关整个民族的解放问题，这两者就必然互相制约。到时候，另一个也是逃不脱的，逃不脱啊。"他重复了一句，还摇了摇头。

耶琳娜从旁凝视着他，"您十分爱您的祖国？"她极生硬地问道。

"目前还不能这样说，"他回答，"等我们中哪一个为祖国而死了，那时才能说他是爱祖国的。"

"那么，如果您不再可能回到保加里亚去，"耶琳娜继续说，"您在俄国会觉得非常难受吗？"

恩沙洛夫垂下了眼帘。

"我觉得，我恐怕忍受不了。"他说道。

"请允许我问您一声，"耶琳娜又说道，"学保加里亚语困难吗？"

"很容易。一个俄国人如果不懂保加里亚语言是多么不可思议啊，他们应该懂所有的斯拉夫语言。您要是愿意，我会带几本保加里亚语法书给您？您会知道，这很容易。我们的歌谣多好听啊！不比塞尔维亚的差呢！等一会儿我就给您翻译当中的一首诗。那内容说的是——您应该多少知道一点儿我们的历史吧？"

"不，我一无所知。"耶琳娜回答。

"等着，我会带本书给您。您从中可以看到至少是主要的史实。现在来听支歌谣吧！不过，我最好是给您带份书面的翻译来，我相信您会爱我们的。假如您知道，我们的国土是多么的富饶！您会爱所有受压迫的人。然而他们的祖国正在遭到蹂躏，受到宰割呀！"他继续说着，两手不由自主地打起手势，他的脸色也阴沉了下来，"我们的一切都被掠夺走了，一切啊！我们的教会、我们的法律、我们的土地。丧失人性的土耳其人把我们像牲口一样地驱赶，他们屠杀我们……"

"德梅特里·尼康诺罗维奇！"耶琳娜大声地叫了一声。

他立刻不说了。"请原谅我，我没办法冷静地来谈这些事。可是你刚才问起我是否爱我的祖国？人活在世上，还有什么其他的可以去爱吗？除上帝之外，任何东西都是会改变的，会被怀疑的，甚至都是不可相信的。然而当这个祖国需要您的时候，请您注意，保加里亚的每一个农夫，每一个乞丐，还有我，我们都怀着同一个希望，我们大家有着一个共同的目标。您能理解这些的，这给了我们大家多么坚定的信心和毅力啊！"

恩沙洛夫瞬间沉默了下来，一会儿再一次又谈起了保加里亚。耶琳娜贪馋地、默默地，同时带着些许悲愤地倾听着。等他说完后，她又一次问他，"这么说您不管怎样都是不会留在俄国喽？"恩沙洛夫走后，她久久地注视着他的背影。在这一天里，他在她心中已变得不再是平时的他。她所送走的已经不是两小时之前她所迎接来的他了。

从那以后，他来访得次数愈来愈勤，比尔森涅夫则显得愈来愈疏远了。

两个亲密的朋友之间出现了某种奇怪的情形，这一点他们都深刻地感受着，却不知该如何说出来，说清楚吧又都很害怕，就这样过了一个月。

十四

安娜·华西雷耶芙娜总是喜欢坐在家中，这读者已经知道。然而有时候，她也会完全出人意料的，表现出一种难以自持的欲望，想做点与众不同的事情出来，比如，来一次令人惊异的出游。

这快乐的出游越是难办，就越是需要她收拾和准备，而越是让安娜·华西雷耶芙娜本人心情激动，她也就越是兴奋。

若是在冬天有这种念头，她一定会吩咐预定两三个并排的包厢，叫上她所有的熟人去戏院里坐坐，或者是去参加假面舞会；若是在夏天，她便去郊外，到更远的地方去。到第二天她就抱怨头痛，躺在床上呻吟，而再过上两个月她心中又会重新燃起这种对"非同一般事情"的好奇欲望。

目前发生的事正是如此，有个人在她面前提到了察里津诺的美景，于是安娜·华西雷耶芙娜便忽然宣称，她后天要乘车去察里津诺游玩。家中顿时一阵慌乱。

一个专使特地被派去莫斯科去接尼古拉·阿尔捷梅耶维奇

回来，而另一个家仆则去购买酒类、酥皮馅饼以及各种各样的备用食物。

苏宾被派去驿站，雇一辆四轮马车（一辆四轮轿式马车还嫌不够用），并且备办替换的马匹。一个小用人跑去找了比尔森涅夫和恩沙洛夫小用人两次，同时给他们送去了两份卓娅写的请帖，一份用俄语，另一份是用法语。安娜·华西雷耶芙娜本人则正忙着为姑娘们准备在路途中的衣装。

可是这场出游差一点儿没有去成，因为尼古拉·阿尔捷梅耶维奇自从莫斯科回来后，一直一副酸溜溜的、蛮不情愿到处找茬的样子，他仍然在生阿芙库斯金娜·赫雷斯洛芙娜的气，一听安排，马上宣称不去，他说，从昆卓沃奔到莫斯科，又从莫斯科奔到察里津诺，再从察里津诺折回莫斯科，还要从莫斯科再奔回昆卓沃来——这简直是胡闹，最后他补充了一句，得先给我证明一下，待在地球表面的一个点上有可能比待在另一个点上人更愉悦一些，那我才去。然而，根本没人能为他证明这些，甚至这时的安娜·华西雷耶芙娜，只因为缺少一个有气派的男伴，已经准备放弃这场出游了，后来想起了瓦苏尔·伊凡诺维奇，才伤心地派人到他屋里请他，把他叫醒，一边说："快溺死的人就算是根稻草也要抓住呀"。

他下楼来，安静地听了安娜·华西雷耶芙娜的建议，捏了捏手指头，令大家出乎意料地是他竟表示了同意。安娜·华西雷耶芙娜亲吻了一下他的面颊，还称他一声乖宝贝儿。尼古拉·阿尔捷梅耶维奇轻蔑地咧了咧嘴角，说了一声"要命"（他喜欢在必要时用几个优美的法语词）！于是就在第二天早晨七点钟时，一辆驿站马车和另一辆轿式马车便从斯塔霍夫家的别墅院子里开了出来。

轿车里面坐的是太太和两位小姐，一个女用人，还有比尔森涅夫。恩沙洛夫就坐在赶车人的位置上，驿站的马车里坐着瓦苏尔·伊凡诺维奇和苏宾，是瓦苏尔·伊凡诺维奇自己弯曲着手指头把苏宾召唤到他这边来的。

他很明白这家伙一路上都会不停地逗他，可是在这位"俄国黑土地的伟大力量"与这位年轻的艺术家之间却存在着某种奇特的交情和某种唇枪舌剑的坦诚。而且，这一次苏宾并没有去招惹他这位肥胖的朋友，他默不作声，心不在焉，却也很是随和。

万里无云的蓝天上，太阳已经高高升起，马车驶进了察里津诺城堡的一片废墟。即使是在中午时分，这里的景色也阴郁得吓人。

在一片草地上，全体下车立刻向花园走去。耶琳娜、卓娅和恩沙洛夫走在前面，他们身后款步走来安娜·华西雷耶芙娜。她携着瓦苏尔·伊凡诺维奇，脸上一副幸福满满的表情。瓦苏尔·伊凡诺维奇气喘吁吁左摇右摆，一顶新草帽勒得他额头隐隐作痛，两只脚在靴子里发烧，不过他今天感觉还是良好的。

苏宾和比尔森涅夫走在最后，"朋友，我们要当后备队啦，好像沙场老将一样。"

苏宾悄声对比尔森涅夫说道，"那边现在有个保加里亚人呢！"他补充了一句，一边用眼眉瞥瞥耶琳娜。

天气十分好，四处鲜花怒放，百鸟啼啭歌唱，远处湖水在闪耀，一种节日的、欢乐情绪沁人心脾。"啊，太美呀！啊，太美呀！"安娜·华西雷耶芙娜禁不住反复地说道。

瓦苏尔·伊凡诺维奇赞同地晃晃脑袋，算是对她这番赞叹的回应。有一次他甚至也说了一句，"真棒！"耶琳娜偶尔也跟恩沙洛夫谈上一两句。

卓娅小巧的用两个手指头捏住帽子的宽边，从玫瑰色的轻纱连衫裙下卖俏似的把一双小脚儿伸了出来，那脚上穿的是漂亮的浅灰色圆头皮鞋，眼睛时而望着两旁，时而朝后观看。"哎嗨！"突然苏宾喊道，"卓娅·尼吉基什娜好像在东张西望，我要去找她。耶琳娜·尼古雷耶芙娜现在嫌弃我，而对你——安德雷·彼得洛维奇，她还是很敬重的，但是两者结果都一样。

我要去了，我可是闷够了，你呢，我的朋友，建议你去采集植物标本吧。为你考虑，这就是能帮你想到的最好的办法了。从科学的视角来看这也很好。再会啦。"苏宾向卓娅跑去，把手臂张开来伸给她，先说一句："请，女士。"就挽起她，一起向前走去。

耶琳娜止住脚步，呼喊着叫比尔森涅夫过来，也挽起他的手，但仍旧继续跟恩沙洛夫谈话。她问他用他的语言，怎么说铃兰、枫木、橡树、菩提……。"保加里亚！"可悲的安德雷·彼得洛维奇心想。

猛然间前方一声惊叫，大家全都抬起头来看。苏宾的雪茄烟盒忽地飞向了丛林，那是从卓娅的手中掷出去的。

"您就等着我跟您算总账吧！"他大喊一声，钻进林中，找到烟盒，本来是要回到卓娅身边的，时而还不等他接近她，他的烟盒又飞到了路对面去。

这情形一连反复了五次，他总是在哈哈地笑着，并且不时发出威胁，而卓娅却只是悄悄地笑，缩起身子，像只小猫儿一样。

终于，他抓住她的手指头，用力地一捏，捏得她尖声叫起来，过后好一会儿还对着手吹气呢，假装着发脾气，可苏宾却俯在她的耳边轻轻地哼上了小曲儿。

"捣鬼，年轻人。"安娜·华西雷耶芙娜满心欢喜地向瓦苏尔·伊凡诺维奇说。

那一位却只是扭了扭手指头，"卓娅，尼吉基什娜这姑娘真不一般。"比尔森涅夫对耶琳娜说。

"那苏宾怎么样呢？"她回答。

这时大家来到一座凉亭前，它很有一些名气的，被称为"观景亭"。他们驻足观赏察里津诺大小湖泊的美景，这些湖泊一个紧挨一个，连绵数里，湖对岸是葱葱郁郁的浓密森林。

繁茂的绿草铺满了山坡，一直延伸到最大的那片湖的岸边，着实给水色增添了一份鲜亮碧绿的奇异光彩。

虽然是在岸边，目光所到之处，却也不见波浪沸腾或水沫泛白。甚至平镜似的水面上连一丝涟漪也没有，仿佛是一块凝结着的庞大的玻璃，闪着光亮躺进了一个巨大的洗礼盆中，而天空也随之沉入了湖底，苍翠的树林一动不动地注视着湖水的透明的胸怀。他们全都在静静地、长时间地观赏着两边的风景，甚至连苏宾也安静了下来，卓娅也陷入了沉思。

最后，大家都想要去水上游玩，苏宾、恩沙洛夫和比尔森涅夫顺着草地比赛着一起向下跑去，他们找来一只彩绘的大游船，又找来两个船夫，这才把女士们叫过来。她们向他们走过去，瓦苏尔·伊凡诺维奇小心谨慎地跟在太太小姐们后边走着。当他踏进游船，刚一坐下，大家就发出哈哈的笑声。

"小心呀，老爷，您可不要把我们都给抛进湖中啦。"一个翘鼻子身穿花布衬衫的小船夫说。

"噢，你个花花公子！"瓦苏尔·伊凡诺维奇回了一句。船开动了，年轻人原本都去该划桨的，但是他们当中却单有恩沙洛夫一个人会划船。苏宾想让大家一起唱一支俄国歌曲，他起了个头，"在母亲河的下游……"比尔森涅夫、卓娅、甚至安娜·华西雷耶芙娜也跟着唱起来(恩沙洛夫不会唱歌)，唱得参差不齐的，只是到第三节时便乱唱了起来，唯有比尔森涅夫一个人试图用男低音接下去，"滚滚波涛中一无所有……"然而没过多久连他也被带得唱不下去了。

两个船夫相互看了看，心照不宣地露齿而笑着。"怎么？"

苏宾对他们说，"瞧这架势，你们以为我们不会唱歌吗？"那个穿花布衬衫的小伙子只笑着摇了摇头。"你等着瞧，翘鼻子，"苏宾不服气地驳斥他说，"我们唱给你听听。"

卓娅·尼吉基什娜，给我们唱一支尼德美伊尔的"Le Lac。"别划啦，朋友！"几支湿淋淋的船桨慢慢地抽出了水面，如同鸟翼般静止不动，咚咚地滴着水珠。游船又漂浮了一小会儿，像一只美丽的天鹅，在水面微微回旋，直到渐渐停下来。

卓娅扭捏了一阵，"Allons！"安娜·华西雷耶芙娜温和地哼了一声，卓娅便摘下帽子唱起来："Olac！ Ianne ea peine a fini sa carrie re……"

她那音调适中而又清脆的歌声在湖水的镜面上漾开。远方森林中的回音，荡漾着她所唱的每一个词，仿佛那边也有某一个人在用清晰而神秘的天籁在回应着这支歌。

当卓娅唱完时，一片热烈的喝彩声从岸边一个凉亭中传来，从那里还跳出几个红脸丑相的德国人，他们是来察里津诺游玩作乐的。其中有几个没穿上衣，也没打领结，甚至不穿背心，他们拼命地叫喊着。

于是，安娜·华西雷耶芙娜吩咐赶快把船划到湖的另一端去。然而，游船还没来得及靠岸，瓦苏尔·伊凡诺维奇便又做出了惊人之举，让他的朋友们大为诧异。

他注意到，森林的一处回音特别清晰，几乎能重复每一个音响，于是他就突然学着鹌鹑的啼叫声大叫起来。起初大家不禁为之一震，然而马上便体验到了一种真正的满足。因为瓦苏尔·伊凡诺维奇叫得非常之逼真和相像，他更来劲了，就又学起猫叫来，但是他学猫叫学得不像。

于是又一次学鹌鹑叫，然后看看大家，大家慢慢安静下来，苏宾扑过去想要去吻他。他把他推向一边，而这时游船靠岸了，大家也就离船登陆了。

同时，车夫跟男女家仆已经从车上拿下筐篮，在几株老菩提树下的草地上摆好了午餐。大家围着铺开的餐布坐下，吃起大馅饼和其他美食来。每个人胃口都很好，安娜·华西雷耶芙娜不时向客人敬食，劝他们多吃一些，并向他们保证说，在露天进餐是非常有益于健康的。她还拿这番话去说给瓦苏尔·伊凡诺维奇听。

"您别费神，"他嘴里塞满食物哼哼着说，"是老天爷恩赐的这种好天气呀！"她不断地重复着这句话，简直认不出她来了，她似乎一下子年轻了20岁。比尔森涅夫也向她指出了这一点。

"是的，是的，"她说，"我年轻时候可漂亮呢，照例出不了前十名。"

苏宾贴在卓娅身边，不停地给她斟酒。她不肯喝他就劝，结果总是他自己喝下自己手中的酒，然后又来劝她。他甚至要她相信他真想把自己的头枕在她的膝盖上，她断然不肯给他这么大的自由。

耶琳娜表面上比谁都严肃，而她心头却有着一种许久不曾体验过的奇异的静谧。她感到心中怀有无限的善意，她不再只是一心要把恩沙洛夫，而且也想把比尔森涅夫留在自己身边。安德雷·彼得洛维奇隐约地从眼前情景中领悟到一点什么，他只能悄悄地叹息。

几个小时转瞬即逝，时近黄昏，安娜·华西雷耶芙娜忽然不安起来，"噢，我的上帝，这么晚啦，"她说，"玩好啦，喝好啦，先生们，我们要回去了。"

她这一忙，大家也都跟着忙起来，大家站起身向城堡方向走去，马车正停在那里。经过湖泊的时候，大家都不自觉地停住脚步，想最后一次地再欣赏一下察里津诺。这时四周燃起了鲜亮的黄昏前的美色。

天空绯红，树叶被一阵微风吹动，闪耀出缤纷的色彩。远方的湖水漾起火一般的金红色，一座座红红的小塔小亭散布在花园四处，在暗绿色树荫的映衬下，格外显眼。"再见啦，察里津诺，我们永远不会忘掉今天的出游！"安娜·华西雷耶芙娜轻声自语道。

然而，恰在此时，似乎是为了证实她最后的这句话似的，忽然发生了一件奇特的事情，那确实是一件不容易忘却的事情。

安娜·华西雷耶芙娜向察里津诺的告别感慨尚未说完，忽然间，在离她几步远的地方，一棵高大的丁香树后，传来一阵嘈杂的大叫声、哄笑声和呼喊声。

一大群衣衫不整的汉子，也就是那些歌曲爱好者们，给卓娅热烈喝过彩的那伙人，向小路上一拥而来。这群爱好歌曲的先生们看来都已经酩酊大醉，看见几位女士，他们都停住了脚步。

其中一个大块头脖子像公牛般粗，两只血红的牛眼睛，令人害怕，却抢先超过他的伙伴笨拙地鞠一个躬，边走边晃地走到安娜·华西雷耶芙娜面前，而此时安娜早已经吓得呆立不动了。

"Bonjoar madame，"他哑着嗓子说，"您好吗？"

安娜·华西雷耶芙娜吓得身子猛的向后一仰。"你们要做什么，"这个庞然大物用粗鄙的俄语说下去，"不肯唱一个？我们一伙子可是喊了，还喊了'好呀'，'再来一个'的！"

"对啊，对啊，为什么不唱啊？"那一伙人中又发出了喊叫声。

恩沙洛夫正准备一步跨上去，却被苏宾止住了，他自己用身子挡住安娜·华西雷耶芙娜，"对不起，"他说，"尊敬的素昧平生的先生，请允许我为你们的行为向你们表示真诚的诧异，依我所见您是属于高加索种族的撒克逊分支。因此，我们有理由认为你们也懂得社交礼仪，可是您却与一位不曾为您引见过的夫人说起话来。请你相信，在另一个场合，我会非常高兴跟您结交的。因为，我留意到您身上有着如此发达的肌肉，身为雕塑家的我能找到您这个模特儿，我将视为是万幸的事。可是这一次，请别来打扰我们。"

这位"尊敬的素昧平生的先生"听完苏宾的一席演说后，只是把脑袋轻蔑地一歪，随后一只手插在裤腰上。

"我根本不懂您在说什么，"他终于开口说话，"您或许以为我是个修皮鞋的，或者是个钟表匠？嘿！我是个军官，是个当官儿的呀，当官儿的。"

"对此我丝毫没有怀疑。"苏宾刚要说下去……

"我要说的是，"素昧平生者用他粗壮的手臂把苏宾推向一边，就像从路上丢开一根树枝一样简单，他继续说，"我说的是，我们叫了的，你们为什么不唱？我朋友过会儿就走，只要是叫这位 Fraulein，不是那位老太太，不是，咱不要她，要这个，或者是这个（他指着耶琳娜和卓娅），给我们来接吻，像我们德国话说的，就是亲个嘴儿，对，咋的？这没什么呀！"

"没什么呀，一个吻，这没什么呀！哈哈！"一伙人就又喊叫起来。

"In！der Sakramenter！"一个已经烂醉如泥的德国人，笑得喘不过气来，大声叫道。卓娅一把抓起恩沙洛夫的手臂，但是他摆脱了她，径直地站到了那个五大三粗的无赖汉面前。

"请你滚开！"他低声但却坚定地对他说道，德国人无赖地哈哈大笑。

"怎么叫滚开？我就喜欢听这个！我怎么就不能也来散散步呢？怎么就得滚开？为什么要滚开？"

"因为您竟敢骚扰一位太太，"恩沙洛夫说道，瞬间他脸色煞白了，"只因为你多喝了点儿酒。"

"怎么？我喝多了？你听到没？我是个军官，可他竟敢……现在我要求接吻！

"如果您再敢向前迈一步。"恩沙洛夫开始说道……

"喏，那又怎么样？"他打断说。

"我会把您丢进水里去。"

"丢进水里去？嘀嘀！就这个？喏，我们倒要看看，这倒有意思了，怎么个丢进水里去……"

军官先生扬起他的双手走上前来，然而就在这时忽然发生了一桩异乎寻常的事，只听他"哎哟"一叫，他的整个庞大的躯体只晃了一晃便离地而起了，他两只脚胡乱地在空中踢腾着，没等女士们喊出声来，也没等那个人搞清楚这是怎么回事，这位军官先生那重重的一坨肉，便随着"扑通"一声在湖中溅起的一大片水花，顿时消失在打着旋儿的湖水中。"啊！"女士们大声尖叫。

过了一分钟，一个圆圆的、披满湿头发的脑袋从水里露出来，嘴里还吐着泡沫。只见他两只手在他脑袋的周围痉挛似的乱扯乱抓。

"他要溺水啦，救救他，快救救他呀！"安娜·华西雷耶芙娜对恩沙洛夫大声叫喊着，恩沙洛夫则立在岸边，叉着两腿，深深地呼着气。

"他会游上来的，"他说道，脸上是一副轻蔑的漠然神情，"我们走吧，"他携起了安娜·华西雷耶芙娜的手臂，又补充一句，"走吧，瓦苏尔·伊凡诺维奇，耶琳娜·尼古雷耶芙娜。"

"啊……啊……喔……喔……"这时那个可怜的德国人正在号叫，他刚刚抓住了岸边的一株芦苇。

大家都紧跟在恩沙洛夫身后向前走，每个人都从那"一伙人"的面前经过。然而，没了他们的头目，他们也就变乖了，他们连一句话也没敢说，只有一个，他们中最勇敢的那个晃着个脑袋，嘟囔地说着，"嘿，这个，可是……上帝知道……往后……"而另一个还摘下了帽子。

恩沙洛夫让他们觉得十分可怕，这很自然，他当时正是这样一种凶狠的、令人感到危险且不变的表情。德国人狂奔过去把他们的头目拖上岸来，那家伙刚上岸便眼泪汪汪地破口大骂起来，冲着那帮他们口中的"俄国强盗们"喊叫着，说他要去控告，去见冯·基赛里兹伯爵大人本人。

但是"俄国强盗们"并不理会他的叫喊，他们不管不顾地向城堡走去。在花园里走时，他们全都沉默不语，只有安娜·华西雷耶芙轻轻"哎呀"了两声，他们走近马车站住了。

这时，他们迸发出了一阵抑制不住、经久不息的大笑声，似乎是荷马笔下那群神人的笑声。

第一个疯了一般尖声尖气的发出笑声的是苏宾，接着是比尔森涅夫皮鼓似的嗡嗡大笑，卓娅在一旁笑得声音像撒下一盘细小的珍珠。

忽地安娜·华西雷耶芙娜也放声大笑起来，甚至连耶琳娜也忍不住笑了起来，到最后终于恩沙洛夫也抵挡不住了，然而笑得最响、笑得最久、笑得最厉害的是瓦苏尔·伊凡诺维奇。他哈哈哈哈……一直笑到腰痛、笑得打喷嚏，笑得接不上气来。他稍停一停，才流着眼泪说："我……以为……怎么扑通一下子？可这……他就……头朝下……"而随着他最后一个颤巍巍硬吐出来的词儿，一阵重新发作的哈哈大笑又使他全身颤抖。卓娅的话又激起他更大的笑声。

"我，听我说呀，看到没，两腿朝天呀……""对，对，"瓦苏尔·伊凡诺维奇立刻接着说，"两条腿，两条腿，那边就扑通一下！他可就四脚朝天啦！""他怎么做到的啊？那个德国佬比他大三倍呀！"卓娅问道。

"这让我来告诉您。"瓦苏尔·伊凡诺维奇擦一擦眼睛回答说，"我看见的呀！恩沙洛夫一只手抓住他的腰，另一只手拎起一条腿，接着就扑通了！我亲耳听见的呀！哇，那个样子！噢，就这样，仰面朝天啦！"

马车已经走了很久，察里津诺的城堡早已从眼前消失，而瓦苏尔·伊凡诺维奇还是没办法平静下来，苏宾又跟他坐一辆马车上，于是又开始奚落他了。

而恩沙洛夫却正感到极为惭愧，他坐在马车里，和耶琳娜对面坐着（比尔森涅夫坐在驾车人的座位上）。他沉默着，她也不说话。他在想，她必定会责备他的吧，但是她为什么并没有这样做呢。

刚开始时，她感到非常惶恐，后来他的神情令她非常吃惊，再后来她不停地思索着。她不太明白自己、在思索些什么，她在这一天里所体会过的情感如今都已消失无踪，这一点她意识到了，但是这些感情却早已被另外一些什么所取代，那到底是个什么，她暂且还不明白。

快乐的出游，推得太迟了，黄昏已在不知不觉间转为了夜晚。马车急速奔驰，时而沿着早已成熟的麦田，空气郁郁芬芳，飘过一阵粮食的清香，时而沿着宽广的草地，芳草清新如轻波般扑打着脸颊。

天空四周似乎烟气蒸腾，终于浮出一轮朦胧的、昏黄的月亮。安娜·华西雷耶芙娜在打盹，卓娅把头伸出窗外探望道路。耶琳娜终于意识到，她有一个多小时没跟恩沙洛夫讲话了。她向他问了个无关痛痒的问题，他马上高兴地回答了她。

夜空中开始发出一些模糊不清的响动，似乎远处有许许多多的人在说话，那是莫斯科在向他们迎面扑来。前方不远处已闪现出灯火，灯火越来越多了，终于车轮下响起了嗒嗒的石块声。安娜·华西雷耶芙娜醒来了，马车里大家都在谈论着，虽然谁也听不清对方说些什么。石砌的路面在两轮马车和三十二只马蹄下剧烈地震响，使从莫斯科到昆卓沃这段路程显得既无聊又漫长。或者全都在睡觉，或者默不作声地把脑袋贴在角落里。

唯有耶琳娜一个人没闭上眼睛，她眼睛一动不动地盯着恩沙洛夫昏暗中的身影。她的心中掠过一种奇特的情感，是哀怨眷恋或是令人痛心的一丝遗憾，她也说不清楚，只是他的离去似乎带去了她身上的某种东西，自此后她的生活中将会又多了一种期待。苏宾心头袭来一阵哀愁，轻风吹拂着他的眼睛，令他懊恼不已，他把头缩在外衣领子里，几乎都要流出眼泪来。瓦苏尔·伊凡诺维奇安枕无忧地发出鼾声，身子左右来回摇晃着。

马车终于停住了，两个仆人把安娜·华西雷耶芙娜慢慢地扶下马车。她几乎要累垮了，在跟同伴们告别的时候，她说她已半死不活了。他们向她表示着感谢，而她只能反复地说"我快死了"，耶琳娜（第一次）握了恩沙洛夫的手，她久久地没办法宽衣入寝，只是坐在窗前，而苏宾在比尔森涅夫正要走时，却逢时地悄悄对他说，"唉，为什么不是个'英雄'？不是能把喝醉酒的德国人丢到水里去了吗！"

"然而你却连这个也做不到呀。"比尔森涅夫回了他一句，便跟恩沙洛夫一同回家了。

当两位朋友回到住所时，天空已显现出朝霞，虽然太阳尚未升起，却已漫起了黎明的寒气。

灰色的露珠滚动在草叶上，早起的云雀在半明半暗广阔无限的天空中银铃般高声歌唱，在那天空中，一颗巨大的最后的晨星仿佛一只孤独的眼睛般，正环视着整个人间。

十五

耶琳娜认识恩沙洛夫后不久，就开始(这是第五次或是第六次)写起了日记。这里是她日记中的一些片断：

六月……安德雷·彼得洛维奇给我拿来了一些书，然而我没法读。跟他承认吧，不好意思。把书还回去，再撒个谎说读过了不愿意。我认为，这会伤了他的心。他处处注意我。他似乎是对我很依恋。一个这么好的人，安德雷·彼得洛维奇。

……我想要什么？为什么我心头这么沉重，这么疲乏？为什么我望着远去的鸟儿也羡慕不已？我好像希望跟它们一起飞，飞到哪儿？不知道，只是要飞得远远的，离这儿远远的。这种愿望有罪吗？我在这儿有母亲，父亲，家庭。难道我不爱他们？是的，我是没有像我想象中地那样爱他们，我很怕说出这句话，但这却是真的。

也许，我是个大罪人。也许，我是因为这个才如此忧愁，是因为这个才得不到平静。不知是谁的一只手放在我肩上，压迫着我。仿佛我是坐在牢房里，眼看着四边的墙就要塌下来压在我身上。怎么别人没有这样的感觉？

假如我对自己的亲人也冷冰冰的，那我还会去爱谁呢？

显然，父亲是对的。他曾骂我只爱狗呀猫呀的，看来应该想想这件事了。我很少祈祷，应该祈祷，啊，好像，我还是会爱的呀！

我在恩沙洛夫先生面前仍然还很怯懦。不知道为什么，我好像也已不是那么年少无知了，而他又是那么的平易近人、善良可亲。有时候他面色十分严肃，他一定是来不及想到我们。我觉察到这个，所以我才不好意思自私地占用他的时间。安德雷·彼得洛维奇，他就截然不同了，我可以跟他扯上一整天，而他跟我也是只聊恩沙洛夫。谈了些非常可怕的细节！

昨天后半夜，我梦见他手握一把匕首，好像在对我说，"我要杀了你，也结束自己。"噢，多么荒唐！

噢，如果有谁能对我说这就是你应该去做的！那就好了，有善心这还不够！做好事！对，这才是人生的重点所在。

可是怎样去做好事呢？噢，要是我能把握住自己，那就好了！

我不明白，为什么我会如此频繁地想起恩沙洛夫先生，他来到我家仔细听我说话，他却毫不费神、操心，我眼睛看着他，心里就感到欢心不已，如此而已。

　　等他走了，我总是回想他说过的话，埋怨自己，甚至于还心情澎湃不已，连我也不知道这是为什么。他法语讲得不好，却也不为此感到羞惭——这我喜欢。可是，我心里总是会想到一些新的面孔。跟他说着话，我突然想起了我们这儿卖小吃的生意人华西里，是他把一个残疾的老人从失火的茅草屋里救出来，而自己差点儿没被烧死。

　　父亲称他好汉，母亲给了他五个卢布，我那时只想去跪在他面前表示敬佩。他的面孔也是朴实的，甚至还有点蠢相。他后来变成了一个酒鬼。

　　今天我拿一个半戈比的铜板给了一个乞丐，她对我说，"你干吗这么悲伤呀？"我没有想到我的神色是悲伤的。

　　我想，这是因为，我独自一人，老是独自一个人。善也罢，恶也罢，没人可以让我向他伸出我的手。

　　凡是向我走来的人，都是我所不需要的，而我所想要的人，他却从我身边走了过去。

　　我不清楚我今天到底怎么了，脑子里乱乱的，我想要跪在地上，恳求人家宽恕我。我觉得似乎有人在折磨着我，但是我却不知道是谁，还有那是一种什么样的折磨？

我在内心里呼喊、反叛，我哭，我不能安静下来，我的上帝！我的上帝啊！请你阻止我心头的这些冲动欲望吧！

　　只有你能办到，任何别的一切都无能为力。不管是我微不足道的施舍，还是我的课业，无论什么，似乎都不能帮上我的忙啊。去当个女使者去吧，真的。这样我也许会觉得心里轻松些。

　　我的青春为了什么，我的生命又为了什么，我为什么需要灵魂，所有的这一切，都是为什么呢？恩沙洛夫，恩沙洛夫先生，我真的不知道该从何下笔，他一直占据着我的心。

　　我想知道，在他内心深处都有些什么呢？他看起来那么坦率，那么真诚可亲，可是我又感觉我什么也看不清。有时他用那么一双追问似的眼睛望向我，也许这是我的幻想？保尔老是引逗我，我非常生保尔的气。

　　他到底想要什么呢？他爱上我了？可是我不需要他的爱。他也爱上卓娅了吧。我对他公平，他昨天对我说我连做到一半不公平也做不到，这话是对的。这很不好啊！

　　哎，我觉得，一个人有不幸也没什么不好，要么穷，要么生病。否则他马上就会自鸣得意了。为什么安德雷·彼得洛维奇今天要给我谈起那两个保加里亚人？他也许是故意要告诉我这些。恩沙洛夫先生跟我有什么关系呢？我很生安德雷·彼得洛维奇的气。

拿起笔，却又不知道从何写起，他今天在花园里跟我讲话，多么突然啊！他是那么的亲切，充满着信任！事情发展得多么快哟！真好像我们是很久很久的朋友，只是刚刚才彼此认出来一样。

这以前，我怎么竟然不了解他！现在他对我是多么的亲切啊！真奇怪！我现在变得平和得多了。我感觉好笑，昨天我生了安德雷·彼得洛维奇的气，还生了他的气，我甚至称他为恩沙洛夫先生，而今天……终于有了一个诚实坦率的人，有了一个可以信任的人。

这个人不说谎，这是我所遇见的第一个诚实信任的人。别人都说谎，什么人都在说谎。安德雷·彼得洛维奇，亲爱的，我善良的朋友，我为什么要委屈您呢？

不！安德雷·彼得洛维奇，也许，比他更有学问，甚至还更聪明些，可是，我不明白，为什么他在他面前显得那么的矮小。

当恩沙洛夫谈起他的祖国的时候，他变高大了，魁梧了，他的面容俊美了，声音像洪钟一样，好像那时候世上没有一个人可以让他低下头去。而他不只是说一说，他在做，而且将来还要继续做下去。

我要认真地问问他，他是怎样地忽然地向我转过身来，向我微微一笑，啊，只有亲兄弟才会这样的微笑，啊，我多么幸福！

当他第一次来我们家时，我怎么也不会想到，我们会亲近得这么快。而现在，我甚至兴奋于我初次见到他时表现得那种淡漠，淡漠啊！难道说我现在就不淡漠了？

我很长时间没有感受过这种内心的安宁了。我的心灵是那么静，那么静，没什么可以写下来的。我经常见到他，就这些，还有什么可写的呢？

保尔把自己锁在屋里，安德雷·彼得洛维奇来得次数愈来愈少了，可怜的人！我仿佛觉得，他说真的，那是绝不可能的。我喜欢与安德雷·彼得洛维奇谈话，他从不谈一句自己，总是说些什么实在的、有益的东西。

不像苏宾，苏宾漂亮得像一只蝴蝶，他还是个欣赏自己漂亮的蝴蝶，连蝴蝶也不这样吧。不过，苏宾也好，安德雷·彼得洛维奇也好，我知道我想说什么。

他乐意上我家来，这我看得出，可是为什么？他在我身上找到了什么？的确，我们志趣相投。他和我都不喜欢诗歌，两人对艺术都懵懂无知，可是他比我可厉害得多啊！他冷静，而我整天都惶恐不安；他有他的征途，他的目标，而我，我往哪儿走？我的窝在哪里？

他淡定，而他的思想却远在天边，有一天他会永远抛下我们，去他要去的地方，去那儿——大海的彼岸。

怎么？愿上帝祝福他吧！而我反正曾是快乐的，因为，当他在这儿的时候，我曾是他的朋友。

为什么他不是个俄国人？不，他不可能是俄国人。母亲也喜欢他。她说，"一个谦虚的人。"好心肠的母亲呀！她并不了解他。

保尔保持沉默，他猜到我不喜欢听他的暗示，但是他是在嫉妒他吗？坏孩子！你有什么权里？难道说我什么时候……

这全部是废话！为什么我会想到这些？

但是，说来也怪，我到现在，20岁了，还不曾爱上过谁呢！我觉得，德（我以后就叫他德，我喜欢这个名字：德梅特里）的灵魂之所以那么纯洁，是因为他把整个身心都献给了自己的事业自己的希望，那么有什么可以让他不安心的呢？

一个人完全、完全、完全献出了自己，他就少了许多痛苦，他就对一切都无所谓了，不是我想要怎样，而是他想要怎样。

说起来，我们还都喜欢同样的花。今天我摘了一朵玫瑰，一片花瓣落下来，他把它捡起，我就把整朵玫瑰都给了他。

德常上我们家来，昨天他整整坐了一晚上，为了想要教我学习保加里亚语。跟他在一起我觉得很高兴，因为有一种回到自己家中的惬意。不，比回到自己家中还要好。日子飞逝而去，我心情愉快欢畅，但不知为什么觉得有点儿怕，想要感恩于上帝，眼泪也快溢出来了。啊，温暖的、明朗的日子啊！我还像以前一样觉得轻松自由，只是偶尔，偶尔有一点点愁绪。我幸福！我幸福吗？

昨天的出游使我久久不能忘怀。那是一些多么奇特、全新而又可怕的印象啊！当他突然抓起那个巨人，把他像丢皮球一样甩进水中的时候，我并不觉得可怕，但是后来，好一副凶狠模样，他却吓坏了我。

几乎是残酷的啊！他说他会游上来的！这让我震惊了。原来，我还不真正了解他啊！后来，当大家都在大笑的时候，当我也在大笑的时候，我多么为他感到难过呀！他羞愧了，我感觉到了这一点。

他是因为我而羞愧，后来他在车子里在黑暗中把这话告诉了我，那时候我极力地想要看清他，但又感到怕他。

是的，跟他这人可不能开玩笑，他也是善于防卫的。可是这样的凶恶，连牙齿都在发抖，眼睛里也流露出恶毒，这是为什么呢？也许，只能这样做吧，没别的办法！

难道一个人就不能既是英雄、战士，又保持温情、柔和吗？前不久他曾对我说过，人生本来就是粗暴的。我把这话讲给安德雷·彼得洛维奇听，他不能苟同德的看法。他们两个到底谁对呢？而这一天又是怎样开始的啊！我跟他并肩走着，哪怕一句话不谈，心里也

374

是那么舒服，但是，我喜欢所发生的这些事。很明显，事情就应该这样发展。

又是忐忑不安心神不宁，我觉得身体欠佳。

这些日子以来，我没在这个本子上写任何东西，因为想不出要写什么来。我觉得不管我写什么，都不会是我心中所想，可我心里在想什么呢？

我跟他长谈过一次，这次谈话使我明白了许多，他向我说出了自己的计划（顺便讲一下，我现在知道他脖子上的伤是怎么回事儿，我的上帝啊！当我一想到他曾经准备去死，却九死一生地逃脱了，还受了伤）。

他预感到战争的发生，他为此而高兴。而同时我也从来没有见过德的心情如此忧郁。他——他为什么会忧郁呢？父亲从城里回来，遇见我俩在一起，他那么奇怪地看着我们。

安德雷·彼得洛维奇来过了，我注意到他变得又消瘦又苍白，他责备我，说我似乎对苏宾已经太冷淡、太漠不关心了，而我却也正是完全把保尔给遗忘了。见到他时我会尽力弥补自己的过失，我现在顾不到他，也顾不到世界上其他的任何人，安德雷·彼得洛维奇在跟我说话时脸上露出一种怜惜的神情，这是什么意思？

为什么我的身旁，我的心中全这么黯然？我仿佛觉得，我的身边和我心中正在发生着某种类似于谜一样的事情，这些都必须找出一个答案来！

我整夜未眠，头痛。可为什么又要写呢？他今天走得那么急，我原本还想跟他再谈谈，他似乎很怕见我。是的，他肯定在躲着我。答案找到了。光辉照亮了我！上帝呀！疼惜我吧，我恋爱啦！

十六

就在当天，当耶琳娜在她的日记本上认真地写下那最后的有关宿命的感慨时，恩沙洛夫恰好正坐在比尔森涅夫的屋里。

比尔森涅夫站在他的面前，脸上显现出一种迷惑不解的表情。恩沙洛夫刚刚告诉他，打算第二天要搬到莫斯科去住了。

"这怎么可以呢？"比尔森涅夫高喊着说，"最美的时间即将到来，您想去莫斯科干什么？如此突然的决定，是不是您得到了什么消息？"

"我没有得到任何消息，"恩沙洛夫说，"可是，我想我是不能够再留在这个地方了。"

"这怎么可以呢？"

"安德雷·彼得洛维奇，"恩沙洛夫说道，"请您，别再坚持啦，我恳求您！跟您分开我也很难过呢，可是又有什么办法啊！"

比尔森涅夫一动不动地注视着他。"我了解，"他终于说，"没什么可以说服您，那么，您都决定啦？"

"已经早决定了。"恩沙洛夫回答，他站起身来，快步离开了。比尔森涅夫在房里来回踱了几步，拿起帽子就向斯塔霍夫家走去了，"您是不是有什么事情要来通知我？"等到他们只有两人单独在一起时，耶琳娜便迫不及待对他说。

"是的。难道您已经猜到了？"

"没关系，说吧，有什么事吗？"于是，比尔森涅夫把恩沙洛夫的决定一五一十地告诉了她。耶琳娜脸色忽地一下苍白了。"你说这话是什么意思？"她艰难地说出这句话。

"您知道的，"比尔森涅夫说，"德梅特里·尼康诺罗维奇从不喜欢对自己的行为做出解释。可是我想，咱们坐下慢慢谈。耶琳娜·尼古雷耶芙娜，您似乎不太舒服呀，我或许能猜测到，他这样忽然走掉，到底是为了什么。"

"是什么？什么原因？"耶琳娜急切地重复着说，她把比尔森涅夫的手紧紧攥在自己冰冷的手中，而她自己却没留意到。

"您看，"比尔森涅夫带着略显忧郁的微笑说道，"怎么跟您说才好呢？这我得从这个春天，我跟恩沙洛夫更加亲密的时候说起。那时我是在一个亲戚家里遇到他的，我这亲戚有个女儿，那是一位十分漂亮的姑娘。我感觉，恩沙洛夫对她也是有些动心的，于是我就把这话对他讲了。他笑起来，回答我说我误会了，说他心里什么事也没有，可是如果那姑娘心中萌生了诸如此类的感情，他便会马上走开，因为他不愿意为了满足个人的情感而背弃自己的事业和自己的责任，这是他自己的话，他说，'我是个保加里亚人，我不需要俄国人的爱。'"

"啊……那么……现在您……"耶琳娜喃喃地说，不禁转过头去，仿佛是一个准备遭受打击的人，但依旧抓着比尔森涅夫的手没有松开。

"我觉得，"他继续说下去，但自己也刻意地降低了声音，"我原本觉得这是纯属猜测的事情，可现在却真真切切地发生了。"

"那就是……您认为…别再折磨我啦！"耶琳娜突然忍不住脱口而出。"我认为，"比尔森涅夫连忙继续说道，"恩沙洛夫目前爱上了一个俄国女孩儿，于是为了履行自己的诺言，他才决定走开。"

耶琳娜把他的手攥得更紧，头也垂得更低了，好像要躲开所有人的目光，以遮掩住忽然间火一般溢满面颊和头颈的羞怯的红晕。

"安德雷·彼得洛维奇，您是至善的，像天使一样，"她说，"可是他总该来道别一声的吧？"

"会的，我想，他肯定会来的，因为他其实并不想离开！"

"请您告诉他，带个信儿给……"

可是这时可怜的姑娘终于按捺不住了，泪水开始涌出她的眼眶，她从房里跑了出去。

"她竟爱他如此之深啊，"比尔森涅夫想着，他正缓步走在回家的路上，"我没有料到，我完全没有料到，已经这样深了啊！'我是至善的'，她说，他继续思索着，谁也不知道，我是出于怎样的一种感情和动机来把这些事讲给耶琳娜听的？可是那绝对不是出于善良之心，不是出于善良之心啊！只不过是一种应当遭受诅咒的愿望而已，我只是想明确一下，那把比首是否真的已经插进了伤口里？我应该满足了，因为他们相爱，而我是帮助了他们的！'科学与俄国大众的未来中介人'——苏宾这样称呼我。看来，我生来就注定就会是个中介人的。然而，万一我错了呢？不，我没有搞错！"安德雷·彼得洛维奇心里很难过，连《罗墨尔》也无法引起他的兴趣了。

第二天下午二时，恩沙洛夫来到了斯塔霍夫家。像是故意安排好似的，这时安娜·华西雷耶芙娜的客厅里正坐着一位客人，一位邻居牧师的太太，是位非常好、非常值得敬重的夫人。

不过，她曾跟警察局发生过一桩小小的不愉快的事情，因为她曾忽然想，要在光天化日跳进一个池塘去洗澡，而那池塘是靠近路边的，还是某位身居要职的将军一家人经常要路过的地方。

一个局外人的在场，一开始让耶琳娜甚至感到很快慰，但一听见恩沙洛夫的脚步声，她脸上的血色顿时消失全无了。但是，想到他也许不会等着跟她单独谈话便告辞离开了，她连心跳都要停了。

恩沙洛夫则显得很窘，躲开了她的目光。"莫非他这就要离开吗？"耶琳娜想。事实上恩沙洛夫也真的是正要准备跟安娜·华西雷耶芙娜讲话，耶琳娜连忙站起身来把他叫到了窗前。牧师太太觉得很好奇，她也想转过身去，可是因为她把腰身收得太紧了，所以每动一下，胸衣便吱吱作响。她也只好保持在原位，不能动弹。

"您听着，"耶琳娜急匆匆地说，"我知道您为何而来。安德雷·彼得洛维奇把您的打算已经告诉我了，可是我恳求，我恳求您今天别跟我们道别，过了今天来吧，来早点儿，11点钟就来，我有两句话要跟您说。"恩沙洛夫安静地低下头去，什么也没有说。

"琳诺奇卡，你过来！"安娜·华西雷耶芙娜说，"你快来看看，阿姨的提包有多么的漂亮。"

"我绣的花。"牧师太太说。

耶琳娜从窗口走开了，恩沙洛夫在斯塔霍夫家待了不到一刻钟，耶琳娜悄悄地观察着他。他在座位上不断地挪来动去，还是像以前一样，眼睛不知道往哪儿瞧。忽然之间，不知为什么便奇怪地走掉了，消失不见了。

这一天对于耶琳娜来说过得太慢了。漫漫长夜过得还要更加缓慢。耶琳娜时而坐在床上双手抱膝，头靠在膝盖上，时而走向窗前把滚烫的前额贴在冰凉的窗玻璃上。

她忍耐着，反复地考虑着同样的想法，直到筋疲力尽。她的心不知是幻化成了一块顽石，还是从她胸中猝然消失了。

她感受不到心脏的搏动，然而头脑中的血管却都在重复地跳动着，头像着火一样地发热，嘴唇都干裂了。

"他会来的，他没有跟母亲告辞，他是不会骗人的，难道安德雷·彼得洛维奇说的是事实？这不可能，他没有答应我说他会来，难道我从此就跟他分别了吗？"

就是这些忧思不肯离她而去，总不肯离她而去！它们并不是来而复去，去而复来，它们是不停地在她心中激荡着，如同一团迷雾。

"他爱我！"——这想法忽然火一般地在她的全身中燃起，

于是她定睛向黑暗中凝望，一丝谁也看不见的神秘的微笑在她的唇边漾开了，然而她立即甩一甩头，两手扣起来放在后脑勺上，于是原先那些忧虑重新又像迷雾般遮住她的心扉。

黎明前她脱掉衣服躺在床上，但是她却没睡着。第一缕火红的阳光射进了她房中，"噢，假如他爱着我！"她忽然高声喊出来，并张开了双臂，此时并不因照耀着她全身的阳光而感到羞惭。

她起来穿好衣裳，下楼来。家里还没人醒来。她走进花园，花园里是那样的静谧、清新，鸟儿啼啭得那样自信，花朵儿也露出头，来显得那样的快乐，而她却感到莫名的害怕。

"噢！"她想，"假如这是真的，那么哪一根小草儿也没我幸福啊，可是这是真的吗？"她回到了自己房里，只是为了消磨一下时间，便又开始换衣服，但是东西却都从她手里落到了地上。

当喊她去喝茶时，她依旧静静地坐在梳妆镜前，还只穿了一半的衣服。她走下楼来，母亲发现她面色苍白如纸，却只说了一句，"你今天真有趣儿！"接着瞥了她一眼，又补充说，"这衣裳很合适你穿，你要是想让谁爱上你，就穿上这件吧。"

耶琳娜沉默不语，只是坐在了角落里。这时时钟敲了九下，离 11 点钟还有两个小时的时间。耶琳娜拿过一本书来，然后又拿起了针线活，接着重新又开始读书，然后她心中暗自决定，在同一段林荫路上走一百个来回，果真就走了一百个来回，她还久久地望着安娜·华西雷耶芙娜在不远处用纸牌算卦，又看了看时钟，还是不到 11 点。

苏宾来到客厅里。她想着跟他说话，但她也不知道为什么竟向他道起歉来，她说每句话时并不觉得有什么不妥，但却在她心中引起某种不解。苏宾俯身下来，她准备好了要受他嘲笑。可当抬起眼睛时，却看见出现在面前的是一张悲悯而友好的面庞，她冲这张脸微微一笑，苏宾也同样向她微微一笑，没有说什么，只是轻轻地走了出去。

她想挽留他，可是却怎么也记不得该如何叫他。终于，钟敲 11 下了。她便开始等呀，等呀，她已经没有心思做到别的了，她甚至已经停止了思想。她的心又开始活跃了，跳得比先前更响，而且越来越响。奇怪的是，时间这时好像飞驰得更快了些，一刻钟过去了，半小时过去了，耶琳娜觉得似乎又过了好几分钟，而后她忽然浑身一颤，钟敲的不是 12 下，而是一下。

"他不来了，他走了，告辞也不来说一声，"这种想法，随着一股血液猛然间涌进了脑中。她感到喘不上来气，她想大哭一场，她奔向自己的房间，双手捂着脸，扑倒在床上。

她静静地在床上躺了半个小时，泪水顺着手指缝滴在枕头上。猛然间她起来坐下，她心中产生了一个很奇怪的想法，她的面容憔悴了，泪湿的双眼也干了，同时闪出光彩来，她皱起眉头，紧闭双唇。

又过了半个小时。耶琳娜最后一次竖起耳朵仔细听，那熟悉的声音真的没有向她飞来吗？她站起身来，迅速的戴上帽子、手套，披上披肩，悄悄溜出家门，沿着通向比尔森涅夫住处的小路快步走去。

十七

　　耶琳娜走着，时不时地抬头望去，两眼凝视前方。她什么也不畏惧，什么也不顾虑，她只想能再一次见到恩沙洛夫。

　　她走着，甚至没留意太阳早已隐没在远方，一朵朵浓重的乌云遮去了西下的太阳，风在树林间猛烈地呼啸，掀起她的衣衫，顿时间尘土飞扬，一股股凌空腾起在大道上。

　　大滴大滴的雨珠洒落了下来，而她却连这也没留意，可是雨越下越大，越来越猛，夹杂着闪电，雷声轰然袭来。耶琳娜驻足不前，环顾四周，幸好在雷雨袭来的前方，一座坍塌的水井旁，有个年代久远的废弃的小教堂，她飞快地向那里奔去，躲在了那低矮的屋檐下。

　　瓢泼大雨倾盆而至，天空阴云浓郁。耶琳娜怀着无言的绝望定睛凝视着面前这急雨构成的一张密网。她连跟恩沙洛夫见次面的最后一丝希望也落空了。

　　这时，一个乞讨的老妇人走进了教堂里，她甩甩身上的雨水，鞠了一个躬，说，"躲雨呀，姑娘。"于是她喃喃叹息着，并坐在了井边的台阶上。耶琳娜把手伸向了口袋，老妇人注意到她的这个动作，她那张当年也曾美丽的满布皱纹的脸忽地显得有生气起来。"感谢您，亲爱的施主。"她说。但是不巧的是耶琳娜在口袋里找不到钱包，而老妇人显然已经伸过手来了。

"我忘了带钱，老妈妈，"耶琳娜说，"那就拿了这个吧，或许对您会有个什么用处的。"她把自己的手绢递给了她。"哦，嗬，你，我的姑娘呀，"乞讨的老妇人说，"我要你的手绢儿有什么用啊？给孙女儿做嫁妆用吗？您一定会有福报的！"

轰隆隆，一声雷鸣响过。"主啊，耶稣·基督，"老乞婆轻声地说，顺带着画了三次十字。"我似乎在哪里见过你的，"过了一小会儿，她说，"你好像曾经施舍过我这个讨饭婆的呀！"耶琳娜看了老妇人一眼，也认出了她。"对，老妈妈，"她兴奋地回答说，"你还问我，为什么我当时那么忧愁呢。"

"是啊，宝贝儿！是啊。就凭这我才能再次认出你来呢，你现在也活得好忧愁啊。瞧你手绢儿都是湿的，是泪水啊。噢，你们年轻小姑娘，全都在为一件事而忧愁啊，这痛苦可大喽！"

"您说是什么忧愁呢，老妈妈？""什么忧愁？""哎呀，小姑娘呀，你什么都瞒不过我这个老婆子的，我知道你为什么而难过。你的忧愁不是在于吃穿，要知道，亲爱的，我也曾年轻过，这些苦恼嘛，我也是体会过的。为了报答你的好心肠，我给你说句真话，如果你遇上了个好人，不是个什么浪荡子，你就要抓牢他，死也要抓牢些。行就行，不行，那是天意啊！是啊。觉着我奇怪你吗？是的，我就是个算命的呢。要不要我把你的苦和你的手绢儿一块带上离开？我带走所有，这样不就好了吗。您瞧，雨有些小了，你再待一会儿，我走了。我也不是第一次被淋湿了，记住，宝贝儿！有过愁，但愁终究会消，转眼愁就没影儿啦。上帝，怜悯吧！"

老妇人从井台边站起身来，慢悠悠地走出教堂院子上了路。耶琳娜迷惘地望着她远去的背影。

"这话是什么意思呢？"她不由得低声自问。

雨越下越小了，终于太阳光忽地又露出头来，耶琳娜已经打算要离开她的避雨所，忽然，在教堂十步远的地方，恩沙洛夫裹一件披风，正沿着耶琳娜刚走过的那条路走来。他似乎是在往家赶。

她用手肘撑住门廊下腐朽的栏杆，想要喊他，但是却怎么也叫不出声来，恩沙洛夫走过了，他始终没有抬起头来，"德梅特里·尼康诺罗维奇！"她终于喊出口来。

恩沙洛夫突然顿住，回头一望，最初的几秒钟里，他没有能够认出耶琳娜，但还是马上就向她走了过来。

"您！您在这儿！"他惊叫道。

她默默退回到了教堂里。恩沙洛夫也跟在耶琳娜身后进来了。"您怎么在这儿？"他又问。她仍旧沉默不语，只是以一种凝重而又温柔的目光看着他。他不由得垂下了眼帘。"您是从我们家来的？"她问他。"不，并不是从您家。"

"难道不是吗？"耶琳娜重复着他的话，努力地装出笑容来，"那么您履行您的诺言啦！我从早上开始就在等着您的到来呀！"

"我昨天，您记得吧，耶琳娜·尼古雷耶芙娜，也没承诺

386

过什么要过来啊！"

耶琳娜再次勉强地笑笑，手在脸上胡乱地抚摸着，她的脸和手都显得十分地苍白。

"这么说您是想不跟我们说一声再见就走吗？"

"我想是的。"恩沙洛夫郑重地、低声地说道。

"为什么要这样？我们已经认识，并且还有过那些次谈话和那一切啊，噢！如果我没有在这儿有幸遇上您的话，"耶琳娜的声音都开始发尖了，她略停了一会儿，"那您就离开了，也不跟我最后告别一下，您难道就不感到遗憾吗？"

恩沙洛夫转过身去，尽量不去看她！

"我亲爱的朋友，请您别这么说吧。您就是不这么说我也已经够难过的了。您相信吗，这个决定我是费了多大力气才做出来的？如果您了解……"

"我不了解，"耶琳娜似乎害怕至极地打断他，"您为什么要离开……很明显，这样做是一定的，所以，我们必须分开。我想，您是不会毫无缘由的让您的朋友们难过的。可是难道就只能这样跟朋友道别吗？我是您朋友，对吗？"

"错。"恩沙洛夫说。

"为什么？"耶琳娜喃喃地说，她的面颊上瞬间浮起一圈红晕。

"我正因为如此才要走，因为我们并不是朋友，您明白吗？请别逼我说出不想说，也不愿意说出来的话。好吗？"

"您先前对我是如此的坦诚。"耶琳娜微微动怒地说，"还记得吗？"

"那时候我能够做到坦诚，因为，那时候我无所隐瞒，但是如今……"

"如今怎么样？"耶琳娜问道。

"可是现在，可是现在我必须得离开了。再见吧！"

如果在这时候恩沙洛夫能抬起眼睛来看看耶琳娜的话，他会发觉，他愈是愁眉不展，愈是面色阴沉，她的神情反而却愈发光辉而明亮呢，然而他始终只是固执地望着地面。

"好吧，那就再见吧，德梅特里·尼康诺罗维奇，"她说，"但是，既然我们已经相遇，至少让我们握握手告别吧！"恩沙洛夫正准备犹犹豫豫地伸出手来。

"不，我觉得连这个我也不能。"他最后还是犹豫不绝地说，终于再次背过身去了。

"这样都不能吗？"

"不能，再会吧。"

说完便向教堂的门口走去。

"请再等一会儿，"耶琳娜说，"您似乎有些害怕我，而我应该比您更勇敢些，"她忽然全身微微战栗着继续说下去，"您想要我说吗？我可以告诉您？为什么您会在这儿碰巧见到我？您可知道，我要去哪儿吗？"

恩沙洛夫诧异地注视着耶琳娜。

"我是要去找您。"

"找我？"

耶琳娜害羞地遮住了自己的脸。"您要逼我说出我爱您吗？"她喃喃地说，"好！现在，我已经说出来啦。"恩沙洛夫感到全身的血液都在沸腾，耶琳娜，正是他日思夜想的人，可是他不敢相信，她也深情地爱着自己，心与心在激烈地碰撞。

"耶琳娜！"恩沙洛夫不禁喊出声来。

她的手轻轻一动，看了他一眼，便扑倒在了他的怀里。

他紧紧地抱住她，深情地望着她却一言不发，他不必对她说多么爱她。从他那一声勇敢的惊呼中，从他整个人在刹那间的变化中，从她正如此信赖地偎依着的起伏的胸膛上，从他指尖在她发际间的轻轻游走上，耶琳娜体会到，她是深深地被爱着的。他默不作声，她也不必言语。

"他就在身旁，他爱着她，这还需要什么呢？"甜蜜的宁静，在这无干扰的世外桃源中的宁静，在这达到目的之后的宁静，即使是死亡本身也能诠释它的意义和美，天堂一样的宁静，正是这种宁静，此刻正以其圣洁的波澜充溢着她的身心。她已无所求，因为她已拥有了一切。

"噢，我的兄弟，我的朋友，我亲爱的！"她双唇喃喃低语，她也不明白，这颗正在她怀中为此而甜美地跳动着、融化着的心是属于谁的，他的呢，还是她的？

他立在那儿，一动不动，用自己强健的臂膀拥住这个年轻的、融化于他的生命，感受着怀抱这个娇艳欲滴、无限珍贵的负荷，涤荡着的内心的深情，莫可名状的感激的深情，这使他顽强的灵魂渐渐化为了灰烬。因此，他从来未曾体验过的泪水，已慢慢地从他的眼睛里涌出来了，而她没有动情，她只是不停地说着，"噢，我的朋友！噢，我的兄弟！"

"那么你愿意跟随我到天涯海角吗？"一刻钟过去后，他又对她说，依旧紧紧地把她拥抱在怀里。

"山南海北，天涯海角。您在哪儿，我就去哪儿。"

"你不要自欺欺人了。你知道吗？您的父母是绝对不会同意我们的婚姻的。"

"我不会骗自己的，这我知道。"

"您知道吗？我很穷，几乎身无分文。"

"我知道。"

"你知道吗？我不是俄国人，我是不可能住在俄国的，您必须跟祖国、亲人断绝所有的关系。"

"我明白，我深深地知道。"

"您了解吗，我已经把自己献给了一桩艰巨的、难以得到结果的伟大事业，我、我们必须遭受的不仅是危险，也许，可能更是贫困和屈辱。"

"我知道，我全都知道，我爱你。"

"您知道您必须抛弃自己曾习惯的一切，在那边，在不熟悉的人群当中，或许，你还不得不操劳着、工作着……"

她急忙用一只手堵住他的嘴，"我爱你，我亲爱的。"

他开始热烈地亲吻她纤秀的、玫瑰色的玉手。耶琳娜并没有把手从他唇边抽回来，而是怀着一种孩子般的兴奋和勇敢的好奇注视着，看他如何忽而在她掌心中、忽而在她指尖上印上许许多多的吻痕……瞬时她脸红了，迅速地把自己的娇容藏进他的怀中。他深情地捧起她的头，凝神直视着她的双眸。

"那么，你好呀，"他对她说，"我的世上和上帝面前的妻子！"

十八

一小时后，耶琳娜一手拿着帽子，一手搭着披肩，轻步走进了别墅的客厅。她的发型稍乱，两颊上露出一团小小的红晕，微笑仍旧停留在她的唇边，她双眼轻合，半开半闭，似乎也在微笑着。

她疲乏得很，好像要抬不动脚了，但疲乏又让她感到快乐，所有的所有都让她愉快。她感觉一切都是那么可爱与亲切。

瓦苏尔·伊凡诺维奇倚坐在窗边，她走到他面前，一只手搭上了他的肩头，慢慢探过身子去，不知为什么，不禁笑出了声来。

"笑什么？"他奇怪地问道。她不知道该怎么说好。她想要亲吻一下瓦苏尔·伊凡诺维奇。"一切都搞定啦……"她终于喃喃地说。

然而瓦苏尔·伊凡诺维奇甚至连眉毛也没动一下，依旧好奇地注视着耶琳娜。她把披肩和帽子一并丢在了他的身上。"亲爱的瓦苏尔·伊凡诺维奇，"她说道，"我想睡觉，我感觉很累。"边说着她又笑起来了，顺势倒在了他身边的一把圈椅上。

"嗯，"瓦苏尔·伊凡诺维奇清了一下嗓子，又扭起手指来，"那，就该，是的……"

而耶琳娜朝四周望了望，心想，"我马上就要跟眼前的这一切分别啦，可是真奇怪，我竟然心里一点儿也不害怕，不疑惑，不惋惜，也没有舍不得妈妈哟！"接着，她眼前又出现了那座小教堂，周围又回响起他的好听的声音，她感到他的手正紧紧地围抱着她，她的心是快乐地，但同时也疲惫地轻轻一颤。那是一种压抑的幸福的困倦。

她想起了讨饭的老妇人。"真的，她将我的痛苦统统都带走了。"她想，"噢，我是这样的幸福啊！我多么不该得到这样的幸福啊！来得如此快！"

她只要稍微地放松自己，那么甜蜜的、无休止的泪水就会一发而不可收。她也只能用笑来阻止它们的到来。她坐着、站着、躺着，不管采取怎样的姿势，她都觉得那是最惬意、最舒服不过的。她仿佛躺在摇篮里一样，有人哼着催眠曲哄她睡觉。她的每个动作都是轻缓的、柔和的。

她的急躁、她的不自在全都不知道上哪儿去了？卓娅走了进来，耶琳娜十分肯定地认为，她再也没见过比这更好看的脸蛋儿了。安娜·华西雷耶芙娜走进来，耶琳娜的心头猛地感到一阵刺痛，但是她将自己慈祥和蔼的母亲拥抱在怀中，亲吻着她已经斑白的鬓边，心中充满着无限的柔情。

当她走进自己的小屋，她房里的一切都欣喜地在向她微笑啊！她是怀着怎样一种羞怯的胜里感和柔美的情怀去依偎在自己的那张小床上啊！就在这张小床上，三个小时以前，她遭受过如何伤心的分分秒秒啊！"那时候我就已经知道他爱我呀，"她想着，"在那以前我也……哎呀！不啊！不啊！那是会受到诅咒的啊。"

"你是我的妻子……"她娇羞地自语着，双手捂住绯红的脸，扑在膝盖上。

黄昏时，她显得更加安静与忧郁了。一想起她将很长时间再见不到恩沙洛夫，她便愁眉紧锁起来。他不可能仍然留住在比尔森涅夫那里，那样会引起别人的怀疑，所以他跟耶琳娜约定，他要回莫斯科去，到秋天以前只能到她家来一两次。

她呢，应允给他写信，如果可能的话，会选择就在昆卓沃近旁的什么地方跟他约会。茶餐时，她来到客厅里，见到了全家人，还有苏宾。

他一出现，便目光犀利地注视着她。她本想像从前一样，跟他像朋友似的聊几句，但又惧怕他那透人心扉的目光，同时她更害怕她自己的窘况会被他察觉。她觉得，两周以来他不来打扰她是有原因的。

过了没一会儿比尔森涅夫来了，他真诚地向安娜·华西雷耶芙娜转达了恩沙洛夫的问候，同时也诚挚地向她致歉，说恩沙洛夫回莫斯科去了，没能特地来向她辞行。这是这一天来第一次有人在耶琳娜面前提到恩沙洛夫的名字，她感到自己的脸变得绯红，同时她也意识到，她似乎应该对这样一位好相识的突然不辞而别表示一下起码的惋惜，然而她不能强迫自己作假，于是继续一动不动、沉默不语地坐着。

而安娜·华西雷耶芙娜却在叹着气以表示对这离别的惋惜之情。耶琳娜极力让自己靠近比尔森涅夫，她并不十分怕他，虽然他了解她的一部分秘密。在他的守护下，她能够避开苏宾，他正目不转睛地盯着她——那眼神不是嘲笑，而是一种深深的关切。

　　整个晚上比尔森涅夫脸上也都是一种困惑不明的神情，他本想耶琳娜会表现得更加难过的。所幸的是，他跟苏宾之间展开的这一场关于艺术的争论对于她来说正是好事。

　　她退向一旁，好像透过梦境一般来倾听着他们的声音，慢慢地，不只是他们两人，甚至是整个房间连同所有她周围的一切都恍如梦境了。所有的一切……包括桌上的茶炊以及瓦苏尔·伊凡诺维奇的短短的坎肩、卓娅那光鲜的手指甲、墙上康斯坦丁·巴甫洛维奇大公的油画肖像，全都远远消逝，渐渐地隐没在一阵迷雾中，最后全然不存在了。

　　只是她油然开起一种对其他所有人的怜悯之情。"他们都为了什么活着呢？"她想。"你困了吧，琳诺奇卡？"母亲问她。她丝毫没有意识到母亲的问话。

　　"似是而非的暗示吗，您是说？"苏宾有些刺耳的话语忽然一下子唤醒了耶琳娜的意识，"也许吧，"他接着说，"趣味恰好就在于此啊。现实的暗示会令人备感沮丧，这不够宽宏大量。对理想化的暗示人们往往表现淡漠，这同样也是愚蠢的，而似是而非的暗示才叫人头痛，叫人理想化呢！打个比方来说，如果我说，耶琳娜·尼古雷耶芙娜爱上了我们其中的一个，这是一种什么类型的暗示呢，你认为呢？"

"哎呀，苏宾，"耶琳娜微怒地说道，"我倒真想对您表示一下现在的我多么恼火，可是说真的，我办不到，我很累啦。"

"你为什么不去休息会儿？"安娜·华西雷耶芙娜低声言语道，她一到晚上就总打盹，所以也总喜欢打发别人去睡觉，"跟我说晚安，就去休息吧，上帝保佑你。安德雷·彼得洛维奇不会认为你失礼的。"

于是，耶琳娜亲吻完她母亲，迅速地向大家行了个礼便离开了，苏宾把她送到了门口。"耶琳娜·尼古雷耶芙娜，"他在门口边轻声对她说，"就请您把苏宾踩在脚底下吧，您毫不顾忌地从他身上踏过去，苏宾祝福您，祝福您的小脚儿和您一双小鞋子，甚至是您小鞋子上的一对鞋后跟儿。"

耶琳娜微耸肩头，不甘愿地把手伸向他，那不是恩沙洛夫曾吻过的那只手，回到自己屋中，她立刻脱掉衣服，躺下就睡着了。她睡得极深极熟，连小孩子也不会睡得这样香。只有病愈的婴儿，当母亲坐在他的摇篮边凝神注视他，聆听他的呼吸时，才能够睡得如此香甜。

十九

　　"你到我这边来一下，"比尔森涅夫刚要向安娜·华西雷耶芙娜说再见，苏宾便对他说，"我给你看点儿东西。"

　　比尔森涅夫随他到厢房里去了。房间的角角落落里都摆满了习作，立像、胸像，每一件都用湿布遮盖着，令他感到大为惊异。"我看见，您是已经在认真地工作啦！"他对苏宾说。

　　"总应该做些什么吧，"苏宾回答，"做不成这件，就该试试另一件，不是吗？不过呢，我更像个科西嘉人，把近亲复仇的事儿看得比纯艺术更加重要呢！"。

　　"我不明白你什么意思。"比尔森涅夫说。

　　"请不要着急，亲爱的朋友和恩主！马上您就会看到，我的复仇一号。"

　　苏宾掀开一座塑像来，一座十分相像的、塑得极其出色的恩沙洛夫胸像便呈现在了比尔森涅夫的面前。苏宾将他面部的特征把握得惟妙惟肖，同时又赋予他以优美的表情：诚实、高贵、勇敢。比尔森涅夫十分高兴。

　　"啊，这简直太美啦！"他大声说，"祝贺你，都可以去展览了！我不明白你要为什么把这个伟大的杰作叫作复仇呢？"

"因为……因为我准备把你誉之为伟大杰作的这个雕像送给耶琳娜·尼古雷耶芙娜作为她的生日礼物。你了解它其中的寓意吗？我们都不是瞎子，我们都很清楚我们周围发生的事情，然而我们都是绅士，亲爱的朋友，我们只有像绅士那样去复仇。"

"你看，"苏宾掀开另一座塑像时说，"依照最新的美学观点，当一个艺术家把人间丑恶创造为艺术珍品时，他拥有在自己内心体现一切丑恶的令人羡慕的权利，那么我们在创造这一件珍品再版的时候，我就完全不是作为绅士，而只是作为一个科西嘉人在'复仇'了。他顺手揭去另一个盖布，比尔森涅夫的眼前就出现了一座丹唐风格的小立像，还是同一个恩沙洛夫的胸像。你再也不能想象出比这更加恶毒、更加俏皮的东西了。

年轻的保加里亚人被塑造为一头两只后腿立起、犄角前昂、欲进攻的公羊，愚蠢的庄严、急躁、顽劣、笨拙、狭隘，全都栩栩如生地刻现在"细毛公羊"的神情上，但同时，这雕像又与恩沙洛夫相像的令人惊异、不容置疑，不由得让比尔森涅夫哈哈大笑起来。

"如何？有趣吧？"苏宾说道，"你认得出这位英雄吗？这你也要建议去展览吗？这一座，我的兄弟，我想作为赠给自己的生日礼物，阁下，请允许我也荒唐一回！"于是苏宾蹦了蹦，试图用脚后跟在自己屁股上踢一踢。比尔森涅夫从地上捡起盖布，直接扔到了那座小立像上。

"啊，你是多么宽宏大量的人，"苏宾说，"在历史上有谁被认为是能超越您的一个呢？喏，反正都一样！现在嘛，"

他接着说，一边郑重而又略显悲哀地掀开第三座——一堆好大的黏土，"你所看到的，将向您证明，你朋友之谦虚其远见卓识，您将了解到，他作为一位真正的艺术家，仍然察觉到自我羞辱是必要和有益的。请看！"

把盖布揭开后，两颗并排紧靠着的、好像长在一起的脑袋又呈现在比尔森涅夫面前……他并没有马上明白这是怎么回事，但是，凑近一看，才看出来，那其中的一个是安奴什卡，另一个是苏宾自己。

并且，与其说这是肖像，倒不如说这是漫画。安奴什卡被塑造为一个漂亮的胖胖的姑娘，略凹的额头，眼睛浮肿不堪，鼻子还大胆地翘起来。她不算灵巧的嘴唇肆无忌惮地讪笑着，整个面容都表现出肉欲、轻佻和放肆，但也不失温厚。

苏宾的自塑像则是一个虚弱、消瘦的浪荡子，面庞两颊深陷、稀疏的毛发无力地垂下几绺来，暗无光彩的眼神中带着一副茫然淡漠的表情，鼻子尖挺着，像死人一般。

比尔森涅夫不由得厌恶地转过头去。

"是多么相配的一对儿吧，朋友？"苏宾悄声低语道，"能不能请您给题个恰到好处的名称呢？前两件我都已经想好名称了。那座胸像就叫'意欲拯救祖国的英雄'！那座小立像呢，就称为'灌腊肠的，请当心！'而这一座你觉得叫'艺术家伯维尔·雅科夫列夫·苏宾之未来'怎么样？怎么样？您说这样好吗？"

"快算了吧，"比尔森涅夫有些厌恶地说，"值得浪费时间在这种……"他一时找不出恰当的字眼来。

"你是想说在这肮脏玩意儿上？错，请原谅，我想若是真有什么值得被送去展览的话，那必定就是这一座双人像。"

"真是肮脏玩意儿，"比尔森涅夫接着他的话重复道，"可为什么要这样胡闹呢？在你身上根本没有往这种方向发展的苗头，而不幸的是，直到现在，我们的艺术家们都只是些大有这种天赋的人而已。你这简直就是在自我诬蔑。"

"你认为是这样吗？"苏宾略显阴郁地说道，"如果我身上没这种苗头，但在以后染上这种病症的话，那就只能怪一位女士。你明白吗？"他悲伤地锁紧眉头，后又补充说，"我已经试着喝过好几次酒啦。"

"你没说实话吧？！"

"我确实试过了，真的！"苏宾说，忽地又咧嘴笑开了，脸上还发出了不一般的光彩，"心里很不好受呢，老弟，那酒咽不下去呀，喝完后脑子里像擂鼓似的。还有人说，伟大的卢西亨他本人——哈尔拉姆皮·卢西亨，莫斯科第一人，是大俄国的第一个酒坛子。他曾经宣称说，我这人没什么出息。用他的话说我，跟酒瓶子没什么缘分。"

比尔森涅夫原本想一挥手把那座塑像打翻在地，但是苏宾却快速拦住他。"好啦，朋友，请别砸它，这可以借以为训呢，就像那种吓鸟儿的稻草人似的。"比尔森涅夫哈哈笑了起来。好吧，"既然如此，我就饶了你的稻草人，"他慢悠悠地说，"永恒纯洁的艺术万岁！""万岁！"苏宾接着他的话喊道，"有了这样的艺术，美好的事物将更加美好，而糟糕的也将变得更加糟糕！"两位朋友互相紧紧地握了手，就告别了。

二十

　　当耶琳娜一睁开眼，她的第一感觉是一种近乎愉悦的惊恐。"这难道是真的吗？这是真的吗？"她问自己，于是她的心幸福地收紧了。回忆像潮水一般，向她阵阵袭来，她已淹没其中。

　　紧接着那幸福，充满着喜悦的甜美静谧又笼罩住了她。清晨，耶琳娜逐渐变得不安起来，而过后的一连几天里，她又变得慵懒而烦愁。

　　是的，她如今已经知道她想要的是什么了，但她所要的这东西并没有让她轻松。那次刻骨铭心的约会把她从旧日生活的轨道中永远地抛掷出去了。她早已不在那条轨道上运转，甚至于早已远远地离开，但是她周围的一切又全都依照着惯常的秩序在行进，一件件都在沿着旧日轨道在运转着，好像什么都不曾改变过，先前的生活依旧在原样的反复推移，依旧期待着耶琳娜的热情参与配合。

　　她曾试着给恩沙洛夫写封信，但是她很快发现就连这个她也做不到。白纸黑字表达的要么是极端的有关死的语言，要么

400

就是假话。

她不再写日记，在那最后的一行下面画了一道粗重的黑线，过去都早已成为过去了，而她已经将全部的思想和整个身心都投入到了未来，这让她感到很沉重。母亲丝毫没有觉察到什么。

她们同坐在一起，听着她说话，回答着她的问题，同时还跟她谈点什么——这些都让耶琳娜觉得很有犯罪感，这使她觉得自己身上隐藏着某种虚伪。她困惑了，虽然并没有什么理由让她自觉脸红，然而很多次，她心头都升起一种几乎是按捺不住的欲望，想把所有的一切都毫无隐瞒地全都说出来，不管后果会怎样。她想，"为什么当时德梅特里没有从那座教堂里把我带到他所谓的'天涯海角'呢？他不是对我承诺，我是他上帝面前的妻子吗？那我等在这里做什么呀？"

她一时间变得怕见所有的人，甚至瓦苏尔·伊凡诺维奇——他比从前更加奇怪了，手指扭动得也更频繁了。周围的一切都让她觉得疏远、厌烦，甚至连一场美梦都没法做。这一切似乎是一个噩梦，一个死沉沉的没法丢弃的负担，重重地堵在她的胸口。

这一切都好像在谴责她，在愤恨着，丝毫不理会她，它们好像在说，"你不管怎么说总是我们的人呀"。就连她收养的那些发育不良的小鸟儿和小动物们也都以一种——至少她这样认为——怀疑和敌对的目光望着她。

她为自己的这些感觉而感到不安和羞愧，"这儿到底还是我的家啊，"她想，"我的家乡，我伟大的祖国……"而另一个声音又在不停地对她说，"不，这里已经不再是你亲爱的祖国了，它也已经不再是你的家了。"她被恐惧所笼罩着，她恼恨自己的意志为何如此薄弱。祸事才开个头呢，而她却已经丧失了耐心……她曾是这样承诺的吗？

她没有能够很快地掌握住自己，然而时间飞快地过去了。耶琳娜渐渐平静了下来，慢慢地开始习惯于自己的新位置了。她写了两封短信给恩沙洛夫，并亲自送到了邮局里——既是由于害羞，也是因为骄傲，她是万万不能把这事交给女仆去办的。

她已经开始在盼望着他的到来，可是，一个万里无云的早晨，他没有出现，而尼古拉·阿尔捷梅耶维奇却来了。

二十一

在退役近卫军中尉斯塔霍夫家中，从来没有人见过他的心情像今天这样糟糕，但又自信而且威严。他身穿大衣头戴帽子漫步走进了客厅——慢慢走进来，步伐很大，鞋后跟咚咚地响着。

他来到镜子前，久久地端详着自己，和蔼而不失严肃地摇了摇头，咬了咬嘴唇。安娜·华西雷耶芙娜上前迎接他时，表面上显得异常激动，同时内心也欢喜不已(她从来不曾用这样的心情来迎候他)。他甚至没脱帽子，也没有向她问好，只是默不作声地让耶琳娜吻了吻他那只麂皮手套。

安娜·华西雷耶芙娜开始询问起他疗程的进行情况，但他却什么也没有对她说。这时瓦苏尔·伊凡诺维奇来了，他朝他瞥了一眼，说，"哦！我的朋友！"对瓦苏尔·伊凡诺维奇，他态度一直都很冷淡，甚至有些倨傲，尽管承认在他身上有"真正斯塔霍夫血统的痕迹"。

众所周知，几乎所有的俄国贵族世家都相信只有在他们独有的特殊家族中种姓特征才是存在的。我们多次有幸听到"在自己人中间"谈论有关"比德萨拉斯金式的"鼻子和"比勒普雷叶夫式的"后脑勺之类的事情。

这时卓娅进来了，向尼古拉·阿尔捷梅耶维奇屈膝问好。他"扑通"一声，坐到了一把安乐椅里，直到要了一杯咖啡，这才脱下帽子来。咖啡送来了，他边喝边看着每个人，好不容易透过牙齿缝说道，"干杯，"接着又转向妻子说，"干杯。"

大家全都出去了，屋子里只剩下安娜·华西雷耶芙娜。她激动得不禁浑身打战。尼古拉·阿尔捷梅耶维奇那严肃的方式令她感到惊讶，她盼望着能发生什么不寻常的事。"这到底是怎么回事儿呢！"门一关上，她就大声地说。

尼古拉·阿尔捷梅耶维奇向安娜·华西雷耶芙娜投去一个不以为然的目光。

"一切都很自然，您干吗要摆出一副受难者的样子？"他说，故作姿态地每说一句话便把嘴角往下拉一拉，"我只是想要事先告诉您，今天有位新客人要来我们家吃饭。"

"谁？谁会来？这到底是谁呀？"

"古尔内托夫斯基·伊戈尔·安德列耶维奇，枢密院的最高秘书。您应该不认识他。"

"他今天要来我们家就餐？"

"是的。"

"难道您就为了告诉我这个才叫大家都走开的吗？"

尼古拉·阿尔捷梅耶维奇又极具讽刺性地瞥了瞥安娜·华西雷耶芙娜。

"你觉得很奇怪吗？告诉您吧，奇怪的事儿还在后头呢。"

他不再言语了。安娜·华西雷耶芙娜也安静地待了一会儿。

"我更愿意……"她又开口道。"我了解，您总以为我是个道德欠佳的人。"尼古拉·阿尔捷梅耶维奇猛地一说。"我！不是……"安娜·华西雷耶芙娜略显惶惑不安地低声说。"或许，您的想法对的。我承认，我有时候总是让您有合适的理由对我不满意(两匹灰色马！安娜·华西雷耶芙娜脑海中瞬间一闪)，尽管您也认同，就您所熟悉的情况说，您的体质……"

"可我一点儿也没有责怪您的意思，尼古拉·阿尔捷梅耶维奇。"

无论如何，我并不想为自己辩解，相信时间会证明一切。不过我觉得我有责任让您相信，我深深地明白自己的责任，也会考虑到……考虑到我受托照管的……我受托照管的家族的里益。""他说这话都是什么意思？"安娜·华西雷耶芙娜想。

她不知道，昨天晚上，在英国俱乐部休息室的角落里，曾有过一场关于俄国人是否不善于演说的辩论。"在我们中间有谁会演说呢？请站出一个来吧！"一个争论者大声地喊着。

"斯塔霍夫就是很会演讲呀！"另一个回答说，指了指尼古拉·阿尔捷梅耶维奇，他立即站起身来，得意得差点儿尖着嗓子喊出声音来。

"比方说，"尼古拉·阿尔捷梅耶维奇接着说，"您是否觉得我的女儿耶琳娜，她终于到了要在人生道路上迈出坚定的一步的时候了……我的意思是说出嫁。所有那些空谈呀，慈善事业呀都可以不在意，但总要适可而止，有个年龄的限度吧。

该是她抛开自己那些愁云迷雾，从样式纷繁的艺术家、学问家、黑山人的圈子里走出来，跟大家一样生活的时候啦！"

"您这话是什么意思呢？"安娜·华西雷耶芙娜问道。

"那么请您听我继续说下去，"尼古拉·阿尔捷梅耶维奇还跟先前一样耷拉着嘴角说，"我对您实话实说，不绕弯子。我认识并试图接近了这位名叫古尔内托夫斯基的年轻人，我希望他能做我的女婿。我敢保证等您看到他后，您就不会再责备我有所偏爱，或者是判断不谨慎了。尼古拉·阿尔捷梅耶维奇边说边欣赏自己的精彩演讲。

"那个年轻人受过极为良好的教育，是贵族法学院毕业生，风度翩翩，33岁的年纪，枢密院的最高秘书，脖子上还常挂着斯坦尼斯拉夫勋章。"我希望您，能公正地看待我，不要把我看成是那种不伦之类，只潜心于追求官阶职位。可是您亲口对我说过，说耶琳娜·尼古雷耶芙娜喜欢踏实肯干的、有所成就的人。"

"伊戈尔·安德列耶维奇在他的事业上就是一个相当出色的人。另外，现在，我女儿一直以来都是宽宏大度、舍己为人。"

"那么，您应该知道，伊戈尔·安德列耶维奇，当他一有可能，靠自己薪水过上小康生活的时候，立即就会把父亲给他的一份年金让给他的兄弟们，您懂我的意思吧！"

"那么他父亲是谁呢？"安娜·华西雷耶芙娜问道。

"他父亲吗？在一定程度上他父亲也算是一位知名人士，很是德高望重，好像还是个退伍的少校吧，主要是替伯爵管理所有的田产。"

"哦!"安娜·华西雷耶芙娜轻声道。

"'哦'什么?"尼古拉·阿尔捷梅耶维奇继续接着说,"难不成您有什么别的看法?"

"我并没有说什么呀……"安娜·华西雷耶芙娜刚开口说就被打断了。

"不,您'哦'了一声,无论如何,我认为还是有必要提早告诉您我的想法,而且,我同时真诚地希望,古尔内托夫斯基先生应该受到礼貌慎重接待。他可不是个什么无关紧要的黑山人。"

"当然。只要把厨子瓦尼卡唤来,让他多加两道菜不就成了。"

"您知道,我一向对这种事不感兴趣。"尼古拉·阿尔捷梅耶维奇站起向来,戴好帽子,吹着口哨(他曾听什么人说过,只有在自家别墅里或驯马场里才能吹口哨),便向花园走去。苏宾在自己厢房的小窗口边看着他,自顾自地向他吐一吐舌头。

3点50分,斯塔霍夫家别墅的门前驶来一辆租用马车,一位中年相貌的先生,仪表端庄,衣着朴实而雅致。他从马车里潇洒地走了出来,接着吩咐仆人通报,他便是伊戈尔·安德列耶维奇·古尔内托夫斯基。第二天,耶琳娜在给恩沙洛夫写信时也捎带着写下了这样的一段:

哦,我不高兴,亲爱的德梅特里,有一个人向我求婚。他昨天就在我家吃的晚饭,好像是爸爸在英国俱乐部里认识的,所就请他来了。

当然，他昨天并不是为求婚而来的，然而可亲的妈妈，听爸爸说了那一件事后就偷偷地告诉了我那样怎样的一个客人。他叫伊戈尔·安德列耶维奇·古尔内托夫斯基，在枢密院里当最高秘书。

　　我先描绘一下他的外表吧！他身材不高，比你矮些，身体健壮，五官端正，头发短短的，还留着络腮大胡子。他眼睛一点也不大（跟你的一样），略显淡褐色并且很灵活呢，嘴唇扁而宽，脸上总是挂着笑意，就像那只是一种例行公事的笑容似的，好像这笑容今天在他的脸上就是为了值班。他行为举止恬淡，说话吐字很是清晰，他身上所表现的一切都恰如其分，他的行动、言笑、饮食，仿佛都一本正经。她把他研究的是那么仔细啊！

　　或许你这会儿，会这么想的是吗？是的，这都只为了更好地向你介绍他，再说怎么可能对自己的求婚者无动于衷呢！他身上蕴含着某种铁石般的东西——迟钝而又空虚，不过倒也算是正派的。据说，他的确十分正派。您也让我有铁石一般的感觉，但却完全不像他这种。

　　吃饭时他坐在我旁边，我们与苏宾面对面，起先话题谈的是一些有关商业的事，早听说他精于此道，差点儿没为了一家大工厂抛弃官职呢，可最终他没随波逐流！后来苏宾谈起戏剧，古尔内托夫斯基先生宣称，听说他对艺术一窍不通，这一点我毋庸置疑，这让我想起了你……可是我再仔细想想后，还是觉得不对，我和德梅特里都不懂艺术，跟这位先生毕竟还是有差别的。

这位先生好像想说，"我不懂艺术，而艺术也是无足轻重的，只不过在一个管理良好的政府环境下，艺术也还算无伤大雅。他对于彼得堡和那些艺术家，其实是相当不看重的，有一回他甚至称自己为无产阶级。他说我们是只干些粗活儿的工人。

我想，如果德梅特里这么说，我会很不高兴的，可这是他在说，那么让他说去吧！就让他吹牛去吧！他对我主客有别，可是我觉得总跟我说话的这个人是一个十分遵纪守法的官员。当他想要夸奖某人时，他会说某某人很守规则，这是他擅长用的一个好词儿。

他绝对是个自信、肯干、敢于牺牲自我的人（你看我是公正客观的吧），虽然他能够牺牲自己的利益，但是他却是一个不折不扣的暴君，若落到他手里那可就糟糕啦！进餐时大家还聊到贪污受贿的事！

"我知道，"他说，"在很多情况下收受贿赂并不犯罪，想想他也是不得已才做的嘛，但是不管怎么样，如果他失了手，那还是必须要受罚的。"

我高声说道：

"惩治一个无辜的人！"

"是的，因为一切都有原则啊。"

"什么原则？"苏宾问他。

古尔内托夫斯基略显恼怒地说：

"这有什么好解释的！"

父亲好像很敬重他，于是插嘴说，"当然啦！没什么好解释的。"真可惜，这段谈话就这样中断了。晚上比尔森涅夫又跟他展开一场特别激烈的争论，我还从来没见过我们的朋友安德雷·彼得洛维奇那么激动过，古尔内托夫斯基先生完全相信科学、高等学校及其他等等的用处，但是我仍然能够体会到安德雷·彼得洛维奇的不满。古尔内托夫斯基把所有这些似乎都看成是对身体某方面的操练。餐后苏宾特地找我对我说，"瞧这位和另外那一位（他没有提起你的名字）——两个都是很务实的人，可是您也看见了，差别是多么大啊！那一位是真实的、生龙活虎的，有着来自生活的理想，而这一位甚至连基本的责任感都没有，他表现出来的只不过是一种公事公办的正派和几近虚空的能干罢了。"苏宾真不简单，我为讲给你听特地把他的话记了下来。依我看来，你们两个人之间根本就不存在所谓的共同的东西呢？你有自己的信念，而那个人却没有！一个人不能只相信他自己，不是吗？

他很晚才走，妈妈找机会告诉我说他喜欢我时，爸爸显得十分高兴，他也谈论过我呢，说我也是"守规则"的！我差一点儿就回答妈妈说，很遗憾，我已经有丈夫了。为什么爸爸这么讨厌你？或许妈妈那边还可以想想办法……

噢，我亲爱的！我这样仔细地给你描写古尔内托夫斯基，主要是为了消愁解闷啊！我不能没有你，我想时刻都能看见你，听见你，我在等你，但不是在我们家，如果像你先前想过的那样——你想想看，那我们该多么痛苦，多么难熬！你知道我现在在哪儿给你写信吗？在那个小树林子里……噢，我亲爱的！我是如此地爱你！

二十二

离古尔内托夫斯基的初次来访已经有三个多星期了，安娜·华西雷耶芙娜欣喜若狂，忽然搬回莫斯科去了，住在普列契斯金卡附近她自己那幢白色木屋里，这屋子是有廊柱的，每个窗口上都有竖琴和花束装饰着，有顶楼、偏房、屋前小花园、草坪，院子里有一口水井，水井边安置着狗房。

安娜·华西雷耶芙娜从来没像现在这样早地从别墅搬回来，然而这一年当刮起第一阵秋风时她的牙床就开始脓肿了，再提到尼古拉·阿尔捷梅耶维奇那里，他一个疗程结束了，开始思念起妻子来，而阿芙库斯金娜·赫雷斯洛芙娜去列维尔她表妹家做客了。

"某个外国家族到莫斯科来了，正摆出一些造型姿势来展示，就是展览"，《莫斯科新闻》上对他们的报道激起了安娜·华西雷耶芙娜极大的好奇心。总而言之，再在别墅住下去让人感觉很不方便，并且，依照尼古拉·阿尔捷梅耶维奇的说法，对他实施"预定计划"可是不能容忍的。

最后两周的时间让耶琳娜觉得十分的漫长。古尔内托夫斯基拜访过两次，都是在周末，因为其他日子他都公务繁忙。他是专门为了耶琳娜才来的，但他更多的时间却是在跟卓娅聊天，卓娅十分喜欢他，她时常目不转睛地望着他微黑的带有特殊的男子气概的脸庞，听着他充满自信而又谦虚严谨的谈论。

她心中暗自认为，也就是在她看来，谁也没有一副如此好听的嗓子，再也没有谁会这样自信而又充满魅力地说，"我很荣幸"或者"我十分满意"。

恩沙洛夫从没到斯塔霍夫家来过，但是耶琳娜曾偷偷地在莫斯科河一处小丛林中见到过他一次，她约他在那儿见面，然而他俩却匆匆地没说上几句话。苏宾跟随安娜·华西雷耶芙娜一起回到莫斯科，比尔森涅夫几天之后也回来了。

恩沙洛夫坐在他的房间里，再三地反复阅读着从保加里亚给他"顺便捎来"的信件。他们不敢通过邮局寄东西，这些信件已经使他感到很是不安。东欧格局发展迅速，俄军攻占两个公国的事振奋了所有人的心，风暴来了，虽然只是感觉到一种气息，但即将爆发的一场战争不可避免的。

烽烟四起，谁也不知道这烽火将蔓延到什么地方，又将在哪里停止。早年先前的凤愿，积蓄已久的希望，这一切仿佛都在蠢蠢欲动。恩沙洛夫的心不可抑制地怦怦乱跳，他的种种希望也在渐渐地实现着。

"可是不会太早了点吗？不会失败吧？"他想，不由得紧紧地攥紧拳头，"我们还没有完全准备好。但是只能这样了吧！是时候出发了。"

门外不知是什么，发出的轻微的沙沙声，突然，门一把被推开，耶琳娜紧接着走进屋里来。

恩沙洛夫全身颤抖，猛地到她跟前，跪倒在她的面前，迫不及待搂住她的腰，把脸紧紧地贴在了她的腰上。

"你万万不会想到我会来吧？"她气喘吁吁地说（她是快步跑上楼梯的），"亲爱的！亲爱的！"她用双手抚摸着他的头，环顾着陌生的四周，"你是住这儿吗？我这么快就找到你啦，你房东的女儿带我来到了这里。我们三天前就回来了。我想给你写信，可是仔细想想，我觉得还是我亲自来见你更好。我四点钟前都可以待在这里，起来，把门闩插上。"他站起身来，顺手把门闩插好了，当一转向她，便紧紧地握住了她的双手。他不知道怎么才好，只感觉自己快乐得几乎要窒息了。她微笑着凝视着他的眼睛，那眼神里充满着幸福，她开始害羞起来。

"请等一会儿，"她说着，把手温柔地抽了回来，"让我把帽子摘掉。"

她解开帽带，把帽子放到了一边，接着从肩头上卸下披肩，整理了一下头发，便去坐在那张小小的、已经破旧不堪的沙发上。恩沙洛夫目不转睛地盯着她，似乎已经入了魔。"坐呀。"她说，并不抬眼看他，只用手指了指她的身旁。

恩沙洛夫顺意地坐下了，但是却没坐在沙发上，而是坐在地板上，坐在了她的脚边。"来，帮我脱下手套。"她有些激动地轻声说，她有些害怕了。

他先解开纽扣，接着拉下一只手套，拉到一半时，便已贪婪地把嘴唇贴了上去，那纤细而又柔美的手腕在他亲吻下闪着白光。

耶琳娜颤抖着，试图用另一只手把他挡开，但他却又在那一只手上吻了起来。耶琳娜把手抽回来，他别过头去，她注视着他的脸，情不自禁地她弯下了腰去，于是他们的嘴唇就粘在一起了……

只一眨眼的工夫……她挣脱了，站起来，羞怯地说，"不，不。"便匆匆地向写字台方向走去。

"我是这儿的女主人呀，所以这儿不应该有我了解到的所谓的秘密，"她背对着他说，极力使自己显得漫不经心，"这么多的纸张呀！这是些什么呢？"

恩沙洛夫蹙了蹙眉头。

"那些信吗？"恩沙洛夫从地板上起来，慢慢地说，"你可以看看。"

耶琳娜把信拿在手里随便地翻着。

"这么多张，字还写得这么密，该不是我的情敌写来的吧？噢，还不是用俄语写的呢。可我不得不走了，就让它们去吧！"她拨弄着薄薄的纸张说。

恩沙洛夫靠近她，手扶着她的腰。她忽然转身过来，高兴地对他一笑，便甜蜜的偎依在了他的肩头上。

"这些信是我保加里亚的朋友们寄来的，耶琳娜，他们叫我回去。"

"现在吗？到那边去吗？"

"是的，就现在。趁目前还来得及，趁我还能自由通行。"

她忽然激动地双手抱住他的脖颈。"你带我一起走吧？"

他把她紧紧地拥入怀中。"噢，我亲爱的姑娘，噢，我的女神，你怎么说这样的话！这是犯罪，难道你疯了吗，让我一个居无定所的人带你浪迹天涯吗？你知道要去的是什么地方哟！"

她用手堵住了他的嘴。

"嘘！否则我就生气了。再也不要这样了。我们中间不是已成定局了吗，一切不都解绝了吗？难道说我不是您的妻子？难道说妻子要跟丈夫分开吗？"

"妻子们可不是用来打仗的呀。"他稍带悲伤的微笑着慢慢地说。

"是的，她们可以选择留下，但是难道说我就只能待在这里吗？"

"耶琳娜，你真是个天使啊！可是您想想我大概两星期后就不得不离开莫斯科了。目前的形势已经不允许我再去考虑大学的功课，也不可能让我有时间完成我的各项工作了。"

"这是为什么？"耶琳娜打断他说，"那你一定要马上走？我马上……在这一分钟里，我就只留在你这儿，永远跟你在一起，再不分开，好不好？我们这就启程，好不好？"

恩沙洛夫又紧紧地把她拥入了怀里，感情更加强烈了！

"那就让上帝惩治我吧，他高喊一声，如果我做了件蠢事的话！从今以后我俩再也不分离！"

"我现在就留下？"耶琳娜问。

"不，我善良的姑娘，不，我的宝贝儿。你今天还是要回去，不过答应我一定要随时准备着。事情不可能一下子就办妥，我得把事情全都考虑周全。我们需要钱，还需要护照……"

"我有钱，"耶琳娜打断他，"80个卢布。"

"啊，这虽不多，不过也够了，恩沙洛夫说。"

"我还可以拿到钱呢，我去借，我找母亲要……不，我不找她借……我可以卖掉我的手表呀……还有我的耳环，还有两只手镯……还有花边。"

"钱不是问题，耶琳娜。护照，你的护照，那怎么办呢？"

"是的，这该怎么办呢？必须用护照才行吗？"

"是的，非用不可。"

耶琳娜诡异地一笑。

"我想起来啦！我记得在我小时候……我家的一个年轻的女用人逃跑了。当把她捉回来后，饶恕了她，她在我家又过了很长的一段时间……可大家还老是叫她"偷跑的塔吉雅娜。"我那时候没想过，连我或许有一天，也会跟她一样偷跑呢。"

"耶琳娜，你难道不怕害羞呀！"

"怎么？当然怕，最好就是拿着护照走，可是如果不能的话……"

"我想我们总会有办法的，再等等，别担心，"恩沙洛夫说，"让我再观察一下形势，让我想想看，我每一件事都会跟你商量一下的，钱嘛，我还是有的。"

耶琳娜用手捋了捋散落在她额角的头发。"噢，亲爱的！我们俩能在一起那该是多开心的事啊！"

"对啊，"恩沙洛夫说，"而那边，我们要去的那个地方……"

"怎么了？"耶琳娜打断他，"就算我们是一块儿去死也一定是开心的！啊！不，为什么要去死？我们还要活着，我们还年轻。你只有 26 岁吧！"

"26 岁。"

"我 20。我们还有大好的日子在后头呢！啊！你想抛弃我而逃掉吗？你先前说你不需要俄国人的爱，你是个保加里亚人！咱们走着瞧，看你如何甩掉我吧！可是要是哪天我没去找你的话，我们会怎么样呢？"

"耶琳娜，你知道为什么我会非走不可吗？"

"我知道，因为你害怕你的爱。然而你是否也猜想过人家也许也爱着你呢？"

"我以名誉发誓，耶琳娜，从来没有。"

她快速地、猝不及防地吻了他一下。

"就因为这样我才爱你啊。现在我必须要走啦。"

"你就不能再多留一会儿吗？"恩沙洛夫问。

"不，我亲爱的。你以为我独自离开心里会好受吗？一刻钟早就已经过啦。"她披上披肩，戴好帽子，"你明天晚上到我们家来吧，不，后天。虽然很不自在、很憋闷，但也没办法。至少我们可以见一面呀，再见了，让我走吧。"他最后一次抱住她，"哎呀！你瞧，我的表链都被你弄断啦。噢，我的笨家伙！不过没关系，断了反而更好，恰好我从库兹涅茨基桥那儿过，可以顺便送去修理。如果他们问我去了哪里，我就可以说是去库兹涅茨基桥了。"她拉住了门把手，"啊，我差点忘记告诉你了，伊戈尔·安德列耶维奇·古尔内托夫斯基或许就在这两天里就要向我求婚了。不过我会回他一个，这个。"她把左手大拇指俏皮地揿在鼻子尖上，剩下的四指在面前忽扇着说，

"再见啦，亲爱的。现在我已经认识路了，你就别耽搁时间。"

　　耶琳娜把门轻轻打开，先四下观望有没有人，转向恩沙洛夫，用手指了指下衣领，便一溜烟儿地从屋里跑走了。恩沙洛夫在紧闭的门前站了差不多有一分钟，他也在仔细地聆听。外面院子的门已经合上了，他走到小沙发旁坐下，一只手整个的抚在脸上。他还从未有过如此的体验，"我有什么竟值得拥有这样的爱？"他想，"这难道是一场梦吧？"然而耶琳娜在他简陋、阴暗的小屋里留下的木樨香水的幽香，让他清楚地记着她真的来过。与这幽香一起的，好像还有那空气中年轻的话音，愉悦而轻快的脚步声，漂亮女孩儿身体的热气和甜美。

二十三

　　恩沙洛夫决定等一等再动身,他想等有了更为确切的消息,事情是十分不容易的。他这方面,并没什么麻烦的,只需去申请护照就好了——可是耶琳娜怎么办? 用寻常的途径是不可能为她取得护照的。两人先秘密结婚,然后再去见父母亲。"到那时候他们应该会放我们吧,"他想,"但如果不放呢? 我们无论如何都是会走的。也许他们会提出控告也说不定,要是那样……不,最好的办法还是用个别的办法搞一张护照吧。"

　　他决定去请他的一个朋友帮忙(当然,不说是为谁搞护照),一位退休的抑或是被撤职的检察官,一个处理各种秘密事务十分有经验的老手。这位对他有所帮助的人住得很远,恩沙洛夫用了整整一个小时乘坐着一辆肮脏的马车才慢腾腾地走到那儿,不巧的是他并不在家,回来的路上突如其来的一场大雨把他淋得透透的。

　　第二天早晨,恩沙洛夫顶着剧烈的头痛,又一次去找了这位退职检察官。那检察官认真地听过他的叙述,从一只画着个大胸部仙女的鼻烟壶里抽着鼻烟，用他那一双狡黠的、浅色的小眼睛斜视着客人。听完后，他要求"事实陈述要有详尽的确定性"。

当他发现恩沙洛夫从不肯细谈详情（他来找他就已经是顶着满肚子怨气时），便只奉劝了他首先要将自己的"最重要的物品"准备好，并告诉他下次再来。

"等您，"他打开鼻烟壶贪婪地吸了一下，又补充道，"对我有了信任而不再有所顾虑（他把这几个字的元音发得很重）的时候再谈吧。至于护照嘛……"他似乎在自言自语地低声说着，"还是有办法的，比如说您，上路，有谁又认得您究竟是玛丽亚·布列吉辛娜还是卡罗琳娜·福格尔梅伊尔？"恩沙洛夫心中泛起一股极其厌恶的感觉，但他还是谢过了检察官，答应他过些天再来。

当天晚上他来到了斯塔霍夫家。安娜·华西雷耶芙娜礼貌地迎接他，嗔怪他似乎把他们完全忘记了，她发觉他神色欠佳，于是又问起了他的健康状况。

尼古拉·阿尔捷梅耶维奇沉默不语，只以一种看似若有所思而又漫不经心的好奇态度瞥了他一眼，同时苏宾对他的态度也很冷淡。

然而耶琳娜让他感到大为惊喜，她为了等他来还特地穿上了他俩首次在教堂会面时穿的那件礼服。表面上她那么波澜不惊地欢迎他，显得殷勤而又无所忧虑，不管谁看见她都不会猜想到这位少女的命运早已经决定，并且正是因为对幸福的爱情心有所向，她的表现才会如此的生动活泼，举止才会如此的优

421

美而轻松。

她替卓娅来为客人斟茶，有说有笑的。她知道，苏宾正在一旁暗暗地观察着她，知道恩沙洛夫这人很诚恳，不会做出一副若无其事的样子，于是便提前做了准备。

她猜得不错，苏宾眼睛时刻跟随着她，而恩沙洛夫整晚都十分安静和阴郁。耶琳娜觉得自己是那么的幸福，以至于她忽然想要逗一逗他。

"怎么样？"她冷不丁地问他，"您的计划进行得怎么样了？"

恩沙洛夫一时不知该如何回答她。"计划？"他说。"您难道忘记了吗？"她笑着对他说。唯有他自己懂得这种笑声里的幸福。"您给俄国人编选的保加里亚文集呀！"

尼古拉·阿尔捷梅耶维奇透过牙齿缝挤出这么一句话来。

卓娅坐在钢琴前。耶琳娜故意微微地耸了耸肩头，用眼睛向恩沙洛夫示意了一下门，好像要赶他回家似的，接着她用手指敲了两下桌子，隔一会儿敲一下，眼睛看看他。他明白了，她是在暗示他，约定在两天后见面，知道他明白了她的意思，她会意地笑了。

恩沙洛夫站起身来告别，因为他感到自己不太舒服。正在这时古尔内托夫斯基走了进来，尼古拉·阿尔捷梅耶维奇夸张地一跃而起，把右手高高地举起，又轻轻放下，最终落在那位最高秘书的掌心里。

恩沙洛夫又多停留了几分钟，只为了看清楚自己的情敌，耶琳娜狡猾地冲他点了点头。主人也认为没必要介绍他们认识，于是恩沙洛夫便离去了。最后，又再一度跟耶琳娜交换了亲密的目光。

苏宾沉思着，沉思着……忽然他兴致勃勃地跟古尔内托夫斯基针对一个法律问题争执了起来，实际他对这些根本一无所知。

恩沙洛夫整夜都没有睡，早晨他觉得自己好像生病了，但是他却不得不忙着整理文件和写信，他的头很重，昏昏沉沉的。

中午，他果真发起高烧来，什么也吃不下，到晚上时又烧得越发厉害了，四肢疲乏、头痛欲裂。恩沙洛夫躺在几天前耶琳娜坐过的那张小沙发上，他想，"我活该受到惩罚，没事干嘛要去求那个老骗子呢？"他很想睡一会儿……然而他已经完全病倒了，他身体中的血液可怕的猛烈搏击，整个身子像火一般燃烧，思想像飞鸟一般的胡乱回旋。

他昏倒了，就像被人打翻在地一样，仰面朝天地躺着，忽然间他感到好像有个人在他头顶轻轻地笑着，窃窃低语着。他极力睁开迷蒙的双眼，一支溢满烛花的烛光猛地刺入他的眼睛，像刀子似的……这是什么呢？

那位老检察官立在他的面前，穿着一件用东方花绸做成的袍子，腰里缠着一条绸巾，还是他头天晚上的装扮，"卡罗琳娜·福格尔梅伊尔，"那张令人厌恶的嘴喃喃地说。恩沙洛夫瞪大眼睛望着，而那老头儿渐渐地变大了，直至整个儿都长高了，膨胀了，他俨然已经不是个人了，变成了一棵树……

恩沙洛夫必须要顺着陡立的树枝攀上去，他爬啊，爬啊，忽然间胸部朝下摔在了一块尖石头上，而卡罗琳娜·福格尔梅伊尔恰好就蹲在那儿呢，好像是一个小商贩一样嘴里混沌不清地言语，"馅饼，馅饼，馅饼。"血在流，刀剑在闪光。让人真受不了……耶琳娜！所有的一切都消逝在这一团血红色的混乱中。

二十四

"有一个好像是钳工什么的来找过您，那个人……"第二天黄昏时，比尔森涅夫的仆人对他说。这仆人很奇怪。他对老爷非常严肃，而且头脑里还存在着怀疑主人的倾向，"那个人想要见您呢。"

"让他进来。"比尔森涅夫说。

"钳工"被带进来。比尔森涅夫一眼就认出他就是那个裁缝，恩沙洛夫的房东。

"你有什么事？"他问他说。"老爷您，"这裁缝边说话边慢腾腾地挪移着两只脚，时不时地摆动着他三个指头捏着衣服右手贴边的，"我们的房客，你知道他吗？他病得很严重。"

"恩沙洛夫？"

"是的，我们的房客。不知为什么，昨天早晨还好好儿的，晚上也只是要了点儿水喝，还是我们女当家拿的水给他。谁知半夜他竟开始说起胡话来。因为，只隔一层板，我们听得清清楚楚，但是今儿早晨就连胡话也没有啦，只是直挺挺地躺着，

425

全身滚烫，我的上帝！我觉得他，不会是快要死了吧。

"我想，我们必须得去警察分局汇报，因为他是孤单一人。女当家跟我说，'去吧！去找那个人，我们房客在他那儿租过别墅的那位，或许，他能有办法，或是自己来一趟什么的。'我这才来找老爷您的，因为我们不能，就是说……"

比尔森涅夫迅速地抓起帽子，塞给裁缝一卢布，就立刻跟他赶到恩沙洛夫的住处来了。

他发现他已经意识模糊，合衣躺在沙发上。他的面容憔悴的可怕至极。比尔森涅夫立即叫房东夫妇脱去了他的衣服，将他移到床上，自己则跑去把医生带来。医生诊断后开出了这样的处方：蚂蟥，斑蝥膏药和轻粉，还叮嘱要给他放血。

"他有危险吗？"比尔森涅夫焦急地问。

"是的，十分危险。"医生回答，"非常严重的肺炎，病入膏肓的胸膜肺炎，有可能脑子也被感染了，幸好病人年纪轻。现在他需要放松，他充沛的精力这时候对他而言并不管用。你来找我找得有些晚啦，但是我们还是会依照科学方法，争取治疗的。"

医生年纪不太大，也很相信科学。

比尔森涅夫留了下来。房东夫妇原来都是颇具善心的人，手脚还很里索，只要有人告诉他们该怎么做就行了。一位医生的助手来了，一套医学上的折磨便开始了。

破晓时恩沙洛夫曾清醒了几分钟，他认得比尔森涅夫，问他，"我是不是生病了？"他艰难地，以一种病人所特有的略显迟钝、萎靡的疑虑目光环顾了一下四周，接着就又昏迷过去了。比尔森涅夫回家换了衣服，顺便捎带上几本书，很快就又回到恩沙洛夫房间里了。他决定住下来，至少先住一段时间吧。他用屏风将恩沙洛夫的床给围了起来，自己则在小沙发上搭了个小床，一天的时间过得焦急而又缓慢。

比尔森涅夫只在进餐时才走开一会儿。晚上，他点起一支蜡烛，用灯罩遮住，就着灯光便读起书来。四周一片寂静，隔一层墙板，能听见房主人们各自的动静，有时低声地私语，有时打个哈欠，有时则叹息……某个人在他们那边打喷嚏，他们就轻声责骂他。屏风里边传来沉重而急促的呼吸声，时而还会有喃喃的呻吟和脑袋在枕头上苦恼的翻转声……

这时比尔森涅夫心中涌起了一些怪异的思想。他就在这个人的屋子里，而这个人的生命又正危在旦夕，他了解，耶琳娜正爱着这个人。他记得那天晚上苏宾赶上他，曾对他说，她是爱他的，比尔森涅夫，她是爱他的啊！可是现在……"我能怎么办？"他问自己，是否应该告诉耶琳娜他生病了？要不然再等一等？我想这消息比我那时告诉她的那一个消息将更加令她伤心！

奇怪，为什么命运总是要让我成为他们中间的一个第三者呢？他最终觉得还是再等等的好。他的目光落在那堆满文件的桌子上，"他能实现自己的梦想吗？"比尔森涅夫想，"或者一切都将落空吧？"于是他对这个年轻却正在消亡的生命感到一阵阵怜惜与不值，他向自己发誓，一定要拯救他……

这一夜过得很漫长，病人时不时地说着胡话，比尔森涅夫好几次都从他睡的小沙发上起来，踮着脚跟走到床前，略带哀怨地倾听他时断时续的朦胧的梦呓。

只有那么一次，恩沙洛夫突然讲得很清楚，"我不要，不，你不可以……"比尔森涅夫猛地一惊，盯视着恩沙洛夫，他的神情是那么的痛苦，身子像死人一样一动不动，两只手无力地奄拉着……"我不要。"他又高声地重复说。

医生第二天清早就来了，他摇摇头，重新开了处方。

"还要很长时间才能脱离危险期。"他说着，戴上了帽子。

"那病情稳定以后呢？"比尔森涅夫问。

"脱离危险以后吗？有两种可能。"

送医生走后，比尔森涅夫在街上逛了几个来回。他需要新鲜空气，他回来后，就又拿起书来。《罗墨尔》他已经读完了，现在他正研究《格罗特》。门轻轻地响了一下，只见房东家的女儿小心翼翼地走进屋里来，跟往常一样，她的头上包一块大大的头巾。

她来啦，"她轻声说道，"就是上回给我十个戈比的那位小姐……"

房东家女孩的头忽然被遮住了，在她站着的地方，他看到了耶琳娜。比尔森涅夫猛地站了起来，好像被什么蜇了一下似的，但是耶琳娜却没有丝毫的移动，也没有叫喊……仿佛她在瞬间就已经明白了一切。

她脸上罩着与年龄严重不符的苍白，她慢慢走向屏风，向里面看去，举起的双手猛地一拍，便像石头一样一动也不动。眨眼的工夫，她正准备向恩沙洛夫扑过去，比尔森涅夫及时地阻止了她。

"您这是做什么？"他颤抖地低声说道，"您会要了他的命的！"

她踉跄着有些站立不稳，他赶忙把她带到小沙发前让她坐下。她凝视着他的脸，又看了看他的全身，然后就两眼直盯着地板。

"他要死了吗？"她问得那么淡然而又不甚惊慌，这几乎把比尔森涅夫吓坏了。

"噢，我的上帝，耶琳娜·尼古雷耶芙娜，"他说，"您怎么可以这么说？他病啦，也确实病得很严重……可是我向您保证我们一定能救活他的。"

"他没有意识了吗？"她仍旧像先前一样问。

"对，他现在神志不清，这种病刚开始都这样，不过这没什么的，没什么问题的，相信我！您喝些水吧。"

她眼睛望向他，他知道，她根本丝毫都没有听见他的回答。

"如果他死了，"她还是用那种哀伤地声音说，"那我也会活不下去的。"

这时恩沙洛夫低声地呻吟了一声，她整个身体颤抖了，双手捧住头，便开始迅速地解她的帽带。

"您这是要做什么？"比尔森涅夫问她。

她并没有回答。

"您究竟要做什么呢？"他又问。

"我要留在这里。"

"怎么……准备要留很久吗？"

"不知道，也许，只一天，或一夜，也有可能是永远……

不知道。"

"耶琳娜·尼古雷耶芙娜,看在上帝分上,您还是回去吧。当然啦,我万万没想到您会出现在这里。总之,我认为您只能在这儿待上一小会儿。你应该知道,家里如果发现您不在一定会找您的……"

"他的病情怎么样了?"

"他们会找您……如果发现您在这儿的话……"

"那又怎么样呢?"

"耶琳娜·尼古雷耶芙娜!您想想……他现在已经不可能保护您了啊。"

她垂下头,似乎在思索着什么,她用头巾捂在嘴上,一阵近乎痉挛的抽泣声瞬时来势凶猛地从她的胸腔迸发出来。

她扑倒在沙发上,努力地抑制住哭声,却总也无法掌控,以至于她的整个身体都在抽动,在挣扎,就像一只被人抓住的小鸟。

"耶琳娜·尼古雷耶芙娜,请您看在上帝分上,别这么难过吧……"比尔森涅夫立在她面前反复地说。

"啊?这是什么?"忽然间恩沙洛夫衰弱的声音飘飞过来。

耶琳娜忽然猛地直立了起来,比尔森涅夫也僵在原地一动不动了,过了一小会儿,他才向床前走去……恩沙洛夫的头依旧毫无气力地搁在枕头上,两眼紧紧地闭着。

"他是在说胡话吗?"耶琳娜低声自语。

"也许是吧,"比尔森涅夫回答,"不过这没什么,他总是这样的,尤其是病着的时候。"

"他病了有多长时间了？"耶琳娜打断他问道。

"前天开始的，我昨天就已经在这里，请您相信我，耶琳娜·尼古雷耶芙娜。我不会不管不顾的，我一定尽所有的办法来救他。如果有必要，我们还要请人来会诊。"

"我不在他会死的！"她高声喊着，局促地拨弄着两只手。

"我保证每天都会向您报告他的病情，如果真的发生危险……"

"您发誓，要立刻派人来找我，无论什么时间，不管白天黑夜，直接写信给我……目前我什么都无所谓了。您听见了吗？您能答应这么办吗？"

"我答应，上帝见证。"

"您起誓。"

"我起誓。"

她突然一把抓起他的手，还未等他抽回，她已经把嘴唇吻在了那只手上。

"耶琳娜·尼古雷耶芙娜……您这是要做什么呀？"他言辞模糊地说。

"不……不……不可以……"恩沙洛夫含混不清地说着，还沉沉地叹了一口气。

耶琳娜走进屏风，紧紧地用牙齿咬住头巾，久久地、久久地凝视着病人，她抽泣着，哽咽着，面部不停地抽动，双颊上一片绯红，看出她的内心承受了无比的痛苦，刚刚憧憬的美好生活顷刻间化为乌有，是我害了他吗？她在心里谴责自己，无言的泪水默默地在她的面颊上流下。

"耶琳娜·尼古雷耶芙娜，"比尔森涅夫面向她说，"他一定会醒过来的，也一定会认出您的，上帝保佑，再说，我也是时刻在等着医生来……"

耶琳娜把放在小沙发上的帽子拿起来戴上了，站在那里一动不动。她的眼睛悲伤地在屋里四处望望，似乎她又记起了……

"我要留下。"最后她喃喃地吐出这句话。

比尔森涅夫握紧她的手，"您要冷静些，"他说，"坚强起来，他就交给我照管吧。今晚我就会到您那儿去。"耶琳娜抬眼看了看他，说道："啊，我的善良的朋友啊！"她抽泣着，冲到外面去了。比尔森涅夫靠在房门上，他心中满是一种悲伤、痛苦的感情，但却也有着一种奇异的兴奋。"我的善良的朋友啊！"他想着，不由得耸了耸肩。

"是谁在那儿？"恩沙洛夫的声音传来。比尔森涅夫来到他床前，"是我，德梅特里·尼康诺罗维奇。您感觉怎么样了？好些了吗？""就您自己吗？"病人问。

"是的，就我一个人。"

"那她呢？"

"谁？"比尔森涅夫好像受惊似的说道。

恩沙洛夫没回答。

"耶琳娜。"他无力地说，接着就又闭上了眼睛。

二十五

整整八天，恩沙洛夫都徘徊于生死边缘。医生一有时间就前来诊视，他也是个年轻人，所以对身处困境的病人非常的关心。

苏宾听说了恩沙洛夫的病情后曾来探望过他。他的保加里亚的朋友们也来过，在他们中间比尔森涅夫认出了那两个有些怪异的人，他们先前曾突然到别墅造访过，也引起过他的诧异。他们全都表示了最真诚的同情，甚至有几个还向比尔森涅夫提出，要替他照料病人，但他没有应允，因为他一直都没忘记自己对耶琳娜的承诺。他每天都能见她，还偷偷地向她——有时是一句话，有时是一张小纸条——汇报病情。她是怀着一种怎样的内心悸动在等候着他啊，她是那么认真地在听他述说，又那么细致地向他询问！她总想亲自冲过去去找恩沙洛夫，然而比尔森涅夫真诚地请求她不要这样做。因为，恩沙洛夫身边总是有很多人。

当她第一次听说他生病后，她几乎也病倒了。她一到家就把自己反锁在屋子里，只由着他们叫她吃饭。进餐厅时她的那副面容吓得安娜·华西里耶夫娜差点要立即送她回房休息，然而耶琳娜终于还是克制住了自己。

"如果他会死，"她不停地想，"我也会去死。"这个信念倒令她平静了不少，同时也赋予了她一种让她能够镇定自若的力量。并且，家里人并没有过分地打扰她。安娜·华西雷耶芙娜只忙着治疗自己的牙周炎，而苏宾正狂热地工作着。

卓娅渐渐忧郁起来，她还准备把维特读完呢，尼古拉·阿尔捷梅耶维奇对 "浅薄学者"时不时的来访十分厌烦，同时他关于古尔内托夫斯基的"预定计划"也进展得不是很顺利，务实的最高秘书感觉有些莫名其妙，所以只能等着。

耶琳娜甚至没有向比尔森涅夫道过谢，对于有些帮助，他认为感谢有些说不出口，也显得很别扭。只是有一次，第四次跟他见面时(恩沙洛夫那一晚病情很严重,医生曾暗示要会诊)，她向他提到了他的誓言。

"好吧，那么我们一起去吧。"他对她说，她站起身来，要去换件衣裳，"不，"他又慢慢地说，"明天再去吧。"而到晚上的时候恩沙洛夫病势已经减轻了。

就这样过了八天。耶琳娜表面上看似平静，但实际上却日不能食，夜不成眠，她四肢都感到一种近乎迟钝的疼痛，脑中好像飞扬着一堆干燥而炽热的烟尘。

"我们的小姐像点燃的蜡烛一样瘦下去。"她的女仆谈起她时这样形容道。

终于，第九天事情出现转机了。客厅中，耶琳娜正坐在安娜·华西雷耶芙娜身边给她读一份《莫斯科新闻》，这时比尔森涅夫走了进来。耶琳娜抬头看了他一眼（她每次看他的第一眼都是那么急速而又胆怯、深沉而又惊惶啊），立即便猜到，他有好消息要宣布。他微笑向她轻轻地点了点头，她急忙站起来迎接他。

"他醒了,他活过来了,再过一星期他便可以完全康复了。"他轻声对她说。

耶琳娜伸出双手，似乎经历过一次打击似的，她沉默着不知说什么好，只是双唇不停地颤抖，脸上一阵绯红。

接着比尔森涅夫开始跟安娜·华西雷耶芙娜谈话了，耶琳娜就回房去了。她双膝跪下，开始祈祷，向上帝感恩，她眼眶中涌出了轻盈晶亮的泪珠。她顿时感到自己疲惫不堪，她把头枕在枕头上，自言自语地说，"我可怜的安德雷·彼得洛维奇啊！"不一会儿便沉沉睡去。

她的睫毛面颊上仍旧是湿润的，想想她已经很久没有像这样熟睡过，也没有像这样哭泣了。

二十六

　　比尔森涅夫的话只有一部分属实，危险是躲过了，可恩沙洛夫的体力恢复得非常慢。医生反复地说，他整个身体受到了极其深刻而彻底的损坏。

　　尽管如此，病人还是离开了病床，开始能在房间里活动。比尔森涅夫搬回去住了，但他依旧每天都去看望他身体欠佳的朋友，依旧每天都准时地向耶琳娜报告恩沙洛夫的健康状况。

　　恩沙洛夫不敢写信给耶琳娜，只是在跟比尔森涅夫的谈话中会间接地提到她，而比尔森涅夫也故意装作并不在意，他告诉他说自己常去斯塔霍夫家做客，还极力地设法让他了解，因为他耶琳娜曾经十分的伤心，而现在她已经恢复安静与平和。耶琳娜也没有写信给恩沙洛夫，在她心中另有打算。

　　一天，比尔森涅夫兴高采烈地来告诉她，说医生允许恩沙洛夫吃牛排了，他也许很快就能外出行走了。她听了垂下头沉思着，"您觉得，我应该对您说什么呢？"她轻声问道。比尔森涅夫心中打起鼓来，他明白她的意思。"也许，"他眼睛盯

着她回答说，"您会告诉我说您很想见到他。"耶琳娜顿时脸上一片绯红，她用几乎轻的听不见的声音说，

"是的。"

"那不是问题呀。我觉得很容易就能做到。"

"呸！"他心中暗自在想，"我所期许的是多么卑劣的一般感情啊！"

"您认为我早已经可以……"耶琳娜说，"可是我怕……您不是说现在他很少有机会一个人独处吗？"

"这很好办，"比尔森涅夫说，仍旧不抬头看她，"提前去告诉他呀，当然，我不能这样做，但您可给我写张纸条啊，谁又能阻止您给这么一个亲密而又关心的朋友写封信呢？这并没什么不好呀。写信告诉他，就是跟他约个时间说，告诉他您什么时候去……"

"我怎么好意思？"耶琳娜轻声说。

"那您就把纸条给我，我帮您带去。"

"我想这没有必要,我想恳求您……请别生我的气,好吗?安德雷·彼得洛维奇……您明天不要去他那儿了。"

比尔森涅夫咬一咬下嘴唇。"啊！可以，我明白啦，好的，好的。"于是，又说了几句话，他便匆匆地离去了。

"这样最好了，这样最好了，"他匆匆往家赶的路上这样想道，"我不知道会发生什么事，但是这样最好了。干吗硬要赖在别人的窝边上？我不后悔，就是我做的，是我的良心所驱，不过如今，算啦！随他们去吧。

"父亲时常告诫我的话还是有成效的。孩子呀，我们俩不

是西巴里斯人，不是贵族，不是命运和上帝的宠儿，我们甚至连殉道者也不是啊！"

"咱们只是苦干者！苦干者啊！所以穿上你的皮围裙，站在自己工作的车床旁边吧，到你阴郁的作坊里去吧！让太阳去普照别人吧！在我们阴暗的日子里也终将有我们自己的骄傲幸福啊！"

第二天早晨，恩沙洛夫从市区邮局收到一封短信，"等着我。"耶琳娜写信给他说，"别让其他人来。安德雷·彼得洛维奇彼是不会来了。"

二十七

　　恩沙洛夫读了耶琳娜的短信——立刻就动手开始收拾房间，他请房东太太把药瓶都收走，脱下睡袍换上了会客的外衣。因为精神衰弱，也因为内心的愉悦，他的头有些晕，心无力地跳着，两条腿发软。他倒在沙发上，开始目不转睛地看着手表。

　　"现在是 11 点 45 分，"他低声对自己说，"12 点以前她是绝对不可能到的，在这最后的一刻钟里，让我来想些其他的事情吧，否则我会受不了的。12 点以前，她不可能来了……"

　　房门忽地被推开了，耶琳娜身穿一件轻质薄绸连衣裙，脸色苍白，满身清新，甜蜜而幸福地走了进来，随着一声轻柔而且快乐的呼喊，她扑向了他的怀里。"谢谢你还活着，你是属于我的。"她反复地说，抱着他的头，不停地抚摩着。他整个儿惊呆了，这亲近，这抚摩，这幸福的感觉，简直要让他窒息了。

　　她倚在他身边，紧贴着他，用她那笑意盈盈的、亲切而极具柔情的目光凝视着他，这目光只存在于恋爱着的女性的眼睛里，这目光是如此光彩动人。她的神情忽然变得悲伤起来。"我可怜的德梅特里，你怎么瘦了这么多啊？"她说着，一只手抚过他的面庞，"你的胡子这么长了！""你也消瘦了呢，我亲爱的耶琳娜。"他边回答说边试图用嘴唇去捕捉她的手指。

她极为高兴地把鬓发撩向身后。

"这不算什么，你看着吧，我们都会恢复的！是的，我们有过狂风暴雨，就像我们在教堂里约会的那天一样，它来过，但是都过去啦。如今我们要好好儿地活下去啦！"

他只是用微微地一笑算作回答。

"啊，这是什么样的日子啊，德梅特里，好残酷啊！如果失去了自己的至爱，人怎么继续活下去哟！每一次我都能预感到安德雷·彼得洛维奇将要带来什么消息。的确，我的生命跟你的生命将一齐沉浮。你真好了，我的德梅特里！"

他不清楚她在讲些什么，他现在就只想扑倒在她的脚下。

"我还发觉，"她接着说，静静地把他的头发捋到脑后去（她想说，这些日子以来，闲来无事时，她做过很多观察），"当一个人十分、十分不幸时——他会去关注发生在他身边的每一件事，那种关注度真是愚蠢至极！真的我，有时就会目不转睛地盯住一只苍蝇，可我内心里又是那么的阴冷和恐怖啊！然而这一切全都已经成为过去，不是吗？未来是光明的，不是吗？"

"是的对我而言，你就是未来，"恩沙洛夫说，"你就是光明。"

"你对我同样是这样呢！你还记得吗？那天，我在你那里，不是上一次，是的，不是上一次。"她不禁战栗着重复说，"当我们提到你的时候，我不知怎么的就一下子想到了死，那时候我真没料到，死神她原来正守候在我们的身边，可是你现在已经完全好了吗？"

"我好了很多了，我几乎已经全好啦。"

"你好啦，你得救了，噢，我是多么的幸福啊！"

一阵短暂的静默。

"耶琳娜？"恩沙洛夫叫她。

"怎么了，亲爱的？"

"告诉我，你是否想过，这场大病也许是对我们的惩罚呢？"

耶琳娜郑重地注视着他。"我确实这样想过，德梅特里。但是我总在想，我为什么要受惩罚？我违反了什么法律，我有什么罪吗？大概，我的良心跟别人的有些不同，然而它却并没有给我一个回答，或者，可能，我在你面前是有罪的？我碍了你的事，我连累了你……"

"你没有连累我，耶琳娜，我们一起走吧。"

"好，德梅特里，我们一块走，我随你去……这是我的义务。我爱你……我不清楚我是否还有什么别的义务？"

"噢，耶琳娜！"恩沙洛夫轻声说，"你说的每一句话都像镣铐一样套在我的身上啊！"

"为什么是镣铐呢？"她追问说，"我们都是拥有自由的人，这是毋庸置疑的！"她接着说，两眼盯着地，一只手依旧抚摩着他的发丝，"这些日子里我感受到了很多东西，那都是我从来不曾体验过的！倘若有谁原先告诉我说，一位受过良好教育的小姐，会编造出各种各样的借口，甚至一个人从家里溜出去，到一个年轻男人的房间里去——我会非常生气的！而这些现在竟变成了真的，但我却丝毫都没生气。真的没有生气呀！”她最后又补充一句。

她转身面向恩沙洛夫，他那注视着她的眼神中饱含着一种崇敬的感情，使她不由得把手从他头发上慢慢地移了下来，遮住他的眼睛。

“德梅特里，”她又开始说道，“你还不知道吧，当我看见你躺在那——那张可怕的床上，当我看见你被死神紧紧攫住，昏迷不醒……”

“你曾看见我吗？”

“是的。”

他不说话了。“当时比尔森涅夫也在吗？”她点了点头。

恩沙洛夫向她俯身下去。“啊，耶琳娜！”他轻声地说，“我现在甚至连用眼睛望着你的勇气都没有了。”

“为什么？安德雷·彼得洛维奇是多么的善良啊！我在他面前不感到害羞，然而我又有什么好去害羞的呢？我非常乐意告诉全世界，我是你的……而对安德雷·彼得洛维奇，我会像对哥哥一样相信他。”

“是他救了我！”恩沙洛夫高声地说，“他真的是个最崇高、最善良的人。”

恩沙洛夫目不转睛地注视着耶琳娜，“他是爱你的，对吗？”耶琳娜垂下眼帘。“是的，他是曾爱过我。”她喃喃地说出这句话。

恩沙洛夫紧紧地握住了她的手，“啊，可敬的俄国人，”

他说，"你们的心都是金子铸就的啊。他照顾着我，他彻夜不眠……你，我可爱的天使……毫无怨言、绝对的信任……而所有这一切都是因为我，为了我……"

"是的，都是为了你，那是因为大家都爱你呀。噢，德梅特里！你说这是多么奇怪啊！我似乎已经跟你提起过这个了，不过反正无所谓，我喜欢再说一遍，你也一定喜欢再听，当我第一次遇到你的时候……"

"为什么你眼睛里有泪花闪烁？"恩沙洛夫打断她说。

"我？泪水吗？"她用手绢擦拭了一下眼睛。噢，笨家伙！他还不知道，在幸福的时候人也会哭出来！"我想说的是，在我第一次见到你的时候，我在你身上丝毫没有发现有什么特别的东西。真的，我记得当时，我十分喜欢苏宾，虽然我从来不曾爱过他，至于提到安德雷·彼得洛维奇嘛……噢！有过那么一时，我曾想，不一定就是他？然而你什么也没有……后来……后来……你就这么生生地伸出两只手把我的心给抢夺了去！"

"原谅我吧……"恩沙洛夫说。他想要站起身来，却又马上沉在了沙发里。

"你这是怎么啦？"耶琳娜十分关心地问道。

"哦，没什么，我想我身体是还有点儿虚弱，我还禁不住这样的幸福呢。"

"那就安安稳稳地坐着，不准动，也不准过分激动，"她用手指头指着吓唬他，"您为什么要把您的睡袍脱掉？您要追流行还为时过早呢？请您静静地坐下，我来给您讲故事。好好儿听着，别多说话。生病时多讲话对您是没有好处的。"

她开始给他讲苏宾，讲古尔内托夫斯基，讲这两周来她都在做什么，同时还讲到了战争。从报纸上得知，战争是不可避免的，所以说，他只要一完全恢复，那就该抓紧时间，想办法离开，她坐在他身边，倚靠着他的肩头满脸幸福地给他讲着，他听着，仔细地聆听着，面色时而苍白，时而绯红，他有好几次地都想要打断她，突然他坐直了身子。"耶琳娜，"他用一种奇怪而又决然地声调说，"你离开我吧，你离开吧。""为什么？"她缓慢而略显慌张地问，"你难道又不舒服了吗？"她急忙又补充了一句。"不……我很好……但是，还是请你离开我吧。"

"我不明白你什么意思，你是要把我赶走吗？你究竟在干什么？"她突然说道。他猛地从沙发上俯下身来，差一点就触到了地板，他紧紧地将嘴唇贴在她的脚面上。"不要这样，德梅特里……德梅特里……"

他站起身来。"那就请你抛弃我吧！你知道吗？耶琳娜，我病重的时候，并不是马上就没了知觉。我明白，我是挣扎在死亡的边缘，即使在发高烧说胡话时，我也清楚。我隐约地感到，死神正在向我走来，正在跟生命、跟你以及所有的人做永远的告别啊，我已经无药可救了，然而忽然间，我又从死神的手中逃脱，从黑暗又重新回到了光明，你……你……就在我身旁，我听到……你的声音，你的呼吸……这让我再也忍不住了！我感到，我是那么狂热地爱着你。我听见你说你属于我，而我却什么也不能为你负责……请你离开吧！"

"德梅特里……"耶琳娜低声地说，把头依偎在他的肩上，她现如今才真正了解了他。

　　"耶琳娜，"他接着说，"我爱你，这你应该知道，我甚至愿为你放弃自己的生命……你为何要选择在这时候来到我的身边？现在的我是那么软弱，我控制不了我自己，我几乎全身的血液都已沸腾……你属于我，你说……你是爱我的……"

　　"德梅特里。"她重复道，满脸通红，更紧地蜷缩在他的怀中。

　　"耶琳娜，可怜可怜我吧！我觉得你走了，我会活不下去的！我已经承受不了了这样的激动了……我整个灵魂都在渴盼着你……你想想，死神就差一点儿没把我们分开……而现在你就在这儿，在我的怀中，耶琳娜。"

　　她浑身颤抖着，"那就请你接受我吧。"她用几乎听不到的声音喃喃低语。

二十八

　　尼古拉·阿尔捷梅耶维奇双眉紧锁，在他的书房里踱来踱去，苏宾坐在窗边，正跷着二郎腿，悠闲地吸一支雪茄烟。

　　"麻烦请您别这么来来去去的了，等你开口说一句话，脖子都扭酸了，眼睛还得不停地盯着您。再说，您这种踱步姿态，似乎有些过于紧张，过分矫揉造作了。"

　　"您可真会说笑话，"尼古拉·阿尔捷梅耶维奇回应他，"您就不能设身处地替我想想，您不知道，我已经习惯了在那个女人身边，我这辈子不能没有她了。没有她我会很难过，都已经十月了，眼看冬天就要到了，她在列维尔会有什么事呢？"

　　"也许，在织袜子吧！给她自己织，是给她自己织呢，不是给您。"

　　"您就笑吧，尽情地笑吧！可我告诉您，天下再也没有像她这样的女人了。她那么真诚，那么无私……"

　　"她没有拿那张支票去取钱吗？"苏宾问。

　　"那么无私，"尼古拉·阿尔捷梅耶维奇又将声音提高八度重复说道，"这是多么令人赞叹啊。常听人说，世上女人千千万万，可我说，把这千千万万的女人拿给我看看，倒是拿给我看看啊，我说，可她就是不想写信给我，真是要我的命！"

"您真是像毕达哥拉斯一样能言善辩，"苏宾说，"但是您知道吗，我要奉劝您什么？"

"什么？"

"等着阿芙库斯金娜·赫雷斯洛芙娜，直到她回来……您明白我在说什么吗？"

"是的，我懂，可那又怎么样？"

"如果您见到她……您能紧跟我的思路吗？"

"是的，能，能。"

"尝试着揍她一顿如何，看会发生什么？"

尼古拉·阿尔捷梅耶维奇愤然地转过身去。"我还以为他真会给我个不错的主意呢。但你能指望从他那里得到点什么！艺术家本来就是些不守规矩的人……"

"没有规则！但是，据说，您喜欢的那一位叫作古尔内托夫斯基的先生是一个很守规矩人呢，昨天你输了一百个卢布。这可不像话，你认同这话吧？"

"那又怎么了？我们可从没有赌博，我们玩的只是打牌的技巧而已。当然，我可以选择等待……然而在这个家庭里，几乎没人能够看到他的价值了。"

"因此他总想，好吧，我们走着瞧！"苏宾继续说，"不管他愿不愿意当我岳父这还有待商榷，而一百个卢布嘛，对一个清正廉洁的人来说，也还算不错啦。"

"岳父！我算哪门子的鬼岳父？当然，任何一个其他的姑娘都会为有这么一位求婚者而高兴的。您自己说说看，一个果断、智慧的人，靠着自己的本事打拼，身居两县要职……"

"在某某省里，省长都要听他的呢。"苏宾指出。

"这完全有可能。很明显，那也是理所当然的。一个实干且务实的人……"

"还很会打牌呢。"苏宾又一次指出。

"对呀，他是能打一手好牌呢，然而耶琳娜·尼古雷耶芙娜……你难道能够看得透她吗？我倒想看看，有没有一个人能摸透她的脾气，她到底想要做什么？她一会儿高兴一会儿忧愁，要不就瘦得让人不忍心，再不就要又胖了起来，所有这些都毫无来由。"

一个丑陋不堪的仆人用托盘端来一杯咖啡、一罐凝乳还有几片面包干。

"作为父亲的你，看上了女儿的追求者，"尼古拉·阿尔捷梅耶维奇晃了晃手里的面包干，接着说，"但这与女儿又有什么关系呢！如果是在从前家长制时代里，一切都好办，可如今一切都已经改变了呀。现在做小姐的可以任意的跟别人谈话，随便的读书。甚至她像在巴黎似的不带仆人不带使女，一个人在莫斯科到处跑，这一切也都行得通。前些天我问过几次耶琳娜·尼古雷耶芙娜的去向，答案是出去啦。至于去哪儿？不知道。这成何体统？还有个规矩吗？"

"请把您的杯子接过来，让人家退下吧，"苏宾轻言轻语道，"您不是也说过，不应该当刻薄的主吗。"他又低声说。

仆人胆怯的用眼睛瞅了一眼苏宾，尼古拉·阿尔捷梅耶维奇接过杯子，加了一点凝乳，又顺水抓了十来片面包干。

"我的意思是，"仆人刚走，他就马上开始说，"我在这个家里根本没有什么地位——如此而已。因为，在我们生活的这个时代，大家都习惯以貌取人。有的人，无知、愚昧，可是却装出一副很了不起的样子来赢得大家的尊敬，而另一些人呢，或许才略出众，甚至……很可能大有作为，可是因为谦虚……"

"您是一位胆识过人的英雄吗，尼科林卡？"苏宾捏着嗓子问他。

"别跟我开玩笑啦！"尼古拉·阿尔捷梅耶维奇略显恼怒地说，"您有些得意忘形啦！这不就恰好证明了我在这个家里真的没什么地位吗？毫无地位可言！"

"安娜·华西雷耶芙娜也常欺负您吧，我可怜的人！"苏宾坐直了身子说，"噢，尼古拉·阿尔捷梅耶维奇，我们真该死啊！您最好给安娜·华西雷耶芙娜准备些什么小礼物吧。过些天是她的命名日，您知道的，她一向对您的哪怕一点儿小意思也很看重呢。"

"是的，是的，"尼古拉·阿尔捷梅耶维奇忙回答说，"十分感谢您的提醒。当然啦，那是当然啦，我是一定要送的。恰好我正有一件小玩意儿——一个小挂件，是我前两天在罗森什特拉哈时买的。说真的只是不知道，送那挂件究竟合适不合适？"

"您是为住在列维尔的那一位女士买的吧？"

"那是……我……对……我本想……"

"哦，这么说的话，那肯定合适的喽。"

苏宾从椅子上站起身来。"我们今晚要去哪儿走走呢，伯维尔·雅科夫列维奇？"尼古拉·阿尔捷梅耶维奇热切地盯着他，问道。

"您不是说要到俱乐部去吗？"

"从俱乐部出来后呢……出来之后。"

苏宾又舒展了一下腰身。"算啦，尼古拉·阿尔捷梅耶维奇，我明天还有工作呢。改日吧。"他说着走了出去。

尼古拉·阿尔捷梅耶维奇的脸阴沉下来，在屋里踱过来踱过去，最后从橱里拿出了一只天鹅绒的小盒子，里面放着那只"小挂件"。他把那小玩意儿在手里把玩了很长时间，又用丝巾把它擦拭干净，然后他就开始照着镜子，一心一意地梳起他那浓密的黑头发来，脸上满是一副郑重其事的表情，头一会儿向左偏，一会儿又向右偏，舌头绷起腮帮子，眼睛注视着头上的分发线。

正在这时有个人在他背后咳嗽一声。他转过头一看是个仆人，给他送来了一杯咖啡。

"你怎么了？"他问仆人。

"尼古拉·阿尔捷梅耶维奇！"这仆人说话时略带些激昂之情，"您是我们的一家之主啊！"

"这我很清楚，你还有什么话说？"

"尼古拉·阿尔捷梅耶维奇，请您见谅，只是我从小就侍奉您，我认为做仆人的，也应有一份儿心向您报告些事情……"

"什么事？"

仆人一动不动地待在原地迟疑着。"您刚刚说，"他开始说道，"您不知道耶琳娜·尼古雷耶芙娜到哪儿去了。这件事儿我想我知道。"

"您说什么呢，笨蛋？！"

"任由您处置，不过三天前我确实看见小姐了，我看见她走进了一幢房子里。"

"什么？在哪儿？那是怎样的一幢房子？"

"就在厨子大街边上的一条……胡同里，离这儿很近。我还问了看院子的人，问他打听那儿都住着些什么人？"

尼古拉·阿尔捷梅耶维奇紧张地跺起双脚来。

"闭嘴，你个笨蛋！你怎么敢？……耶琳娜·尼古雷耶芙娜只是出于善心去看望那些穷人们而已，可是你……滚！你个无赖！"

早已惊慌失措的仆人迅速地朝门口跑去。"站住！"尼古拉，阿尔捷梅耶维奇大声喝道，"那个看院子的究竟给你说了些什么？"

"啊，他什……什么也都说。他只是说好像是一个大学生什么的。"

"闭嘴，笨蛋！你给我听好，该死的东西，如果你——哪怕说梦话也不行。如果你敢对谁提到这件事……"

"您就饶恕我吧……"

"闭嘴！你要是再敢想一个字……不管谁……要是我知道了你泄露……我会让你无处可藏的，下辈子也没处藏！听见了？滚！"

仆人匆忙走掉了。

"噢,我的上帝!这意味着什么呢?"他独处时,尼古拉·阿尔捷梅耶维奇不禁这样想, "这个该死的畜生给我胡说了些什么呀?但,我还是应该去了解一下,到底那是怎样的一幢房子,住的又到底是谁呢?我要亲自去,怎么会弄到这样的地步!该死! 多嘴的畜生! "

尼古拉·阿尔捷梅耶维奇高声重复着, "该死! "接着他将小挂件锁进了橱子里,去找安娜·华西雷耶芙娜去了。她躺在床上,脸上蒙着湿头巾,然而她那副痛苦的模样只能使他更愤怒,于是他很快就弄得她哭起来。

二十九

这时，东欧地区积蓄已久的战势终于开锣了。土耳其向俄国下了战书，从各公国撤退人员的期限也早已过去，辛诺普大战之日也已临近。

恩沙洛夫最近新收到的文件，都是在召唤他回国。他的身体还没有康复，也还很虚弱，时常伴有咳嗽并发寒热，然而他差不多整天都在外面跑。因为他的心燃烧着，所以病早已不算什么了。

他马不停蹄地在莫斯科奔忙，跟各类人物秘密会见，彻底地工作，整天也不知去向。他对房东说，他就快要走了，于是提前把自家简单的家具送给了他。

耶琳娜这边也在准备着启程。一个下着雨的阴沉的黄昏，她独自一人坐房中，给一条披巾上一花边，耳旁是风声怒号，心情不由得郁闷起来。

她的女用走进来，告诉她父亲正在母亲的卧房里，叫她过去，"夫人在哭。"女用跟在耶琳娜身后轻声地说，"老爷正在闹脾气……"

耶琳娜轻轻耸了耸肩，走进了安娜·华西雷耶芙娜的卧房。尼古拉·阿尔捷梅耶维奇的善良的夫人——安娜·华西雷耶芙娜躺在一把折叠躺椅上，闻着手帕上的花露水的味道。他则站在壁炉前，上衣扣子扣得紧紧地，打一个又高又挺的领结，领子浆得很硬，那架势不禁使人想起某一位国会演讲家来。

他用演讲家的手势给女儿指一指座位，然而女儿并不太明白他手势的内在含义，依旧询问似的望着他，于是他便郑重地、头也不回地说，"您请坐下。"尼古拉·阿尔捷梅耶维奇总是习惯称妻子"您"，女儿呢，只在特殊情况下才会得到这样的称呼，耶琳娜会意地坐下了。

安娜·华西雷耶芙娜眼泪汪汪地正在擦鼻涕。尼古拉·阿尔捷梅耶维奇随意地把右手插进了上衣的胸襟里。"我叫您来，耶琳娜·尼古雷耶芙娜，"在很长一段时间的沉默后，他继续说，"是为了向您求证一些事情，或者倒不如说是为了请您解释一下。我对您不是很满意，不，或者这样说得太轻了，您的行为让我和您母亲……您母亲，感到深深的心寒和羞耻，这您现在应该很清楚的。"

尼古拉·阿尔捷梅耶维奇只低沉着他的嗓子不停地说。耶琳娜静静地望着他一言不发，接着又望向了安娜·华西雷耶芙娜，她的脸色更白了。

"以前，"尼古拉·阿尔捷梅耶维奇又接着说道，"做女儿的是不允许傲视父母的，那时候，双亲的权力能让顽劣的儿女吓得浑身战栗。那种时代已经过去了，至少现在的大多数人都这样认为,可是,您要知道,法律还在,不允许……不允许……一句话,还有法律啊。我请您留意,还是有法律的啊。"

"但是,父亲。"耶琳娜正想要说。

"我请您不要插话,让我们表达一下我们的看法吧。我跟您的母亲尽了自己全部的责任,我们对您的教育不遗余力,即使花钱、费神都在所不惜。您从我们的大费周章的教育中得到了什么好处,因为这又是另一码事,可是我有权知道……我跟您母亲有权利知道,您至少会虔诚地遵守那些道德上的规则,那些……那些我们向您,我唯一的女儿,那些我们一再灌输的规则。

"我们有权利相信,任何新'思想'都不能与之相抵触,可以说,那是世代相传的神圣古训啊。然而这是为什么呢?且不说那些因为您的性别和年龄而造成的轻率……可是谁会想到,您竟然随便到这种地步……"

"父亲,"耶琳娜说道,"我知道您想要说什么……"

"不,您根本不知道我究竟想说什么!"尼古拉·阿尔捷梅耶维奇忽然不见了他那副国会演说家的威严身姿和滔滔不绝地郑重演讲,甚至于他低音部的语调,他大声吼着,嗓音都变了,"您根本不知道,你这个得意忘形的丫头!"

"看在上帝分上,尼古拉·阿尔捷梅耶维奇,"安娜·华西雷耶芙娜喃喃地说,"别这样责备她!"

"你给我闭嘴,她理应受到惩罚,安娜·华西雷耶芙娜!您都想象不到,您接下来还会听见些什么话!您就准备着听最恶劣的评判吧,我提前告诉您!"安娜·华西雷耶芙娜几乎惊呆了。

"不，"尼古拉·阿尔捷梅耶维奇猛地转向耶琳娜，接着说，"你从始至终都不知道我想要说什么！"

"在您面前，我承认错了。"她轻声说。

"啊，到底没有否认啊！"

"我在您面前有过错，"耶琳娜继续说着，"错就错在，我瞒了您很久……"

"可是你知道吗，"尼古拉·阿尔捷梅耶维奇强硬地打断她，"我只要一句话，就能让你感到无地自容。"

耶琳娜眼睛望着他。

"是的，小姐，只需一句话！你也不必那么看着我！"他把两只手叉抱在胸前，"请问您，您熟不熟悉厨子大街旁边的那条弄堂……那弄堂里有一幢房子，您曾到过那间房子的？"他把脚一踩，"您说呀，没规矩的东西，不要再想着耍什么花样了？其他所有的用人们，小姐们，先生们，都在那儿看到过您啦，看见您曾走进去，进去找您的……"

耶琳娜一下子涨红了脸，她的眼睛闪出异样的亮光来。"这我不需要骗您，"她镇定自若地说，"对，我确实是到过那幢房子。"

"承认就好啦！您听见吗，您亲耳听见了吗，安娜·华西雷耶芙娜？那您肯定也知道住在那儿的是谁吧？"

"对，我清楚地知道，那是我的丈夫……"

尼古拉·阿尔捷梅耶维奇惊讶的两只眼睛几乎要蹦出来。"你的什么？"

"我的丈夫，"耶琳娜又重复说道，"我已经嫁给了德梅特里·尼康诺罗维奇·恩沙洛夫。"

"你？嫁给了他？"安娜·华西雷耶芙娜气得快要讲不出话来。

"是的，母亲，请您见谅，两周前，我们已经秘密结婚了。"

安娜·华西雷耶芙娜不由自主地倒在了椅子上，像被电击了一般，耶琳娜是她唯一的孩子，可以失去一切，但是不可以失去耶琳娜，她的最爱。她的女儿怎么会这么做呢，这简直是天大的打击，这会要了我的命，安娜·华西雷耶芙娜只觉得胸口一阵撕心裂肺的痛。尼古拉·阿尔捷梅耶维奇也气得向后退了两步。

"嫁了！嫁给了一个穷光蛋，黑山人？世袭贵族尼古拉·斯塔霍夫的女儿嫁给了一个无家可归的流浪汉，一个平头百姓！在没有父母亲的祝福下就嫁人啦！你觉得我会这么轻易放过你吗？你以为我不会去控告就这么放过你？以为我会让你……你……我……要先把你关进修道院里去，接着再把他送去做劳役，送去流放！安娜·华西雷耶芙娜，请您立即通知她，她的继承权已经被取消！"

"噢，尼古拉·阿尔捷梅耶维奇，上帝面前请您别这样。"安娜，华西雷耶芙娜低声说道。

"这是什么时候的事？到底是怎么了？谁为你们举办的婚礼？在什么地方？怎么结的婚？我的天啊！现在所有的朋友，这全世界的人，该怎么说啊！可是你，不知廉耻的东西，都到这种地步了，你居然还能若无其事的住在父母亲家里！你难道不怕……不怕遭天谴吗？"

"父亲，"耶琳娜说（她整个身体都在战栗，然而她的声音是那么的坚定），"随便您想要怎么样都可以，但您不能骂我不知廉耻，骂我欺骗您，我不想……让您伤心，可是也就是这两天吧，我会亲自把这一切都告诉您的，因为我下周就要跟我亲爱的他一起离开这儿了。"

"离开？要到哪儿去？"

"到他的祖国去，到保加里亚去。"

"到土耳其人那儿去！"安娜·华西雷耶芙娜惊呼一声，便昏了过去。

耶琳娜忙扑向她的母亲。

"滚开！"尼古拉·阿尔捷梅耶维奇嘶吼着，一把抓过耶琳娜的手，"你滚，不知羞耻的东西！"

就这工夫，卧室的门被推开了，探进来一颗面色苍白、两眼放光的脑袋，那是苏宾的头。

"尼古拉·阿尔捷梅耶维奇！"他扯着嗓子高声喊，"阿芙库斯金娜·赫雷斯洛芙娜来啦，她正在找您呢！"

尼古拉·阿尔捷梅耶维奇几乎疯狂地猛然转过身，扬拳威胁着苏宾，仅停了一小会儿，便匆匆地走到屋外去了。

耶琳娜跪在母亲的腿旁，抱着她的膝头。瓦苏尔·伊凡诺维奇躺在床上，她穿着一件无领衬衫，一颗大领扣紧紧地扣在肥胖的颈部，形成些许宽松的褶皱，正好掩盖住他几乎像女人乳房似的胸部，单露出一只硕大的柏木十字架和一个护身香囊来，一条薄薄的毛毯盖着他舒展开的四肢。床头小柜子上一支

458

小蜡烛忽明忽暗地燃烧着，旁边放着一罐克瓦斯，瓦苏尔·伊凡诺维奇躺在床上，脚边坐着苏宾，他正郁郁寡欢呢。

"对，"苏宾困惑不解地说，"她已嫁人了，要走了。您的侄儿正在大发雷霆的，整个屋子都能听见他的吼叫声。为了不让人知道而关着门，可是在卧室里，用人和女仆甚至连马车夫都听得一清二楚见！他这会儿还在大喊大叫呢，就差没跟我打架了，他没完没了地依仗着父亲老子的身份责备她，就像是一只力气不足的搬木头的笨狗熊。安娜·华西雷耶芙娜真是无法忍受了，可是女儿离开比她嫁人对她造成的伤害更深啊。"

瓦苏尔·伊凡诺维奇动了动手指头，"作为母亲，"他说，"哎……是啊！"

"您的侄子，"苏宾接着说，"扬言要找大主教，找总督，要去部长那儿控告，然而结果还不是一样要让她离开。谁愿意亲手毁掉自己亲生女儿的前程呢！就像公鸡一样，虽然可以暴跳一阵子，但最终还是会把尾巴垂下来的。"

"他们没有权力啊！"瓦苏尔·伊凡诺维奇说，喝了一口克瓦斯。

"就是呀，正是这样。然而整个莫斯科将掀起怎样的一阵流言风波和责难啊！她从不害怕这些……而且，她已经超越了这些的。她要走了，会去哪儿呢？只是想一想都觉得很恐怖！到那么遥远的地方去，走那么远，到那种鸟不拉屎的地方去！她在那儿将会变成什么样呢？当我眼睛看着她，就好像已经预见到她在一个大风大雪的晚上，在零下30摄氏度的严冬里，正从一个驿站上整装出发呢！她要离开自己的国度、离开亲爱的家人，但是我多么地了解她啊，她抛下的都是些什么人呢？她先前天天见到的，都是些什么人呢？像古尔内托夫斯基、比尔森涅夫，还有朋友我，这些可都是很优秀的人物呢。这没什么值得可惜的，只有一件事最糟糕，据说，她的丈夫，鬼知道，嘴里怎么也说不出这个名儿来。据说，恩沙洛夫咳得吐血，这可是极糟糕的事儿。我前些天见到他了，那张脸啊，立刻就能从中塑出一个布鲁塔斯来，您知道布鲁塔斯是谁吗，瓦苏尔·伊凡诺维奇？"

"这是什么意思？就是一个人呗。"

"是的，对呀，一个人。对，一张特别好看的脸，然而很虚弱，十分的不健康啊！"

"打仗嘛……都一个样。"瓦苏尔·伊凡诺维奇说道。

"打仗都一个样，非常正确，您今儿个说得可是的确很公正啊，可要是说到过日子，那可就不是一个样啦。她毕竟是要跟他过一辈子的呀。"

"那都是年轻人的事儿。"瓦苏尔·伊凡诺维奇回答说。

"是的，那是属于年轻人的，光荣而又豪迈的事业。死亡、生存、战争、失败、成功、爱情、自由、祖国……好极了。愿上帝赐给每一个人这一切！有一种人，即使陷入在齐颈深的泥沼里，却依然装出一副无所谓的样子，因为实际上他知道挣扎已经无济于事了，然而这跟那个可大有不同呢。在那边——弦是紧绷着的，要么响彻全世界，否则便会无情地绷断！"

苏宾把头低到胸前，"对，"过了一会儿他又接着说，"恩沙洛夫应该是能配得上她的吧，不过，全是胡扯！谁又能说他能配上她哟。恩沙洛夫……恩沙洛夫……他为什么要有意地表现谦虚？好吧，即使，他是个英雄，他能保护自己，然而，到目前为止，他所做的跟我们这些有罪的人所做的又有什么不同呢？并且，我们也不一定就真是一堆毫无用处的废物吧？就说我吧，难道我是个无能的人，瓦苏尔·伊凡诺维奇？难道上帝的确在各方面都亏欠了我？我就一点儿能力和天分都没有吗？谁知道呢，也许，伯维尔·苏宾这个名字有朝一日也会名扬于天下呢？看，你桌子上的那个小铜钱，谁敢保证百年后的某一天它不会变为那些对伯维尔·苏宾感激不尽的后生为他树立的纪念像的呢？"

瓦苏尔·伊凡诺维奇用手肘支起腰杆来，目不转睛地看着正处于兴奋状态的艺术家。

"你扯得太远啦，"终于，他习惯性地动了动手指说道，"我们在谈别人，但是你……怎么……扯到了自己啦。"

"噢，我国伟大的哲学家啊！"苏宾高声叫着，"您的话语真是分量十足啊，噢，不，不应该是我，应该是为您树一座丰碑来才对，这事儿由我来办。您就这样躺着，就是这种姿势人家猜不透这里边到底是懒惰的内涵呢，还是力量的内涵多一些？我就这样把您给塑造出来。您用义正词严的批评击垮了我内心的自私与虚荣！是啊！谈自己毫无意思，自我吹嘘就更没意思了。在我们周围还不存在一个所谓的真正的人，根本没有任何一个可以称为真正的人啊，不管你的目光所及何处都将找不到这样的人。所有的人要么是小动物、小爬虫、小哈姆雷特、萨莫耶德人，要么是地下的黑暗和荒凉，再不然就是只会夸夸其谈的笨蛋和整日自吹自擂的棒槌！然而还是这样的一群人，他们把自己研究得相当仔细，甚至都到了可耻的程度，不断地留意着自己每次感觉到的脉搏跳动，不断地告诉自己说：这就是我。瞧，这就是我所思考和感受的呀！好一件伟大而务实的事业啊！是的，倘若我们当中还有几个有出息的人，那么这位姑娘，这个如此敏感的灵魂，也就不会离开我们了……就不会像鬼沾到了水一样一溜而逃了！这到底是为什么，瓦苏尔·伊凡诺维奇？我们的好日子哪一天才会降临啊？我们这里什么时候才能出现一个"真正的人"啊？"

"不久的将来，"瓦苏尔·伊凡诺维奇回答说，"总是会出现的。"

"总是会出现的？噢，广阔祖国大地啊！俄国黑土中可是蕴藏着用之不尽的力量呀！然而你还说总是会出现的？您等着吧，我要记下您所说的话，但您为什么要吹熄蜡烛？"

"我要休息啦，再见吧。"

三十

    苏宾说得不错。耶琳娜这突如其来嫁人的消息几乎要了安娜·华西雷耶芙娜的命。她卧病在床了,尼古拉·阿尔捷梅耶维奇告诉她不准女儿前来探望,他好像很高兴借此机会证明自己是个多么实实在在的一家之长,一个拥有全部权威的家庭首脑。他时不时地对家人大发雷霆,还总是说,"我要让你们看看我的厉害,也让你们知道知道,你们等着吧!"

    他待在家里的时候,安娜·华西雷耶芙娜从不见耶琳娜,有卓娅在身边就足够了。卓娅贴心地伺候她,这姑娘心中暗想,"有她就够了?"可是只要尼古拉·阿尔捷梅耶维奇一走开(这样的时候居多,因为阿芙库斯金娜·赫雷斯洛芙娜果真回来了),耶琳娜就会马上来到她母亲身边,母亲常会长时间、默默地含着眼泪凝望着她。

    这种无声的谴责比其他任何东西都更能深深地刺痛耶琳娜的心。那时她所体会的,不是单纯的忏悔,而是一种与忏悔相似的无尽的怜惜。她想到了对她疼爱有加的身体虚弱的妈妈,安娜·华西雷耶芙娜生性多愁善感，丈夫不忠使她变得更加忧郁，耶琳娜，是她生存下来的勇气，耶琳娜深知母亲的哀愁痛苦，也非常明白自己对于母亲的重要。

"母亲！我亲爱的妈妈！"她不停地叫着，吻着她的手背，"我该怎么办？我认为我并没有做错啊，我爱他，所以我只能这样做啊。要怪就怪命运吧！命运让我遇上了他这么一个人，一个我的父亲看不惯的人，一个要将我带离您身边的人。"

"不！"安娜·华西雷耶芙娜突然止住了她的话，"别再跟我提这事儿啦，每次一想起你要到那边去，我就感到忐忑不安啊！"

"噢！亲爱的妈妈，"耶琳娜说道，"您为什么不这样想，如果我去不了，结果或许会更糟呢，我真的可能会死掉，那您就再也得不到什么安慰了。"

"可你离开后我也一样别想再能看见你了啊！即使你不在某个地方的帐篷里死掉（安娜·华西雷耶芙娜的印象中，保加利亚似乎是个跟西伯利亚冻土地带一样的地方），我也可能因为经不住这种离别而……"

"请别这样说，亲爱的妈妈，我们还是会再见的呀，上帝会保佑我们，保加利亚也有许多这儿一样的城市啊。"

"那边能有些什么好城市啊，那边正处在战乱中呢！依我看现在那边，不管到哪儿，都有大炮在炸呢……你准备不久就要离开吗？"

"很快就走……只要爸爸不……听说他要提出控告，他扬言要把我们拆散。"

安娜·华西雷耶芙娜抬眼看天。

"不，琳诺奇卡，他不会控告你们。我原本也是绝不会同意你们结婚的，要你嫁给他除非我去死。然而事情已经发生了，根本没办法挽回了，我绝不允许别人羞辱我的女儿。"

就这样静静地过了几日，安娜·华西雷耶芙娜渐渐地终于鼓起了勇气来。一天晚上，她跟尼古拉单独待在卧室里，两个人平心静气，一声不响。开始毫无动静，后来只听尼古拉·阿尔捷梅耶维奇的声音低沉地响起来，接着好像发生了争吵，还传出喊叫声，甚至夹杂着痛苦的呻吟声……苏宾跟女佣们还有卓娅他们已经按捺不住要冲进去救援，可是卧室里的争吵声逐渐变小了，转而成为谈话声，直到没有了声音。

最后，只剩下偶尔传出的几声微弱的啜泣声，不久连这声音也没了。钥匙开锁，被打开的橱门发出吱吱咯咯的响声……门被拉开来，尼古拉·阿尔捷梅耶维奇走了出来。他严肃地看了看周围每个人，匆匆往俱乐部去了。而安娜·华西雷耶芙娜叫耶琳娜来见她，紧紧地拥着她，脸上满是伤心的泪水。她慢慢地说："都讲好啦，他是不会难为你们的，没什么会阻止你的离开……没什么会阻止你离开我们了。"

"您能让德梅特里来拜访您以表谢意吗？"母亲稍微平静一些的时候，耶琳娜问她。

"不，我的宝贝，我现在不想见这个拆散我们的人……启程以前一定来得及。"

"启程以前，"耶琳娜难过地低声重复说。虽然尼古拉·阿尔捷梅耶维奇同意"不把事情闹大"，但安娜·华西雷耶芙娜却并没有告诉她女儿是以怎样的代价才换来他的同意。她并没告诉她，她答应替他偿付全部的债务，还当场又给了他一千个银卢布。如此也就算了，他竟然地向安娜·华西雷耶芙娜宣称，他不愿意见恩沙洛夫，而且要将继续称他为"黑山人"。到了俱乐部里，他镇定自若地跟他的牌友——一位退职的工兵军官提起耶琳娜的婚事来。"您听说了吗？"他装出一副镇定自若的样子说道，"我的女儿，因为人家学识深厚，就要嫁给一个什么大学生。"将军抬眼望望他，混沌不清地哼了一声，接着便邀他们打起牌来。

三十一

    出发的日子一天天临近。已经过了 11 月，这是最后离别的日期了。恩沙洛夫早早地就收拾好了一切，他心中一直沸腾着一个愿望，那就是尽早地从莫斯科脱身。医生也叮嘱他："您要到有温暖气候的地方去，"医生还对他说，"您在这儿是不可能完全恢复的。"

    耶琳娜也心急如焚，恩沙洛夫的苍白与消瘦令她牵肠挂肚。她常会怀着不可自控的惊惶凝视着他变形的脸。她在父母亲家中的处境已没有什么立场可言。

    母亲生离死别般地对她哭号，而父亲却只是轻蔑而漠然地对待她。离开日子的临近也隐隐使他感到心痛，然而他觉得不暴露自己的感情和弱点是他的责任，一个有着强烈自尊心的父亲的责任。安娜·华西雷耶芙娜终于想要约见恩沙洛夫了，他们把他从后门带进来，悄无声息地来到她房中。当他已经站在她房间里时，她很长时间都不知如何开口与他交流，甚至不能决定是否看他一眼。他坐在她的旁边，毕恭毕敬地等着她开口。

467

耶琳娜也紧挨着坐在那里，她把母亲的手牢牢地握在手中。安娜·华西雷耶芙娜最终还是抬头望向他，缓缓地说："上帝见证，德梅特里·尼康诺罗维奇，"她止住了，责备的话含在喉咙里，没有说出来。

"啊，您在生病吗？"她问道，"耶琳娜，你丈夫身体不好吗？"

"我的确生过病，亲爱的安娜·华西雷耶芙娜，"恩沙洛夫回答，"目前还没有完全康复，但是我相信，祖国的空气会让我彻底的强壮起来的。"

"哎……保加里亚！"安娜·华西雷耶芙娜低沉地、模糊地说，紧接着陷入了沉思，"噢，我的上帝！一个眼看要死的保加里亚人，话音空洞的像个空空的木桶，眼睛消瘦的像个柳条筐，一副瘦骨嶙峋的样子，衣服像是从别人那里借来的似的，脸色蜡黄，像秋天的菊花。然而她就要做他的妻子了，她爱他。这是多么不堪目睹的一场噩梦啊。"但是她马上就清醒了过来，"您必定……必须要离开吗？"

"是的，安娜·华西雷耶芙娜。"

安娜·华西雷耶芙娜眼睛深深地凝视着他，"啊，德梅特里·尼康诺罗维奇，愿上帝保佑耶琳娜不会像离开我一样离开你，……可是您必须答应我要爱护她、疼她……只要我还活着，你们不会受穷！"眼泪使她的声音哽咽了。她伸开双臂，紧紧地拥住了耶琳娜和恩沙洛夫。

既定离开的日子终于到了，耶琳娜选择在家里跟父母亲道别，随后从恩沙洛夫的住处出发。预先约定十二点出发，比尔森涅夫早到了一刻钟。

他料想一定可以在恩沙洛夫那里遇见那些前来为他送行的他的保加里亚朋友，可是他们在他到之前便走掉了。大家所熟知的那两个神秘人(他们是恩沙洛夫的证婚人)也离开了。

裁缝恭敬地鞠了一个躬来欢迎"好心肠的老爷"，他今天或许是因为别离，也可能是高兴吧因为（家具全都给了他），多喝了几杯，妻子立刻就过来把他拖走了。

房间里已经收拾整齐，用绳子捆牢了的箱子，直直地立在地上。比尔森涅夫若有所思地看着，瞬间许多回忆浮现在他的脑海。

12点的钟声早已敲过，车夫已经把马准备好，而"新婚夫妇"却仍不见踪影。终于，楼梯上传来了急促的下楼声，耶琳娜在恩沙洛夫和苏宾的陪伴下走了下来。

耶琳娜眼睛红红的，因为她离开的时候，母亲哭昏过去了，离别的场景十分的沉重。耶琳娜已经有一周的时间没见过比尔森涅夫了，最近他几乎没有到斯塔霍夫家去过。她没料到会在这里遇见他，她高声说道："噢，谢谢您！"说着便和恩沙洛夫一起拥抱了他，接着是一段令人难以割舍的沉默。这三个人现在又能说些什么呢？

这三颗心如今是什么样的感受呢？苏宾认为目前需要点活跃的声音，于是便快活说了两句话，来消散这种苦恼的沉闷。

"我们这个三重奏又聚在一起啦，"他说，"这是最后的一次！随命运之所驱，忆往昔之善心——追寻着上帝迈入新的生活吧！追寻上帝，从此远行……"他说着又唱起歌来。可是忽然间他却又马上不唱了，因为他感到拘谨和不安，在这停放死者的地方唱歌是有罪的。顷刻间，在这间屋子里，他刚才所提起的过去正在死亡，聚集在这间屋子里的这几个人的过去正在死亡。它的死，带来了一个新生活的诞生，也许吧……然而它终究是死去了。

"啊！耶琳娜，"恩沙洛夫对他妻子说，"似乎都收拾好啦。该交的钱都交了，该拿的东西都拿好了，就只差把这只箱子搬下去了。房东！"

房东跟妻子女儿一起进屋来，他微微地点了点头，听完恩沙洛夫的交代，便把箱子往自己肩上一扛，迅速沿楼梯跑了下去，只留下他靴子"噔噔"地作响声。"现在，按照俄国人的风俗，我们该再坐一会儿。"恩沙洛夫说。

大家会意地坐下。比尔森涅夫坐在那张破旧的小沙发上，耶琳娜坐在他的旁边，房东太太和女儿佝偻着身子蹲在门槛上。大家都不言语，全都在强颜欢笑，谁也不明白自己究竟为什么笑。

每个人都想说些道别的话（当然，这其中不包括房东太太和她的女儿，她们俩只顾眼睛乱转的）每个人都感到，在这种时候说出来的话难免落入俗套，所有一切有意义的或者聪明或者纯粹出自内心的话都显得十分不合时宜，矫揉造作。

恩沙洛夫第一个站起来，他在胸前画起十字，"再见了，我们的小屋！"他高声说道。

发出了吻别的声音，非常响亮，但却是意味着冰冷的离别。道别的、情意绵绵的祝愿；写信的承诺；最末的、依依惜别的话语……耶琳娜满脸是泪,已经坐进大板雪橇车里,恩沙洛夫体贴地用毛毯帮她把腿盖上。

苏宾、比尔森涅夫、房东、房东太太还有他们那总是戴着大头巾的女儿,看院子的以及一个穿条子长袍的毫无干系的工匠,都站在门口,突然一辆驾着骏马的富人雪橇车飞驰着跑进院子里来。车上的尼古拉·阿尔捷梅耶维奇从雪橇里一跃而下,正试图抖落他大衣皮领子上的雪花。

"谢天谢地我终于赶上啦!"他说着便向木板车走去,"拿着,耶琳娜,这是我们作为父母最后的祝福。"他说着钻到车篷里,从口袋里掏出一只缝在天鹅绒布袋中的小神像给她挂在了脖子上。

她失声痛哭,想要去亲吻他的手,这时车夫从雪橇前座上拿出半瓶香槟和三只大杯来。

"来!"尼古拉·阿尔捷梅耶维奇说,他的泪水早已滴落在了海狸皮的大衣领子上,"我来送……而且还要祝福……"他开始倒上香槟,他的手在颤抖,酒沫渐渐溢出了酒杯,落在洁白的雪地上。他举起手中的酒杯,又把另外两只给了耶琳娜和早已坐在她身边的她的丈夫,"上帝会保佑你们……"尼古拉·阿尔捷梅耶维奇说着一口喝干了他的酒。接着他们也干了杯。

"诸位先生们,现在你们也应该……"他又说,向着苏宾和比尔森涅夫,可是在这一刻马车被车夫催动了。尼古拉·阿尔捷梅耶维奇跟着大板车向前奔,"要注意啊!给我们写信。"他不停地叫喊着。

耶琳娜把头从车里探了出来，说道："再见啦，我亲爱的父亲，安德雷·彼得洛维奇！伯维尔·雅科夫列维奇！别啦，一切！别啦，俄国！"说完，便把身子缩回到了车里去。

　　车夫挥挥马鞭，一声呼哨，大板雪橇车下面的滑木吱吱地响了，出大门后马上就向右转弯了，于是很快便消失不见了。

三十二

　　一个阳光和煦的四月天，在威尼斯的一个被狭长冲积沙洲隔开来的名叫"丽多"的宽广临海小湖上，一艘威尼斯凤尾形的游船"冈多拉"正慢慢驶过。船夫用桨每划一次，小船儿就微微一晃。在它不太高的船篷下，耶琳娜和恩沙洛夫静静地坐在柔软的皮垫上。

　　自从告别莫斯科以后，耶琳娜的容貌并没有变化多少，但是那表情却改变了。她变得成熟而严厉，神情更显勇敢了。

　　她整个人如春花般盛开，头发也似乎更显蓬松、更显浓密了，零落地披散在她嫩白的额际和光滑的面颊旁。只是在唇边，当她不高兴时，会有一丝不易察觉的皱痕，表达着她内心的一种隐隐的、不曾消散的忧虑。

　　恩沙洛夫则刚好相反，他表情与之前并无不同，只有那面容变化地完全不同了。他消瘦了、老了、更加苍白了。他驼着背，他好像是不停地在干咳，深陷的双眼闪烁着似乎是奇异一般的光芒。

从俄国离开后，恩沙洛夫途经维也纳时又卧病近两个月，直到三月底才和耶琳娜来到这里。他准备从这儿经萨拉到达塞尔维亚到保加里亚去，其他的路都断了。

战争早已在多瑙河一带打响，英国、法国向俄国宣战，所有斯拉夫国家局部也都战乱将近，酝酿着起义。

冈多拉停在了丽多湖的里岸，耶琳娜和恩沙洛夫踏上一条窄窄的铺沙小路，沿路的小树都已经枯死了（每年种，但每年都死）他们向着丽多湖的外沿，向着大海走去。他们沿着海岸散步，亚得里亚海在他们面前翻涌起它暗蓝色的波浪。水波掀起浪花，呼啸着涌来又退去，在沙滩上遗留下些小的贝壳和海草的残茎。

"这地方看起来是多么凄凉啊！"耶琳娜说，"我怕这儿的气候对你来说是不会有点儿太冷了，但是我已经猜到你上这儿来的理由啦！"

"冷？"恩沙洛夫回答她，脸上闪过一丝的苦恼的笑容，"我如果怕冷又怎么能成为一名好兵呢？我来告诉你，我之所以到这里来的原因吧。那是因为当我望着这片大海时，我觉得，祖国离我是那么的近，她就在岸那边。"接着他手指东方又补充说，"风也是从那边吹过来的啊。"

"这风会带来你等待的船只吧？"耶琳娜说，"瞧，那一叶白帆是否那就是你等待的船呢？"

恩沙洛夫凝视着耶琳娜手指的远方的那一片海面。"伦季奇答应说，一周以后就都给我们安排好了。"他说，"看样子，我们应该相信他，你知道吗，耶琳娜，"他突然变得精神焕发，又说下去，"据说，贫苦的达尔玛提亚渔民捐献出了他们渔网上的铅坠子。你应该知道，渔网就是靠这铅坠子的重量才能往海底沉的，然而现在它被拿去造枪弹了！他们很穷，他们只能以捕鱼为生，可是他们却心甘情愿地宁可挨饿也要拿出自己最后的财产。这是多么伟大的一个民族啊！"

忽然，在他们身后传来了一声傲慢的呼喊，然后就是一阵紧促而低沉的马蹄嗒嗒声，那是从他们身边疾驰而过一个奥地利军官，穿一件紧身的灰色短上衣，戴着一顶绿色军帽，当时他们差点儿没来不及闪躲，恩沙洛夫慷慨的目光看着他远去。

"这不怪他，"耶琳娜轻轻说道，"你了解的，他们这儿没有其他地方可以骑马了。"

"这不怪他？"恩沙洛夫诧异地说，"但是他的喊叫声，他的胡子，他的绿帽子，他的整个儿那副样子，都无法让我平静。我们还是回去吧。"

"对，德梅特里，这儿风这么大，你在莫斯科生病以后，就是因为没注意保重身体，到维也纳才还了那么一笔病债。当前还是更加小心才对。"

恩沙洛夫没说什么，只有一丝像刚才一样的无奈的讪笑闪过他的唇边。

"你要继续吗？"耶琳娜接着说，"我们去游一游吧。自从我们到这儿以来，还从没有好好儿看一看威尼斯呢！我这儿有两张包厢票，晚上我们去剧院。听说，有个新歌剧上演，您想看吗，我们在今天这一天里，忘掉政治，忘掉战乱，忘掉所有这一切，心里只有彼此，好吗？我们共同活着，呼吸着，思想着，我们永远不分开，好吗？"

"你如果你愿意，耶琳娜，"恩沙洛夫回答，"那么，我也会陪着你。"

"我就知道会是这样，"耶琳娜笑意盈盈地说，"那我们去吧，走吧！"

他们又回到了冈多拉上坐下，船夫慢慢地划着船，沿河走下去。只有真正见过四月威尼斯的人，才能说他看到了这个拥有全部魔法般难以形容之魅力的城市。春光的娇媚温柔与威尼斯结合在一起，恰如夏日的骄阳与壮丽的热那亚相配，秋日的金和紫与伟大的古城——罗马相搭一般。

春日里，威尼斯的美似乎能触动和引发人们内心深处的欲望，它使缺乏经验的内心困扰且忧伤，就像那近在咫尺，简单而又神秘莫测的幸福一样。这里的一切都是那么的明朗而清澈，然而却又都笼罩在由一种爱情的寂静所弥漫开的蒙蒙的薄雾中，这里的一切都是那么的明朗，然而却都向你敞开着心胸。这里的一切也都是从女性的名称开始。

它无愧于"美城"之誉。雄伟壮观的宫殿和教堂矗立着，精致而奇妙，好似是年轻神灵的美梦一般。运河静静的波浪中那灰绿色的浪花呈现出丝绸般的光泽，冈多拉毫无声息地游走，一点儿也听不到城市嘈杂声，猛烈的碰撞、断裂和喧哗声。

这其中隐含着某种非凡的东西，某种神秘而诱人的东西，"威尼斯正面临着死亡，威尼斯变得更荒凉了。"威尼斯的居民可能曾对您这样说。

但是，也许，恰好是这种最后的魅力，那是一种当百花齐放、美景尽现时，忽然间呈现的凋萎前的魅力，那是一种它从前从不曾有过的魅力。没有到过威尼斯的人，他是不会真正了解威尼斯的。

不管是卡纳列托，还是夸尔特（暂不谈许多当代的画家）都将无力于表现那种柔美，那随风飘散却近在眼前的远处的美景，那流畅的线条与多样色彩之间的奇迹般的和谐搭配。

那些年华逝去、被生活折磨得心身疲惫的人，为什么还来威尼斯游玩呢？它对他难道不更是一种苦，就如同再次对年少时梦幻泡影的追忆？可是对于另外一些人，那些精力不减，自我感觉十分好的人，它将会是美丽的。他愿携着自己的幸福游玩在威尼斯那迷人的天空下，不论他的幸福如何使他欢欣鼓舞，威尼斯仍将以其永远灿烂的光辉使其放射出熠熠金光。

恩沙洛夫和耶琳娜乘坐的冈多拉缓缓地驶过当年威尼斯共和国的元首宫和比亚赛塔，接着就进入了大运河。岸两边都是大理石修砌而成的宫殿，它们好像是静静地从一旁浮过一般，几乎让人目不暇接，那真是美不胜收啊！

耶琳娜的内心感到一种深深的幸福感，在她明媚的天空中仅有一小片阴云而已，可就是它也已经消散了。

这天恩沙洛夫精神焕发了，他们一直将船划到里亚尔多桥险峻的拱门前才折返。耶琳娜唯恐教堂里的阴冷会对恩沙洛夫的身体有所不利，同时她也想起了研究院，便告诉船夫要他向那边划去。他们匆忙走过这座小型博物馆的每个展厅，他们既不是鉴赏家，又不是什么爱好者，所以也没有仔细地欣赏图画，而只是走马观花地观看着。

一种明快的愉悦之情忽然间表现在他们的身上，他们瞬间感到，一切都是那么的富有朝气(孩子们最熟悉一种情感)，而这种感情源于对着丁托列托的圣马尔科，画中他从空中一跃而下，好像青蛙一样跳进了水中，试图去拯救受苦受难的奴隶。耶琳娜咯咯地笑起来，直笑得流出泪来，三个英国观赏者在一旁大为恼火，她也根本不管。

恩沙洛夫正在欣赏提香的那幅《圣母升天图》，画中站立着一个肩披绿斗篷，双手伸向圣母玛利亚的健壮男子，那脊背和小腿肚子简直令他欣喜若狂。

然而，玛利亚——那个平静而庄严地飞升到天父怀抱去的美丽而健硕的女人却给恩沙洛夫和耶琳娜留下了同样深刻的印象。他们也很欣赏琪马·达·科涅里亚诺老人的庄重虔诚的作品。

从研究院走出来，他再次回头看了看走在他们身后不远处的三个英国人，他们兔子般的牙齿和几乎随处都有的络腮胡子又让他不禁大笑了起来，他们船夫般的短上衣和短裤子、一个女商贩头顶上的一撮白头发……这些都使他们不可抑制的更加厉害地大笑起来，最后，他们不由得相互望了望对方的脸，又哈哈哈了几声。刚坐进冈多拉中，两人就紧紧地、牢牢地手握起手。

他们回到旅店后，立刻奔进自己房间要求开饭。吃饭时依旧非常地高兴。他们相互敬酒，为庆祝莫斯科朋友们的健康而干杯，为一碟美味的鱼而对给服务员大加赞赏，还不断地向他讨别的东西来吃，服务员耸了耸肩头，抬着脚走出去，可一离开他们，便直是摇头，有一次甚至叹一口气轻声说，穷光蛋！

饭后他们到剧院里去了。

剧院里上演的是威尔第的歌剧，其实这是一部很不怎么样的作品，可是它却已红遍了全欧洲的剧院，我们俄国人也很熟悉它——《茶花女》。

威尼斯的音乐季节早已过去，这里所有的歌手都只是平庸的水平，每个人都只是在声嘶力竭地喊叫着，毫无新意。薇阿丽妲的角色由一个没什么名气的女演员扮演，从观众对她表演的冷淡反应来看，她是个不太受人喜欢的演员，然而她还是有些才能的。这是一个年轻而相貌平凡的黑眼睛姑娘，嗓子不怎么圆润，甚至已经有些沙哑了。

她穿着一件花哨到几乎幼稚的衣裳，并且还很不合适她。一只红色纱网罩着她的头发，褪色的蓝缎连衣裙绷在她的胸前，还有一副厚料瑞典式手套一直提到她消瘦的肘部。她，这位某个贝加莫牧羊人的千金，又能去哪儿去了解巴黎的茶花女们的装扮呢！

在舞台上她也是有些拙劣的表演者，然而她的表演中有很多真实和干净的单纯。她唱起歌时极富意大利人所特有的夸张表情和韵律。耶琳娜和恩沙洛夫两人肩并肩地坐在一个不起眼的包厢里，它位于舞台近旁。

他们仍然带着在研究院里的那种快乐情绪，于是当那个陷入情网的可怜青年的父亲，他穿着一件灰黄色的燕尾服，假头发搞笑地向上竖起，还歪着一张嘴，怯了场，直至唱出沉闷可笑的低颤音时，他们几乎又都忍俊不禁地笑出声来……可是薇阿丽妲的表演却深深地感染了他们。

"他们简直就是故意不给这个可怜的姑娘喝彩呢，"耶琳娜说，"跟那种自以为是，总是忸忸怩怩、装腔作势，妄图打动人心的二流名角相比，我更加地喜欢她，她似乎还十分认真呢，你看，她简直忘记观众的存在啦。"

恩沙洛夫俯在包厢外栏上，仔细地看了看薇阿丽姐。

"对，"他说，"她是非常认真的，似乎是预感到了自己死期将近呢。"

耶琳娜没有言语。

第三幕开始了。幕布升起，他们看见那床榻、那低垂的窗幔、药瓶，还有遮住的灯光，这一切让耶琳娜不禁一颤……这让她回想起前些日子。"然而将来会怎样呢？眼前又是什么样的呢？"这念头在她头脑中一闪即逝。

那女演员假装发出的一声咳嗽竟被包厢里传出的恩沙洛夫的一个沉闷的真实的咳嗽声所代替。

耶琳娜悄悄地看了他一眼，然后立刻让自己假装一副若无其事的表情，恩沙洛夫明白她的意思，于是自己笑了笑，还轻轻地哼起歌来。

然而他又马上停了下来，薇阿丽姐的表演越来越精彩，台词也越发流畅了。她抛开了所有次要的、不甚重要的东西，从而真正找到了自我，这对于艺术家来说，是一种多么罕见而至高的幸福啊！她跨过了那条难以逾越的界限，越过这界限，也便到达了美之所在。

观众大为震惊，精神也为之一振。这个不怎么漂亮且嗓子有些沙哑的姑娘终于开始将观众的情绪握于手中了，她终于可以控制他们了。

这时，连她的嗓子也已经不再沙哑，那嗓音渐渐地热了起来、强了起来。"阿尔弗莱多"出场了，薇阿丽姐的一声惊叫差一点儿在剧场中掀起一阵风暴，与这相比，我们北国人的所有吼叫声都只是小巫见大巫了……观众又一次恢复了平静。

二重唱是剧中最精彩的一段唱腔了，其中作曲家相当成功地用音符表现了他对狂掷青春的全部懊悔之情，也表现出了一段绝望到已无回天之力的爱情是如何在做最后的挣扎的。

那位姑娘在全场观众的共鸣与激励感染下，眼中饱含着的泪花中有着艺术家的喜悦与痛苦，沉浸在这场由她自己制造的音乐的巨浪中，当死神突如其来地以一种恐怖的阴影步步逼近时，她口中迸发出了一声直冲云天的哀号，此时，全场爆发了几近疯狂的掌声、杂乱的和群情激奋的呼喊。

耶琳娜激动的全身颤抖，她用自己的手摸索着去找恩沙洛夫的手，找到它，把它牢牢握紧。他也紧紧地抓住她的小手。

然而她并不用眼睛望着他，他也不看她，这次握手跟几个小时前，他们在冈多拉中彼此靠近时的那一次握手，感觉是有很大区别的。

他们又重新沿河返回旅店去了。夜幕降临，那是一个明朗而温柔的夜。迎面向他们浮现的仍是那一座座的宫殿，却似乎是完全不同的建筑。其中几座沐浴在月色中，闪出银色的白光。

在这片白光中，那窗门露台的轮廓与装饰的很多细节好像都消失不见了，但就是在那些被一层阴影所笼罩的建筑上，它们却更为清晰地突现出来。

冈多拉上闪亮着小小的红色灯火，好像行驶得更快，毫无声息，那钢制的船背神奇地闪耀着，木桨在浑浊的水流中像一条条银色的鱼儿，神秘地跳起后又落下，冈多拉船夫们急促的呼唤声此起彼伏（他们现在从来不唱歌），似乎没有其他的声音了。

恩沙洛夫和耶琳娜住的旅馆坐落在那儿，等不及划到它门前，他们便上岸了，绕着圣马尔科广场逛了几圈，看见在一座拱门下，一家微型的咖啡店门前，聚集着很多游玩的人。

牵着自己爱人的手，行走在这异邦城市和陌生人中间似乎是件特别愉快的事。一切都显得那么美好，那么情意绵长，你会希望每个人都能拥有善良、和平和那正充溢身心的相同的幸福。

可是耶琳娜早已不能够无所顾忌地沉浸在幸福感中了，她的心被刚刚的一切震撼着，片刻也不能平静。恩沙洛夫途经总督府时，默默地向耶琳娜指着那从低矮的门洞中露出一角来的奥地利大炮的炮口，他把帽子压在了眉头上。

此时，他感到十分疲倦。圣马尔科教堂的圆屋顶在月光下，青铅色凸显着的一点点磷光正闪闪发亮，他最后朝这几个大圆顶看了一眼，两人便相携缓缓地走回家去了。

他们住的那间小屋正对着的是从 Riva dei Schiavoni 一直延伸到鸣德加的宽广的濒海湖。与他们的旅店几乎正对着的是圣乔治教堂的尖塔，右边还屹立着装扮得像新娘一般的教堂中最美的那一座，帕拉迪奥的教堂。

多加纳宫的金色圆顶高高地在天空中放出金光，左边隐约显露出一只只帆船的桅杆和桁梁，还有远处几根轮船的烟囱。一张卷到一半的风帆，像鸟翅膀一样挂在那里，桅顶的三角旗纹丝不动。

恩沙洛夫依在窗前，耶琳娜叮嘱他不要长时间地欣赏风景。他的寒热突然发作了，整个身体感到一种极度的虚弱。她把他扶到床上，等他睡着了，才轻轻地回到窗前。

噢，夜色是多么的宁静而轻柔啊。星光闪烁的天空中处处弥漫着一种温暖的情意，一切的苦痛，一切的伤悲，在这明静的天空下，在这圣洁的月光中都将悄无声息、陷入深睡！

"啊！上帝！"耶琳娜想着，"人为什么会有死，为什么总会有离别、疾病和眼泪呢？还有，这里为什么会有这种美丽，这吸引人的甜美，为什么我总会绝对地相信，自己终将会得到一个安全的避难所、一种不变的庇护与爱呢？

这笑着祝福的天空，这恬美的、宁静的大地都意味着什么？难道所有这一切都只存在于我们的心中。在我们身边却永远只是永恒的寒冷和痛苦吗？难道我们真是孤独的……孤独的，而保加里亚，所有那些不可预测的无底深渊中，所有的一切都与我们毫无关系吗？

然而我们又为什么会有这种祈祷的欲望和快乐呢？ Morir si giovane——她心中久久的回荡着这句话，难道这一切就不可能避免、预防、挽回，噢，上帝！难道就不能出现奇迹吗？"她用双手托住下巴，"够了吗？"她低声说，"难道说这就已经够了吗？我曾不止幸福过一分钟、几小时、也不仅仅是几天，不，我曾幸福过整整的好几个星期啊，然而我又有什么权利拥有它呢？"她为自己的幸福感到害怕，"但如果这是不该有的呢？"她不禁想到，"如果这是不能平白无故就能得到的呢？要明白这可是天意啊，我们这些可怜的、有罪的人，"啊，邪恶的幽灵，滚开吧！需要延续他生命的人不仅仅是我一个啊！"

"可是如果这是一种惩罚呢，"她又想到，"如果我们现在一定要为我们曾经的罪孽付出应有的代价呢？我的心沉默了，直到现在它仍然保持着沉默，可是这难道说就是不幸的证明吗？

噢，上帝！难道我们真的就这样的罪孽深重！难道你，这夜晚、天空的主宰者，只是因为我们相爱了，便要责罚我们？

可如果真是这样，如果我和他都有罪，"她禁不住激动地说，"那么至少请求你让他，噢！不，上帝，请让我们两人正直而安静地死去吧，死在那边，死在他日思夜念的祖国的田野上，而不应是在这里，在这间偏僻的房间里。"

"那时，我可怜的、寂寞的母亲又将会怎样的悲伤啊？"她自问时忽然也茫然了，不知该怎么反驳自己先前的观点。

耶琳娜明白，每个人的幸福都是建立在另一个人的不幸之上的，甚至自己的利益和安适都仿佛是一尊塑像要求一个托座一般，要求分别人的不利和不适。

"耶琳娜、伦季奇！"恩沙洛夫口齿不清地喃喃着。

耶琳娜踮起脚走到他身边，俯身向下，为他擦掉了脸上的汗珠。他的头在枕头上翻来覆去，终于又静下来。

她重又来到窗前，再次陷入了沉思。她开始安慰自己，她想让自己相信，根本没有理由去害怕。她甚至有些因自己的软弱而感到羞愧。

"难道会有不测吗？难道他并没有好一些吗？"她低声自语着，"如果我们今天没有去看戏，那么我可能就不会有这些奇怪的念头了。"

就在这一瞬间，她看见一只白色的海鸥正高高翱翔于水面上，也许是渔夫惊扰了它，它静静地飞翔着，忽高忽低，仿佛在找寻一个可以落脚的地方。"瞧，如果它飞到这儿，"耶琳娜暗自想着，"那便是好的兆头。"

海鸥在原处徘徊着，忽然它合起翅膀，像被人用箭射中似的，一声哀啼，便落到了远处一只黑黑的大船后面。耶琳娜浑身颤抖，后来她为自己的颤抖感到很是不好意思，便和衣躺到了恩沙洛夫的身边，这时他正沉重而略显急促地呼吸着。

三十三

　　恩沙洛夫醒得很晚，头昏沉沉的，他觉得，正像他自己所认为的那样，整个身子确实虚弱到了极致，然而他最终还是下了床。

　　"伦季奇没来过？"他开口便问。

　　"还没有呢，"耶琳娜回答，顺手把最近一期杂志递给了他，其中有很多文章在谈论战乱，谈斯拉夫各国和其他各公国。恩沙洛夫正要开始读报，她忙着为他泡上咖啡，这时，有人敲门。

　　"伦季奇！"他俩同时都这样想。但是敲门的人用俄语讲道，"我可以进去吗？"耶琳娜和恩沙洛夫相互惊愕地望了一眼，可还不等回答，一位服装考究、面容消瘦的人就进来了，他的两个眼珠不停地溜溜转。

　　这人红光满面，好像刚刚赚了一笔，或许就是接到了一个令人十分高兴的消息。

　　恩沙洛夫立即从椅子上站起身来。

　　"您可能不认识我，"陌生人说，步伐懒散地向他走来，边走边殷勤地向着耶琳娜鞠躬以表致意，"卢坡雅罗夫，还记得吗，我们曾在莫斯科，在伊夫家里见过的？"

"对，在伊夫的家里。"恩沙洛夫说。

"是呀，是呀！请为我介绍您的妻子吧。夫人，我一向非常敬重德梅特里·华西里耶维奇（他立刻更正过来），尼康诺尔·华西里耶维奇，我十分荣幸，终于能获此殊荣来结识您。您知道吗，"他又转向恩沙洛夫接着说，"我直到昨天晚上才知道您也在这儿，而我就正好住在这家旅店里。这是多么美丽的一座城市啊，这个威尼斯真是如诗一般呀，可能也只是一首诗，不可能再是什么别的了！只是有一件事太恐怖了，在路上每走一步路都会看见该死的奥地利人！那些奥地利人真让人倒胃口！您听说没有，多瑙河上发生了好大一场决战啊，消灭了三百个土耳其军官，西里斯特利亚终于被攻克了。塞尔维亚已经宣布了独立，您这位忠诚的爱国者，一定是欣喜万分的吧，对吗？就连我身体内的爱国血液也沸腾了！不过我还是要奉劝您谨慎小心些，我认为有人正在暗地里监视着您。这儿的间谍可是很吓人的啊！昨天就有那么一个莫名其妙的人来找我，还问我是不是俄国人呢。我告诉他我是丹麦人，可是您，目前一定是身体不适吧，我最敬重的尼康诺尔·华西里耶维奇，您应该去治疗。夫人您应该陪您先生去治疗。昨天我疯了似的在宫殿、教堂间穿梭，你们肯定也曾去过总督府吧？那里到处都是值钱的东西啊！尤其吸引人的是那座纪念大厅和马里诺·法里叶诺的那个空墙，上面还写着：'Decapitati pro criminibus'。我还到那几处有名的监牢去了，那地方真让我无法平静，您可

487

能也了解，我总是喜欢深究一些社会问题，也一直喜欢站在贫苦大众的立场上——我真恨不得把所有那些贵族追随者送进那地方，送进那些监牢里。拜伦曾说得好，'I stood in Venice on the bridge of sighs'，可是他也是个贵族呢！我这个人素来拥护进步，年轻一代的人们全都是进步的啊。然而英国人跟法国人到底会怎么样呢？咱们倒要看看他们能干出什么事情来，布斯特拉巴和巴麦尔斯顿，您听说了吧，巴麦尔斯顿已经当上了首相呢。不，无论如何，俄国人的拳头可是非常厉害的啊。而且这个布斯特拉巴是个十足的恶棍呢！不然我借给您一本书——特别了不起！说得好像有些夸张，不过这更有力量，有力量。维亚柴姆斯基公爵曾说过，'欧洲重复念叨着，巴什－卡兑－克拉尔，然而眼睛却总是盯住锡诺普。'我爱诗歌创作，所以我也有一本普鲁东的新作，他所有作品我都有。不知道您觉得怎么样，我个人十分喜欢战争——既然我回不了国，那么我准备从这儿直接去佛罗伦萨，到罗马去。既然法国不能去，那我就转站西班牙。听说，那儿的姑娘很是漂亮，只是地方太穷，虫子又多。我原本是想去加利福尼亚的，您知道俄国人从不瞻前顾后，我还承诺过一个编辑要详尽地研究地中海的贸易问题。您必定会说，这是个枯燥至极的问题，太专业了，然而现在我们正需要、正迫切地需要专家啊，我们空谈哲学已经谈得太多太多啦，目前需要实干家，实干家，可是您身体如此不适，尼康诺尔·华西里耶维奇，我可能已经让您感到疲倦啦，不过嘛，我还得再坐一小会儿。"

于是，卢坡雅罗夫又如此这般地乱扯了很长一段时间，临走说他今后还会常来的。

恩沙洛夫忽然被这位不速之客造访，他觉得这次谈话把他搞得精疲力竭，于是匆匆地躺到了沙发上。

"你看到了吧，"他无奈地望着耶琳娜说道，"这就是你们所谓的年轻一代！另外一些人呢，装腔作势，胡思乱想，而骨子里却依然还是这么一个自吹自擂的家伙，跟这位先生一样。"

耶琳娜没有反驳丈夫的观点，在这时，她更为担心的是恩沙洛夫虚弱的身体，而不是什么俄国这一代青年的状态，她坐在他身边，随手拿起一件针线活开始做。他微合上双睛，纹丝不动地躺着，脸庞苍白而瘦削，耶琳娜望着他那瘦骨嶙峋的侧面，望着他那摊开的双臂，突然一阵莫名袭来的惧怕使她的心不由得收紧。

"德梅特里。"她唤他道。

他精神猛的一振。

"怎么？难道伦季奇来了吗？"

"还没有，但是你是否觉得你在发热，你身体真的不大好，要请个医生来诊视一下？"

"那个吹牛皮的家伙把你吓住了吧！没必要，我休息一会儿，就全会过去的。晚饭后我们还要再去转转，随便走走。"

两个小时静静地过去了，恩沙洛夫还躺在沙发上，可是他并没有睡着，尽管眼睛是闭着的。耶琳娜寸步不离他，她把针线放在膝头上，静静地一动不动。

"您为什么不睡一会儿呢？"她终于问他。

"等一下，"他抓起她的一只手，把脑袋枕在上面，"这样感觉很舒服呢。等伦季奇一来，你马上就叫醒我！如果他说，有船了，我们立刻就得出发……要提前把东西收拾好啊。"

"收拾用不了多长时间。"耶琳娜回答。

"那个人胡侃了半天打仗什么的，塞尔维亚呀，"过了一些时候，恩沙洛夫说道，"可能，那都是他自己杜撰的。然而也是时候动身了，不能再耽搁时间，得做好准备啊。"

他终于睡着了，房中寂静无声。耶琳娜把头靠在扶手椅背上，长时间盯着窗外。天气忽然变坏了，还起了风。空中快速浮过大块大块的云彩，一根细长的桅杆在远处若隐若现，一面画有红十字标志的三角旗在迎风飘扬着，继而垂下去，然后又扬起来。

一只老钟的钟摆沉沉地敲着，还时不时地发出一种近乎哀鸣的咝咝声。耶琳娜闭上眼睛，她整晚都没有睡好，直到最后她才渐渐地昏睡了过去。

她做了一个很奇怪的梦。她觉得自己好像正乘着一艘小船在察里津湖上游玩，船上都是一些陌生的面孔。他们都沉默不语，静静地坐着，谁也不去划船，任小船自在漂浮着。耶琳娜并不十分害怕，只是觉得有些寂寞。她很想知道，这些人是谁？她为什么会与他们同行？

她目不转睛注视着，只见水面在渐渐延伸，湖岸忽地不见了，那已经不再是湖，而是浩瀚的大海了，天边的、碧蓝色的、悄无声息的海浪有力地撞击着小船。

接着一个轰轰作响的可怕的东西忽然从海底浮了上来，船上那些陌生的人跳起舞来，他们一同喊叫着、挥动着双臂，这时耶琳娜认出了他们其中某些人的脸。其中就有她的父亲，然而这时一阵奇怪的白色旋风卷起了海浪，一切都在旋转，一切都混沌不清了。

耶琳娜环顾四周，这里到处都像原先一样，白茫茫一片，然而这是雪，真的雪，一望无际的雪啊！她不知何时已经离开了船，此时她正乘坐着一架雪橇车，从莫斯科出发赶路。

她不是独自一人，身旁还坐着一个小小的人，全身上下被裹在一件老式的女人上衣里。她仔细一瞧，这不是卡嘉嘛，她的贫苦的朋友啊。耶琳娜害怕起来了，"难道她还没有死？"她想。

"卡嘉，我们准备要到哪里去呢？"

卡嘉没有回答，只是自顾自地缩进那件女上衣里，她快被冻僵了。耶琳娜也很冷，她顺着路望去，透过雪幕隐约可见一座城市。高高屹立的白色的塔上，是银光闪烁的圆屋顶。

卡嘉，卡嘉，这难道是莫斯科吗？不，耶琳娜想，这应该是索洛维茨基修道院才对。那儿有好多好多又小又窄的房间，跟蜂窝似的，又闷又挤，德梅特里现在正被人关在里面呢。我得去营救他。

突然，一道灰白色，张开大口的深渊呈现在她眼前。雪橇车滑了进去，卡嘉哈哈笑起来。耶琳娜，耶琳娜！一个声音从深渊底部飘上来。

"耶琳娜！"这声音清晰地回响在她耳边。她急忙抬起头，当转过身子时，她不由得惊呆了。恩沙洛夫如她梦中的雪般惨白可怕，他从沙发上半撑着身子，正用一双大大的、空洞、吓人的眼睛注视着她。

他的头发披散着贴在额前，嘴唇十分奇怪地张大着。在他那张已经变形的脸上有着一种恐怖的神情，其中也夹杂着一种似乎是忧怨的激动之情。

"耶琳娜！"他高声喊道，"我就要死啦！"

她惊呼一声便跪倒了下去，靠在了他的胸前。"一切都完了，"恩沙洛夫又一次重复说道，"我就要死了，永别了，我亲爱的你！永别了，我伟大的祖国！"他就这样仰面朝天倒在了沙发上。

耶琳娜狂奔出房间试图寻求帮助，旅店茶房也帮忙跑去找医生。耶琳娜趴在恩沙洛夫的身旁焦急地注视着他。

就在这时，门口出现了一个人，他宽宽的肩膀，皮肤黝黑，穿着件厚厚的绒布大衣，头上还戴着一顶极度压低的漆布帽子。他惊慌失措地站在那里。

"伦季奇！"耶琳娜高声说道，"真的是您呀！您看，上帝保佑，他真的很严重哟！他这是怎么啦？上帝，上帝啊！他昨天还跟我出去游玩过的，甚至他刚才还在跟我说话……"

伦季奇什么都没说，只是静静地让到了一边。这时一个装假发戴眼镜的小个子身影从他身旁匆匆地闪过，那是一位住在这家旅店的医生。他急步走到恩沙洛夫的沙发边。

"森纽奥拉，"一小会儿后，他接着说，"我可怜的恩沙洛夫朋友，他死于动脉瘤与肺病并发症。"

三十四

第二天，就在这同一个屋子里，伦季奇站在窗前，在他面前，耶琳娜毫无生气地坐着，肩上胡乱地披着一条披肩，隔壁房间的一具棺木中躺着已经没了呼吸的恩沙洛夫。

耶琳娜的神情是万分惊惶的，苍白而憔悴，她的额头上，在两眉之间出现了两条深深的皱纹，这更使她呆滞的眼神蒙上了一种紧张的情绪。

桌上放着一封已经拆开的安娜·华西雷耶芙娜的来信，信中她叫女儿回莫斯科，哪怕只有一个月也好，她说她太寂寞了，甚至还抱怨了尼古拉·阿尔捷梅耶维奇几句，同时她也问候了恩沙洛夫，问到他的身体状况，并恳请他允许耶琳娜回去一趟。

伦季奇是达尔马提亚人，是一位老练的水手，他跟恩沙洛夫是在回国旅行时彼此相识的，他就是恩沙洛夫在威尼斯所要寻找的人。

这是一个庄重、豪爽、勇敢且忠诚于斯拉夫民族事业的人，他蔑视土耳其人，憎恨奥地利人。

"您打算在威尼斯待多久？"耶琳娜用意大里语问他。她的音调跟她的面容一样苍白无力。

"一天，为了装一些货物，同时也是为了不引发怀疑，随后就离开萨拉。我想我可能要让我们的同胞们伤心失望了。他们早早地就已经在等他。他们对他满怀信心。"

"他们对他满怀信心。"耶琳娜机械地重复说。

"您准备何时安葬他？"伦季奇问。

耶琳娜思索了一会儿才回答，"明天。"

"明天，那我一定要留下。我要在他墓地上撒一捧土，当然我理应也帮帮您才对。可是我想最好还是能让他安息在斯拉夫的泥土中。"

耶琳娜呆呆地看着伦季奇，"船长，"她说，"请让我跟他一起吧，把我们一同载到大海的那边去，离开这里。好吗？"

"好的，只是可能有些麻烦。我们必须要跟这里该死的当局打交道才行。然而，如果说我们能顺利地办妥这一切，把他安葬在那边，我又该怎样把您再送回来呢？"

"您不需要把我再送回来。"

"为什么？难道您要留在那儿？"

"我已经有了属于自己的位置，但愿您能带上我们，带上我吧。"

伦季奇抓抓后脑勺。

"好吧！随您的便，但是这一切似乎十分的麻烦。我去试试看，您在这儿等我吧，我两个小时后回来"

他走了，耶琳娜来到隔壁房里，她把背贴在墙上，长时间地呆呆地立着，仿佛已化为了一块顽石一般。然后她忽然跪在地上，可是却始终没有办法开口祈祷。

她心中并无仇恨，她不想责问上帝为什么不原谅他、不怜悯他、不保护他，就算是有罪孽的，那么为什么惩罚远远超过了罪孽的代价。

我们每个人，因为活着，便有了罪孽，没有一个伟大的思想家、人类的恩人，可以因为他为这世界所带来的好处，而希望自己拥有永生的权利。可是耶琳娜已经不能祈祷，她终于化作了一块顽石。

当天晚上，一只巨大的木船驶离了恩沙洛夫夫妇曾留宿的旅店。船上并排坐着耶琳娜和伦季奇，旁边还停放着一只长方形的木匣，上面蒙着一块黑布。

他们行进了大约有一个小时，最后，逐渐靠近到一只不大的双桅海船旁边，在港湾的入口处，它抛了锚。耶琳娜和伦季奇相继登上海船后，水手们便也把木匣抬上了船去。半夜时忽然起了风暴，然而这船在黎明时分已早早驶过丽多湖。这一天中充满了狂风暴雨，猛烈而令人恐惧，连"罗意达"公司那群经验相当丰富的水手也都无奈地摇头了，总怕会出事情。

在位于威尼斯、的里雅斯特和达尔马提亚这三座海岸之间的亚德里亚海是尤其危险的。

耶琳娜从威尼斯出发后的三个星期，安娜·华西雷耶芙娜在莫斯科收到这样一封信：

> 我可敬的亲人们，我要跟你们永别了。你们从此

将再也不会见到我。昨天德梅特里去世了，这对我来说，意味着一切都完结了。今天我会带着他的遗体去萨拉。我要亲手埋葬他，至于我今后会变成什么样，我也不清楚！

然而除了德梅特里的祖国，我难道还有别的祖国吗？那里正酝酿着起义，他们要迎接战争，我准备去当个女护士，去照顾那些病人和伤兵。我不知道我今后的状况会怎样，然而，即使德梅特里死了，我将仍然忠于对他的怀念，忠于他毕生为之奋斗的事业。

我学会了保加里亚语和塞尔维亚语，也许，我会经受不住所有的这一切——但是那样不是更好吗？因为我已经被带进了一个无底深渊，所以只好任由自己继续滑下去了。命运能把我们捆绑在一起是有特定原因的。

谁能料到呢，大概因为我，他才这样吧，现在该轮到他把我带走了。我妄想寻找幸福，然而我最终找到的，可能，只有死亡吧！这显而易见，因为我身负罪孽，可是死却会把一切都遮盖得好好的，让一切都归于平和，难道不对吗？

请原谅因为我而给你们带来所有的痛苦，这一切都不是我能控制的啊，而回到俄国去，又有什么必要呢？在俄国我能做什么事？

请接受我最后一次的亲吻和祝愿，也请不要责怪我。

叶

就这样大约过了五年，在这期间耶琳娜毫无音讯。写信、打听，都毫无结果。尼古拉·阿尔捷梅耶维奇在战争结束后，还亲自去了一趟威尼斯，也到过萨拉，但全都是徒劳。

　　在威尼斯他知道了上述读者已经了解的那些事，而在萨拉那地方，关于伦季奇和他所租用的海船的消息，没有人能说得确切。

　　也有些隐约的传闻说，几年以前，一场狂风雨暴后，岸边冲上来一口棺材，里面躺着一具男尸，另一些比较可信的消息称，这口棺材压根儿不是被冲上海岸的，而是特地卸下来的，由一位从威尼斯来的外国太太安葬在了岸边。

　　也有人补充说，在后来的黑塞哥维那的部队里还见到过那位太太，那时候正好有一支部队驻扎在那儿。他们还详细描述了她从头到脚的装束，听说是全黑装扮。

　　然而尽管有了这些消息，耶琳娜的踪影还是如人间蒸发般音讯全无，没有人了解她是死是活，又藏在什么地方，也许是已结束了生命中那场小小的游戏，消散了它所带来的轻微的冲击，难道已经到了死神出场的时候吗？

　　往往总会有这样的事情发生，一个人，当他从梦中醒来，不禁惶恐地自问：难道我已经过了30岁、40岁、50岁啦？生命为何流逝得这么快啊？死亡何时离我这样的近啊？死神就像一个渔夫一样，他早早地把鱼捉进自己的网中，却依然让它暂时待在水中。鱼儿仍然可以戏水，但只要渔夫高兴，他随时可以把它提出水面以结束它的生命。

再来看看我们故事中的其他人吧？

安娜·华西雷耶芙娜依然活着，只是在遭受这场重创后，她苍老了许多，虽然抱怨少了，但哀愁却更明显了。尼古拉·阿尔捷梅耶维奇也已经老了，两鬓花白，而且他跟阿芙库斯金娜·赫雷斯洛芙娜也分手了，如今的他诅咒所有外国的玩意儿。他的女管家，一个年过30的漂亮女人，那是个俄国人，成天套着一身绸衫子，还戴着金戒指和金耳环。古尔内托夫斯基，作为一个气质非凡而且精力旺盛的黑头发男人，他自然是偏爱金发女郎的，因此他娶了卓娅。

她对他细致入微、唯命是从，即使是在思考时也不再选择使用德语了。比尔森涅夫住在海德堡，他曾争取到官费出国留学，也去过柏林、巴黎，从不耽搁一刻，相信他一定会成为一位称职而且优秀的大学教授。

学术界已经开始注意到他的两篇论文：《论古日耳曼法中司法惩处的若干特征》《论文明问题中城市原则之意义》，可惜的是这两篇文章的语言都略显晦涩，外国语也用得太多。

苏宾在罗马全心致力于他所热爱的艺术，已被认为是最出色、最有前途的年轻雕塑家之一。苛刻地纯粹派发觉，他对古代艺术家研究得似乎还不到家，于是就说他没有"个性"，硬把他归到了法国学派。

他没少从英国人和美国人那里收到订单，最近他的一尊酒神女祭司雕像又引起了大的轰动，一位有名的富翁俄国伯爵波波什金，本来准备花一千斯库多来买下它，但最后还是花了三千元买了另一位雕塑家创作的题为《愚相思病的青年农女垂毙于春之精灵的怀中》的雕像。

苏宾时不时地也会跟瓦苏尔·伊凡诺维奇通信，这里唯有这位仁兄至今没发生什么变化。

"您记得吗，"前不久苏宾给他写信时说道，"那天晚上，当我们听说了可怜的耶琳娜结婚消息的时候，您告诉我的，那天我就坐在您的床上跟您说话，记得我当时问过您：'我们中间会有真正的人出现吗？当时您回答我说，'会的。'啊！伟大的俄国黑土有着无穷的力量！可如今，我从这儿，从我的'美丽的远方'再一次问您，'啊，如今怎样了，瓦苏尔·伊凡诺维奇，难道真的会有真正的人出现吗？'"

瓦苏尔·伊凡诺维奇又摇了摇他的手指头，他那谜一样的目光凝视着远方，思索着。

（全文完）